Richard Adams
WATERSHIP DOWN

translated by Teruo Jingu

ウォーターシップ・ダウンのウサギたち（上）

リチャード・アダムズ
神宮輝夫 訳

評論社

ウォーターシップ・ダウンのウサギたち　上

WATERSHIP DOWN
by
Richard Adams

もくじ

第Ⅰ部　旅

第II部　ウォーターシップ・ダウン

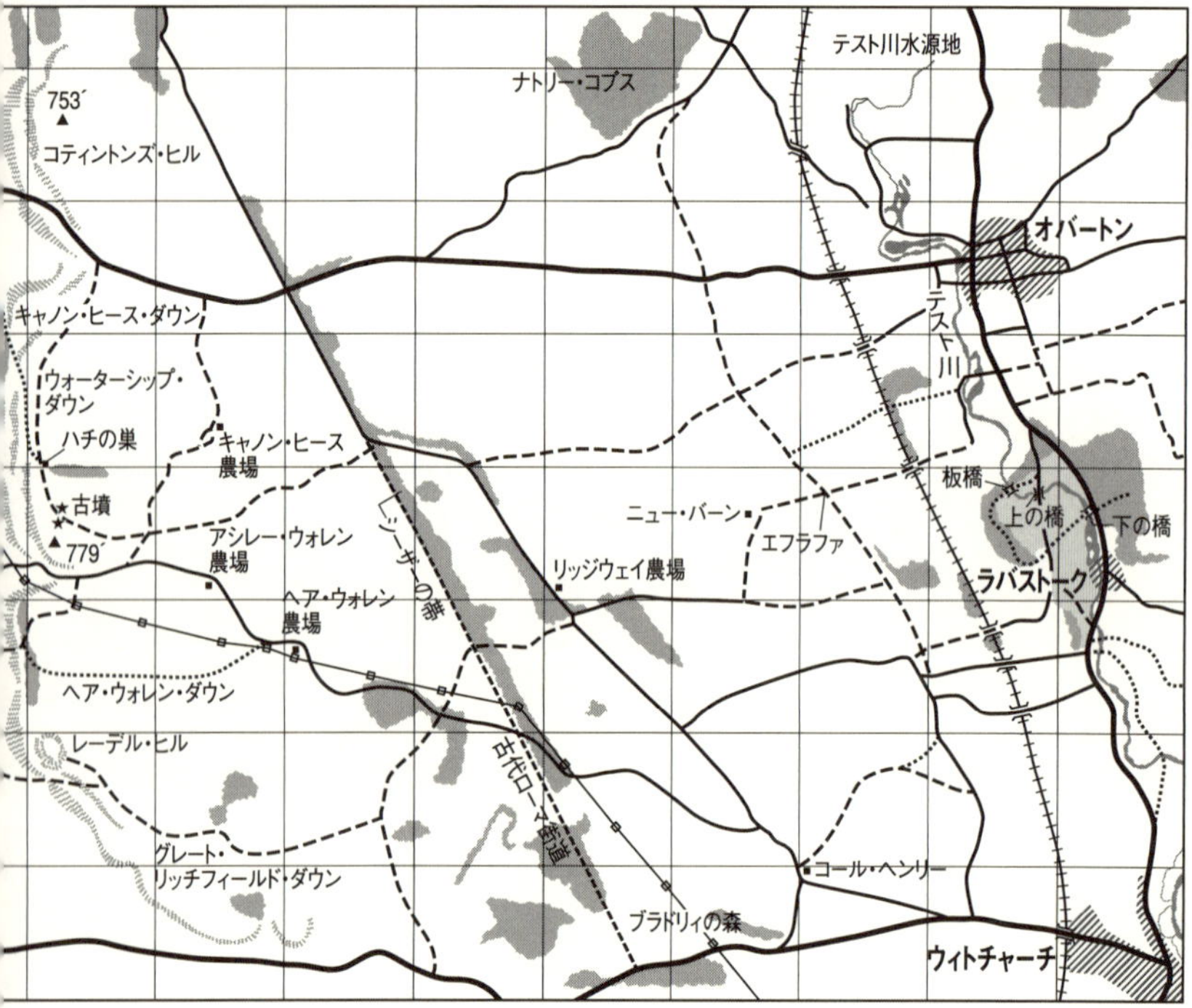

テスト川水源地
ナトリー・コブス
753´
コティントンズ・ヒル
オバートン
キャノン・ヒース・ダウン
テスト川
ウォーターシップ・
ダウン
ハチの巣
キャノン・ヒース
農場
板橋
古墳
779´
ニュー・バーン
上の橋
下の橋
アシレー・ウォレン
農場
エフラファ
リッジウェイ農場
ラバストーク
ヘア・ウォレン
農場
ヘア・ウォレン・ダウン
レーデル・ヒル
古代ローマ街道
グレート・
リッチフィールド・ダウン
コール・ヘンリー
ブラドリィの森
ウィトチャーチ

E
N
S
W

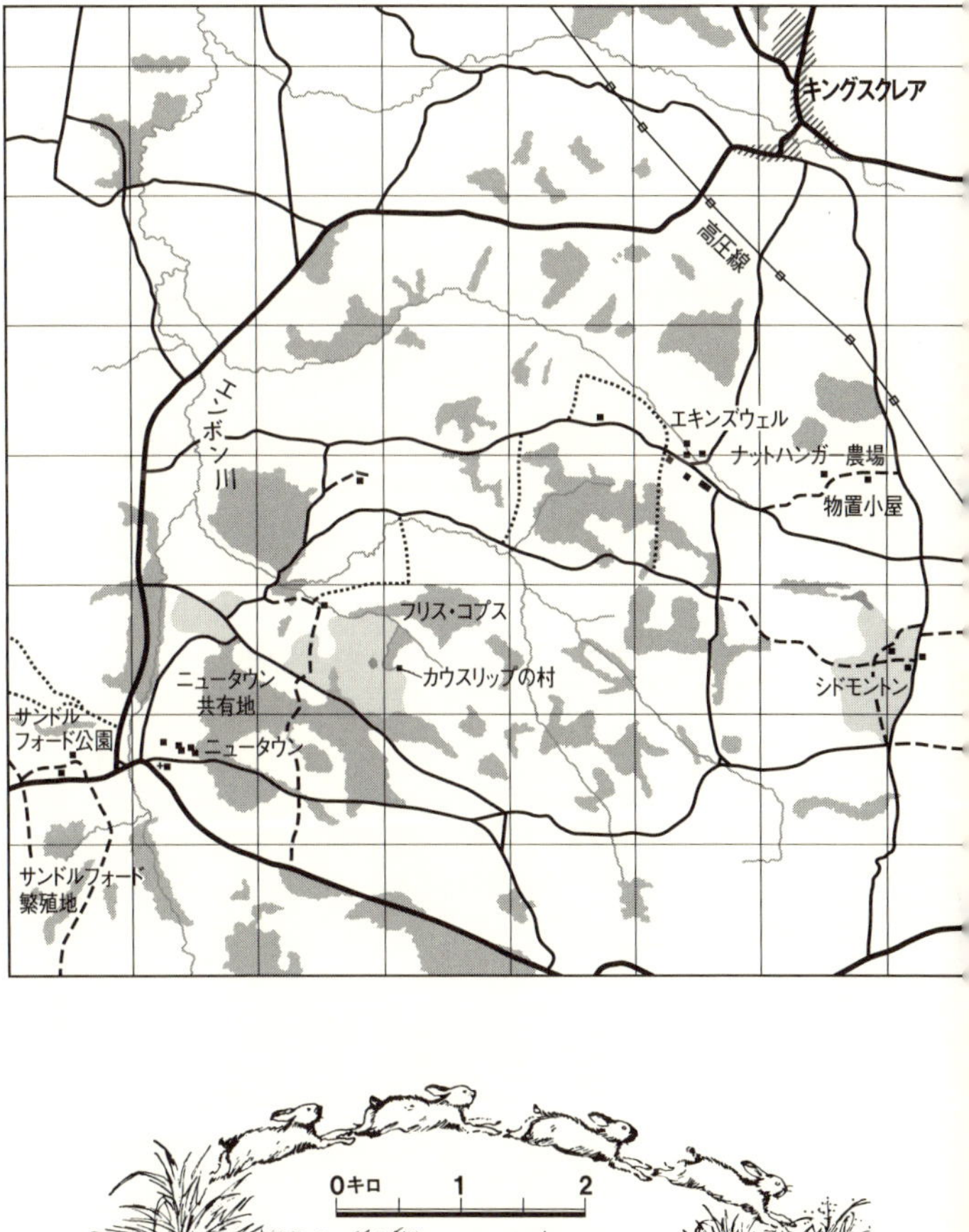
キングスクレア
高圧線
エンボン川
エキンズウェル
ナットハンガー農場
物置小屋
フリス・コプス
カウスリップの村
シドモントン
ニュータウン
共有地
サンドル
フォード公園
ニュータウン
サンドルフォード
繁殖地

0キロ
1
2

第I部　旅

1 立て札

合唱　なぜそんなにさけぶのか？　なにか恐ろしい幻《まぼろし》でも見たのか？
カッサンドラ　この家は、死としたたる血の臭《にお》いがする。
合唱　それはどうしたこと？　これは祭壇《さいだん》のいけにえの臭いにすぎないというのに。
カッサンドラ　この悪臭《あくしゅう》は、まるで墓場から臭ってくるようだ。

アイスキュロス『アガメムノン』

サクラソウは終わっていた。それでも境の古い柵《さく》とイバラの茂《しげ》る溝《みぞ》のところから、森のへりまで、野原を見上げると、トウダイグサの中やオークの木の下などに、まだほんの少し、色あせた黄色い花が残っていた。

野原の上の方は、ウサギ穴《あな》だらけだった。草がすっかりなくなっていて、かわいた糞《ふん》の山ばかりのところが、あちこちに見えた。そんなところには、ブタクサしか育たない。

野原を百メートルほどくだると、幅《はば》が一メートルくらいしかない小川が流れていて、キンポウゲやクレソンやクワガタソウなどに、川面《かわも》が半分ほどおおわれている。

その小川にかかる短いレンガの橋から、細い農道が向かい側の野原の斜面《しゃめん》をのぼっていく。のぼりきったところがサンザシのいけがきに取りつけた五本横木の木戸。その木戸を抜《ぬ》けると道に出る。

五月の日は落ちて、雲を赤く染めていた。あと三十分ほどで日が暮れる。

野原のかわいた斜面には、点々とウサギの姿が見えた。何匹かは、自分の穴近くで、貧弱な草をかんでいた。ほかにも何匹かは、タンポポでもさがすつもりなのか、思い切ってもっと下の方まで出ていた。見落としているかもしれないキバナノクリンザクラが目あてかもしれなかった。

あちこちに、アリ塚《づか》の上にすわり立ちして、耳を立て鼻を空に向けているウサギがいた。しかし、一羽のクロウタドリが森のへりで、心おきなくさえずっているので、あたりに危険がないことはわかっていた。そして、見通しのきく下の小川のほとりも、今は静かで何もいなかった。ウサギの村は平《へい》穏《おん》だった。

クロウタドリがうたっているミザクラのすぐそばの土手には、イバラでほぼおおいかくされて見えないが、ほんの少しウサギ穴があった。その一つの入り口に、緑のうす明かりに染まって、二匹のウサギがよりそってうずくまっていた。

やがて、大きい方のウサギが穴から出ると、イバラの下をそっと進んで、溝をはいのぼって野原へ出た。ちょっと間をおいて、もう一匹がつづいた。

先に出たウサギは、日だまりに落ち着くと、後ろ足の一本で、サ、ササッ、と片耳をかいた。彼は一年子で、まだ育ちきってはいなかったが、たいていの「幼年組」のウサギとちがっておどおどしたところがなかった。

「幼年組」とは、特権階級の血筋でもなく、並はずれて大きな体や力もなく、上のウサギたちに押《お》さえつけられながら、ウサギ村のはずれ——たいていは開けた場所——で一生けんめいに生きているふつうの一年子たちの階級のことだ。

しかし、今、夕日を浴びているこのウサギは、自分のことは自分で守れる感じだった。すわり立ちして、両の前足で鼻をなでるようにしながら、あたりをながめている様子は、いかにも陽気ですばしっこそうだった。彼は、大丈夫、心配ないと安心すると、両耳を寝《ね》かせて草を食べにかかった。

連れのウサギは、どこか不安そうだった。彼は、体が小さく、瞳《ひとみ》の深い大きな目をしていて、頭を上げてあちこちをながめる様子は、警戒《けいかい》してというよりも、たえず不安で気を張っているように見えた。彼は、ひっきりなしに鼻をひくひくさせていた。マルハナバチが一匹、彼の後ろのアザミの花めざして、低い羽音をさせて飛んでくると、ぎょっとしてとびあがり、くるりと向きを変えたので、近くのウサギ二匹が、穴めがけて走り出そうとした。しかし、耳の先が黒い牡《おす》のウサギは、とびあがったウサギのすぐそばにいたので、さわぎの正体に気づいて、また草を食べはじめながらいった。

「ファイバーのやつだよ。また、青バエにびっくりしてとびあがったな。なあ、バックソーン、君の話、なんだったっけ?」

「ファイバー?」と、もう一匹がいった。「変な名前だな」

「五つ子さ」と、相手のウサギがいった。「その末っ子。しかもいちばんのちび*。よくも、今まで何かの餌食《えじき》にならなかったもんだよ。人間の目に入らず、キツネも無視したおかげ、というのは俺《おれ》の冗談《じょうだん》。まじめな話、危険から身を守ることはできるらしい」

その小柄なウサギが、長い後ろ足でぴょんととんで、連れに近づいた。

「ヘイズル、もうちょっと向こうまで行ってみようよ」と、ファイバーはいった。「今晩《こんばん》は、この村の感じがどうも変なんだ。なぜだかわからないけれど。小川まで行ってみないか?」

「うん、いいよ」と、ヘイズルはこたえた。「ついでにキバナノクリンザクラを見つけてくれよな。君なら必ず見つかるから」

ヘイズルは先にたち、後ろに長い影を引きながら、野原をくだった。小川にたどりつくと、荷車のわだちの脇《わき》に残っている草を食べながら、注意深くまわりに目をくばった。ほどなく、さがしていたものを、ファイバーが見つけた。キバナノクリンザクラは、ウサギの大好物だから、五月も末になると、小さなウサギの村でも、近くではほとんど見つからない。今見つけたのは、花をつけなかったため地面にくっついているような葉が、長い草にかくれて見えなかったのだ。二匹が、食べようとしたとき、大きなウサギが二匹、小川の浅瀬を横切って走ってきた。

「キバナノクリンザクラだな?」と、その一匹がいった。「よしよし、そのまま渡《わた》せ。さ、はやく」そして、ファイバーがためらうのを見て、催促《さいそく》した。「聞こえただろ、え?」

「ファイバーが見つけたんだよ、トードフラックス」と、ヘイズルがいった。「キバナノクリンザクラは幹部《アウスラ》**のもの。知ってるだろ?　知らないなら、すぐにでも教えてやるぜ」

「そして、我々が食べるのさ」と、トードフラックスがいい返した。

ファイバーは、さっさと逃げていた。ヘイズルは、小川の端《はし》のところで、ファイバーに追いついた。

「うんざりだ、もう、いやだな」と、ヘイズルはいった。「おなじことのくり返しだ。『この爪《つめ》を見ろ。そのキバナノクリンザクラはおれのだよな』『この歯が見えないか、この穴を明《あ》け渡《わた》せ』。ぼくが幹部になったら、幼年組にだって、絶対にもう少し親切にするよ」

「君なら、いつかは幹部になる望みはあるよ」と、ファイバーはこたえた。「君は、もう、目方が少し増《ふ》えてきている。ぼくなんか、いつまでたっても、今の君くらいにもなれないよ」

「君のことは、ぼくがほっておかない」と、ヘイズルがいった。「でも、正直な話、この村をきっぱりと捨てたい気持ちになることがあるんだ。でも、まあ、今はそんなこと忘れて、この夕方を楽しもうじゃないか。いいことがある。川の向こうへ行こうよ。あっちなら、ウサギの数も少ないから、のんびりできるよ。君が危険だというのなら、話は別だけれど、どうだい?」

ヘイズルの話ぶりからは、彼がファイバーを、自分よりものがわかるウサギと思っていることが感じられた。そして、ファイバー自身もそう思っていることが、彼の返事からよくわかった。

「大丈夫、まったく安全」と、彼はこたえたのだ。「少しでも危険を感じたら、すぐにぼくが知らせるよ。ぼくは、ここに、何かの予感を感じているけれど、それは危険とはちょっとちがうんだよ。それは——ええと、よくわからないけれど、重苦しいもの、そう、雷雨《らいう》の来るときのような。何かは、わからない。けれど、不安なんだ。でも、行くよ、向こう側に」

二匹は走って小川の橋を越《こ》えた。小川のへりの草はぬれていてよく茂っているので、彼らは、かわいた場所をさがして、向かいの斜面をのぼりはじめた。彼らの真ん前の夕日が沈《しず》みはじめ、斜面はもう、一部が影に入っていた。ヘイズルは、日があたってあたたかいところへ行きたかったので、そのままのぼって、道のすぐそばまで行った。

木戸に近づいたとき、ヘイズルが、びっくりした目で立ちどまった。

「ファイバー、なんだ、あれは？　ほら、あれ！」

二匹のウサギの少し前に、地面がつい最近掘《ほ》りかえされたところがあった。二か所、掘り出された土が草の上に盛り上げてある。太い柱が二本、クレオソートとペンキの臭《にお》いをぷんぷんさせながら、いけがきのヒイラギと肩《かた》をならべてにょっきりと立っていた。二本の柱に取りつけられた板が、野原のてっぺんに長い影を落としていた。一本の柱のそばに、金づちがひとつ、釘《くぎ》が二、三本置き忘れてあった。

二匹のウサギは、立て札のところまで、ぴょんぴょんとんで、立て札の向こう端近くにあるイラクサの茂みにうずくまり、鼻をひくひくさせた。草のどこかに捨ててあるタバコの吸殻《すいがら》の臭いがした。突然、ファイバーが体をふるわせて、恐ろしそうにしりごみした。

「ああ、ヘイズル！　これだよ、あの変な感じは、これが出してる！　もうわかった——とってもひどいことだ！——すごく恐ろしいことだ！　近づいてくる。ぐんぐんやって来る」

ファイバーは、おびえきって、すすり泣《な》きしはじめた。

「何が来るんだ？　どんなものなんだ？　君、危険はないといっただろ？」

「なんだか、ぼくにはわからない」ファイバーは、しょんぼりとこたえた。「今は、危険じゃない、ここは。でも、来るよ——来る。ほら、ヘイズル、見てみろ！　野原を！　血だらけだ、ほら！」

「ばかだな。ただの夕焼けじゃないか。ねえ、ファイバー、そういう話はやめろよ。ぞっとするから」

ヘイズルは、イラクサの茂みでふるえて泣いているファイバーをはげましながら、突然彼がとりみだした原因をつきとめようとした。おびえているのだとしたら、逃げるのがふつう、ウサギのすることだ。ところが、ファイバーときたら、ただもう悲しむばかり。とうとう、ヘイズルはいった。

「ファイバー、とにかく、そうやって泣いてばかりはいられない。とにかく、もう暗くなる。穴にもどる方がいい」

「穴にもどるだって?」ファイバーは、泣きながらいった。「穴にだって来るんだ。来ないなんて思っちゃだめだ。だって、野原は血の海……」

「もう、やめろ」ヘイズルはきっぱりいった。「とにかく、ここは、ぼくのいうとおりにしてくれ。どんな災難《さいなん》が来ようと、今は穴にもどるときだ」

ヘイズルは、野原をかけくだって小川を渡り、浅瀬のところまでひき返した。そして、そこで手間取ることになった。ファイバーは、静かな夏の夕暮れの中にぽつんと置かれてるのに気づいて、恐怖のため力が抜け、麻痺《まひ》したように動けなくなっていた。ヘイズルがやっとの思いで溝までつれもどした。ところがはじめのうち、ファイバーは、そこから地面の中に入ることをこばんだので、ヘイズルはほとんどむりやりに穴に押《お》しこんだ。

夕日は、向かいの斜面のかなたに沈んだ。風が冷たくなって、パラパラと雨が降《ふ》り、一時間足らずで暗くなった。空を染めていたいろいろな色がうすれて消えた。木戸のそばの大きな立て札は、(暗《くら》闇《やみ》でも消え失せず、今までどおりにどっしり立っているぞとでもいうように)夜風を受けて、かすかにキーキーと音を立てていた。しかし、その白い板の上に真横に黒いナイフでもならべたように書かれた、角ばったかたい感じの文字を通りがかりに読む人影はなかった。二本の柱にかけた板には、

理想的住宅地　建築面積六エーカー　最高級現代的レジデンス予定地。

建築主——バークシャー、ニューベリー市、サッチ・エンド・マーチン株式会社

とあった。

* ウサギは四まで数えられる。四以上はすべてフレア、つまり、たくさん、あるいは千。だから、ウサギの言葉ユ・フレア「一千」はウサギの敵（エリルともいう）の総称で、キツネ、テン、イタチ、ネコ、フクロウ、人間などのことである。ファイバーが生まれたとき、きょうだいは五匹以上だったのだろう。しかし、彼のウサギ名フレアルーとは「小さな千」つまりたくさんの中の小さな一匹、あるいはウサギが使うブタの名「ちび」の意味である。

**ほとんどのウサギ村には幹部（owsla）、つまり長ウサギ夫婦をかこみ、権力者の修業をする力の強い、あるいはかしこいウサギたち——二年子以上——の集団がいる。幹部の性質はさまざまである。あるウサギ村では、幹部団は武将団である。あるところでは、主として賢明な斥候とか畑荒らしから成っている。時には、語り部がその地位を得たり、直観力のある予言者が加わったりすることもある。この物語のはじまったときのサンドルフォード・ウサギ村の幹部団は、やや軍事的な性質を持っていた。（しかし、後でわかるが、ほかとくらべて、さほど軍国主義的ではない。）

2

長ウサギ

陰気な政治家は、重荷を背負い、悩みを抱き、濃い真夜中の霧のように、実にのろのろと、動いていた。留まりもせず、立ち去りもしなかった。

ヘンリー・ボーン『世界』

ヘイズルは、巣穴《すあな》のあたたかい闇《やみ》の中で、後ろ足で蹴《け》って戦いながら、突然目をさました。何かに襲《おそ》われていたはずだが、イタチの臭《にお》いもテンの臭いもなかった。逃げなくてはという本能も全然はたらかない。はっきり目がさめると、巣穴にはファイバーと自分しかいないことがわかった。ファイバーは、まるでパニックにおちいって金網《かなあみ》をよじのぼるウサギのように、ヘイズルの上にのしかかって、爪《つめ》をたてたり、つかみかかったりしようとしていた。

「ファイバー！　おい　ファイバー、おきろってば。ヘイズルだよ、危ないなぁ、お、き、ろ！」

ヘイズルがしっかりおさえつけると、ファイバーはもがいて、目をさました。

「あっ、ヘイズル！　ぼくは、夢を見ていたんだ。すごく恐ろしい夢だった。君もいた。ぼくたちは、水の上にすわって、大きくて深い川をくだっていた。気づくとみんな板に乗っているんだ。ほら、野原の立て札みたいな板でね、白い板に黒い線がかいてあった。ほかのウサギたちも乗っていた。牡《おす》も牝《めす》もいた。

　ところが、ぼくがよく見ると、その板は、骨と針金《はりがね》で作ってあるじゃないか。ぼくが悲鳴をあげると、君はいったよ。『泳げ――みんな、泳ぐんだ』って。それから、土手の穴から君をひっぱり上げて助けようと思って、そこらじゅうさがして、ようやく見つけると、君は『ウサギの長《おさ》は、自分だけで行かねばならない』といって、暗いトンネル川を流れていっちゃった」

「へーえ、とにかく、君のおかげで、ぼくはあばらが痛い。それが、トンネル川ときた、まったく！　ばかな！　さあ、もう眠りにもどるぞ。いいな？」

「ヘイズル――あの危険、あの悪いことさ、あれはなくなっていない。ここに来ている。ぼくたち全部をとりかこんでいる。そんなこと忘れて眠れなんていわないでくれよ。手おくれにならないうちに、ぼくたちは立《た》ち退《の》かなくてはならない」

「立ち退くって、ここから？　この村からのこと？」

「うん、それも大急ぎで。行き先なんかどこでもいい」

「君とぼくだけ？」

「ちがう。みんな」

「村全部かい？　とんでもない。彼らが立ち退くものか。君は気でも狂ったのだろうというだけだよ」

「それじゃ、村全体がひどい目に会う。ヘイズル、これはほんとうに大事なことなんだよ。たのむから、ぼくのいうことを信じてくれ。非常に恐ろしいことが襲《おそ》いかかってくるんだ。逃げなくちゃ」

「それじゃ、長《おさ》ウサギに会って、君の口から直接話した方がいい。ぼくが話してもいいけれど。しかし、あの人、君のいうことなんか聞き入れないだろうな」

ヘイズルは先に立って通路をくだり、イバラのやぶにかくれた出入り口へ向かった。ファイバーのいうことを信じたくはなかった。しかし信じないのも気がとがめた。

ニーフリス（正午）を少しまわっていた。村全体が地面の下にあり、住民のほとんどが眠っていた。ヘイズルとファイバーは、ほんの少し地面の上を進んでから、砂地に大きく口をあけている穴に入り、入り組んだ通路を抜《ぬ》けて十メートルほど森に入ったところの、オークの根もとにたどりついた。二匹は、ここで、大きくてどっしりした一匹の幹部《アウスラ》ウサギに止められた。このウサギは、頭のてっぺんの毛が奇妙《きみょう》に厚いため、まるで帽子をかぶっているようで、一風変わった姿が目立った。ウサギ語でスライリという名前は、それからつけられたもので、英語に訳せば「毛皮頭」あるいは「大かつら《ビグウィグ》」である。

「ヘイズルか？」ビグウィグは、木の根の間の奥《おく》深いうす闇の中で鼻をきかせながらいった。「ヘイズルだな？　うん、ここで何をしている？　それもこんな時間にだ？」彼は、通路の後ろの方にいるファイバーをまったく無視していた。

「ぼくらは、長に会いに来た」と、ヘイズルはいった。「大事な用事なんだ、ビグウィグ。手を貸してくれないか？」

「ぼくらだと？」と、ビグウィグがいった。「つまり、あいつも長に会いたいってことか？」

「うん、どうしても。迷惑《めいわく》はかけない、ビグウィグ。こんなたのみは、初めてじゃないか。ぼくが今までに長に会わせろなんて、たのんだことあるかい？」

「わかった、ヘイズル。おまえじゃしょうがない。しかし、命がけだぜ、こりゃ。おまえは役に立つってことを、俺《おれ》からいっておく。むろん、そんなこと、ちゃんと知っているべきなんだ、長なら。しかし、年をとってきているからな。ここで待っていてくれ」

ビグウィグは、通路を少しくだっていって、大きな巣穴の入り口で立ちどまった。ヘイズルには聞きとれなかったが、二言三言やりとりの後、入れといわれたことははっきりわかった。二匹はだまって待ったが、ファイバーは不安なのか、終始もぞもぞしていた。

長ウサギの名前と称号は、スリアラー。「ナナカマドの頭領《とうりょう》」の意味。いつも、ザ・スリアラーと呼ばれるのは、名前のもとであるスリアア、つまりナナカマドの木が、このウサギ村に一本しかないからだろうと思われた。

長ウサギがその地位につくことができたのは、最盛期の体力ばかりではなかった。ウサギは、ふつう衝動的《しょうどうてき》にふるまうのだが、彼はまったくちがっていて、落ち着いて考え、物事に対して、ある程度自分をおさえて立ち向かうことができた。そして、噂《うわさ》とか危険に対しても興奮したりしないことはよく知られていた。粘液腫症《ねんえきしゅしょう》の大流行のときも、彼は冷静な（少数の意見では、冷たい）態度を守り通し、感染《かんせん》していると思われるウサギを無慈悲《むじひ》に村から追い出した。そして、集団移住という案には、だれがそれを出してきても反対して、村の完全封鎖《ふうさ》を断行した。おかげで、村は全滅《ぜんめつ》を免《まぬか》れた。村の厄病神《やくびょうがみ》のようなテンを、命がけでキジの養殖場へ誘い出し、番人に鉄砲《てっぽう》で撃《う》ち殺させて片をつけたのも彼だった。ビグウィグのいったとおり、年老いてきてはいるけれど、頭はまだはっきりしていた。

「やあ、ウォルナット（クルミ）か。ウォルナットだったたね？」

「ヘイズル（ハシバミ）、です」

「うむ、ヘイズル、ヘイズル。よく来てくれた。おまえの母親のことは、よく知っておる。それから、その友だち、な――」

「弟、です」

「うむ、弟だ」スリアラーは、これ以上いいまちがいを直さないようにほのめかす口調でいった。「さあさあ、楽にするがよい。レタスをおあがり」

スリアラーのレタスは、幹部ウサギが、野原を一キロ足らず行ったところにある菜園から盗《ぬす》んでくるもので、幼年組のウサギなど、めったに食べられないものだった。ヘイズルは、小さな葉を一枚いただいて、行儀よくサクサクかんだ。ファイバーは遠慮《えんりょ》して、しょぼんとすわり立ちしたまま、ひくひくふるえながら、しきりに目をしばたたいていた。

「それで、おまえたちの暮らしはどうかな?」と、長ウサギはいった。「何か、わしにできることがあったら、遠慮《えんりょ》なくいってごらん」

「はい、長様、」ヘイズルは、ちょっとためらいがちにこたえた。「あの、弟のことなのです。このファイバーのことなのです。弟は、よくないことがおこるときには、それが前もってわかるのです。そして、それが今まで何度もあたりました。それは、ぼくが知っています。去年の大水もあてました。それから、時々は、罠《わな》のありかもいいあてます。そして、今度は、たいへんな危険が、この村に迫《せま》ってくるといっています」

「たいへんな危険。うむ、わかった。そりゃ、ほんとうにたいへんだな」長ウサギは、顔色ひとつ変えないで、「それで、それは、どんな危険なのかね?」といって、ファイバーに目を向けた。

「わかりません」と、ファイバーはいった。「でも、でも、たいへんなのです。とても、たいへんで――とても、ひどいんです」ファイバーは、情けないけれど、それしかいえなかった。

スリアラーは、思いやるように少し待ってからいった。「そうか。では、我々はどうしたらよかろ

「立ち退きの?」と、ファイバーはすぐさまいった。「立ち退くことです。みんないっしょに。すぐにです。スリアラー、みんなが、立ち退かなくてはいけません」

ザ・スリアラーは、また、少し間をおいて、それから、すっかり呑《の》みこんでいる口調でいった。

「いや、これは驚いた！　それは、いささかむりな注文ではないかな？　いいだしたおまえ自身、そう思わぬかな？」

「あの、長様、」と、ヘイズルはいった。「弟は、感じたことを考えたりしません。そう感じるだけってこと、なのです、長様。私たちのすることを決めるのは、長様だけに決まっています」

「それを聞いて、実にうれしい。そうありたいと思う。だが、さてさて、おまえたち。この問題を、ちょっと考えてみよう。今は五月だったな。みんないそがしいときだ。そして、だれもが、それぞれ楽しく暮らしておる。ここ何キロ四方のどこにもエリル（敵）はいない。ま、そういう知らせが来ておる。病気も出ていない。気候もよい。そんなときに、おまえの、弟の、ええ……弟の、ああ……その弟が虫の知らせを受けたから、暮らしのめどもたたない、あてどもない旅をはじめるぞと、村の者たちに命令しろというのかね、おまえは？　村の者たちはなんというだろう？　みんな、喜ぶと思うかね？」

「長様の命令なら」ファイバーが、だしぬけに口をはさんだ。

「いや、うれしい言葉だ」と、スリアラーは、また、おなじ言葉をくり返した。「そうだな、きくかもしれない。うむ、うむ。しかし、ここは、じっくり、念入りに考えてみなくてはならないと思う。ほんとうに大事な一歩だからな。そして、それから……」

「でも、もう時間がないんです、スリアラー」ファイバーは、思わずさけんでいた。「危険が、首に罠がかかったような危険が——あっ、針金が首を。ヘイズル、助けて！」ファイバーは、悲鳴をあげて、狂ったように脚《あし》をばたつかせ、砂の上をころげまわった。罠にかかったウサギそっくりだった。ヘイズルが、前足でおさえつけていると、落ち着きをとりもどした。

「申しわけありません、長様」と、ヘイズルはいった。「時々、こんなふうになるのです。すぐに、おさまります」

「気の毒になあ、ほんとうに気の毒に！　かわいそうに、もどって休んだ方がよいだろう。そうだ、おまえが連れてかえる方がいいだろう。さてさて、わざわざ会いにきてくれて、心から礼をいうよ、ウォルナット。ほんとうに感謝しておるよ。そしてな、おまえの申し出については、慎重《しんちょう》に検討することを約束する。ビグウィグ、おまえはちょっと残ってくれるか？」

ヘイズルとファイバーが、すごすごと長ウサギの巣穴から通路へ出たとき、穴の中から、長ウサギのきつい声と、「はい」「いいえ」というビグウィグの合いの手が聞こえてきた。予想どおり、ビグウィグは、こっぴどく叱《しか》られているのだった。

3　ヘイズルの決断

私は、なぜここにじっとしているのか。……私たちは、静かな時を楽しむ機会にめぐまれるからとでもいうようにここにじっとしている。……私はもう少し年をとるまで待つつもりなのか？

クセノフォン『ペルシャ遠征記』

「でも、ヘイズル、君、長様《おさ》が君の申し出どおりに動くだろうなんて、ほんとうは思っていなかっただろ？　何を期待していたんだ、いったい？」

翌日《よくじつ》の、また夕暮れ時だった。ヘイズルとファイバーは、森のはずれで、二匹の友だちといっしょに草を食べていた。ブラックベリは、きのうの夕方ファイバーにびっくりさせられた、あの耳の先が黒いウサギだった。彼は、ヘイズルが立て札の話をするのをじっと聞いてから、人間は何かの合図や伝言の役をさせるために、そういうものをあちこちに残す。それはウサギが通路や穴《あな》に残すしるしのようなものにちがいないと、ぼくは前から思っていたといった。

そこでまた、話題をもとにもどし、ファイバーの恐怖の予知に対してスリアラーはなぜ無関心だったのだろうといったのは、ダンディライアンという名前のウサギだった。

「それがわからない」と、ヘイズルはいった。「ぼくは長ウサギに近づいたこともなかったから。しかし、『たとえ彼が耳を貸さなくても、ぼくたちが彼に危険の予告をする努力を尽《つ》くさなかったと、少なくとも、後で非難されることはない』とは考えてはいたよ」

「じゃあ、君は信じているんだね、心配なことは必ずおこるって？」

「そりゃ、信じている。だって、ぼくはずっとファイバーといっしょだったろ」

ブラックベリが返事をしようとしたとき、森の中のヤマアオイのやぶを騒々《そうぞう》しく押《お》し分《わ》けて出てきたウサギが、イバラのやぶにつっこんで溝《みぞ》に落ち、そこからはい上がってきた。ビグウィグだった。

「こんにちは、ビグウィグ」と、ヘイズルが声をかけた。「今、非番なの？」

「非番さ」と、ビグウィグはいった。「そして、ずっと非番のままのようだな」

「どういうこと？」

「幹部《アウスラ》でなくなった。そういうことさ」

「ぼくたちのせい、じゃないよね？」

「いや、そうだといえるだろうな。ザ・スリアラーは、くだらないたわごとと思っていることでニーフリスにたたきおこされると、すぐに不機嫌《ふきげん》になる癖《くせ》があってな。その上、相手を苦しめる名人なんだ。たいていのウサギなら、彼を怒《おこ》らせないようにおとなしくしているのだろうけれど、俺《おれ》は、そういうのが苦手でね。俺は、彼にいってやったよ。いずれにせよ、幹部の特権なんか、俺にとっちゃたいしたことじゃない、強いウサギなら、村を離れても、変わりなくやっていけるってね。

彼は、かっとならずに、考え直せといったけれど、俺はここに残らない。レタス泥棒《どろぼう》なんて、俺には愉快《ゆかい》な暮らしとは思えない。村の警護《けいご》もおなじさ。今は、ほんとうに、いい気分だよ」

「まもなく、だれもレタスなんか盗まなくなる」ファイバーが、落ち着いた声でいった。

「あ、君か。ファイバー、だったよな」ビグウィグは、そのとき初めてファイバーに気づいた。「よかった。君をさがしに来るつもりにしていたんだ。君が長ウサギにいったことを考えていたんでな。正直にいってくれよ。あの話は、はったりをきかしたほら話なのか、それともほんとうなのか？」

「ほんとうに、ほんとうだよ」と、ファイバーはいった。「そうでないといいんだけれどなぁ」

「じゃ、君は村を出るんだな？」

そこにいたウサギたちは、みんな、ビグウィグが問題点をずばりと口に出したのを聞いて、ぎょっとした。ダンディライアンは「村を出るだって、ああ、フリス様！」と、思わずつぶやき、ブラックベリは、耳をぴくりとさせて、まずビグウィグを、つづいてヘイズルを真剣な目で見た。

返事をしたのは、ヘイズルだった。「ファイバーとぼくは、今夜この村を出て行く」その話しぶりは慎重《しんちょう》だった。「行き先は、はっきり決まっているわけじゃない。でも、いっしょに行く気のあるウサギは、だれでも連れて行く」

「よーし、」と、ビグウィグがいった。「では、俺も連れて行ってくれ」

ヘイズルは、幹部の一匹がいっしょに行くとすぐにいってくれるとは、まったく思ってもいなかったから、不安が頭をよぎった。ビグウィグは、進退きわまったときなど、役に立つウサギだけれど、いっしょにやっていくのは難しいのじゃないか。平《ひら》ウサギの命令になんか、たのまれても、従《したが》わないのじゃないだろうか。「幹部だろうとかまうものか」とヘイズルは考えた。「村を出たら、彼に何もかもまかせたりしない。そんなことしたら、出て行く意味がない」。しかし、口に出しては、「よかった。いっしょに行こう」とだけ返事をした。

そばにいるウサギたちを見まわすと、みんな、目を丸くしてビグウィグかヘイズルを見ているのがわかった。二番目に口をきいたのはブラックベリだった。

「ぼくもついていくと思う」と、彼はいった。「ぼくをその気にさせたのは、ファイバー、君なのかどうか、はっきりしない。しかし、とにかく、この村は牡《おす》が多すぎるんだ。幹部でないウサギには、まったくつまらない暮らしだよ。しかし、おかしなものだな、君はここにとどまるのがこわくて、ぼくはここを出るのがこわい。こっちにキツネ、あっちにイタチ。その中間に我らのファイバー。いや、つまらん心配など無用だな」

ブラックベリは、恐怖心をかくそうと、ワレモコウの葉を引き抜いて、ゆっくりかみはじめた。彼は、本能的に、村の外の未知の土地にひそむ危険を感じ取っていた。

「ファイバーのいうことを信用するなら、」と、ヘイズルがいった。「この村のウサギは全部立《た》ち退《の》くべきだと思う。今から、立ち退くまでの間に、できるだけたくさんいっしょに来るように説得しよう」

「幹部の中にも、一、二匹はあたってみるほうがいいのもいる」と、ビグウィグがいった。「説得できれば、今夜君たちに合流するとき連れてくる。しかし、ファイバーの予言だといったんじゃ来ないよ。来るとすれば、幹部でも下《した》っ端《ぱ》の、俺みたいに不満のある連中なんだ。直接話を聞けば、ファイバーを信じるんだがな。俺は信じた。彼が何かの前知らせを受けたことは、話を聞けばはっきりわかる。俺はそういうものを信じる性質《たち》でね。ファイバーは、なぜスリアラーを説得できなかったのかな」

「それは、スリアラーが、自分で考え出したことしか認めないからだよ」と、ヘイズルはいった。「しかし、今は、彼のことなんかどうでもいい。あと何匹か、仲間を増やせるかどうか、やってみよう。そして、またここに集まろう。フーインレに。そして、フーインレに出発。それ以上は、ぐずぐずできない。こうしている間にも、危険は迫《せま》ってきている。正体はわからないけれど。それにな、ビグウィグ、君が幹部ウサギたちを仲間にしようとしていると知ったら、スリアラーは、決していい気持ちはしないと思う。ホリー隊長《キャプテン》もね。ぼくたちみたいな下っ端が逃げ出しても気にしないけれど、君なんかは失いたくないよ。ぼくが君の立場だったら、声をかけるウサギは注意して選ぶ」

4 出発

それが今、あの若いフォーチュンブラスめが
あの血気にはやる未熟者《みじゅくもの》めが、
ノルウェーの辺境あちこちで、
うまいえさをあさる屈強の無頼者どもをかきあつめ、
なにかよからぬことをくわだてている。

シェイクスピア『ハムレット』

フーインレは「月の出後」という意味である。ウサギには、もちろん、正確な時間とか時間厳守《げんしゅ》という考えはない。そういうところは、原始人たちによく似ている。彼らは、しばしば、何かの目的で集まるのに数日をかけ、解散するのにまた数日をかける。原始人たちが共同行動をとる前には、一種のテレパシーに似た感覚が全員に伝わり、もういつでもはじめられると全員が悟《さと》るまで機が熟《じゅく》さなくてはならない。

ツバメやイワツバメたちは、九月になると電線にならんでとまり、やかましくさえずりかわしては、切《き》り株《かぶ》ばかりでがらんとした畑の上を、一羽や群れでちょっと飛びまわる。草木が黄ばみはじめた道路際の電線にもどるたびに、ならぶ列は長くなっていく。何百という小鳥がそれぞれ興奮の度を高めて、とけあいまじりあって群れとなり、こうした群れが雑然と集まって中心部が密集し、輪郭《りんかく》のはっきりしない無秩序《むちつじょ》な大集団となる。それが、雲か波のように崩《くず》れては、またかたまることをひんぱんにくり返すうちに、ついに、(全部ではないが) 大部分が、時が来たと知る瞬間がやってくる。そして、彼らは旅立つ。こうしてふたたび、南への大飛行をはじめるのだが、多くの鳥が、目的を果たすことなく終わる。

こんな情景を目にすると、人間でいえば自分が個人であるよりまず集団の一員であると考えるような——そういう生きものたちの間には、彼らを融合《ゆうごう》させて無意識の行動にかりたてる電流がはたらくことがわかる。第一次十字軍をアンティオキアへとかりたてたのも、レミングの大群を海へと雪崩《なだれ》こませるのも、この電流の力なのである。

ヘイズルとファイバーが、また、イバラにかくされた穴《あな》から姿をあらわして、溝《みぞ》の底をそっと進みはじめたのは、約束の月の出より一時間ほどおそかったけれど、真夜中までには、まだずいぶん間があった。三匹目のウサギがいっしょだった。ファイバーの友だちでフラオ。タンポポやアザミにある、露《つゆ》がたまるくぼみのことで、英語ではピプキン。彼も体が小さくて臆病《おくびょう》な方なので、ヘイズルとフアイバーは、彼を説得して仲間にするのに、残った時間のほとんどを使ってしまった。ピプキンは、びくびくしながら承知した。今もまだ、一度村を離《はな》れたら何がおこるかわからないと、ひどくこわがっていて、難をのがれるには、ヘイズルのそばを離れず、いわれたとおりにするのがいちばんと心を決めていた。

この三匹が、まだ溝から出るよりはやく、ヘイズルは、上の方で何かが動く音を聞きつけ、すばやく、見上げていった。

「だれだ？　ダンディライアンか？」

「ちがう。ホークビット」という声がして、声の主が縁《ふち》から顔をのぞかせ、どたっという感じでとびおりた。

「ぼくを覚えているかい、ヘイズル？　去年の冬、雪の間おなじ穴で暮らしたじゃないか。今夜、君が村を出て行くって、ダンディライアンが教えてくれたんだ。君が出ていくのなら、ぼくもいっしょに行く」

ヘイズルは、ホークビットなら、はっきり覚えていた。ちょっと動作がのろくて頭がにぶいウサギで、雪に閉じこめられておなじ穴の中にいた五日間は実に退屈《たいくつ》だった。しかし、今は選《え》り好《ごの》みできる場合でなかった。ビグウィグも、一、二匹なら説得できるかもしれない。しかし、いっしょに行ってくれそうなウサギのほとんどは幹部《アウスラ》ではなかった。ろくに食べるものもない暮らしをしていて、どうしたらよかろうと思いあぐねている平《ひら》ウサギばかりなのだ。

ヘイズルが、そんなだれ彼を何匹か頭に思い浮《う》かべていると、ダンディライアンがあらわれていった。

「はやく出発する方がよさそうだよ。雲行きがどうもおもしろくないんだ。このホークビットと話をつけてから、ほかの連中に話しかけようとしたとたん、トードフラックスのやつが、ずっと後をつけていたのに気づいてね、『おまえ、何をたくらんでいる?』というから、村を出たいと思っているウサギがいるかどうかを調べようとしていただけだといったんだけれど、信用したとは思えないね。スリアラーに対する陰謀《いんぼう》をたくらんでいないと誓えとつめよってきてね。かんかんに怒《おこ》って疑《うたぐ》り深《ぶか》くなっている。正直、ぼくはすっかりこわくなってね、そのままホークビットだけを連れて逃げてきたんだ」

「しかたないさ」と、ヘイズルはいった。「あのトードフラックスが、よくも君をなぐり倒《たお》してききただささなかったものだ。はやい方がいいらしいけれど、もう少し待ってみよう。もう、ブラックベリが来るはずだから」

時が流れた。ウサギたちがじっとうずくまっている間に、月が移り、草の影も北にのびた。とうとう、ヘイズルがしびれを切らして、ブラックベリの巣穴《すあな》まで、斜面《しゃめん》を走っていこうと動きかけたとき、目当てのブラックベリがきっかり三匹のウサギを連れて穴から出てきた。中に、ヘイズルがよく知っているバックソーンがいた。ヘイズルはほっとした。バックソーンは、元気でたくましく、おとなになったらすぐにも幹部になることまちがいなしといわれていた。

「しかし、たぶん、待ちきれなくなったのだろうな」と、ヘイズルは心の中で考えた。「それとも、牝《めす》のとりあいでこっぴどい目にあって、それが応《こた》えているのかもしれない。とにかく、彼とビグウィグがいれば、戦いになってもなんとかなる」

後の二匹がだれだか、ヘイズルにはわからなかったし、ブラックベリが二匹の名前を、スピードウェルとエイコンと教えてくれても、やはりわからなかった。そして、それもむりはなかった。二匹とも平組《ひらぐみ》の見本のような、弱々しい六か月子で、びくびくと気を張りつめていた。痛めつけられるのに慣れている証拠《しょうこ》だった。

スピードウェルもエイコンも、好奇《こうき》の目でファイバーを見ていた。二匹ともブラックベリから話を聞いて、ファイバーがおごそかな口調で運命を予言するのだと思っていたのだった。しかし、彼らの期待ははずれた。ファイバーは、ほかのウサギたちより落ち着いていて、いつもどおりに見えた。それは、村を出ると決まって、気がかりが消えたからだった。

じりじりと、待つ時がすぎた。ブラックベリは、いらいらと落ち着かず、やみくもにとび出したいような気持ちで、シダの茂《しげ》みをつたって土手の上へよじのぼった。ヘイズルとファイバーは、溝の闇《やみ》から動かず、無意識に草をかみつづけていた。ようやく、ヘイズルは、待ちに待っていた音を聞きつけた。一匹のウサギが——うん、二匹？——が森から近づいてくる。

そして、すぐに、ビグウィグが溝にあらわれた。そして、ビグウィグの後ろに、一歳より少し上のきびきびしたたくましいウサギがついてきた。彼は毛色がかわっているので、村中知らないウサギはいなかった。全身灰色だが、あちこちが白に近い。そのため、今は、月光に白く光りながら、だまって腰《こし》をおろし、体をひっかいていた。このウサギがシルバー。ザ・スリアラーの甥《おい》で、幹部になって、最初のひと月がまだ終わっていなかった。

ヘイズルは、ビグウィグがシルバーだけを連れてきたことに、正直ほっとしていた。彼は、おだやかで率直《そっちょく》な性格で、あまり幹部ずれしていなかった。ビグウィグが、夕方、幹部たちを打診してみるといったとき、ヘイズルは内心迷った。村を出ればさまざまな危険に出くわすから、すぐれた戦士が何匹か必要なことはわかりきっていた。それに、ファイバーのいうとおり、村全体に危険が迫《せま》っているなら、すぐ参加してくるウサギはだれでも受け入れるべきだった。一方、トードフラックスのように横暴にふるまうウサギたちをかかえこんで、よけいな苦労をするのはばかげていた。

「終わりがどうなるにしても、ここを出るためには、危険を乗り越《のこ》えなくちゃならない。しかし、そのためにピプキンやファイバーをどなったりたたいたりは、だれにもさせない。しかし、ビグウィグもそう思ってくれるかな？」ヘイズルはそれが心配だった。

「シルバーは知っているよな？」ビグウィグの声が、ヘイズルの考えの中に割りこんできた。「若い幹部の中に、彼にいやな思いをさせたやつらがいたらしいんだ。ほら、体の色のことをからかったり、今の地位はスリアラーのおかげでありついただけだといったりしてな。あと何匹か連れてこようと思ったんだが、幹部はほとんどみんな、今の暮らしに満足しているらしくてな」

ビグウィグは、そこで、まわりを見まわした。「おい、あんまり集まっていないじゃないか。この計画、つづける価値がほんとうにあるのかい？」

シルバーが、何かいいそうなそぶりを見せたが、そのとき、突然、斜面の下草をふんで、走ってくる足音が聞こえたかと思うと、森から三匹のウサギがあらわれ、土手を越えて走ってくるのが見えた。彼らの動きは、目的がはっきりしていてむだがなく、今溝に集まっているウサギたちがやって来たときのような迷いが見られなかった。

新しく姿を見せた三匹のうちでいちばん体の大きなウサギが先頭で、後の二匹は、命令なのか後ろについてきた。ヘイズルは、彼らの目的が村を出ることではないとすぐに気づいて、さっと身がまえた。ファイバーが「ああ、ヘイズル、来たよ、彼ら……」と耳うちしかけたが、後がつづかなかった。ビグウィグは、彼らに顔を向け、鼻をしきりにヒクヒクさせながら、彼らの動きをじっと観察していたが、三匹はまっすぐ彼のところへやってきた。

「スライリ、だな？」と、先頭のウサギがいった。

「きくまでもないだろ」、ビグウィグは返事をした。「なあ、ホリー、なんの用だ？」

「おまえを逮捕《たいほ》する」

「逮捕？　どういうことだ？　理由はなんだ？」

「平和を乱し、反乱をそそのかしたからだ」と、ホリーはいった。「シルバー、おまえも逮捕する。トードフラックスへの報告を怠《おこた》り、義務を同僚《どうりょう》に押《お》しつけたからだ。二匹とも同行せよ」

すぐに、ビグウィグは、ホリーにとびかかって、ひっかいたり、蹴《け》とばしたりしはじめた。ホリーも向かってきた。彼の部下の二匹もつめよってきて、すきを見つけて格闘《かくとう》にくわわり、ビグウィグをおさえつけようとした。突然、バックソーンが、土手の上から格闘の真《ま》っ只中《ただなか》にとびおりてきて、ホリーの部下の一匹を、後ろ足のひと蹴りでふっとばし、もう一匹に組みついた。ひと呼吸《こきゅう》おくれて、ダンディライアンが、バックソーンがふっとばしたウサギの上にどさりとおりた。二匹の護衛ウサギは、相手からのがれると、まわりをさっと見て、土手にとびあがり、森へ逃げこんだ。ホリーは、ビグウィグをふりほどくと、腰を据《す》えて低くかまえ、うなり声をあげながら、前足を交互にふりたてた。ウサギが怒ったときの動作だ。

そのホリーが、口を開きかけたとき、ヘイズルが進み出た。

「立ち去れ」ヘイズルの声は、落ち着きはらって、きっぱりしていた。「さもなければ、殺す」

「きさま、どうなるか、わかっているんだろうな？」と、ホリーはいい返した。「俺《おれ》は隊長だぞ。それを知っていってるんだろうな？」

「立ち去れ」と、ヘイズルはくり返した。「さもなければ、殺す」

「殺されるのは、きさまの方だ」と、ホリーはいい返した。しかし、それ以上無駄口はきかず、彼も土手にあがると、森にもどって姿を消した。

ダンディライアンは、肩《かた》から血を流していた。彼は、ちょっとの間傷口《きずぐち》をなめていたが、すぐにヘイズルに顔を向けていった。

「彼らがすぐにもどってくることは、わかっているだろ、ヘイズル。幹部を集めに行ったんだよ。そうなったら、たっぷりやられるぜ」

「すぐに、出発しなくちゃ」と、ファイバーがいった。

「ああ、今が潮《しお》どきだよ」と、ヘイズルもいった。「さあ、小川までくだって、そこから、流れに沿って進む。そのコースなら、みんなまとまって行ける」

「俺の考えでは……」と、ビグウィグがいいかけた。

「ぐずぐずしていると、その考えも聞けなくなる」と、ヘイズルが答えた。

ヘイズルは、ファイバーとならんで先頭に立ち、溝を出て斜面をくだった。一分足らずで、小さなウサギたちの群れは、朧《おぼろ》な月夜の中に姿を消した。

5　森の中で

こういう若いウサギたちは……生きのびようとする場合は移住しなくてはならない。野生で自由な状態の場合、彼らは、ときには何マイルもさまよい歩き……生きていける環境を見つけるまで放浪《ほうろう》する。

R・M・ロックリー『アナウサギの生活』

ウサギたちが野原を離《はな》れて森に入ったのは、月の入りに近かった。おたがいに、おくれては追いつきして、どうやら群れを保ちながら、ずっと小川の流れに沿って野原や畑を八百メートルほど進んだ。今まで聞いた話からして、ヘイズルは、村のウサギたちもここまでは来たことがないにちがいないと思った。しかし、もう大丈夫という自信はなかった。

何度目だろうか、追っ手の足音が聞こえはしないかと、耳をすましているとき、ヘイズルは、小川が、黒々と広がる木々の間に入って見えなくなるのに気づいた。

ウサギたちは、密生した森林を避《さ》ける。地面がうす暗くてしめっていて、やぶに危険がひそんでいる恐れがあるからだ。ヘイズルは木々の茂《しげ》りぐあいなど気にしていなかったけれど、この森なら、ホリーも追跡《ついせき》をためらうにちがいないと考えた。それに、小川に沿っていく方が、野原をあてもなくうろついて、気づいてみたらもとの村にもどっていたなどという危険をおかすより、結局は無事だろうとも思った。そこで、みんなは必ずついてきてくれると信じて、ビグウィグにも相談せず、そのまま森に入ることにした。

「ぼくらが災難《さいなん》にぶつからず、小川も森を抜《ぬ》けてくれれば、」と、彼は考えた。「村から完全に離れたことになるから、少し休めるところも見つかるだろう。みんな、まずまずのようだけれど、ファイバーとピプキンは、まもなく、まいってしまうだろう」

入ったとたん、森は物音に満ちていることがわかった。しめった木の葉やコケの匂《にお》いがした。いたるところで、水のしたたり落ちるかすかな音がした。森に入ってすぐ、小川は小さな滝になって滝壺《たきつぼ》に落ち、その音が、木々につつまれているので、まるで洞穴《ほらあな》の中のようにあたりにこだましていた。ねぐらについた小鳥たちが頭上でかさこそと音を立て、夜風が木の葉をそよがせていた。あちらこちらで、枯《か》れ枝《えだ》の落ちる音がした。そして、遠くから、もっと不吉な、正体不明な音も聞こえてきた。動くものの音だ。

ウサギにとって、未知のものはすべて危険だった。ウサギは、まず、ぎょっとして、次にやみくもに走りだす。ヘイズルたちは、くり返し、ぎょっとしたあげく、動けないほど疲《つか》れてしまった。しかし、いったい、こういう音の正体はなんなのだ？　それに、ここは未知の自然だ。どこへ逃げたらいいか、わからないじゃないか？

ウサギたちは、おずおず体を寄せ合った。足はおそくなった。ほどなく、ウサギたちは、逃亡者らしく月の光があたるところは足早に抜け、やぶかげにとびこんでは、耳をそばだて、大きな目であたりをうかがうようになった。そして、小川の流れを見失った。月は、ぐっと西に傾き、森の木々越《ご》しに斜めにさしこむ光は、ぼんやりと力なく、黄色が濃《こ》くなって見えた。

ヘイズルは、ヒイラギの根方にうずたかく積もった落ち葉の山越しに、勢いよくのびているヤナギランとシダにはさまれた細い道を見おろした。シダがそよ風にかすかにゆれるばかりで、道の上には、オークの木の下にちらばる去年のドングリのほかには、何も見えなかった。シダの茂みの中に何かがひそんでいるだろうか？　あそこの曲がり角の向こうに、何かが待ちかまえているのだろうか？　ウサギが一匹、ヒイラギの木という楯《たて》を捨てて、このけもの道をかけおりていったら、どんな運命が待ちうけているだろう？

ヘイズルは、そばにいるダンディライアンに顔を向けて言った。

「君ここで待っていてくれ。曲がり角についたら、地面をたたいて知らせる。でも、ぼくが何かにつかまったら、みんなを連れて逃げてくれ」

返事を待たずに、ヘイズルはかくれるもののない道に飛び出して走った。あっという間にオークの木まで走ったところで、一瞬足をとめてあたりに目をくばり、すぐにまた曲がり角まで走った――細道は、うすれる月の光に照らされて、ゆるやかにくだっていて、真っ暗なトチノキの木立の中に消えているばかりで、何もいなかった。ヘイズルが地面をたたくと、たちまちのうちに、シダにかくれた彼のかたわらにダンディライアンが来ていた。ヘイズルは、恐怖で凍《こお》りついたようになっていたけれど、ダンディライアンはとても足がはやいにちがいないと思った。あれだけの距離《きょり》をほんのちょっとで走りきっている。

「おみごと」と、ダンディライアンが、ささやいた。「ぼくらにかわって、危険をおかしてくれたんだ――エル‐アライラーのように」

ヘイズルは、親しみをこめて、ちらっと友を見た。心あたたまるほめ言葉で、元気が出た。

エリル‐フライル‐ラー、つづめてエル‐アライラー、すなわち千の敵を持つ王は、ウサギにとって、イギリス人のロビン・フッド、アメリカ黒人のジョン・ヘンリー*だった。リーマスおじさん**は、彼のことを知っていたかもしれない。エル‐アライラーの冒険のいくつかは、あのウサギどんの冒険に使われている。そういえば、オデュッセウスも、このウサギの英雄から策略《さくりゃく》を一つ二つ借りているかもしれない。なにしろエル‐アライラーというウサギの神様は、非常な長命のおかげで、敵をあざむく策略《さくりゃく》に困ることなどなかったからだ。

エル‐アライラーが、腹をすかせた大カマスのいる川を泳いで家に帰ったときの話が伝わっている。

彼は、体中を櫛《くし》けずり、たっぷり毛をとると、それを粘土《ねんど》のウサギにはりつけて、川へ押《お》し流《なが》した。カマスはすぐにとびついて、かみついたが、まずいので吐《は》き出《だ》した。その粘土のウサギが、岸辺に流れつくと、エル－アライラーはしばらく待ってから、また川に押し流した。これを一時間つづけると、カマスは粘土のウサギにかまわなくなった。エル－アライラーは、おなじことを五回くり返してから、川を泳いで家に帰ったという。

エル－アライラーは天候まで自由にできると信じているウサギもいる。風と湿気と露《つゆ》は、ウサギの味方であり、敵に立ち向かう武器になるからである。

「おい、ヘイズル、ここで休まなくちゃ、だめのようだぜ」ビグウィグが、うずくまってあえいでいるウサギたちの間を縫《ぬ》うようにしてやって来ていった。「ここが、休むのにいい場所じゃないことはわかってる。しかし、ファイバーや、君が連れてきたこの小さいのなんか、すっかりまいっちまってる。休まないと、この連中、これ以上進めない」

実は、一匹残らず疲《つか》れ果《は》てていた。ウサギの多くは、一生おなじ場所で暮らし、一度に百メートル以上走ることはない。つづけて何か月も地上で暮らし、地上で眠ることがあっても、巣穴《すあな》の代わりをする隠《かく》れ家《が》から、あまり離れない。ウサギには、生まれつき、二通りの走り方がある。夏の夕方、繁《はん》殖地《しょくち》をのんびり、ぴょんぴょんはねる姿を見かけるが、それが方法の一つ。もう一つよく見かけるのが、隠れ家に向かって、稲妻《いなずま》型に一目散に突進する、あの走り方である。ウサギがてくてくと歩きつづける姿など想像もできない。それ向きにできていないのだ。若いウサギは長距離の移動が可能で、何キロも旅ができることはたしかだが、決してそんなことはしたがらない。

ヘイズルとその仲間たちは、その晩《ばん》ずっと、ウサギらしくないことばかりしてきた。彼らがしたことは、初めてのことばかりだった。彼らは、時々ばらばらにちらばったりはしたけれど、集団行動に努めた。とびはねるのと走るのとの中間程度の、一定の速度を守ろうとしたけれど、これは実に難しいことがわかった。

森に入ってからは、ずっと気を張りつめていたので、五、六匹は、ほとんどサーン状態になっていた。サーン状態とは、おびえきって消耗《しょうもう》しつくしたウサギがおちいるどんよりと目を見開いた麻痺《まひ》状態のことで、この状態になったウサギは、じっとうずくまったまま、イタチや人間などの敵が命をとりに近づいても、ただじっと見ているだけになる。

今、ピプキンはシダの茂みの下で、耳を右と左にだらりとたらして、ふるえながら、右前足を変にぎごちなく持ち上げて、あわれっぽくなめつづけていた。ファイバーも、あまり変わりなかった。元気そうにしているけれど、疲れきっていた。敵からのがれる体力もないまま、かくれる場所もないところをさまよい歩くより、ここで休む方がまだ安全であることが、ヘイズルにもわかった。しかし、餌《えさ》もなく地下にもぐることもできないまま、じっと考えこんでいたら、心配ごとで頭がいっぱいになり、恐怖がつのってちりぢりになるか、捨てた村にもどろうとするだろう。

ヘイズルには、それを防ぐ一案があった。

「わかった。ここで休もう」と、ヘイズルはいった。「このシダの茂みの中にかたまろう。そして、ダンディライアン、君、話を聞かせてくれよ。君が話し上手なことは知っているんだ。ピプキンなんか、聞きたくてうずうずしている」

ダンディライアンはピプキンを見て、ヘイズルが何をしてくれと願っているかを悟《さと》った。彼自身、陰気な、そして地面に草のない森の中は恐ろしかった。ちょっと離れたところから、夜の狩《かり》をおえてもどってきたフクロウたちの声が聞こえてきた。それよりもっと近くから、強烈なけものの臭《にお》いも流れてきた。彼は、自分の恐怖を押し殺して、物語をはじめた。

＊ 超人的な力を持つ、伝説のアメリカ黒人。彼の伝説は主として一八七〇年から七五年の間のウエスト・バージニアにおける鉄道建設の現場で、最新式の機械よりも速くトンネルを掘ったり、ダイナマイトでも粉砕できない大きな石を一人で砕いて片づけたといった物語から成っている。

＊＊ジョエル・チャンドラー・ハリス(一八四八―一九〇八)の、『リーマスおじさん・その歌と格言』(一八八〇)をはじめとする「リーマスおじさん」シリーズで、ウサギのトリックスター、ウサギどんの物語をする老人。

6　エル - アライラーの恵みの物語

なぜ彼は私を残酷だと思うのか？
あるいは、裏切られたとおもうのだろうか？
私は、世界が作りだされる以前に存在したものを、
彼に愛してもらいたいのだ。

W・B・イェーツ「若くて老いている女」

「昔、フリス様は世界を作った。星もみんな作った。この世界も星の一つなんだよ。フリス様が空いっぱいに自分の糞《ふん》をまき散らすとそれが星になった。だから、世界中草や木が実によく茂《しげ》る。フリス様は川の流れも作った。川たちは、大空を渡《わた》るフリス様の後ろについて流れ、フリス様が空を留守にする夜は、ひと晩《ばん》中、さがしまわっている。

フリス様は、鳥とけものもぜんぶ作った。しかし、はじめは、みんなおなじだった。スズメとチョウゲンボウは友だちで、両方とも、草の種や虫が餌《えさ》だった。それから、キツネとウサギも友だちで、

両方とも、草を食べていた。草もたくさん、虫もたくさん。なにしろ、世界が新しくて、フリス様が一日中明るく照っていたからね。

そして、そのころ、エル - アライラーは、けものたちといっしょに、たくさんの妻をひきつれて暮らしていた。妻の数ときたら、数え切れないほど多くて、その妻たちがフリス様も数え切れないほどたくさんの子どもを生み育てた。その子どもたちは草でも、タンポポでも、レタスでも、クローバーでも、なんでも食べた。もちろん、エル - アライラーが彼らみんなの父親だった」(ビグウィグが、そのとおりというようなうなり声を上げげた。)

「そして、しばらくすると、」と、ダンディライアンは話をつづけた。「草がとぼしくなってきた。ウサギはどこにでも出かけて子どもを増《ふ》やし、行く先々で草を食べていた。

そこで、フリス様はエル - アライラーにいった。『ウサギの王よ、おまえがウサギどもの数をおさえられないのなら、私が何か考えてみよう。よいか、忘れるなよ』

ところが、エル - アライラーは気にもかけず、フリス様にいった。『私の民は世界一強力です。それは、ほかのどの民よりも、はやく子どもを生み、ほかの民よりも多く食べるからです。そして、これこそ、ウサギがフリス様を深く愛しているしるしです。フリス様のあたたかさと明るさにもっとも敏感《びんかん》なのがウサギたちですから。フリス様、ウサギはとても大事です。どうか、彼らのりっぱな暮らしのじゃまはなさらないでください』

フリス様は、その気になれば、すぐにエル - アライラーを殺すこともできたのだが、ウサギの王をこの世に置いておくことにした。それは、彼と遊んだり、からかったり、いたずらをしかけたりして楽しむためだった。

フリス様は、その偉大《いだい》な力を使わず、策略《さくりゃく》を使って彼を打ち負かすことにした。そこで、大集会を開き、けものも鳥も、それぞれ、みんなちがうけものと鳥になる贈りものを与えると発表した。あらゆる生きものが集会場に向けて動きだした。しかし、フリス様があらかじめとりきめておいたので、着いたのは、それぞれ別な時間だった。というわけで、フリス様は、クロウタドリには美しい歌を、牝《め》ウシには鋭い角とどんなけものも恐れない力を与えた。やがて、順番で、キツネとテンとイタチがあらわれると、フリス様は、ずるがしこさと猛々《たけだけ》しさと、エル - アライラーの子孫を狩り立てて、殺して食べたいという欲望を与えた。そこで、キツネとテンとイタチは、ウサギを殺して食べたい一心で、もどっていった。

そして、その間ずっと、エル - アライラーはといえば、おどったり、恋をしたりしながら、フリス様の集会に出て、すごい贈りものをもらってくるぞと自慢《じまん》していた。ようやく時間になって、彼は集会場へと出かけていった。けれども、彼は、途中《とちゅう》、とある丘の柔《やわ》らかい砂の斜面《しゃめん》でひと休みした。そこへ、黒いイワツバメが、『ニュース、ニュース、ニュース!』と鳴きたてながら飛んできた。その日からずっと、イワツバメはいつも『ニュース、ニュース』と鳴くことは、みんなも知っているね。

さて、それを聞いたエル-アライラーは、『おーい！』と呼んで、『どんなニュースかね？』ときいた。

『あっ、エル-アライラー、あんた、たいへんだぞ！　フリス様が、キツネやイタチにはずるさと鋭い歯をさずけてね、ネコには、音を立てない足と暗闇《くらやみ》でも物が見える目を与えたものだから、あの連中、エル-アライラーの子どものウサギを見つけ次第に殺して食おうと、もどっていったよ』

そういって、ツバメは勢いよく丘を越《こ》えて飛んでいった。そのとたん、エル-アライラーは、フリス様の呼ぶ声を聞きつけた。

『エル-アライラーはどこにおる？　ほかの生きものは、もう、みんな贈りものを受けてかえった。残っておるのはおまえだけだぞ』

それを聞いたエル-アライラーは、フリス様の悪がしこさにはとても太刀打《たちう》ちできないことを悟《さと》ってこわくなった。フリス様が、キツネやイタチを連れてきていると思ったエル-アライラーは、丘の斜面を掘《ほ》ってかくれようとしたけれど、少し掘れたときには、もうフリス様は丘を越えて来ていた。フリス様がひとりでやって来てみると、エル-アライラーは、穴《あな》から尻《しり》だけ出して、砂を雨あられとまき散らしながら、せっせと穴を掘っている。

『やあ、友よ、おまえ、エル-アライラーを見かけなかったかね？　彼に贈りものがあるので、さがしているのだが』

『いいや、』と、エル-アライラーは、穴に入ったままで返事をした。『見ませんでした。遠くにいて、もどってこられないのです』

すると、フリス様はいった。『では、おまえが穴から出てきてくれないか。彼のかわりに、おまえに恵みを与えよう』

『出られません』と、エル-アライラーはいった。『いそがしいんです。キツネやイタチが来るもので。お恵みなら、穴から突き出ている尻にお願いします』

ウサギたちは、みんな、この話は知っていた。ウサギ村の通路を冷たい風が吹き抜《ぬ》け、巣穴《すあな》の下の細道にできた水たまりが凍《こお》る冬の夜ごとに、そして、夏には、赤い花のサンザシの下や、腐臭《ふしゅう》のする花を咲かせるニワトコの下の草むらなどで、よく聞かされる話だった。ダンディライアンは、とても上手に話すので、ピプキンまでが、疲《つか》れも危険も忘れて、ウサギ族の偉大な不滅《ふめつ》の力を感じていた。どのウサギもみんな、フリス様に対して無礼にふるまいながら、なんとか罰をのがれおおせるエル-アライラーになっていた。

「それを聞いて、」と、ダンディライアンはいった。「フリス様は、エル-アライラーのすばやい頭のはたらきを知り、キツネやイタチが来ると知っても絶対にあきらめようとしないのを見て、彼に親しみを感じた。

『よし、わかった』と、フリス様はいった。『穴から突き出ているおまえの尻に恵みを与えよう。尻よ、いつまでもたくましく、用心深く、逃げ足はやく、おまえのご主人の命を助けよ。さあ、変われ！』

フリス様が声をかけると、エル‐アライラーの尻尾《しっぽ》が白く輝きはじめて、星のようにぴかりと光った。後ろ足が長くたくましくなって、丘の斜面をどしどしたたいたので、草の茎《くき》にとまっていた虫までころがりおちた。エル‐アライラーは穴から出ると、この世の生きもののどれよりもはやく、一気に丘の斜面を走り抜けた。

フリス様は、その後ろ姿に向かってさけんだ。『エル‐アライラーよ、おまえのウサギ族がこの世を支配することはできないぞ。この私が、それは許さん。この世のすべてがおまえの敵になるぞ、よいか、千の敵を持つ王よ。千の敵は、おまえとウサギ族をつかまえれば、必ず殺す。だが、しかし、おまえと仲間たちは、穴掘りがたくみで、耳がきく。早足で、すばやく敵から逃げられる。策を練ってうまくたちまわれば、おまえと一族はけっして滅《ほろ》びることはないだろう』

それを聞いたエル‐アライラーは、フリス様には勝てないけれど、争う必要のない友であることを知った。毎日、フリス様が一日のおつとめを終えて、赤く染まった西空にゆったりと横になって休むときになると、エル‐アライラーも、彼の子どもたちも、子どもたちの子どもたちも、巣穴から、フリス様の見える地上へ出てきて、餌を食べたり、遊んだりするのさ。なんといっても、フリス様が、おまえたちは私の友だちだ、絶対に滅びたりしないぞと約束してくれたんだから」

7　レンドリと川

精神的勇気についていえば、午前二時の勇気、つまり、即興的《そっきょうてき》な勇気を認めたことはほとんどなかったと、彼は語っていた。

ナポレオン・ボナパルト

ダンディライアンが話し終えたとき、小さな群れの風上側にいたエイコンが、はっとして立ち上がると、両耳を立て、鼻をひくひくさせた。かぎなれない強い臭《にお》いがふいに濃《こ》くなったかと思うと、次の瞬間、すぐそばで、何か重いものが動く音がした。

突然、小道をはさんだ向かい側のシダが左右に分かれて、細長い、イヌに似た頭があらわれた。黒い顔の真ん中を白い縞《しま》が走っているけものだった。頭が下向きで、口は耳まで裂《さ》けているように見える。鼻面は地面すれすれに下げている。頭の下に大きくて強力な前足と、頭の後ろに、もじゃもじゃした毛につつまれた体がぼんやり見えた。二つの目がウサギの群れをうかがった。野獣《やじゅう》らしい抜《ぬ》け目《め》のない目だった。

頭がゆっくり動いて、うす暗い小道の左右を調べ、それから、もう一度獰猛《どうもう》な恐ろしい目つきで、ウサギたちをにらんだ。口がさらに大きく割れて、頭の縞とおなじ白い歯がきらりと光った。そのけものは、しばらく、ウサギたちから目を離《はな》さなかった。ウサギたちは、音一つ立てずに相手を見返すだけで、ぴくりとも動けなかった。

するると、小道にいちばん近いところにいたビグウィグが、くるりと向きを変えて、静かに群れの中にもどってきた。

「レンドリ（アナグマ）だよ」ビグウィグは、群れの中を通り抜けながら小声でいった。「危険かどうかはわからない。しかし、かかわらないほうがいい。逃げよう」

ウサギたちが、彼についてシダの茂《しげ》みを分けていくと、すぐに、今までの道と平行につくられているもう一本の細道にぶつかった。ビグウィグは、道に出て走りだした。ダンディライアンがすぐに追いつき、二匹してトチノキの間に姿を消した。ヘイズルと仲間たちも、けんめいに後を追った。ピプキンも、前足は痛かったけれど、恐怖にかりたてられて、けがをした足をかばいながらよろよろとついてきた。

ヘイズルは、トチノキの林を抜けて、道なりに進んで角を曲がったが、そこでぴたっととまって腰《こし》を落としてしまった。すぐ目の前が川岸の土手だった。土手のすぐ下を川が流れていた。ビグウィグとダンディライアンが、土手ぎりぎりの縁《ふち》から、川の流れをじっと見ていた。それは、幅《はば》がせいぜい

三、四メートルしかない小川で、深さも、春の雨季の今でも七、八十センチくらいしかなかった。しかし、ウサギたちには途方もなく大きかった。想像もつかない大河だった。月はもう沈《しず》みかけていたので、夜は暗かったが、川の流れがかすかに光るのは見えたし、向こう岸にまばらにならんで帯を作っているハシバミとハンノキの姿もぼんやりと見分けがついた。川向こうのどこかで、一羽のチドリが三、四回鳴いて、その後、鳴き声が絶えた。

仲間は、一匹、二匹とほぼ全員が追いついてきて、土手の上から、声もなく川をながめていた。弱いけれど冷たい風が動いている。仲間は、土手の上に腰を落としてふるえている。

「いやぁ、ヘイズル、こんなことは、思いもかけなかったなぁ」ビグウィグが、まず口をきっていった。「それとも、君は、俺《おれ》たちを森に連れこんだときから、予想していたのかい？」

ヘイズルは、ここを切り抜けないと、ビグウィグが手に負えないお荷物になると気づいて、気が重くなった。彼はたしかに臆病者《おくびょうもの》ではない。しかし、方針が定まっていなくて、打つべき手もよくわかっていない場合、ひるんだりすることがあるようだ。彼には、右か左かはっきりしないというのが、危険よりやっかいなのだ。だから、ものごとがはっきり決まらないと腹を立てる。

きのう、彼は、ファイバーの警告に態度を決めかね、そのためスリアラーに突っかかって幹部《アウスラ》をやめた。つづいて、生まれた土地を去るという計画について決心がつかないでいるとき、おあつらえむきに、ホリーが攻撃《こうげき》してきて、立ち去るのに申し分のない理由を作ってくれた。今は川を見て、彼の自信はまたぐらつきはじめている。これは、ぼく、ヘイズルがなんとかして、彼に自信をとりもどさせなくてはならない。失敗すれば、ごたごたがおこりそうだ。ヘイズルは、スリアラーのしたたかな腰の低さを思い出した。

「さっきも、君がいてくれなかったら、ぼくら、どうなったかわからないよ、ビグウィグ」と、ヘイズルはいった。「あのけものはなんだった？　我々を殺すようなけものかい？」

「レンドリだ」と、ビグウィグはいった。「幹部連中から聞いたことがある。俺たちには危険じゃない。逃げるウサギはつかまえられないし、近づいてくれば、たいてい臭いでわかる。やつらの真上の穴に住んでいて何もされなかったウサギたちの話を聞いたことがある。変わったけものだよ。しかし、やっぱり避けるにこしたことはない。巣穴《すあな》の中の子ウサギを掘り出《ほだ》すこともあるし、けがをしているウサギにぶつかれば、殺すこともあるからね。やっぱり、千の敵の一つだと思う。俺があの臭いで気づくべきだったんだけれど、かいだのは初めてだったから」

「何かを殺して食ったすぐ後で、我々に出くわしたんだ」ブラックベリがそういって、身ぶるいした。「くちびるに血がついていた」

「ネズミだろうな。キジのひなかもしれない。何かを食った後で、ほんとうに運がよかったんだ。さもなければ、とびかかられたかもな。知らずに、だったけれど、俺たちのしたことは正しかったんだ。ほんとうに、うまく切り抜けたんだよ」と、ビグウィグがいった。

ファイバーが、ピプキンといっしょに、足をひきずるようにして、小道をくだってきた。この二匹も、川に気づくと、びっくりした目で足をとめた。

「ファイバー、これからどうしたらいい？」ヘイズルが声をかけた。

ファイバーは、川を見おろして、耳をひくつかせた。

「越《こ》えなくちゃならない」と、ファイバーはこたえていった。「でもね、ヘイズル、ぼくは泳げないと思う。疲《つか》れきってるんだ。ピプキンは、ぼくよりもずっと疲れているしね」

「これを越える？」ビグウィグが、大きな声をあげた。「越えるだと？　いったいだれが越えるんだ？　なんのために？　ばかをいうのもいい加減にしろ！」

ウサギも野生動物だから、せっぱつまれば泳ぐことはできる。自分から泳ぐウサギもいる。森のはずれで暮らすウサギたちが、小川の向こう岸の野原で草を食べるために、いつも小川を越えることはわかっている。しかし、たいていのウサギは泳ごうとしないし、疲れ果てたウサギがこのエンボン川を泳いで渡《わた》ることはできない。

「あれに飛びこむのはいやだな」と、スピードウェルがいった。

「なぜ川岸を進めないんだ？」と、ホークビットが問いただした。

ヘイズルは、ファイバーが川を渡ろうといったのは、何かの危険を感じているからだろうと思った。しかし、どういったらみんなが納得してくれるだろう？　ところが、説明の言葉を考えながら、ヘイズルはふいに気分が軽くなっていることに気づいた。いったいなぜ？　匂《にお》い？　音？　あ、そうか。

川向こうのすぐのところで一羽のヒバリがさえずりながら、空をのぼりはじめていた。もう、朝なのだ。一羽のクロウタドリが力強く低い声で鳴きはじめると、モリバトがすぐそれにつづいた。まもなく、あたりが灰色のうす明かりにつつまれると、川上は森がふさいでしまっているが、川を渡れば開けた野原が待っているとわかった。

8　川を越える

百卒長は……泳げる者はまず海にとびこんで陸まで泳ぎ、ほかの者たちは、板に乗ったり、こわれた船の残骸にとりついていくように命じた。そして、結局、みながぶじに陸につくことができた。

『使徒行伝　二七章』

砂地の川岸の土手は、流れよりだいたい二メートルは高かった。ウサギたちがそこにならんですわると、川上も、左側の川下も、目を向ければはっきりと見えた。

土手の斜面《しゃめん》は、川までストンと落ちていた。ウサギたちのいるすぐ下の斜面には鳥の巣穴《すあな》があるにちがいなかった。朝の光が強くなると、三、四羽のイワツバメが、勢いよく川の上を向こう岸の野原へと飛んでいくのが見えた。そして、ほんのしばらくすると、一羽がくちばしに何かをいっぱいくわえてもどってきた。鳥が足下に姿を消すと、ひなたちのピーピー鳴きたてる声が聞こえてきた。

川岸の土手は、川上も川下もあまりのびていなかった。川上を見ると、土手はくだって草の小道にかわり、川に沿ってのびていた。川は、目のとどく限りの川上からまっすぐにくだってきていて、その間、渡《わた》り場《ば》も、石のごろごろした浅瀬も、板の橋もなく、すらすらと流れていた。そして、ウサギたちのいるところのすぐ下が、流れがとまったように見える幅《はば》の広いよどみだった。

左側の川下に向かっても、土手は低くなってハンノキの茂《しげ》みに入っていた。そして、その茂みからは、浅瀬の小石の上を流れる水のにぎやかな音が聞こえてきた。流れを横切っている有刺鉄線《ゆうし》もちょっと見えていた。ウサギたちは、そこが、生まれた村のそばの小川にあったのとおなじ家畜の水飲み場にちがいないと思った。

ヘイズルは、川上の小道に目をやって「あそこに草がある。食べに行こう」といった。

ウサギたちは、土手をおりていって、水辺の草を食べはじめた。流れ近くには、半分ほどのびたミソハギとオオグルマの草むらがあった。花にはあと二か月ほどある。花を見せているのは、シモツケソウの早咲きが四つ五つと、あとはひと群れのフキだけだった。

ふり返って土手の斜面を見ると、イワツバメの巣穴がびっしりあることがわかった。その小さな崖《がけ》の下には、狭いみぎわがあって、そこにはイワツバメのコロニーのごみ——小枝、糞《ふん》、羽毛、割れたたまごなどがちらばっていて、ひなの死骸《しがい》も一つ、二つ見えた。そして、今はもう、たくさんのイワツバメが川を横切って行き来していた。

ヘイズルはファイバーに近寄ると、なにげなく草を食べながら、ファイバーをみんなから離《はな》しはじめた。そして、ひと群れのアシに半ばかくれるようにしてファイバーに質問した。「たしかに、川を渡らなくちゃだめなんだね？　岸を歩いて、川上か川下に向かうのはどう？」

「だめだよ、川を越《こ》えて、向かいの野原へ行って――その野原も越えて行くんだ。ぼくたちがさがさなくちゃならないところは、わかってる――高いひっそりしたところ。地面がかわいているところ。あたり一帯が見渡せて、どこからの音もちゃんと聞こえて、めったに人間が来ないところだよ。そんなところなら、さがしに行くだけのことはあるだろ？」

「うん、もちろんさ。でも、そんな場所があるかなぁ？」

「川の近くにはない――いうまでもないな、これは。しかし、川を越えれば、また高いところへのぼるよね。どこであっても、ぼくたちの居場所は、いちばん高いところなんだ。見通しのきくてっぺん」

「でも、ファイバー、みんなは、あまり遠くまで行くのはいやだっていうんじゃないかな。君だって、川を越えろといいながら、疲《つか》れて泳げないといってるじゃないか」

「ぼくは、休めば大丈夫。でも、ピプキンは、かなりまいっている。けがをしているんだと思うな。半日はここで休もう」

「わかった。みんなに話してみる。ここで休むことには賛成すると思う。いやなのは、川を越えることなんだから。何かにおどかされでもしなければ、だめだろうな」

彼らが、みんなのところへもどるとすぐ、ビグウィグが、道端《みちばた》のやぶから出てきた。

「どこへ行ったのかと思っていたんだ。すぐに出発できるかい？」

「できない」と、ヘイズルはきっぱりと返事をした。「ニ－フリス（正午）までここで休む方がいいと思う。みんなが休んだ後なら、川を泳いで渡って、あそこの野原へ行けるだろ」

ビグウィグが何かいい返そうとするよりはやく、ブラックベリが口をはさんだ。

「なあ、ビグウィグ、」と、彼はいった。「君が、今、川を泳いで横切って野原まで行って、ひととおり調べてきたらいいじゃないか。森がすぐに終わっているのは右か左か、向こう岸からなら、それがわかる。そうすれば、どっちへ行くのがいいかがわかるだろ」

「なるほど」ビグウィグは、ちょっとくやしそうにいった。「そいつは、理屈だな。ようし、いわれるまま、何度でもこのキツネくさい川を泳いでやるぜ。お気にめすままだ」

ビグウィグは、まったくためらいもなく、ぴょん、ぴょんと二つはねて川に飛びこむと、浅いところをちょっと歩いてから、さざ波もない深いよどみを泳いで横切りはじめた。見ているうちに、ビグウィグは向こう岸に足をかけ、すぐそばで花をつけているゴマノハグサの強い茎《くき》を一本口にくわえて体を引き上げると、身ぶるいして、体中の水を雨のようにふりはらった。そして、あっという間に、するりとハンノキの茂《しげ》みに走りこんだが、すぐにハシバミの木《こ》の間《ま》がくれに野原へ走っていく姿が見えた。

「彼がいっしょに来てくれてよかったよ」と、ヘイズルは、ファイバーにいったが、そこでまた、スリアラーのことを思い出して、頭の中で苦笑した。「彼こそ、ぼくたちが知りたいことをなんでも探り出してくれるウサギだよ。あっ、ほら、見てごらん。もう、もどってくる」

ビグウィグは、野原をかけもどってきたが、隊長のホリーと戦ったときのほかには見せたことがないほど興奮していた。彼は、頭から突っこむように川に飛びこむと、静かな茶色の水面に矢じり型のさざ波を立てながら、イヌかきでぐいぐい泳いできた。そして、砂の岸辺へ、はねるように上がってきながらいった。

「おい、ヘイズル、俺《おれ》が君だったら、ニーフリスまで、ここでぐずぐずしていないぞ。すぐに行く。ほんとうに、そうしなくちゃいけない」

「どうして?」と、ヘイズルはきいた。

「森の中に、大きなイヌが一匹放してある」

ヘイズルは、ぎょっとなっていった。「いったい、なんで? 君、どうしてそれがわかった?」

「野原へ出ると、森が川までくだっていることが見えるんだ。しかし、あちこちに空き地があってね。俺は、イヌが一匹空き地を横切るのを見たんだ。鎖《くさり》をひきずっていたから、逃げだしてきたにちがいない。あのイヌは、レンドリの臭《にお》いを追っているのかもしれないが、そのレンドリは、もう地下にもぐっちまってる。あいつが、森を端《はし》から端まで突っ切っていて、おまけに露《つゆ》にぬれている俺たちの匂《にお》いをかぎつけたら、どうなると思う？　さ、はやいところ、川越えしちまおうぜ」

ヘイズルは、一瞬、どうしたらよいかわからなくなってしまった。目の前には、びしょぬれだけれど、たくましく、ひたむきなビグウィグ——決意を絵にかいたような姿。肩《かた》をならべているファイバーは、だまったままだ。体がひくひくしている。ブラックベリは、ビグウィグのいうことには耳も貸さず、ヘイズルを見守ってじっと指示を待っている。ピプキンはと見れば、砂のくぼみにちぢこまっている。このときの彼ほど、おびえきってたよりなげなウサギを見るのは初めてだった。

そのとき、森の中でイヌがキャンキャンとけたたましく吠《ほ》え、カケスがうるさいと文句をいいはじめた。

ヘイズルは、何かふっきれた気持ちになっていった。「わかった。それじゃ、君は進んでくれ。ほかにも、進みたいものはそうしてくれ。ぼくとしては、ファイバーとピプキンが泳いで渡れるようになるまで待つつもりだ」

「この頑固《がんこ》の石頭！」と、ビグウィグは思わず声を荒《あら》らげた。「みんな、殺されちまうぞ！　俺たちは……」

「地団駄《じだんだ》はやめろよ」と、ヘイズルはいった。「聞かれてしまうぞ。君は、どうしろというんだ？」

「どうしろ、だと？　どうしろもこうしろもない。泳げるものは、泳ぐ。泳げないものは、運を天にまかせて、ここに残るしかない。イヌが来ないこともある」

「ぼくには、それができないと思う。ピプキンをこのさわぎに巻きこんだのはぼくだ。だから、助ける責任がある」

「そうだけど、ファイバーを巻きこんだのは君じゃないぜ。ファイバーが君を巻きこんだ、だろ？」

ヘイズルも、ようやく気づいて、相手を見直してしまった。ビグウィグはかっかと怒《おこ》っているが、自分の命が心配でせきたてているわけではなかった。その上、彼は全然イヌなどこわがっていなかった。

ブラックベリをさがすと、群れを離れて、狭い岸から細い砂利《じゃり》の洲《す》がよどみに突き出ているところにいた。彼は、ぬれた砂に前足を埋《う》めるようにして、水際にある大きくて平たいものの匂いをかいでいた。それは、板切れらしかった。

「ブラックベリ、」と、ヘイズルは声をかけた。「ちょっとここまで来てくれないか」

ブラックベリは顔を上げると、砂利に突っこんだ前足を抜《ぬ》いて、かけもどってきた。

「ヘイズル、」ブラックベリは、早口にいった。「あれは、平らな板切れなんだ。ウサギの村の上手《かみて》で、一枚の板がグリンルース川のすき間をふさいでいたことを覚えてるだろ？　あれは川を流れてきて、あそこでつっかえたんだ。つまり、水に浮《う》くんだよ、板は。だから、あの板切れにファイバーとピプキンを乗せても水に浮くんじゃないかな。そして、川を横切れる。わかるかい？」

ヘイズルには、ブラックベリのいうことが、全然わからなかった。早口の言葉がばかげた話にしか聞こえず、ますます混乱して危険が強まるだけのように思えた。ビグウィグはいらいらして怒っている、ピプキンはおびえきっている、イヌは近づいている。そこへもってきて、なんで仲間でいちばんかしこいウサギの頭までおかしくなった！　ヘイズルは、これでおしまいと思った。

「そうだよ、それだよ、それ！」耳もとで、興奮した声がさけんだ。ファイバーの声だった。「さ、はやく、ヘイズル、急いで！　ピプキンを運ぼう！」

ぼんやりしてしまっているピプキンをおどすようにせきたてて、砂利の洲までの数メートルをなんとか歩かせたのはブラックベリだった。砂利の洲にひっかかってとまっている板切れは、大きめのダイオウの葉っぱくらいしかなかった。ブラックベリは、爪《つめ》でおどして追いたてるようにして、ピプキンを板に乗せた。ピプキンがふるえながら、板の上にうずくまると、ファイバーがつづいた。

「力持ちはだれだ？」と、ブラックベリがいった。「ビグウィグ！　シルバー！　こいつを押《お》し出《だ》してくれ！」

だれも、彼のいうことをきこうとしなかった。どのウサギも、わけがわからなくて、しゃがみこんでいた。ブラックベリは、洲にかかっている板の端を押し出すため、板の下の砂利に鼻を突っこみ、持ち上げ気味に押した。板がかしいだ。ピプキンが悲鳴をあげ、ファイバーは頭を低くして板に爪をたてた。

板はすぐにもとどおりになり、身をちぢめてじっと動かないウサギを二匹乗せて、一メートルほどよどみに出た。板がゆっくりとまわったので、乗っている二匹のウサギが気づいたときには、仲間を見ていた。

「こりゃ《フリス》、なんとふしぎ《エンドインレ》！」と、ダンディライアンがいった。「彼ら、水の上にすわってる！　どうして沈《しず》まないんだ？」

「木の上にすわっているからだよ」と、ブラックベリがいった。「木は水に浮くんだ。わからないかい？　それじゃ、今度はぼくらが泳いで渡《わた》る番だ。ヘイズルよ、はじめていいかい？」

この数分間というもの、ヘイズルはすっかり頭が混乱してしまっていた。ビグウィグがいらだってあざけるようにいうことにも、きちんとこたえられず、ファイバーとピプキンは見捨てられないといい返すのがせいいっぱいだった。今もまだ、何がなんだかわからなかったけれど、指導者らしくしろと、ブラックベリがいっていることはわかった。それで、頭がはっきりした。

「よーし、泳げ。みんな泳げ」

ヘイズルに見守られて、ウサギたちは川に入った。ダンディライアンは、走るときとおなじように、はやく、楽々と泳いでいた。シルバーも力強く泳いでいた。ほかのウサギたちも、一生けんめいに水をかいて、どうやら向こう岸にたどりつきはじめた。

それを見て、ヘイズルも水に飛びこんだ。たちまち、冷たい水が毛皮にしみこんできた。息つぎが苦しく、頭が水中に沈むと、川底の小石がこすれるかすかな音まで聞こえた。そこで、頭をぐっと水から突き出して、不器用に水をかき、ゴマノハグサの生えた地点をめざした。彼は、岸辺にはいあがると、ハンノキの茂みの中にいる仲間たちを見まわした。みんな、びしょぬれだった。

「ビグウィグはどこにいる?」

「後ろの方」と、ブラックベリが、歯をカチカチ鳴らしながらいった。

ビグウィグは、まだ、よどみの向こう岸の水中にいた。彼は、板切れまで泳いで頭をつけ、後ろ足を強く蹴《け》って、それを押していた。「じっとしていろ」ビグウィグは早口に注意したが、水を飲んでせきこみ、水中に沈んだ。しかし、すぐに浮かび上がって、板切れの後ろに頭をつけ、足で水を蹴ってがんばった。すると、板切れはちょっと前に傾いたけれど、仲間たちが見守るうちにゆっくりとよどみを横切って向かいの岸についた。ファイバーがピプキンを小石ばかりの岸に押し上げ、ビグウィグは息を切らしてふるえながら、小さな二匹のかたわらにあがってきた。

「ブラックベリに教えられて、何をすればいいかは、すぐにわかったよ」と、彼はいった。「しかし、水の中で、こいつを押すのはたいへんだぜ。早く日がのぼらないかな。寒いよ。歩こうじゃないか」

ウサギたちは、急いでハンノキの茂みを抜けて、最初のいけがきまで、野原をのぼったが、その間、イヌの姿はまったくなかった。ほとんどのウサギは、ブラックベリのいかだの発見の意味がわからないまま、すぐに忘れてしまった。しかし、ファイバーは、いけがきのクロサンザシの茂みに寝《ね》そべっているブラックベリのところまでやって来ていった。

「ピプキンとぼくの命を助けてくれてありがとう。ピプキンには、自分が何をしてもらったのか、わかっていないと思う。でも、ぼくにはわかる」

「あれがいい思いつきだったことは自分でもみとめるよ」と、ブラックベリは返事をしていった。

「あれは、覚えておこうな。いつか、また役に立つかもしれないから」

9　カラスとソラマメ畑

美しく花咲くソラマメも
さえずるクロウタドリも、
そして五月も六月も！

ロバート・ブラウニング「タデ食う虫も好きずき」

ウサギたちが、まだ、いけがきのサンザシの茂《しげ》みで休んでいる間に、太陽がのぼった。すでに、数匹のウサギは、茂りあった幹の間に居心地悪そうにうずくまって眠《ねむ》っていた。危険があるかもしれないことはわかっているのだが、疲《つか》れきってしまい、運を天にまかせることにしたのだった。

ヘイズルは、眠った仲間たちを見て、川岸に着いたときとおなじような不安を感じた。開けた畑や野原のいけがきは、決して一日中いてよいところではない。だからといって、どこへ行ったらよいのやら。このあたりのことをもっとたしかめなくては。

ヘイズルは、穏やかな南風を顔に受けながら、立ちどまってにおいをかぎ分けるのに、あまり危険のない場所をさがして、いけがきを移動した。高い方の土地から吹いてくる風をかげば、何かがわかるかもしれない。

やがて、いけがきに切れ目が見つかった。そこは、ウシが通るために地面がぬかるみになっていた。切れ目からは、野原の上の方で牝《め》ウシたちが草をかんでいるのが見えた。ヘイズルは、用心しながら野原に出て、ひと群れのアザミの陰《かげ》にうずくまり、風の匂《にお》いをかぎはじめた。いけがきのサンザシの匂いと強いウシの糞《ふん》の臭《にお》いから離《はな》れたので、サンザシの中にうずくまっていたときすでにかすかにかぎとれた、ある匂いをはっきりととらえることができた。風は、強くて新鮮で気持ちよい、ある香りだけをいっぱいに運んできてくれた。とても健康な香りだった。危険は全く感じられない香りだった。でも、何の匂いかなぁ、こんなにきつい匂いなんて。それに、開けた土地を吹く南風に、なぜほかの匂いが混じっていないのかな。匂いのもとは、近いな、きっと。だれかに、さぐらせようか。ダンディライアンなら、野《へ》ウサギ《ア》のように、あっという間にてっぺんの向こう側まで行ってもどってくるだろうな。そう思っているうちに、冒険してみたい茶目っ気が湧《わ》いた。自分で出かけて、だれにも気づかれないうちに、情報をつかんでもどってこよう。少しは、ビグウィグの鼻をあかしてやれるだろう。

ヘイズルは楽々と牧草地をかけあがって、牝ウシの群れに近づいた。牝ウシたちはいっせいに頭を上げて、一瞬ヘイズルを見たが、すぐにまた、草を食べはじめた。一羽の大きな黒い鳥が、牝ウシの群れのちょっと後ろで、ばさばさ飛んだり、地面を跳《は》ねてまわっていた。ミヤマガラス《ルーク》によく似ているけれど、それにしては、一羽というのは変だった。ヘイズルは、緑がかったたくましげなくちばしが地面を突くのを観察したが、何をしているのかはわからなかった。あいにく、ヘイズルは今までカラス《クロウ》を見たことがなかった。だから、カラスが、モグラの穴にくちばしを入れて、モグラを突き殺し、引きだして食おうとしているのだなどとは考えもしなかった。それに気づいていたら、のんきにカラスという鳥を、ミソサザイからキジまでのどこかに位置する「タカでない鳥」などと分類してすませ、さらに斜面《しゃめん》をのぼっていったりしなかっただろう。

かいだことのないよい匂いは、今はもう、ますます強くなり、野原のてっぺんを波うって越《こ》えて、どっとヘイズルにぶつかってきた。それは、ちょうど、初めての旅人に向かって地中海のオレンジの匂いがぶつかってくるのに似ていた。ヘイズルは、すっかり心をうばわれて、野原のてっぺんまでかけあがった。すぐ近くにもうひとつ、いけがきがあって、その向こうの広い畑いっぱいにソラマメが花を咲《さ》かせて南の風にそよいでいた。

ヘイズルは、すわり立ちしたまま、小さなうす青色の木が、黒白まだらの花の房をつけて行儀よくならんでいる森を、目を丸くしてながめた。生まれて初めて見る光景だった。小麦畑と大麦畑は知っていたし、カブの畑には入ったことがあった。しかし、これは、まったく新しいところだった。安全で、ウサギにやさしそうで、心ひかれるところだった。ここに成《な》るものは、ウサギには食べられない。

それは匂いでわかった。しかし、いつまでも安全にかくれていられるし、姿を見られず、楽々と通《とお》り抜《ぬ》けることもできる。

ヘイズルは、すぐに、仲間をここに連れてきて、夕方まで安心して休ませようと決めた。かけもどると、みんなはさっきとおなじところにいた。ビグウィグとシルバーは、眠らずにいたが、あとはみんな、落ち着かなそうに眠っていた。

「眠らないのかい、シルバー？」と、ヘイズルは声をかけた。

「危険すぎるよ。ぼくだってみんなのように眠りたいさ。しかし、みんなが眠っている間に、何が来るかわからないからね」

「そうとも。だから、安心して好きなだけ眠れる場所を見つけてきた」

「巣穴《すあな》かい？」

「ちがう。巣穴じゃない。いい匂いのする木がならんでいるひろーい畑だから、ゆっくり休んでいる間、姿も匂いもかくしてくれる。出てきて匂いをかいでごらんよ」

いわれたとおりにしたビグウィグが、「君、その木を見たといったね？」といいながら、耳を動かして、風によそぐソラマメの遠い音を聞きとろうとした。

「うん、あのてっぺんを越えたすぐのところだよ。さ、すぐにみんなを移してしまおう。フルドド*でもやって来たら、みんな、ばらばらに散らばってしまうぞ」

シルバーが、みんなをおこして、野原へ出ようと、上手に説得しはじめた。ウサギたちは、「すぐそこだから」とくり返して元気づけるシルバーにしぶしぶ従《したが》って、眠たそうにふらふらはい出してきた。

ウサギたちは、野原の斜面をばらばらでのぼる間に、大きく広がってしまった。シルバーとビグウィグが先頭を進み、ヘイズルとバックソーンが少し後ろからつづいた。ほかのウサギたちは、進むのが日のあたるあたたかい野原だから、二、三メートルはねると、草を食べたり、糞をしたり、実にのろのろしていた。シルバーがてっぺんにたどりつこうとしたとき、斜面の中ほどで突然の悲鳴――それは、ウサギが助けを求めたり敵をびっくりさせるためにあげるのではなく、恐怖にかられたときにだけ出す悲鳴だった。

ファイバーとピプキンが、一羽のカラスに襲《おそ》われていた。二匹とも、発育不良で疲《つか》れていることは、のろのろした足取りを見ただけでわかった。

カラスは、地面すれすれに飛び、大きなくちばしでファイバーをねらってとびかかった。それをファイバーがあやうくよけたところだった。今、そのカラスは草むらを飛びまわっては、恐るべきくちばしで二匹を攻撃《こうげき》していた。カラスは、相手の目をねらう。ピプキンもそれに気づいて、生い茂る草むらに頭を突っこみ、体全部をかくそうとしていた。悲鳴をあげたのは、彼だった。

ヘイズルは、すぐにその場にかけおりた。とっさの行動だったから、カラスに無視されたら、まごついたにちがいない。カラスの方は、この突進に気をそらされて、彼に向かってきた。かわしたヘイズルが足をとめてふり返ると、ビグウィグが向かい側から突っこんでくるところだった。

カラスは、また向きをかえてビグウィグに突きかかって、的をはずした。くちばしが草の中の石を突いて、ツグミがカタツムリを石にたたきつけるような音をたてたのを、ヘイズルは聞いた。カラスは、すぐ体勢を立て直して、ビグウィグの次のシルバーに真正面から向かってきた。

シルバーがひるんでぴたっと足をとめると、相手は大きな黒い翼《つばさ》を猛烈《もうれつ》な勢いでばさばささせて、ダンスをおどるような動きをはじめた。そして、シルバーめがけてくちばしを突き出そうとした瞬間、ビグウィグが真後ろからどかんと体当たりして、横倒《よこだお》しにした。カラスは怒《おこ》ってガアガア鳴きたてながら、草の上をよろめいて逃げた。

「攻《せ》めつづけろ!」と、ビグウィグがさけんだ。「後ろからぶつかれ! やつらは臆病《おくびょう》なんだ。力のないウサギしか襲わない」

しかし、カラスは、もう、のろのろと重たげにはばたきながら、草すれすれに飛んで逃げだしていた。ウサギたちは、カラスが、遠くのいけがきを越えて、向こう岸の森に姿を消すのをじっと見送った。あたりが静かになると、一頭の牝ウシが草を食べながら近づいてくる音が聞こえた。

ビグウィグは、ウサギ村の幹部階級が歌っていたいささか品のない歌を低くつぶやきながら、ピプキンのところへぶらりとやってきた。

「ホイ、ホイ、ウー、エンブレア、フレア。

　ムサイオン、ウッレ、フラカ、ベア」


「出てこいよ、フラオルー」と、ビグウィグはいった。「もう、頭を出していいぞ。いやぁ、たいへんな一日になったなぁ」

　彼が向きを変えてもどりはじめると、ピプキンも、一生けんめい後について歩きはじめた。ピプキンはけがをしているようだといっていたファイバーの言葉を、ヘイズルは忘れてはいなかった。今、ピプキンは足をひきずるようにして、よろよろと斜面をのぼろうとしていた。それを見てヘイズルは、彼はほんとうにどこかけがをしているのかもしれないと思った。ヘイズルによく見える側の前足で地面をふもうとしてはためらって、三本の足で間に合わせている。

「安全なところに落ち着いたらすぐに、調べてみなくちゃ」と、ヘイズルは考えた。「かわいそうだけれど、あんな調子じゃ、この先どこまで行けるかなぁ」

　野原のてっぺんに着いたウサギたちは、バックソーンを先頭に、もうソラマメ畑に入るところだった。ヘイズルは、てっぺんをくだってすぐのいけがきを越えた。いけがきをふちどる芝《しば》の帯を横切ると、目の前は、左右にソラマメの木が立ちならぶうす暗い通路だった。土は柔《やわ》らかくてぼろぼろしていた。ところどころ、ソラマメの葉の下の、緑のうす暗がりに、カラクサケマン、ノハラガラシ、ルリハコベ、カミツレモドキなど、畑によく見られる雑草が生えていた。

列にならぶソラマメがそよ風にゆれるたびに、茶色な土と白い小石と雑草の上を、葉越しにもれるまだらな日の光が、前へ、後ろへおどっていた。あたり一帯が動いているのだけれど、危険は全く感じられなかった。ソラマメの森も動いているのに、聞こえるのはやさしい葉のそよぎばかり。

ソラマメ森のずっと前の方にバックソーンの背中が見えたので、ヘイズルも彼の後から奥《おく》へ入っていった。そして、まもなく、仲間ぜんぶが、くぼみになっているところに集まった。まわりは、どこを見てもソラマメがきちんとならんでいて敵の不意打ちを防いでくれるし、上からは見えないし、匂いも包んで外にもらさない。こんなに安全なところはなかった。いざというときには、ひょろひょろした日陰の草や、タンポポがあちこち生えているので、わずかながら食料になった。

「ここなら、一日中眠れるよ」と、ヘイズルはいった。「しかし、だれかが、見張りしていた方がいいな。ぼくが一番目でよければ、ついでに君の足のぐあいを見るよ、ピプキン。何かのとげが刺《さ》さっているのだと思う」

ピプキンは、左脇腹《わきばら》を下にして横になって、苦しそうにあえぎながら寝返《ねがえ》りして、痛い方の前足を裏返してさしだした。ヘイズルは、ごわごわした毛の中をよく調べてみた。(ウサギの足の裏は、肉が柔らかくふくらんでいない。)そして、すぐに、思ったとおりの痛みの原因を見つけだした。サンザシのとげが斜めに刺さって先っぽが頭を出している。皮膚《ひふ》が切れて少し血が出ている。

「大きなとげが刺さってるよ。これじゃ走れないのもむりはない。抜《ぬ》かなくちゃ」

それが、たいへんだった。何しろ足が敏感になっているものだから、ヘイズルの舌《した》がふれただけでも、ピプキンはびくっとして、足をひっこめてしまった。ヘイズルは、なだめすかして、なんとかとげをしっかりと歯でくわえた。とげは、するりと抜けて、傷口《きずぐち》から血が出た。とても長くて太いとげだったので、そのときちょうどそばにいたホークビットが、スピードウェルをたたきおこした。

「へーえ、すごいな、ピプキン！」たたきおこされたスピードウェルが小石の上においてあるとげを見ていった。「君、こんなのをあと二、三本体に刺せよ。ファイバーが、何かの予言だってんで、おびえるぜ。君、知ってさえいたら、これであのレンドリの目を突きだすことだってできたと思うよ」

「傷口《きずぐち》をなめておけよ、ピプキン」と、ヘイズルがいった。「楽になるまでなめてから、眠るんだよ」

＊　トラクター、あるいはモーターで動くもの。
＊＊「ホイ、ホイ、いやらしい千の敵。とまって糞をしているときも、俺たちゃ、やつらに出っくわす」

10 道路と共有地

ティモラスは返事をした。私たちはあの難所をのぼっていきました。しかし、とティモラスはいった。進めば進むほど、危険にぶつかるのです。そんなわけで、私たちは向きを変えて引き返すところなのです。

ジョン・バニヤン『天路歴程』

しばらくして、ヘイズルはバックソーンをおこして見張りを交替《こうたい》し、地面に浅い巣穴《すあな》を掘《ほ》って眠った。その日、見張りは、つぎつぎに交替した。

ウサギは、文明人が失った感知能力を使って時間を計る。時計も本もない生きものたちは、ありとあらゆる方法を用いて、機敏《きびん》に時や天候を知る。方向についてもおなじで、彼らは大移動し、またもどってくる。土の温度としめり具合の変化、木もれ日の減りぐあい、弱い風をうけてゆれるソラマメの動きの変化、地面を流れる大気の向きと強さ——見張りのウサギは、すべてを感じ取っていた。

ヘイズルが目をさましたとき、太陽が沈《しず》みはじめていた。あたりは静かで、エイコンが、二つの白い火打石《ひうちいし》にはさまれるようにして、耳をすまし、匂《にお》いをかいでいた。さしこむ光は赤みを帯び、風はやんで、ソラマメもしずまっている。

ピプキンが、ちょっと向こうで長くなって寝《ね》ていた。黒い羽に黄色い横筋が入っているシデムシが、ピプキンの腹の白い毛の上をはっていた。シデムシは、ちょっととまって、湾曲した短い触手をふりたて、それからまたはいだした。

ヘイズルは、突然不安にとりつかれて、身をかたくした。シデムシが生きものの死骸《しがい》を餌《えさ》にしてたまごをうみつけることは知っていた。トガリネズミや巣《す》から落ちた鳥のひなのような小さな生きものの死骸の下に穴を掘ってたまごをうみつけて土をかぶせる。じゃ、ピプキンは眠っている間に？　ヘイズルはあわてて立ち上がった。エイコンが、ぎょっとしてヘイズルに顔を向けると、ピプキンも身動きして目をさました。シデムシは、あわてて砂利《じゃり》の上を逃げていった。

「足のぐあいはどう？」と、ヘイズルがいった。ピプキンがけがをした足で地面をふんだ。立ってみた。

「ずいぶんよくなった」と、ピプキンはいった。「これなら、もう、みんなといっしょに歩けるよ。ぼくを置いていったりしないよね？」

ヘイズルは、ピプキンの耳の後ろを、鼻でなでてやった。「仲間を置き去りになんか、だれがするものか。君が残らなくちゃならなかったら、ぼくも残る。しかし、もうとげなんか刺すなよ。長い旅になったら困るからな」

次の瞬間、全員がびっくり仰天《ぎょうてん》してとびおきた。すぐ近くで、一発の銃声《じゅうせい》がとどろき、野原全体に響きわたった。一羽のヒタキが、鳴きたてながら舞い上がった。銃声のこだまが、小石の入った箱をふりまわすように、つぎつぎ波になってもどってきた。ウサギたちは、本能的に穴をさがして、ソラマメ畑中にワッと散らばったが、穴などどこにもなかった。

ヘイズルは、ソラマメ畑の縁《ふち》で、ぴたりととまってまわりを見たが、ウサギは一匹も見えなかった。ふるえながら次の銃声を待ったが、一発きりだった。かわりに、ひとりの人間が地面をゆるがしながら、しっかりした足取りで、午前中にウサギたちが越《こ》えてきた、あの野原のてっぺんを越えていくのが感じられた。そして、そのとき、シルバーが、すぐそばのソラマメを押《お》し分《わ》けてあらわれた。

「あれはカラスをねらったのだと、思いたいね」と、シルバーはいった。

「ぼくは、この野原からとび出すようなばかはいなかったと思いたい」と、ヘイズルは答えた。「すっかり散らばってしまっている。見つけるのがたいへんだ」

「そいつはむりだ」と、シルバーはいった。「さっきのところへもどった方がいい。そのうち、みんなもどってくるよ」

ほんとうに、畑の真ん中のくぼ地へ全員がもどってきたが、ずいぶんおそくなってからだった。みんなを待っている間に、ヘイズルは、かくれる巣穴もなく、知らない土地をさまよい歩くことが、どんなに危険なことかを、今初めて身にしみて悟《さと》った。レンドリ、イヌ、カラス、鉄砲撃《てっぽうう》ち——よくもまあ、無事にのがれられたものだ。この幸運は、しかし、いつまでつづくだろう。ファイバーのいう小高いところまで、ほんとうに旅していけるのだろうか？　そんな場所が、どこにあるのだろう？

「ぼくなら、ころ合いのかわいた土手なら、どこでものんびり暮らせるけどな」と、彼は思っていた。「食べられる草がちょっとあって、鉄砲撃ちさえいなければ。とにかく、小高いところをできるだけはやく見つけなくちゃ」

最後のウサギ、ホークビットがもどってくると、すぐに出発だった。ヘイズルは、ソラマメの林の間から、注意深く外をうかがい、それから、いけがきにとびこんだ。風の匂いを立ちどまってかいでみると、風は夕暮れの露《つゆ》と、サンザシと、ウシの糞《ふん》の臭《にお》いしか運んでいなかった。大丈夫だ。そこで、先に立ってとなりの畑に移った。そこは牧草地だった。ウサギたちは、自分たちの村のすぐそばにいるかのようにのんびりと草をかみかみ移動した。

ヘイズルが、牧草地を半分くらい越えたとき、前方のいけがきの向こう側に、一台のフルドドが全速力で近づいてくる気配を感じた。

彼は、前に、村はずれのサクラソウの花叢《はなむら》から時々畑で使われるトラクターを見たことがあったが、それにくらべれば、今のフルドドは小型であまりうるさくなかった。それは、ほんの一瞬、人工的で不自然な色に輝いて通過した。あっちこっちをきらめかせて、冬のヒイラギより色あざやかだった。

そして、すぐ後にガソリンと排ガスの臭いが流れてきた。

ヘイズルは、驚きの目を見張りながら、鼻をひくひくさせていた。彼には、フルドドが、牧草地をあれほどなめらかにはやく動けるわけがわからなかった。あのフルドドは、もどってくるだろうか？そして、牧草地をウサギよりはやく走ってきて、ウサギを追いつめてつかまえるだろうか？

ヘイズルが、じっとしたまま、いちばんの安全策を考えていると、ビグウィグが近づいてきた。

「ああ、それは、あそこに道路があるからだよ」と、ビグウィグはいった。「道路にはびっくりするのが何匹かいるだろうな」

「道路？」ヘイズルは、あの立て札のそばの小道を思い浮かべた。「どうしてわかる？」

「フルドドは、道路を使うから、あんなにはやく走れるのさ。それに、この臭いがわからないか？」

あたたまったタールの臭いが、今ははっきりと夕暮れの大気中に流れていた。

「こんな臭いは、初めてだからな」ヘイズルは、ちょっとむっとした口調だった。

「うん、」と、ビグウィグはいった。「君は、スリアラー用のレタス泥棒《どろぼう》をやらされたことがなかったからな。俺《おれ》たちは、あれで、道路ってものを覚えたのさ。道路ってやつは、暗くなってから手出しをしないかぎり、ほんとうになんの危険もない。しかし、まちがいなく敵でもあるんだ」

「君に教えてもらう方がいいな、これは」と、ヘイズルはいった。「ぼくが、まず君についていって、みんなにはぼくらの後から来てもらおう」

彼らは走りだし、いけがきをくぐり抜《ぬ》けた。ヘイズルは、道路を見おろしてすっかり驚いてしまった。はじめ、彼は、自分が見ているのは、二つ目の川――土手の間をなめらかにそしてまっすぐ流れる黒い川だと思った。やがて、タールの中に砂利《じゃり》がまぜてあるのに気づいた。一匹のクモが表面を走っていくのも見えた。

「でも、これは自然じゃないよ」ヘイズルは、かぎなれないタールとガソリンの強い臭いをかぎながらいった。「これは、なんなのだ？　なぜここにいるんだ？」

「人間がこしらえたものだ」と、ビグウィグがいった。「彼らが、あのくさいのをあそこに置いて、フルドドがその上を走っている。おれたちよりはやい。ウサギより足がはやいものなんて、あれしかいない」

「それじゃ、危険だね？　ぼくらをつかまえるのかな？」

「つかまえない。そこが、ほんとに変なんだ。俺たちになんか、目もくれない。見本を見せてやろうか？」

仲間のウサギたちが、いけがきに集まってきたのを見て、ビグウィグはいけがきの土手をおりて、道路端《ばた》にうずくまった。また自動車が道路の角を曲がって走ってくる音がした。ヘイズルとシルバーは、緊張《きんちょう》して見守った。自動車は、緑と白に光ってあらわれると、ビグウィグに向かって突進してきた。一瞬、あたりは轟音《ごうおん》と恐怖の世界！　だが、次の瞬間には影も形もなく、自動車を追っていけがきを吹き抜けた突風に、ビグウィグの毛が逆立《さかだ》っていた。

ビグウィグはぴょーんととんで、びっくりしている土手の仲間のところへもどった。

「わかったろ? ウサギを襲《おそ》ったりしないんだ」と、ビグウィグはいった。「だから、あれは生きものじゃないと、おれは思ってる。とはいっても、証拠《しょうこ》も何もないけどな」

川岸のときとおなじように、こんどもブラックベリは、自分の判断で道路に出て、ヘイズルから道路の曲がり角までの中間あたりで、臭いをかぎながら横切りはじめた。みんなが見ていると、彼は何かにびっくりして、あわてて安全な土手にもどった。

「何があった?」と、ヘイズルが声をかけた。

ブラックベリが返事をしないので、ヘイズルとビグウィグは土手の縁を彼のところまで走った。ブラックベリは、ネコがいやな気分になったときによく見せるしぐさどおりに、口を開けたり閉じたり、口のまわりをなめたりしていたが、落ち着いた声でこたえた。

「ビグウィグ、君は危険じゃないといっているけれど、やっぱり、これは危険なものにちがいないよ」

道路の真ん中に、茶色い針と白い毛のかたまりが、血だらけでぺちゃんこになっていた。小さい黒い足と鼻面も、形のままつぶれていた。つぶれてハエがたかっている肉の中からとがった砂利が突き出ていた。

「ヨーナ(ハリネズミ)だ」と、ブラックベリがいった。「餌《えさ》のナメクジや甲虫のほか、だれにも悪いことなんかしないじゃないか。それに、ヨーナを食べるやつがいるか?」

「夜、ここへ来たにちがいない」と、ビグウィグがいった。

「もちろん、そうだよ。ヨーナの狩《かり》は夜と決まっている。昼間出てくるのは、死にかかっているヨーナだけだ」

「知ってる。とにかく、俺の話を聞けよ。フルドドは、夜になるとでっかい光をつけて走る。それが、フリス様よりずっと明るい光でな。だから、生きものはひきつけられるんだけれど、その光を浴びた生きものは、なんにもわからなくなってしまう。どうやら、それをフルドドが押《お》しつぶすらしいんだな。村の幹部連中がそういってた。たしかめてみるつもりはないよ、むろん」

「とにかく、もうすぐ、問題の夜になる」と、ヘイズルはいった。「だから、さぁ、これを横切ってしまおう。ぼくの考えじゃ、この道路ってものは、ぼくたちには、なんの役にも立たないものだと思う。話を聞いて、少しでもはやく、これから離《はな》れたくなった」

ニュータウン墓地は、芝生《しばふ》の間を小川が流れて小道の下を通っている。ウサギたちがこの墓地を通り抜けたとき、月がのぼった。彼らは、それでも進みつづけて、丘を一つ越えてニュータウン共有地《コモン》に入った。それは、ハリエニシダとシラカバの茂《しげ》る泥炭地《でいたんち》だった。

豊かな牧草地を通ってきたウサギたちにとって、そこは奇妙な禁断の地だった。木々も、草も、土すらも、よそよそしくなじみのないものばかりだった。ヒースが生い茂って、ほとんど先が見えないので、ウサギたちはためらってしまった。露のために、体がぐっしょりとぬれた。

地面は、むきだしになった黒い泥炭の割れ目やくぼみのために、あちこちに水たまりができていた。ハトの頭くらいのや、ウサギの頭くらいのや、大小さまざまなとがった白い石がちらばって、月の光を浴びてにぶく光っている。地面の割れ目にぶつかるたびに、ウサギたちは小さくかたまって、ヘイズルかビグウィグが進む道を見つけるまで、じっと待つのだった。

くねくねと腰《こし》が強くて、しぶとく前をふさぐヒースを押し分けて進むと、いろいろな甲虫や、クモや、小さなトカゲなどがあわてて逃げた。一度、バックソーンがヘビをさわがし、ヘビが前足の間をするっと抜けて、シラカバの根もとの穴に逃げこんだ。彼は、びっくりして宙にとびあがった。

植物からして、ウサギたちにはなじみがなかった。引っかけかぎのような形のピンクの小さな花をいっぱいにつけるシオガマギク。キンコウカ。腺毛《せんもう》に覆《おお》われた葉に、茎《くき》の細い花をつけていて虫をとるモウセンゴケ。どれも、夜には花を閉じてしまう。

この閉鎖的《へいさてき》なジャングルは、ひっそりと静まり返っていた。ウサギたちの足は、ますますおそくなり、泥炭の割れ目にぶつかるたびに、長い休みをとった。

ヒースのジャングルそのものはひっそりしていたけれど、夜風は、開けた野原越しに、遠くの夜の音を運んできた。一羽のオンドリが鳴いた。吠《ほ》えながら走る一匹のイヌに、ひとりの人間がどなっていた。一羽の子フクロウが「ポポー、ポポー」と鳴き、何か――ハタネズミかトガリネズミ――がふいに「チュー」と悲鳴をあげた。どの音も、ウサギたちに危険を知らせていた。

夜もふけて、月が沈《しず》むころ、ヘイズルは仲間といっしょに、泥炭層のいけがきにあけてある通路にうずくまったまま、頭上の堤《つつみ》を見上げて、あそこに上がったら、前方が見渡せるかどうか迷っていた。そのとき、うしろで何かが動く音がしたのでふり返ると、肩《かた》のところにホークビットがいた。なんだかこそこそおずおずしているので、一瞬、ヘイズルは、病気か、それともヘビにでもかまれたかと、思わず目がきつくなった。

「えーとね――、ヘイズル、」と、彼はヘイズルの目を避《さ》けて後ろの暗い堤の斜面《しゃめん》を見ながらいった。「ぼくは、ええと、そのう、ぼくたちは、ええと、つまり、そのう、こういうことはむりなんじゃないかと、思っているんだよ。もう、たくさんなんだよ」

「つづけろよ、ホークビット」と、スピードウェルがいった。「それとも、ぼくがいおうか?」

「もう、うんざりなんだ」と、ホークビットはから元気を出した。

「そうとも」と、ヘイズルはいった。「でも、これもそろそろ終わると思うよ。そうしたら、休める」

「今すぐ、やめたいんだ」と、スピードウェルはいった。「こんなところまで来ちゃったなんて、ばかなことをしたものだよ」

「行けば行くほどひどくなる」と、エイコンがいった。「行きつく先も、旅の終わりもわからないうちに、永久に走れなくなる仲間が出ると思うよ」

「この土地だろ、君たちが不安になるのは」と、ヘイズルはいった。「ぼくだってきらいさ。しかし、こんな土地だって、どこまでもつづいているわけじゃないよ」

ホークビットは、何かたくらんでいる顔でいった。「君が行き先を知っているとは思えないね。道路のことを知らなかったような君に、ぼくたちの行く手に何があるかわかるはずがない」

「じゃ、こうしよう」と、ヘイズルはいった。「君たちの望みをいってくれ。それを聞いて、ぼくの考えをいう」

「ぼくらは、もどりたいんだよ」と、エイコンがいった。「ファイバーのいったことはまちがいだったと思うな」

「ここまで来た道が帰れるかい?」と、ヘイズルはいい返した。「もどれたとしても、幹部《アウスラ》にけがをさせた罪で、おそらく殺される。あたりまえだろ、そんなこと」

「ホリーにけがさせたのは、ぼくらじゃなかった」と、スピードウェルがいった。

「君は、その場にいたし、君を誘ったのはブラックベリだったろ。彼らが、それを忘れていると思うか? それに……」

ヘイズルは、ファイバーが来たのを見て、話をやめた。ビグウィグがついてきていた。

「ヘイズル、土手の上まで、ちょっと来てくれないか? 大事な話なんだ」

「そして、俺《おれ》は、」と、ビグウィグは、かつらのような厚い毛がかぶさる目をいからせて、そばの三匹にいった。「おまえたちに、ちょっと話がある。おい、ホークビット、おまえ、よごれたままだな。まるで、罠《わな》にちぎられたネズミの尻尾《しっぽ》みたいだぞ。それから、スピードウェル、おまえは……」

ヘイズルは、スピードウェルがなんといわれたか聞きそこねたまま、ファイバーの後から、泥炭の塊《かたまり》がころがっている棚状《たなじょう》の斜面を、小石まじりの堤の上めざしてはいのぼった。ファイバーは、へりがせり出していて、貧弱な草がまばらに見える堤の上までのぼると、そこから通路の縁《ふち》を進んだ。そこは、ホークビットが話しかけてくる前に、ヘイズルが見上げていたところで、風にゆれてばかりいるヒースの群落より一メートル以上高く、草が生えているだけなので、見通しがきいた。

ファイバーとヘイズルは、堤の上にうずくまった。右に目をやると、遠くの松林の上に、うす雲をまとった月が、ぼんやりと黄色くかかっていた。南を望むと、陰うつな荒野がひろがっていた。ヘイズルは、ファイバーが口を開くのを待ったが、彼はいつまでもだまっている。

「話したいことがあったんだろ、なんだい?」ヘイズルは待ちきれずにきいた。

ファイバーが返事をしないので、ヘイズルもとりつく島がなく、重ねてきかなかった。下から、ビグウィグの声がかすかに聞こえてきた。

「それから、おい、エイコン、このきたねえ面したぶかっこう野郎め、今までいそがしくていって聞かせるひまがなかったんだが……」

月が雲間を抜け出て、ヒースの野原が明るくなったが、ヘイズルもファイバーも、堤の上から動かなかった。ファイバーは、共有地《コモン》の原野の、はるかかなたをじっと見ていた。南に六キロ離れた地平線上に、高さおよそ二、三百メートルの丘陵《ダウン》が盛り上がっていた。いちばん高いコティントンズ・ヒルのブナ森が、このヒースの原に吹くよりもっと強い風にゆれていた。

「見てごらんよ！」だしぬけに、ファイバーがいった。「ヘイズル、あそこがぼくたちの行くところだよ。ぽつんと高い山さ。風が吹いていて、音はすぐに聞こえる。地面は納屋みたいにかわいている。ぼくらが住むなら、あそこだよ。行くのはあそこだよ」

ヘイズルは、うす闇《やみ》にうずくまるはるかな丘陵をながめた。あそこまで行こうなどと途方もないことを、よくも考えたものだ。ぼくらにできるのは、せいぜいこのヒースの荒野を抜け出し、勝手がわかっていて住みやすい野原とか、静かな雑木林の土手あたりにたどりつくくらいが関《せき》の山だ。ファイバーが、このばかげた考えをみんなの前でいい出さなくて、ほんとうによかった。今だってもう面倒は山ほどある。今すぐに、そんな考えはやめさせなくちゃ。ピプキンにもうしゃべってしまっていなければいいが。

「みんなを、あんなところまで連れて行けるとは思えないよ、ファイバー」と、ヘイズルはいった。「今だって、みんな、おびえているし、疲《つか》れているじゃないか。今は、早く安全な場所を見つけるのが先。できないことをして失敗するより、できることをきちんとやりとげたいよ」

ヘイズルのいったことを、ファイバーは全然聞いていなかったらしく、夢中で自分の考えにふけっていた。やがて、また話しはじめたが、それはまるでひとり言をいっているような話しぶりだった。「あの山とぼくたちの間には、濃《こ》い霧《きり》がある。ぼくには、霧の向こうが見えない。しかし、あの霧を抜けて、ぼくらは行かなくてはならないだろう。それとも、とにかく、中に入ってみなくては」

「霧だって?」と、ヘイズルはいった。「なんだ、霧って?」

「ぼくらを、ふしぎな災難《さいなん》が待ち受けている」と、ファイバーは声を低くしていった。「それは、敵《エリル》ではない。そうではなく――霧のような感じなのだ。だまされて、道を見失うような感じ」

あたりに霧など見えなかった。五月の夜はよく晴れてさわやかだった。ヘイズルが何もいわずに待っていると、しばらくして、ファイバーは、ゆっくり無表情な声でいった。「しかし、我々は、進まなくてはならない。丘陵にたどりつくまで」声が、かぼそい催眠《さいみん》状態の声になった。「丘陵にたどりつくまで。割れ目をもどるウサギは頭から災難に突っこむことになる。あの疾走《しっそう》は――安全でない。あの疾走は……ない……」そして、はげしくふるえると、一、二回後ろ足で地面を蹴《け》って、気を失った。

下のくぼ地では、ビグウィグの話も、終わりに近づいている様子だった。

「それじゃ、いいか、このうすぎたない、臆病《おくびょう》きわまるモグラ野郎どもめ、すぐに、俺の目の前から消えうせろ。さもないと、この俺が……」と、また聞き取れなくなった。

ヘイズルは、もう一度、かすかな輪郭《りんかく》を描いている丘陵に目をやった。そのとき、かたわらでファイバーが身じろぎして何かつぶやいたので、前足でそっと押し、肩を鼻先でなでてやった。

ファイバーは、はっと我にかえった。そして、「ぼくは何かいっていた、ヘイズル？」ときいた。

「覚えていないんだよ。君に知らせておくつもりで……」

「いいんだ」と、ヘイズルは答えていった。「もう、下におりよう。ほんとうなら、もう出発していなくちゃいけない時間なんだ。君な、また変なこと考えはじめても、だまっていてくれ。ぼくがついているから」

11

つらい旅

それから、ボーマン卿は……幾たびとなく、沼地や野原や深い谷など、馬が進めるかぎり、どことはいわず進んで行った……泥沼に頭から突っこんだ。道がわからなかったからだ。しかし、狂気にかりたてられて、ひたすらまっすぐに進みつづけた。……そして、ついに、美しい緑の道に出た。

マロリー『アーサー王の死』

ヘイズルとファイバーがくぼ地へおりてみると、ブラックベリが泥炭《でいたん》の上にうずくまって、黄色いスゲの茎《くき》を二、三本かじりながら彼らを待っていた。

「やあ、」と、ヘイズルは声をかけた。「何かあったかな? みんなどこ?」

「あっちだよ」と、ブラックベリがこたえた。「たいへんなさわぎだったよ。ビグウィグが、ホークビットとスピードウェルに向かって、いうことをきかないと、ぼろぼろにするぞっておどかしたんだ。ホークビットが、あんたは長《おさ》ウサギかといい返したんで、ビグウィグにかみつかれた。どうもいやな事件だよ。それはともかく、長ウサギはいったいだれなんだ？　君か、ビグウィグか？」

「わからない」と、ヘイズルはいった。「いちばん強いのはビグウィグにまちがいないけれど。だからってホークビットにかみつくことはないだろ。村にもどれるはずがないんだから。彼と仲間たちも、少し話し合えば、わかることなんだ。怒《おこ》らせてしまったら、むりやり連れて行かれるのだと思うよ。こんなに少ない仲間に命令したりかみついたりもないじゃないか。困ったな！　問題も危険もどっさりあるのにな」

くぼ地の向《む》こう端《はし》では、しだれているエニシダの下でビグウィグとシルバーが、バックソーンに何か話しかけていた。そのすぐそばで、ピプキンとダンディライアンが低いやぶの葉を食べるふりをしていた。そして、ちょっと離《はな》れたところで、エイコンが、大げさにホークビットののどをなめてやっていた。スピードウェルは、それをじっと見ていた。

「かわいそうに、ちょっとじっとしていてくれないかなぁ」エイコンは、わざと聞こえるようにいっていた。「血だけでもとっておかなくちゃ。ほら、じっとして！」ホークビットがわざとらしく顔をしかめてしりごみした。

ヘイズルが近づくと、どのウサギも、待ちかねたように、彼に顔を向けた。

「なあ、みんな」と、ヘイズルは話しかけた。「何かもめごとがあったことは知っている。しかし、忘れるのがいちばんだよ。ここはひどいところだ。しかし、すぐに抜《ぬ》け出《だ》せる」

「ほんとうかい？」ダンディライアンがきいた。
「ついてこいよ」と、ヘイズルは答えた。これは賭《か》けなのだ。「日の出までにはここから出してやる」
「できなかったら、」と、ヘイズルは頭の中で自分にいった。「まずまちがいなく、八《や》つ裂《ざ》きにされるな」

ヘイズルは、またくぼ地から出たが、今度はみんながついてきた。不安ばかりの疲《つか》れる旅がまたはじまった。足がとまるのは、不意の危険に襲《おそ》われるときだけだった。一度は、シロフクロウが、音もなく頭上をかすめて飛んだ。ほんとうに頭すれすれだったので、ヘイズルは獲物《えもの》をねらうフクロウと目があってしまった。しかし、狩《かり》の最中でなかったのか、襲うにはヘイズルが大きすぎたのか、フクロウは、ヒースの原をかすめて飛び去った。それでも、しばらくはじっと動かずにいたが、フクロウはもどってこなかった。また、一度は、ダンディライアンが、イタチの臭《にお》いをかぎつけた。このときは、全員が集まって、小声で話しながら調べたが、その臭いが古いとわかり、しばらくしてから、また旅をつづけた。

ここは、やぶが地面をはうように低いので、それぞれの動きのはやさがちがってしまった。そのため、無秩序《むちつじょ》な旅は、森の中のときよりも、もっとおそくなった。たえず、だれかが地面をたたいて警報を出すので、ほんとうに何かの音がしたときも、錯覚《さっかく》の場合も、全員がその場にとまらなくてはならなかった。やぶの中は暗すぎて、自分が先頭なのかどうかが、さっぱりわからなかった。

一度、前の方で、正体不明な音がして、それがすぐにやんだとき、ヘイズルはしばらく動かなかった。ようやく、用心しながら進んでいくと、シルバーが、ヘイズルの近づく音におびえて、カモガヤの茂《しげ》みの後ろにうずくまっていた。

何もかもがめちゃくちゃで、さっぱりわけがわからなかった。ヘイズルははいずりまわって、へとへとに疲れてしまった。まるで悪夢《あくむ》のような夜の旅だった。しかし、その間ずっと、ピプキンがそばにいたようだった。ほかのウサギたちは、水たまりに浮《う》いている木の葉やごみのように、見えたり消えたりしていたが、ピプキンだけは、決してヘイズルのそばを離れなかった。そして、ピプキンに必要なはげましの言葉が、最後には自分の疲れを乗り切るただ一つの支えとなっていた。「もうすぐだぞ、フラオルー。もう少しだ」と、ヘイズルはつぶやきつづけていた。おしまいには、意味のないかけ声になってしまったことが、自分でもわかった。それは、もう、ピプキンにどころか、自分に話しかける言葉ですらなかった。寝言《ねごと》みたいなものだった。

やがて、初めての長いトンネルも、角を曲がってずっと前の方がかすかに明るんで見えるとほっとするように、曙《あけぼの》の最初の光が見えた。それと同時に、キアオジがさえずりはじめた。

このときのヘイズルの気持ちは、敗軍の将の心の内をよぎる思いに似ていただろう。みんな、ついてきただろうか？　そうだといいな。しかし、ちゃんといるのかな？　みんな、いるかな？　みんなを連れて来たここはどこだろう？　ぼくは、これからどうしたらいいのだろう？　今の今、敵があらわれたらどうしよう？

　今のヘイズルには、何一つわからなかった。真剣に考える気力もなかった。ふりむくとピプキンが朝露《あさつゆ》にぬれてふるえているので、そっと鼻を寄せてやった。戦《いくさ》に負けてすることがなくなった将軍が、ひとり残った部下を見て、この男だけはなんとかしなくてはと思うようなことだった。

　明るくなると、まもなく、少し前の方に、草のない砂利道《じゃりみち》がのびているのが見えた。ヘイズルは、ヒースの影からのろのろとはい出して、小石ばかりの地面にすわり、体をふって朝露をはらった。雨もよいの大気の中で、ファイバーの丘陵《ダウン》が緑がかった灰色に、くっきりと近くなって見えた。急な斜《しゃ》面《めん》のあちこちに茂《しげ》るハリエニシダのやぶやいじけたイチイの木々までが、はっきりと見分けられた。

　ヘイズルが、我を忘れて山なみに見入っていると、砂利道の先の方で、興奮した声が聞こえた。

「やったじゃないか！　だから、いっただろ！」

　声のした方に目を向けると、砂利道にブラックベリがいた。くたびれてすっかりよごれてしまっていたが、大きな声をあげているのはブラックベリだった。彼の後ろのヒースのやぶから、エイコン、スピードウェル、バックソーンが出てきた。そして、四匹は今、大きく目を見開いてまっすぐに彼を見ていた。

　ヘイズルが、きょとんとしていると、彼らが近づいてきた。そこで、彼にも、四匹が彼をではなく、彼のずっと後ろを見ていることがわかった。ふり返ってみると、砂利道は下って、帯のように細長いシラカバとナナカマドの並木道になっていた。その向こうは貧弱ないけがき。そして、いけがきの向こうに、左右に雑木林のある緑の野原。ようやく、共有地を抜けたのだ。

「ありがとう、ヘイズル」ブラックベリが砂利道の水たまりをよけてきていった。「ぼくは、疲れて頭が混乱していたものだから、君があてもなく進んでいるのではないかと思いはじめていたんだよ。君は、ヒースの中で『もうすぐだぞ』っていってただろ。あれがうるさかった。『うそつけ』と思って。考えが足りなかったよ。ほんとうに、君こそ長ウサギだよ！」

「すごいよ、ヘイズル！」と、バックソーンもいった。「よくやった！」

ヘイズルは、返事のしようがないので、だまっていると、エイコンがいった。「行こう！　あの野原まで競走しよう。ぼくは、まだ走れるぞ」

エイコンは、のろのろと斜面をおりはじめたが、ヘイズルが、足でとんと地面をたたいて、とまれと合図すると、すぐにとまった。

「ほかの仲間は、どこにいる？」と、ヘイズルはいった。「ダンディライアンは？　ビグウィグは？」

ちょうどそのとき、ダンディライアンがヒースのやぶから出てきて、砂利道に腰《こし》をおろして、野原を見た。彼の後から、まずホークビットが、つづいてファイバーが姿を見せた。ヘイズルは、ファイバーが野原をひと通りながめるのをじっと見ていた。すると、バックソーンが斜面の下の方へ、彼の注意をひきもどした。

「ヘイズル、あそこ！　シルバーとビグウィグだよ。ぼくらを待っているんだ」

うす灰色のシルバーは、地面にしだれて咲《さ》くハリエニシダを背景にくっきりと見えていたが、ビグウィグは体をおこして走り出すまで、全然見えなかった。

「みごとだよ、ヘイズル」と、彼はいった。「だれも欠けていない。さ、みんないっしょにあの野原へ行こう」

あっという間に、ウサギたちはシラカバの下にいた。そして、朝日がのぼり、シダや木々の小枝の朝露を赤や緑にきらめかせはじめたとき、いけがきを越《こ》え、浅い溝《みぞ》を抜けて、牧草地の豊かに茂る草の中にいた。

12　牧草地のウサギ

無知ほど人間の猜疑心《さいぎしん》を高めるものはない。

フランシス・ベイコン『猜疑心について』

だがしかし、ウサギの数が多すぎる繁殖地《はんしょくち》ですら、若いウサギが住み心地よいかわいいたすみかを求めて訪れた場合、受け入れてもらえる。……そして、実力が充分ある場合は、地位を獲得《かくとく》することもできる。

R・M・ロックリー『アナウサギの生活』

心配と恐怖のときがついに終わった！　のしかかっていた雲――人の心をふさぎ、幸福をただの思い出にしてしまう雲が、ついに消え去った！　これは、ほとんどの生きものが、共通して味わえる唯《ゆい》一《いつ》の喜びにちがいない。

罰を待ち受けているひとりの少年がいる。ところが、思いがけなく、しくじりを見逃してもらえるか、許してもらえると、この世は、たちまち、また色あざやかになり、うれしい期待に満ちたところとなる。

一人の兵士が、傷《きず》ついて死ぬことを考えてすっかりふさぎこみながら、戦闘《せんとう》を待っている。ところが突然運命が好転する。ニュース！ 終戦と聞いて、みんなはいっせいに歌いだす。家へ帰れるぞ！

スズメたちが、チョウゲンボウにおびえて畑ですくんでいる。ところが、いつのまにかその敵がいなくなっている。スズメたちは、てんでにいけがきの上に舞い上がり、ふざけちらし、おしゃべりし、勝手気ままにどこにでもとまる。

きびしい冬があたり一帯をすっかり閉ざしてしまう。丘陵《ダウン》の野《へ》ウサギ《ア》たちは、寒気のため頭がはたらかなくなり、動きもにぶくなって、次第しだいに雪と静けさにのみこまれて、凍《こお》ったように動かなくなっていく。ところが、だれも夢にも思わなかった今、雪どけ水がしたたり落ちている。まだ葉のないボダイジュのこずえで、シジュウカラが声高くさえずっている。土が匂《にお》う。野ウサギたちは、あたたかい春風の中ではねまわり、走りまわる。あきらめきった投げやりな気分は、霧《きり》のように吹きはらわれ、声もなく自分の中に閉じこもっていたところ——地面の割れ目のようにさびしかったところが、まるでバラのように開いて、丘陵へ、空へとつながっていく。

疲《つか》れたウサギたちは、日のあたる牧草地で草を食べ、のんびりと日光浴をした。ぼくらの巣穴《すあな》は、すぐそこの雑木林の縁《ふち》の土手、といった感じだった。ヒースの荒野と一寸先も見えない暗闇《くらやみ》は、朝日にとけたように頭から消えた。ビグウィグとホークビットは、長くのびた草の中で追いかけっこしていた。スピードウェルは、野原の真ん中を流れる小川を一気にとびこえてみせた。エイコンがまねして落っこちてはいあがると、シルバーがひやかして、体がすっかりかわくまで、エイコンをオークの枯葉《かれは》の山の中でころがして遊んだ。

太陽が高く上がって、ものの影が短くなり、草の露《つゆ》が消えると、ほとんどのウサギは、溝《みぞ》のへりの、日光がまだらにこぼれるノラニンジンの下にゆっくりもどってきた。そこには、花が咲《さ》いているミザクラの木があって、その下に、ヘイズルとファイバーとダンディライアンがいた。白い花びらがひらひらと舞いおりて、まわりの草をおおい、三匹をまだらに白く飾っていた。十メートルほど上の枝で、一羽のツグミが「サクランボ、サクランボ、イッパイ、イッパイ、イッパイ」とにぎやかにさえずっていた。

「どうかな、ここなんか、ぼくらにぴったりじゃないかな、ヘイズル?」と、ダンディライアンがのんびりした声でいった。「すぐに、土手をちょっと調べてみる方がいいんじゃないか。ま、ぼくは別に急いじゃいないけれど。しかし、雨が近そうな感じがするんだ」

ファイバーが何かいいたそうな様子を見せたが、耳をふっただけで、草を食べはじめた。

「あの林のへりの土手はよさそうだな」と、ヘイズルが返事をした。「今すぐ行ってみようか、もう少し後にするか。ファイバー、どうだ?」

ファイバーは、ためらったが、すぐにこたえた。「君にまかせるよ、ヘイズル」

「穴掘《あなほ》りなんか適当でいいだろ?」と、ビグウィグがいった。「ああいう仕事は、牝《めす》には向いているけれど、俺《おれ》たちにはどうもね」

「でも、少しやっておく方がいいんじゃないかな」と、ヘイズルはいった。「いざというとき、逃げこめるように。あの林を調べてみよう。たっぷり時間をかけて、絶対ここというところを決めた方がいいだろうな。やりなおすのはごめんだから」

「うん、それがまっとうなやり方だな」と、ビグウィグがいった。「そっちは、君たちにまかせて、俺は、シルバーとバックソーンを連れて、向こうの野原へ行ってみる。土地の様子も知りたいし、危険があるかどうかもたしかめなくちゃいけないからな」

三匹の探検家《たんけんか》たちが、小川沿いに出かけていくと、ヘイズルは残ったウサギたちを連れて野原を雑木林までのぼり、林の縁《ふち》の土手を、赤い花の咲くマンテマやセンノウの草むらの間を縫《ぬ》ってゆっくり調べた。時々、だれかが、小石まじりの土手の土をひっかきはじめたり、思い切って木立ややぶの中まで入りこんで腐葉土《ふようど》をひっかいたりした。

しばらくの間、なるべく音を立てないようにして調べ歩いた結果、目の前に広がる野原は末広がりになっていることがわかった。ウサギたちが今いる林も、向かい側の林も、小川から離《はな》れるように、外向きにカーブを描いていることがわかった。農家も一軒、屋根が見えたが、ちょっと離れていた。ヘイズルが立ちどまると、みんながまわりに集まった。

「ここなら、どこも大丈夫と思う」と、ヘイズルはいった。「ぼくが調べたかぎりでは、申し分ない。エリルの気配がまったくない。臭《にお》いもない、足跡《あしあと》も糞《ふん》もない。それは、おかしいといえばおかしい。しかし、ぼくらのいた村の方が、ほかの村より、エリルをひきつけやすいところだったと考えることもできる。とにかく、ここならうまくやっていけるはずだ。

そこで、こうしたらいいのではと思うけれど、どうだろう？　両側を雑木林が区切っているこの野原をちょっとくだって、あのオークの木に近い、ほら、あそこで白い花を咲かせているハコベのすぐそばを掘ってみようじゃないか。農家はずいぶん遠いけれど、必要もなく近づく必要なんか全然ないし、林の真向かいなら、冬は、林が多少は風を防いでくれるだろ」

「すばらしい」と、ブラックベリがいった。「くもってきたのがわかるかい？　日暮れに雨になっても、ぼくらは隠《かく》れ家《が》の中ってわけだ。それじゃ、はじめようじゃないか。あ、見ろよ、ビグウィグが小川の縁をもどってくる。あとの二匹もいっしょだ」

三匹のウサギは、小川に沿ってかけもどってくるところだった。しかし、ヘイズルと仲間たちがどこにいるか、まだ気づいていなかったから、仲間の下を走って、野原が狭《せま》くなる方へ向かっていた。命令されたエイコンがおりていって声をかけると、ようやく三匹も向きを変えて、林の縁の溝まであがってきた。

「おい、ヘイズル、問題はあまりなさそうだよ、ここには」と、ビグウィグがいった。「農家はずいぶん離れてるし、間の畑にはエリルの形跡がまったくない。人間の通り道は、これが実は五、六本あって、ひんぱんに使われているように見える。臭いは新しいし、人間が口で燃やすあの小さい白い棒《ぼう》の端《はし》っこも落ちてる。しかし、それは、かえっていいことじゃないかな。俺たちは人間から離れてさえいればいい。エリルは、人間が追いはらってくれるだろ」

「人間は、なぜここに来るのかな？　どう思う？」と、ファイバーがきいた。

「そんなこと、わかるはずがないだろ。野原の牝《め》ウシやヒツジを追いにくるのかもしれないし、林に薪《まき》をとりにくるのかもしれない。どうして、そんなことが気になるのかな。人間なんかより、イタチやキツネを気にしろよ」

「うん、そうだろうな」と、ヘイズルはいった。「ずいぶん調べてくれたね、ビグウィグ。それも、みんな役に立つ。ぼくらの方は、あそこの林ぎわの土手にちょっと穴を掘ろうとしていたところなんだ。ぼくの勘《かん》では、まもなく雨になる」

牡《おす》ウサギが自発的に穴掘りをすることは、まずないといってよい。牝は、子どもが生まれそうになると、本能的に、子どものために家づくりをはじめ、牡はそれを手伝う。もっとも、独身の牡ウサギは、出来合いのもので利用できる穴が見つからない場合、避難所《ひなんじょ》として短いトンネルを掘ることはあるが、まったくの間に合わせ仕事である。

ウサギたちは、午前中、時々休みながらのんびりと穴掘りをつづけた。オークの木の両脇《りょうわき》は、土手が小石まじりでさらさらしていた。何度か失敗してやりなおしながらも、ニーフリスまでには、どうやら巣穴らしいものが三つできあがった。

ヘイズルは、作業を見守り、必要なところを手伝い、みんなをはげましていた。そして、時々、野原の見張りにもどっては異常がないことをたしかめていた。ファイバーだけは、穴掘りにも加わらないで、土手下の溝の縁にうずくまっていた。そして、そわそわと前に出たり、後ろにひっこんだり、時々、草を食べているかと思うと、森の中で何かの音でも聞いたのか、ふいにぎょっとして体を起こしたりしていた。ヘイズルも、一、二回話しかけたが、返事がなかったので、ほうっておくことにした。それがいちばんなのだ。だから、次に穴掘りの手を休めたときには、仕事しか頭にないふりをして土手ばかり見ていて、ファイバーには近づかなかった。

ニーフリスをすぎて間もなく、空をおおっている雲が厚くなった。あたりがうす暗くなり、雨が西から近づいてくるのが、匂いでわかった。ノイバラにとまって体をゆすりながら「ほーい、ほい、もうちょっと、コケとってこーい」と歌っていたアオゲラが、曲芸をやめて森の中へ飛び去った。

ヘイズルは、ビグウィグとダンディライアンの穴をつなぐ通路を掘りはじめていいかどうか、決めかねていた。すると、すぐそばで、だれかが地面をたたいて発している警報が体に伝わってきた。急いでふり返ると、警報はファイバーからのものだった。彼は、今、野原の向こうをじっと見つめていた。

向かいの雑木林をちょっと出たところの草むらの脇に、一匹のウサギがすわって、こっちをじっと見ていた。そのウサギは、耳をまっすぐに立てていた。姿も、匂いも、音も明らかにして、まちがいなくヘイズルたちに気づいてもらおうとしていた。ヘイズルは、相手によく見えるように、まず、すわり立ちして、しばらくじっとしていたが、すぐに背を丸めて腰《こし》をおろした。相手は、じっとしていた。ヘイズルは、見知らぬウサギをじっと見ながらも、音で、仲間たちが後ろまで来てくれたことがわかったので、すぐにいった。

「ブラックベリ、いるかい？」

「穴を掘っているよ」と、ピプキンが返事をした。

「呼んできてくれないか」

見知らぬウサギは、あいかわらずだった。風が出て、ヘイズルのいるところから、じっと動かずにいるウサギのところまで、斜面《しゃめん》の長い草がサラサラ、ザワザワと動きはじめた。そのとき、後ろからブラックベリが声をかけてきた。

「ぼくに用かい、ヘイズル？」

「あそこにいるウサギと話をしに行く」と、ヘイズルはいった。「いっしょに来てもらいたいんだ」

「ぼくも、いいかい?」と、ピプキンがいった。

「ここにいてくれ。彼がこわがるといけないから。三匹は多すぎる」

「油断《ゆだん》しないでな」バックソーンが、斜面をくだって行く二匹に声をかけた。「二匹だけじゃないかもしれない」

小川には、五、六か所、川幅《かわはば》が狭いところがあって、ウサギでもとびこえられた。二匹はとびこえて対岸の斜面をのぼった。「自分の村にもどったみたいにふるまおう」と、ヘイズルはいった。「どうも、罠《わな》だとは思えないし、とにかく、逃げることはできるしな」

二匹が近づいても、相手はあいかわらず動かず、二匹をじっと見つづけていた。彼がすらりと姿のよい大きなウサギであることも、今はもうわかった。毛はつや光りしているし、爪《つめ》も歯もしっかりしている。ところが、居丈高《いたけだか》なところがなかった。それどころか、彼らが近づいてくるのを待つ態度は、どこか不自然におだやかだった。ヘイズルとブラックベリは、足をとめて、少し離れたところから、相手を見た。

「危険じゃないと思うよ」と、ブラックベリが小声でいった。「よければ、まず、ぼくが行ってみるけれど」

「いっしょに行こう」と、ヘイズルがこたえていった。ところが、ちょうどそのとき、相手の方が近づいてきた。ヘイズルは、その見知らぬウサギと鼻を軽く触《ふ》れ合《あ》わせ、無言でおたがいの匂いをかいで、たしかめあった。ヘイズルの相手は、かぎなれない匂いをさせていたが、不快ではなかった。ヘイズルなど行ったこともない豊かな国に生まれて、たっぷり食べて健康でちょっとのらくら暮らしている感じだった。どこか貴族風なところがあった。だから、彼が、大きな茶色の目をブラックベリに向けたとき、ヘイズルは自分がみすぼらしい放浪者《ほうろうしゃ》、ごろつきウサギのけちな親玉だという気分になりかけた。

ヘイズルは、はじめ、こっちからは話を切り出さないぞと思っていたのだが、相手のだんまりに気おされて、思わず話を切り出していた。

「我々は、ヒース地帯を越《こ》えてきた」

相手は返事をしなかったが、目には敵意が見られなかった。しかし、なんとなく陰気な雰囲気があって、それが気になった。

「君は、ここに住んでいるのかい?」ヘイズルは、ちょっと間を置いてきいた。

「うむ」と、相手は返事をして、それからつづけていった。「君たちがやってくるのが見えたのでね」

「我々もここで暮らすつもりなんだ」と、ヘイズルはきっぱりいった。

相手は、平然としていた。ちょっと間を置いてからこたえていった。「当然だろう。私たちも、そう思っていたよ。しかし、数が少ないから、君たちだけでは、安楽に暮らすことはできないのではないかな」

ヘイズルは、えっ？　と思ってしまった。相手は、我々がここに住むと聞いても、困った様子もない。彼の村はどのくらい大きいのかな？　どこなんだ、その村は？　林の中に何匹くらいかくれて、ぼくたちを見ているのかな？　これは、攻撃《こうげき》されるかな？

相手の態度からは何もわからなかった。そんなことはどうでもよい、つまらぬことだといっているように見えるし、しかも、とても友好的だ。気だるそうで、手入れのゆきとどいた美しい大きな体をしていて、新入りが何をいっても平然としているウサギ――何もかも、ヘイズルには難しすぎる問題だった。罠かもしれないけれど、どんな罠か、さっぱりわからない。とにかく、こっちはあけすけにいこう。

「この数で、自分たちは守れるよ」と、ヘイズルはいった。「敵は作りたくないけれど、じゃまが入れば、なんであろうと……」

相手は、おだやかに口をはさんだ。「ま、ま、お静かに――来てもらってうれしいのだ。君たち、もどるのなら、お供するよ。そう、おさしつかえなければだけれど」

大きなウサギは、斜面をくだりはじめた。ヘイズルとブラックベリは、ちらっと顔を見合わせたが、すぐに追いついて、いっしょになった。まだ正体のわからない大きなウサギは、特別な用心などしないで、ゆっくり落ち着いてらくらくと野原を進んでいた。ヘイズルは、ますますわからなくなった。

彼は、ヘイズルとその一党がフレア、つまり大勢で襲《おそ》いかかって殺すかもしれないなどと全然考えていなかった。それどころか、たった一匹であぶなっかしいよそ者の群れにとびこんでこようとしている。そんな危険をおかして、いったいなんの得があるのだろう。このがっしりした大きな体をつつんでつや光りしている毛皮なら、爪も歯も受けつけないものな、とヘイズルはひねった考え方をした。

　溝にもどってみると、仲間は、今まで、ひとかたまりになって、ヘイズルたちを待っていた。ヘイズルは、みんなの前で立ちどまったけれど、何を話していいかわからなかった。自分たちだけでもどってきたのだったら、今までのことをくわしく報告しただろう。ブラックベリと力を合わせて、見知らぬウサギをむりやり連れて来たのだったら、ビグウィグかシルバーに向かって、閉じこめておけといって、彼を引《ひ》き渡《わた》していただろう。

　ところが、問題のウサギそのものが、自分のとなりにいて、みんなをながめながら、静かに話を待っている――これは、もう、ヘイズルの経験などはるかに超《こ》えた事態だった。そして、この場の緊《きん》張《ちょう》を吹きとばしたのは、例によって、率直《そっちょく》でぶっきらぼうなビグウィグだった。

「このウサギはだれだい、ヘイズル?」彼はいった。「なぜ君にくっついてきたんだ?」

「わからないよ」ヘイズルは、まずい返事をしたと思って、ざっくばらんに聞こえるようにいった。「自分からついてきたんだ」

「ほほう、それじゃ、俺たちがいろいろきいた方がいいだろうな」ビグウィグが、ちょっとからかい気味な口調でいって、未知のウサギに近づくと、ヘイズルとおなじように、相手の匂いをかいだ。彼も、相手の一種独特な富裕な匂いにはっきりと驚いたらしく、とまどった顔で思案していたが、すぐにつっけんどんをよそおっていった。「あんた、だれだ？　用はなんだ？」

「私の名前はカウスリップ」と、相手はいった。「特別に用はない。君たち、遠くから旅をしてきたそうだね」

「かもな」と、ビグウィグはいった。「それに、身も守れる」

「たしかにね」カウスリップは、礼儀を心得て口をつぐみ、泥《どろ》まみれによごれきったウサギたちを見まわした。「しかし、天候から身を守るのは、なかなかたいへんだよ。どうも雨になりそうだけれど、君たちの巣穴は完成していないだろ」そういって彼は、次の質問をうながすようにビグウィグを見た。ビグウィグはまごついたらしかった。ヘイズルとおなじように、事態がよくのみこめていないのだ。

みんながだまりこむと、強くなってきた風の音だけが聞こえた。ウサギたちの頭上で、オークの木の大枝がきしんで大きくゆれはじめていた。ふいに、ファイバーが前に出ていった。「ぼくらには、君のことがわからない。はっきり話してくれないか。君を信用していいのかな？　ここにいるウサギの数はどのくらい？　そんなことが知りたいのさ」

カウスリップは、ファイバーの緊張《きんちょう》した様子を見ても、急に態度が変わることもなかった。右の前足で、片耳の後ろをなでてからこたえた。

「心配しすぎだと思う。しかし、質問にこたえろというのなら、こたえよう。私を信用して大丈夫だよ。私たちは、君たちを追い出したくない。それから、ここにはウサギの村がある。理想的な規模には達していない。だから、君たちに危害を加えるわけがないだろう？　草はたっぷりあるんだから」

彼の態度物腰には、どこか影があったが、いっていることは筋が通っていて、ヘイズルは、いささか恥《は》じ入《い》った。

「ぼくらは、多くの危険を切り抜けてきたものだから、」と、彼はいった。「新しいことは何もかも、危険なように思えるんだ。だから、自分たちのことも、ここの牝をうばったり、君たちを巣穴から追い出したりするようなウサギに見えやしないかと、心配になるのさ」

カウスリップは、きちんと聞いてから、こたえていった。

「わかるよ。巣穴のことは、話題にしようと考えていたんだ。君たちが今作っている穴は、あまり深くもないし住み心地もよくないよね？　それに、今は向かい風ではないだろう。今の風は、ふだん、ここでは吹かない。これは、南から雨をつれてきた風だけれど、ふだんは、西風だからもろに穴に吹きつける。ぼくらの村には、空いた巣穴がたくさんあるから、来るのなら歓迎《かんげい》する。さて、ぼくは、これで失礼して帰らせてもらう。雨が大きらいでね。村は、向かいの森の角をまわったところだ」

カウスリップは斜面をくだって、小川をとびこえた。向かいの雑木林の土手をのぼって、緑のシダの中に入っていった。

「上品な、大ウサギだよねぇ？」と、バックソーンがいった。「ここの暮らしは、あまり苦労もなさそうだね」

「どうしたらいいと思う、ヘイズル？」シルバーがきいた。「彼のいったとおりだよな？　この穴のことな——ちぢこまっていれば、雨風はよけられるけれど、それだけの話だ。それに、ひとつ穴に入れないから、組み分けしなくちゃならない」

「全部の穴を一つにつなげてしまおう」と、ヘイズルはいった。「穴を広げながら、カウスリップというウサギのいったことを話し合いたいんだ。ファイバーとビグウィグとブラックベリは、ぼくのそばに集まってくれないか。ほかのみんなは好きなように組に分かれて掘ってくれないか」

作りたての穴は、浅くて狭《せま》くて、でこぼこしていた。ウサギが二匹ならんだら動けなかった。四匹入れば、まるで莢《さや》の中のエンドウ豆だった。ヘイズルは、今になって、自分たちがどんなに多くのものを捨ててきたか、知りはじめていた。

古いウサギ村の巣穴やトンネルは、長い間使われているので、なめらかで頑丈《がんじょう》で、使い勝手がよい。じゃまな根っこも、ごつごつした角もない。どこもみなウサギの匂い——かの偉大《いだい》で不滅なウサギ族の匂いがぷんぷんしている。これをかいでいるうちに、一匹残らず気持ちがしっかりして安心感を持つようになる。つらい穴掘り仕事は、ご先祖にあたる無数の牝とそのつれあいがすっかりすましておいてくれた。ぐあいの悪いところは全部直してあり、それぞれがちゃんと役に立っている。雨水はすぐに外に出てしまうし、真冬の風すら深いところまでは吹きこまない。

ヘイズルとその一党は、だれひとり本式の穴掘りに参加したことはなかった。午前中の穴掘りなど、取るに足りない仕事で、できあがったのは、住み心地のよさなどまったくない、粗末《そまつ》な隠《かく》れ家《が》にすぎなかった。悪天候ほど、住居の欠陥《けっかん》を浮《う》き彫《ぼ》りしてくれるものはない。狭すぎる場合は特にそうだ。動きがとれずひまがあるから、狭さに特有のいらだちや不快をたっぷり経験しなくてはならない。

ビグウィグは、持ち前のはりきりぶりを見せて穴掘りにとりかかった。しかし、ヘイズルは、穴の入り口へもどってすわりこむと、二つの林にはさまれた小さな谷間で、こきざみに左右にゆれながら降《ふ》っている雨のベールをながめて、思案した。

すぐ目の前では、草とシダの葉一枚一枚が、きらめきながら首をたれて雨のしずくを落としていた。あたりには、去年のオークの枯葉の匂いが満ちていた。大気は冷えはじめていた。野原を見ると、午前中、みんなで根方にすわっていたミザクラの木が、見る影もなく雨にぬれて枝をたれていた。じっと見ているうちに、カウスリップがいったとおり、風がゆっくりと西にまわって、雨を穴の入り口に吹きつけてきた。ヘイズルは仲間のところまでひっこんだ。

草や地面をたたく雨の音は、弱いけれどはっきりと聞こえた。野原も林も雨の中に閉じこめられて、おぼろに姿を消した。木や草にひそむ虫たちも、音一つ立てなかった。ツグミくらいは鳴いていたかもしれなかった。しかし、ヘイズルは、ツグミの声すら聞くことができなかった。ほんのひとにぎりほどしかいないヘイズル一党のウサギたちは、泥んこの土掘りになって、ひっそりした土地の風の吹きこむ狭い穴に閉じこめられていた。雨も風も入りこんできた。彼らは、不愉快《ふゆかい》な気分で、天候の変わるのを待つほかなかった。

「ねえ、ブラックベリ、」と、ヘイズルはいった。「君、あの訪問者をどう思った？ 彼の村へ行くことについては、どう考えている？」

「うん、」と、ブラックベリは返事をした。「ぼくは、こう考える。彼が信用できるかどうかは、試してみる以外にはわからない。敵意はなさそうだった。しかし、大勢のウサギが何匹かのよそ者を恐れてだまし討《う》ちしようとしたら、穴に連れこんで攻《せ》めるだろうと、思う。はじめ、口先のうまいやつをよこしてね。ぼくたちを殺したいのかもしれない。

だがしかしさ、彼のいったとおり草はたっぷりある。それに、彼らを追い出すとか、牝をうばう話だけれど、彼らがカウスリップのように体が大きくて重ければ、ぼくらみたいな群れを恐れるいわれはまったくない。彼らは、ぼくたちが来るのを見ていたにちがいない。ぼくらは疲《つか》れていたから、攻撃するなら、ここに着いたときだったろ。ぼくらは、穴を掘りはじめる前に二手に分かれただろ。あのときでもよかった。ところが、攻撃してこなかった。彼らのいちばんの望みは、仲よくしたいってことじゃないかな」

「ばかはエリルをひきつける。それはたやすく得られる獲物《えもの》だからだ」と、ビグウィグがいって、ひげについた泥をはらい、長い前歯の口から、ふん！ と息巻いてみせた。「そして、俺たちも、ここでの暮らしを身につけるまではばかなんだよ。だから、ここの連中も暮らし方を俺たちに教えちまった方が安全と思ったのじゃないかな。いや、まかせるよ。しかし、たしかめるというのなら、行くよ。やつらがだまし討ちなんかしようというのなら、こっちも少しはきたない手を知ってることを見せてやる。ここより寝心地《ねごこち》のいいところへ移ってみようじゃないか。きのうの午後からずっと眠っていないから」

「ファイバーはどう?」

「ぼくは、あのウサギと彼の村には、いっさいかかわらない方がいいと思う。すぐに、ここを離れるべきだと思う。こんな話をしていてもしょうがないだろ?」

体がぬれて冷えるので、ヘイズルはいらついていた。ヘイズルは、今までいつもファイバーをたよりにしていた。ところがほんとうにたよりたい今、なんで期待を裏切るのだ。ブラックベリの理詰めの話は説得力抜群だった。ビグウィグだって、少なくとも常識を持ったウサギが望む方向を見せてくれた。しかし、ファイバーの意見は、目的に向かってまっしぐらという気持ちを力説しているだけだ。ヘイズルは、ファイバーがふつうよりも小さいことや、みんなが不安なときをすごして疲れていることなどを思い出して、短気をおさえようとした。そして、ちょうどそのとき、穴の奥《おく》の土が崩《くず》れだし、つづいてどさっと土が落ちてきて、シルバーの頭と前足があらわれた。

「やった」と、シルバーが元気な声でいった。「命令は果たしたよ、ヘイズル。それから、向こうどなりまでのトンネルは、バックソーンがあけた。しかし、ぼくが聞きたいのは、あのナントカウサギ、カウパット？　いや、カウスリップか？　彼のことなんだ。ぼくたちは、彼の村へ行くのか、行かないのか？　行くのがこわくて、ここに居すくまっているわけじゃないだろ、まさか？　彼になんと思われるか、知れたもんじゃないよ」

「それについては、ぼくが話す」と、ダンディライアンが、シルバーの肩越しにいった。「彼が不誠実なウサギなら、来るのがこわいのだと気づく。誠実なウサギなら、ぼくらのことを疑《うたぐ》り深《ぶか》い臆病《おくびょう》者《もの》の群れだと思う。この野原で暮らすつもりなら、早晩《そうばん》、彼の一党とつきあっていかなくちゃならない。だとしたら、ぐずぐずしていて、こっちからは訪ねる勇気がないなんて思われるのは、性《しょう》に合わないね」

「向こうは何匹いるかは知らない」と、シルバーがいった。「しかし、こっちは、れっきとした群れなんだ。とにかく、相手を避ける、なんて考えはいやだね。ウサギがいつからエリルになったんだ？　あのカウスリップさんだって、ぼくらのところへ一匹で来たじゃないか」

「よくわかった」と、ヘイズルはいった。「ぼくも、そう思っていた。ただ、みんながどう思っているかを知りたかったのでね。じゃ、ビグウィグとぼくが、まず二匹で行ってみて、もどって報告することでいいかい？」

「いや、」と、シルバーはいった。「みんなで行こう。行くとなったら、全然恐れてなんかいないことをみせようじゃないか。どうだい、ダンディライアン?」

「賛成」

「じゃ、今すぐに行こう」と、ヘイズルがいった。「みんな集まって、ぼくの後についてきてくれ」

午後もおそかったので、外はうす暗かった。雨が尻《しり》をぬらし、目に入りこんできた。ヘイズルはついてきた仲間の様子を見た。思慮深《しりょぶか》くて機敏《きびん》なブラックベリは、まず左右に目を配ってから溝《みぞ》を横切った。ビグウィグは、戦いを予想してはりきっていた。落ち着いていてたよりになるシルバーがいた。歯切れのよい語《かた》り部《べ》のダンディライアンは、早く出かけたくて、ぴょんと溝をとびこえてかけだしたが、あわててとまって、仲間を待っていた。いちばん分別があってしっかりしているのはバックソーンらしかった。ピプキンは、ヘイズルをさがして、そばへやってきて待機した。エイコンとホークビットとスピードウェルの三匹は、むりさえさせなければ、一人前のウサギで通る。最後に出てきたファイバーだけは、厳寒のスズメのようにしおれてつらそうだった。

ヘイズルが巣穴に背を向けたとき、西の雲がちょっと割れ、突然ぬれぬれと白っぽい金の光がまばゆくあたりを照らした。

「ああ、エル-アライラーよ、」と、ヘイズルは心の中で祈った。「ぼくたちが会いに行くのはウサギです。あなたは、彼らのこともよくご存知です。ぼくのくわだてがうまくいきますよう、お願いいたします」

「さぁ、元気を出せ、ファイバー！」と、ヘイズルは大声でいった。「みんなが待っているんだぞ。ずっとぬれっぱなしで」

びしょぬれのマルハナバチが、アザミの花にはい上がり、ほんのしばらく羽をふるわせていたが、野原を飛び去っていった。ヘイズルは、銀色に光る草の上に黒い足跡《あしあと》を残しながら、ハチの後を追った。

13 あたたかいもてなし

午後、彼らはある国にたどりついた。
そこは、いつも午後のようだった。
海岸一帯、ものうげに風もしずまり、
疲れた夢を見ている男のように、
動きもかすかだった。

テニスン「ロートスを食べる人びと」

向かいの林の角は、突き出た岬《みさき》に似ていることがわかった。林とへりの溝《みぞ》が、凹《おう》型に急カーブして突端《とったん》を作って引き返しているのだ。野原はぐるりと土手に囲まれていて、ちょうど入り江の形になっていた。

ヘイズルたちと別れたカウスリップが、林の中に入っていったわけが、今よくわかった。彼は、ヘイズルたちの巣穴《すあな》から自分の巣穴まで、とちゅう幅《はば》の狭《せま》い林を突っ切って一直線に走っただけなのだ。

実際、ヘイズルが小さな林の突端をまわったところで足をとめてあたりを見まわすと、カウスリップがどこから出てきたかがすぐにわかった。シダの茂《しげ》みから柵《さく》の下をくぐって野原まで、ウサギの足跡《あしあと》がくっきり残っていたのだ。

入り江の向こう岸、つまり野原を隔《へだ》てた真向かいの土手の黒土にはっきりとウサギ穴が見えた。これほど目立つウサギ穴などどこにもなかった。

「なんと、丸見えじゃないか！」と、ビグウィグがいった。「あたり一帯に、ウサギ村はここだぞと知らせてるようなもんだ。歩いた跡だって、草の上にくっきりだぜ！　やつら、ツグミみたいに、毎朝さえずるんじゃないかねぇ」

「かくれて暮らさなくてもいいくらい安全なんだろうな」と、ブラックベリがいった。「考えてみれば、ぼくらの村もかなり目についたものな」

「うむ。しかし、あんなじゃなかった！　あれじゃあ、フルドドが二匹くらい入れるぜ」

「ぼくも入れる」と、ダンディライアンがいった。「もう、びしょぬれなんだ」

彼らが近づくと、溝の縁《ふち》に大きなウサギが一匹あらわれ、ひと目見て土手に姿を消した。そしてすぐに、彼らを迎《むか》えるためか、今度は別のウサギが二匹出てきた。このウサギたちも、毛のつやがよく、並はずれて大きかった。

「カウスリップというウサギに、ここへ来れば住まいがあるといわれて来たんだが」と、ヘイズルがいった。「彼がすすめに来てくれたんだ」

するとと、二匹のウサギが、いっしょに、頭と前足でおどるような、おかしなしぐさをしてみせた。ヘイズルとカウスリップが出会ったときにかわした匂《にお》いのかぎあい以外、ヘイズルとその一党は（求婚のとき以外の）儀礼的動作を知らなかったので、彼らはわけがわからず、なんとなく落ち着かない気持ちになった。相手は、おどるようなしぐさをやめた。彼らの方は感謝のあいさつか答礼を期待したにちがいないのだが、何も返ってこなかった。

「カウスリップは、大広間にいる」しかたないように、一匹がいった。「案内しましょう」

「何匹まで、いいかな？」と、ヘイズルがたずねた。

「えっ、みんな、どうぞ」別の一匹が、びっくりした声でこたえた。「雨の中じゃたまらないでしょう」

ヘイズルは、自分のほかに、二、三匹が村長《むらおさ》の巣穴まで連れて行かれ、それから、全員が巣穴をあてがわれるのだと思っていた。（カウスリップは、つきそいを連れずに会いにきたので、村長ではないはずだった。）ヘイズルは、仲間が分散されることを恐れていた。

ところが、この村の地下には、ヘイズルたち全員を収容できるところがあるらしいと知ってほんとうに驚いてしまった。すぐにもそこが見たくなったヘイズルは、村に入る順番を細かく決めることもしなかった。それでも、ピプキンだけはすぐ後ろにつけた。

「今度だけでも、少しははげみになるだろう」と考えてのことだった。「それに、先導のウサギが襲《おそ》われても、ピプキン程度のウサギなら、やられてもそれほど惜しくない」

ビグウィグにはしんがりをたのんだ。「争いになったら、ここから抜《ぬ》け出《だ》してくれ。そのとき、できるだけ多くの仲間を連れて逃げてくれ」ヘイズルはそういって、案内ウサギの後について、土手の穴の一つに入っていった。

通路は道幅があり、床は平らでかわいていた。そして、それが中央通路にちがいなかった。四方八方に脇通路が出ていた。案内ウサギの足がはやいので、ヘイズルはあたりの匂いをかいでいるひまもなく、あとを追った。そして、はっとして足をとめた。広間に入っていたのだ。ひげが、土に触《ふ》れなかったし、左右にもすぐそばに土はなかった。前方には大量の空気があった。その動きが感じ取れたのだ。頭上に、非常に大きな空間があることも感じられた。さらに、近くにウサギが五、六匹いることもわかった。

ヘイズルは、まさか地面の下で、前と左右が危険にさらされるなどとは思ってもいなかったので、あわてて後ろにさがると、尻尾《しっぽ》がピプキンにさわった。

「ぼくは、なんてまぬけなんだ！」ヘイズルは後悔した。「すぐ後ろはシルバーに決まっているじゃないか」

すると、そのとき、カウスリップの声が聞こえたので、ヘイズルはとびあがった。その声がちょっと離《はな》れたところからのものとわかったからだ。広間は、ものすごく広いにちがいなかった。

「来てくれたのは、ヘイズルかい?」と、カウスリップはいった。「よく来たね。お仲間もよく来てくれた。歓迎《かんげい》するよ」

経験豊かで勇気のある盲人《もうじん》は別にして、初めての場所で何も見えない場合、人間にはたいしたことは感じ取れない。ウサギは、そこがまったくちがう。一生の半分は暗闇《くらやみ》かうす暗がりですごすので、触覚、嗅覚《きゅうかく》、聴覚が視覚とおなじか、それ以上のことを伝達してくれる。ヘイズルは、今自分がどんなところにいるのか、よくわかっていた。今すぐここを出て、六か月後にもどっても、ちゃんとさがしあてられる。

そこは、見たこともない巨大なウサギ村の奥《おく》だった。床はかたい砂地で、何も敷《し》いてないけれどかわいてあたたかかった。大きな大きな穴の天井は、数本の木の根が走って支えていた。ウサギの数は、ヘイズルの一党より、はるかに多かった。そして、どのウサギも、カウスリップとおなじように、豊かでぜいたくな雰囲気《ふんいき》を身につけていた。

そのカウスリップは、広間のいちばん奥にいた。ヘイズルは、彼が自分の返事を待っていることに気づいた。仲間たちは、まだ一匹ずつ通路から入ってきているところで、土をひっかく音や足をひきずる音が盛んに聞こえている。

ヘイズルは、この際あらたまったあいさつをするのかなと考えた。ヘイズルが長《おさ》なのかどうかということもあるが、そんなあいさつの経験がなかった。スリアラーなら、こういう面倒な場面も申し分なくしのいでのけたにちがいない。ヘイズルも、困り果てた様子を見せたり、仲間を失望させたりしたくなかった。そこで、率直《そっちょく》に、愛想よくがいちばんと心を決めた。この村に落ち着くことになれば、この村のウサギたちに、ありのままの自分たちをわかってもらう時間はたっぷりある。はじめに気取って見せ、後になってごたごたを起こす危険をおかすことはない。

「我々は、悪天候を避《さ》けることができて、ありがたく思います」と、ヘイズルはいった。「我々は、やはりウサギ……群れでいるときがいちばん幸せです。ねえ、カウスリップ、野原のぼくたちに会いに来てくれたとき、君は、この村があまり大きくないといっていたね。しかし、土手の穴の数から考えると、ここは、ぼくらにとってはすばらしく大きな村だよ」

あいさつを終えたとき、ヘイズルはビグウィグが入ってきたことに気づいた。ようやくまた、みんながいっしょになった。村のウサギたちは、ヘイズルの短いあいさつにちょっと困った様子だった。ヘイズルも、村の大きさをほめたことがなぜかまずかったことに気づいた。それじゃ、ウサギの数はあまり多くないのか？　あるいは、病気でもはやっているのか？　いや、そんな匂いはしないし、そんなしるしもない。ここのウサギたちほど大きくて健康なウサギは初めてだ。

彼らは気まずそうにだまっているけれど、それは、ぼくの話の中身とは関係ないのか？　初めてなので、あまり上手に話せなかった。それで、まだまだ垢抜《あかぬ》けていないと思ったのかな？

「かまうものか」と、ヘイズルは思った。「きのうの夜からというもの、ぼくは自分の運に自信を持っている。危険をうまく乗り越《のこ》えたからこそ、ここにいるんだ。ここの連中の方が、ぼくらにあわせるべきなんだ。とにかく、きらわれてはいないようだし」

それ以上スピーチはなかった。ウサギにも、独特のしきたりとか礼式といったものはあるのだが、人間のそれにくらべれば短いし、数も非常に少なかった。ヘイズルが人間だったら、仲間を一匹ずつ紹介《しょうかい》させられただろうし、村側では、客一匹に接待係が一匹ついただろう。しかし、大広間のなりゆきはそうならなかった。ウサギたちは自然にまじりあった。

ウサギ、いや、時にはイヌやネコでさえ、人間とちがって、会話のための会話などという不自然なおしゃべりなどしない。しかし、これは、ウサギたちが心を伝えあわないということではない。心を伝えあう方法として会話を使わないというだけのことなのだ。

大広間では、いたるところで、新しいウサギたちと前からのウサギたちが、彼ら独特のやり方で、彼らなりの時間をかけて、おたがいを知ろうとしていた。ウサギたちは、おたがいに相手の匂い、動き、呼吸《こきゅう》の速度、体のかき方、体のリズムと脈拍《みゃくはく》などを覚えた。こういう事柄を、彼らは、スピーチなどせずに、議論したり話し合ったりした。彼らは、それぞれ自分勝手なことをいっていたが、人間にくらべれば、はるかに全体の流れに敏感だった。

しばらくすると、この話し合いは、けんか腰《ごし》になったり取っ組み合いになったりしないことがわかった。戦いというものは、両軍の勢力が伯仲《はくちゅう》する状態ではじまり、少しずつ一方に傾き、ついにははっきりと結果がわかるようになる。暗闇の中のこの集まりもおずおずと近づいたり、だまったままだったり、話がとぎれたり、身ぶりをしたり、ならんでうずくまったりと、さまざまな瀬ぶみからはじまった。

やがて、北ないしは南半球が夏に向かうときのように、次第にあたたかく明るくなり、好きあい、認め合い、ついには全員が何の心配もいらないと確信するようになった。ピプキンは、ヘイズルから少し離れたところで、彼の背骨などあっという間にへし折れるほど大きな二匹の間にのんびりおさまっていた。バックソーンとカウスリップは、ふざけて取っ組み合いをはじめ、子ネコのようにかみつきあっていたが、ぱっと離れたかと思うと、茶目っ気たっぷりにふいに真面目な顔つきになって耳の毛を整えはじめた。

ファイバーだけがひとりぼっちだった。病気のようにも、すっかり落ちこんでいるようにも見えるので、村ウサギたちも、本能的に彼を避けていた。

ヘイズルは、この集まりがぶじに峠《とうげ》を越したと思ったとたん、シルバーの頭と前足が土の中から突然ぬっと突き出てきたときの情景を思い出し、ほのぼのとくつろいだ気分につつまれた。いつの間にか、彼は、押《お》され押されていちばん奥の牡《おす》と牝《めす》のそばにいた。二匹とも、カウスリップとおなじくらい大きな体をしていた。

その二匹が、二、三歩ぴょんととんで、すぐそばの脇道にゆっくり入っていくので、ヘイズルも後についていき、だんだんに広間から離れた。そして、広間よりもっと地下の巣穴に着いた。そこは、夫婦の住まいであることは、二匹のくつろぎぶりを見てすぐにわかった。そして、ヘイズルが入っても何もいわなかった。広間の浮《う》かれ気分はゆっくりと冷《さ》め、しばらく三匹とも、無言だった。

「カウスリップが、ここの長ウサギ？」少ししてから、ヘイズルはきいてみた。

すると、相手がきき返してきた。「君は、長ウサギと呼ばれているの？」

返事の難しい質問だと、ヘイズルは思った。そうだといえば、新しい友人たちは、これからは彼のことをそう呼ぶ。それを聞いてビグウィグやシルバーがなんというか、想像がつく。いつもどおり、真っ正直にこたえることにした。

「ぼくらは、ほんのひとにぎりの群れでね。災難《さいなん》をのがれてあわてて村から逃げてきたんだ。ほとんどは村に残ったし、長ウサギも残った。ぼくは、友人たちをまとめてここまでやってきたけれど、ぼくが長ウサギと呼ばれることを、仲間はいやがるかもしれない」

「彼ら、当然、あれこれ質問してくるはず」と、ヘイズルは考えた。「『なぜ村を出たか？　なぜ残りのウサギたちはいっしょに来なかったか？　何を恐れたのか？』。いったいなんと答えたらいいんだ？」

ところが、返事をきいた相手はヘイズルのいったことに関心がないことがわかった。あるいは、何かわけがあって質問しないのかもしれなかった。

「ここでは、だれのことも長ウサギとは呼んでいない」と、彼はいった。「今日の午後、君たちに会いに行ったのは、カウスリップの考えでね。だから、彼が出かけたんだよ」

「しかし、エリル対策《たいさく》なんか、だれが決める？　穴掘《あなほ》りとか、偵察《ていさつ》のグループを出すとかは？」

「そのたぐいのことか。いっさいやっていないね。エリルは、ここには全く近づかない。去年の冬、ホンバ（キツネ）が一匹やってきたけれど、野原を通りかかった人間が鉄砲《てっぽう》で撃《う》ち殺《ころ》した」

ヘイズルは、びっくりしてしまった。「しかし、人間はホンバを撃ち殺したりしないよ」

「うん。とにかく、その人間は、そのホンバを撃ち殺したよ。彼は、フクロウも殺す。それから、私たちは穴掘りはしない。この村で穴掘りしたウサギを、生まれてこのかた見たことはないよ。見てのとおり、空いている穴がたくさんあるからね。一部、ネズミが住んでいるところもあるけれど、あの人間は、チャンスがあれば、ネズミも殺している。偵察の必要はない。ここ以上の食べものはよそにはない。君の仲間も、幸せに暮らせるよ、ここなら」

ところが、そういった当のウサギが、格別幸せそうな口ぶりではなかったので、ヘイズルは、また変に思った。そこで、

「その人間はどこに……」といいかけると、相手はすぐに口をはさんだ。

「私の名はストロベリ。これは妻のニルドロ-ハイン*、空いた巣穴でも、いちばんいいのがすぐそば

にあるから、君に教えておく。君のお仲間の気に入ると思うよ。君、大広間はすばらしいと思わない？　ウサギ全部が、地下で一堂に会することができる村なんて、あまりないと私は思う。ほら、あそこの天井は木の根でできていて、地上の木が雨のしみこみを防いでくれる。あの木が生きているのは驚きだけれど、ちゃんと生きているからねえ」

　ヘイズルは、ストロベリのおしゃべりは、実はこっちの質問をはぐらかすためだろうと思った。はぐらかされて、むっとしながら考えた。

「まあいいさ。こっちも、ここの連中みたいに体が大きくなれば、かなりやれるからな。どこか近くに上等な食べものがあるにちがいない。彼の牝も美形だしな。ここには、ほかにも何匹か牝がいるかもしれない」

　ストロベリが巣穴を出たので、ヘイズルも後について、森の地下のさらに深くへ通じる通路を進んだ。

　ここは、たしかに驚くべき村だった。時々、出口に通じる通路を横切ると、夜になってもまだ降《ふ》っている雨音が聞こえた。雨は、すでに数時間降りつづいていた。ところが、地下深い通路にも、通りすがりに見たたくさんの巣穴にも、全然しめり気も冷気もなかった。住み慣れた村よりも、排水《はいすい》と換《かん》気《き》がすぐれているのだった。

　仲間たちも、あちこちまわっていた。ヘイズルは、一度、ひと目でおなじような見学にひっぱりまわされているとわかるエイコンと出会った。

「とても親切だね、みんな」エイコンがすれちがったときにいった。「こんなところに来られるなんて、思いもしなかった。ヘイズル、君の判断力は抜群だよ」

ストロベリは、話が終わるのを礼儀正しく待っていたから、話は聞こえたにちがいなかった。ヘイズルは、ついつい、いい気になってしまった。

ネズミの匂いがぷんぷんする穴がいくつかならんでいるところを、そっと避けるようにして通り抜けると、ようやくストロベリが足をとめた。たて穴のようなところだった。まっすぐなたて穴を見上げると空が見えた。ウサギの掘る通路は、ふつう弓なりにくぼんでいるのだが、この穴は垂直に掘ってあって、穴からは夜空を背景に木の葉が見えていた。

ヘイズルは、たて穴の壁《かべ》の一面が凸型《とつがた》になっていて、何かかたいものでできているらしいことに気づいた。匂いをかいでみた。

「わからないかな? レンガというものだよ」と、ストロベリがいった。「人間が家や物を作る石だよ。ここには、昔井戸があったんだけれど、使わなくなって埋《う》められたんだ。それは井戸の外壁でね。それから、この土壁はまったいらだろ。この壁の裏は、何か人間が作ったものなんだよ。何かはわからないが」

「何かが、突きさしてあるね、その壁には」と、ヘイズルがいった。「あっ、石だ。石が壁にさしこんである！　なぜ、石を？」

「それを、どう思う？」と、ストロベリが逆に質問してきた。

ヘイズルは、首をひねった。石は、みなおなじ大きさで、おなじ間をあけて土壁にさしこんである。まったくわけがわからない。

「何かな、これは？」ヘイズルは、また、聞いてみた。

「エル－アライラーだよ」と、ストロベリがいった。「しばらく前のことだが、ラバナムという名のウサギがそれを作った。ほかにも作ったものはあるけれど、これがいちばんのできでね。わざわざ見に来るだけのことはあるだろ？」

ヘイズルは、ほんとうに、もう、途方に暮れてしまった。ヘイズルは、まだラバナムという草は見たことはないが、それがウサギの名前になっているわけがわからなかった。ウサギ語で「毒の木」というのだ。ウサギがなんで「毒」なんて呼ばれるのだ？　そして、壁にさしこんである石がどうしてエル－アライラー、いや、正確にいえば、ストロベリがエル－アライラーといっているものなのだ？　頭の中がこんぐらかって、ヘイズルは「ぼくにはわからない」といった。

「ぼくたちは、これを『かたち』と呼んでいるんだ」と、ストロベリは説明した。「今まで、見たことない？　さしこんである石は、壁の上にエル－アライラーの形を作っている。ほら、王様のレタスを盗《ぬす》む場面だよ」

ヘイズルが、これほど途方に暮れたのは、エンボン川の岸辺で、ブラックベリにいかだの話を聞かされたとき以来だった。このいくつかの石なんか、エル - アライラーとは何もつながりなんかありゃしない。そんなの、ストロベリの尻尾はオークの木だというようなもんだ。

ヘイズルは、もう一度匂いをかぎなおして、前足の片方で土壁にさわった。

「気をつけて、気をつけて」と、ストロベリがいった。「こわしちゃまずいからね。大丈夫、いつかまた来よう」

「しかし、どこに……」、ヘイズルがいいかけると、ストロベリがまた話をさえぎった。

「君、もうおなかがすいたろう。ぼくはすいている。この雨はひと晩中やまないよ。ぼくにはわかるんだ。しかし、ここでは、村にいるままで食事ができる。すんだら、大広間で眠ればいいし、ぼくの巣穴でもかまわない。もどりは、ほとんどまっすぐな通路を使えば来たときよりはやい。ほんとうは、その道は……」

ひき返す間、ストロベリは執拗《しつよう》にしゃべりつづけていた。突然、ヘイズルは、彼がけんめいにこっちの話をじゃまするのは、「どこに」ではじまる質問をしたときらしいと思いあたった。そこで、たしかめることにした。

しばらくすると、ストロベリが「もう大広間に着いたも同然さ。出たときと通路はちがうけれどね」といって、話をしめくくった。

「そして、どこに……」と、ヘイズルがいったとたん、ストロベリは巣穴の出入り口に入っていき大きな声で、「キングカップ、いるかい？　君、大広間へ来るかい？」といったが、返事はなかった。

「変だな！」ストロベリはもどってきて、また道案内に立ちながらいった。「いつもは、この時間にはあそこにいるんだよ。しょっちゅう、誘いに来るんだ」

ヘイズルは、ぐずぐずして、鼻とひげを使って調べてみた。巣穴の出入り口は、天井から落ちて一日ほど経《た》つやわらかい土におおわれていた。ストロベリの足跡《あしあと》はくっきりついていたが、ほかの足跡など一つもなかった。

＊　「クロウタドリの歌」の意味。

14 「十一月の木々のように」

宮廷と幕営《ばくえい》は、世の中を知ることのできる唯一《ゆいいつ》の場所である。……自分の仲間の気風にあわせていきなさい。

チェスターフィールド伯爵〈息子への手紙〉

大広間は、さっきほど混雑していなかった。もどって最初に顔を合わせたのはニルドロ-ハインだった。彼女は、三、四匹の魅力的《みりょくてき》な牝《めす》といっしょに静かに話しあっていたが、餌《えさ》も食べているらしく、青物の匂《にお》いがしていた。前の村のスリアラーのレタスのように、この地下でも、食べものが手に入ることがわかった。

ヘイズルは、ニルドロ-ハインに声をかけようと立ちどまった。彼女は、ヘイズルに、井戸跡《いどあと》と「ラバナムのエル-アライラー」を見てきたかとたずねた。

「ええ、見てきました」と、ヘイズルはいった。「しかし、あれは、変なものだな。壁《かべ》の石より、君たちの方がすてきだな」

そう返事をしたとき、ヘイズルは、カウスリップが来ていて、ストロベリとひそひそ声で話していることに気づいた。『かたち』に近づいたこともないんだ」という話の切《き》れ端《はし》が耳に入った。一瞬、間を置いて「ま、我々からすれば、それはどうでもいいことだ」と、カウスリップがこたえていた。

ヘイズルは、ふいに、がっくりと疲《つか》れを感じた。カウスリップのつややかで肉づきのよい肩越《かたご》しにブラックベリの声が聞こえたので、彼のところへ行って、

「外へ来てくれないか」と、そっと声をかけた。「来たい仲間は、だれでも連れてきてくれ」

とたんに、カウスリップがヘイズルを見ていった。「今度は、食事を楽しみたまえ。何が楽しめるか見せてあげよう」

「二、三匹で、ちょっとシルフレイ*してくる」と、ヘイズルはいった。

「いやいや、まだ雨が強すぎて、それはむりだな」カウスリップは、外に出るなど問題外といった口調だった。「食べものは、ここで食べてもらう」

「いい返してすまないが、」と、ヘイズルはきっぱりとこたえた。「シルフレイしなくちゃならない仲間がいるんだ。慣れているから、雨などなんでもないよ」

カウスリップは、ちょっとまごついたようだったが、すぐに声を立てて笑いだした。

動物は、ふつう笑うということをしない。ただ、イヌとゾウだけは、それに似たように思われることをするかもしれない。ヘイズルとブラックベリは、びっくり仰天《ぎょうてん》。ヘイズルはとっさに、これは

カウスリップの病気の発作だと思った。ブラックベリは、そらっ、とびかかってくるぞと、とびさがった。

カウスリップは何もいわずに、笑いつづけた。うす気味悪くなったヘイズルとブラックベリは、イタチにでもぶつかったように、向きを変えると手近な通路をかけあがった。とちゅうで出会ったピプキンは、体が小さいので道をあけて二匹を通してから、向きを変えてついてきた。

雨は、今もたえまなく降《ふ》りつづいていた。五月というのに、暗い夜は寒かった。三匹は、草の中でちぢこまってもぐもぐと草をかみはじめたが、雨は毛皮を伝って流れ落ちていた。

「うふぁー、ヘイズル！」と、ブラックベリがいった。「君、ほんとうにシルフレイしたかったのかい？　こりゃ、ひどい雨だ！　ぼくは、なんでもいいから、彼らが出してくれるものを食べて、寝《ね》ちまおうとしていたんだぜ。どういうわけだ？」

「わからない」と、ヘイズルはこたえていった。「突然、君といっしょに外へ出たくなったんだ。ぼくには、ファイバーの悩《なや》みがわかる。乗り越えてくれるとは思うけれど。ここのウサギには、絶対に変なところがある。知ってるかい、壁に石をさしこむんだぜ」

「なに、なんだって？」

ヘイズルは説明した。ブラックベリも彼とおなじように、さっぱりわけがわからない顔をした。そして、「似たような話がある」といった。「これは、ビグウィグがいった言葉だけれど、だいたいあたっている。ここの連中は、鳥のようにうたうと、彼はいっていたんだよ。ぼくがベトニという名前のウサギの巣穴《すあな》に行ってみると、牝ウサギが生まれたばかりの子ウサギたちに向かって、秋のコマドリみたいな声を出していたんだ。子ウサギを眠らせるためだと聞かされてね、ほんとうに、おかしな感じがした」

「それで、フラオルーよ、君はここのウサギたちのことをどう思っている?」と、ヘイズルはきいてみた。

「みんな、親切でやさしいよ」と、ピプキンはこたえた。「でも、ぼくが感じたことをいうね。みんな、とても悲しそうだよ。みんな、体が大きくて力があって、しかもこんなすばらしい村に住んでいるのに、なぜだかわからないけれど。でも、彼らは十一月の木を思い出させる。でも、そんなのぼくが、ばかなせいだと思うよ、ヘイズル。君がここへ連れてきてくれたんだから、りっぱで安全なところにちがいないよ」

「いや、ばかなのはぼくさ。ぼくが気づかなかっただけで、君のいうとおりだよ。彼らはみんな、何かを心配している」

「しかし、なんといってもわからないのは、」と、ブラックベリがいった。「なぜあんなに数が少ないかってことだよ。あれじゃ、村はがらがらだよ。何か災難《さいなん》に見舞われて、それで悲しんでいるのかもしれない」

「相手が話そうとしないんだから、わからないな。しかし、ここで暮らすつもりなら、彼らとなんとか折り合っていかなくちゃならないな。戦えないだろ、彼らは大きいから。戦う気持ちになってもらいたくもない」

「彼らは、戦えないと思うよ、ヘイズル」と、ピプキンがいった。「体はずいぶん大きいけれど、戦士には見えない。ビグウィグやシルバーとはちがう」

「よく目が利《き》くなぁ、フラオルー」と、ヘイズルはいった。「雨の降りがぐっと強くなっているのにも気づいているかい？　さて、これでぼくの腹もしばらくはもつ。もう、下へおりよう。しかし、当分は我々だけでいよう」

「眠ろうぜ」と、ブラックベリがいった。「まるまる一昼夜も眠っていないから、ぼくはへばりかけてる」

三匹は、出たときとは別な穴からもどり、まもなく、だれもいないかわいた巣穴を見つけ、寄りそって丸くなった。体温であたためあって、疲れた三匹はぐっすり眠った。

目ざめたとたん、ヘイズルは、朝日がのぼってからしばらくたっていることに気づいた。知らせたのは匂い。強いのはリンゴの花の匂いだった。つづいて、かなり弱いけれど、キンポウゲの花とウマの匂いもわかった。これらにまじって、もうひとつの臭《にお》い。ヘイズルは不安を感じた。ほんのしばらく、その正体がわからなかった。危険な臭い、不快な臭い、自然のものでは全くない臭い

――穴のすぐ外だ。煙《けむり》の臭い――何かが燃える臭いだ。

ヘイズルは思い出した。きのう、ビグウィグが偵察《ていさつ》を終えてから、草の中に落ちていた小さな白い棒《ぼう》のこと話していたっけ。ぼくの目をさましたのは、それにちがいない。人間が上の地面を歩いたのだ。

ヘイズルは、快い安心感にひたりながら、あたたかくて暗い穴に寝そべっていた。彼には、人間の臭いがわかった。人間には、臭いでウサギがいることはわからない。人間にわかるのは、自分で出しているいやな臭いだけだ。ヘイズルは、井戸跡で見た壁の上の「かたち」のことを考えた。その夢うつつの中にエル‐アライラーがあらわれ、あれはすべて私の策略《さくりやく》だ。私は毒の木に姿を変えてストロベリの注意をそらし、そのすきにニルドロ‐ハインを横取りしようとしたのだといった。

ピプキンが、もぞもぞ動いて寝返りしながら、「セイン　レイ　ナーン　マーリ?」(「ノボロギク、おいしい、かあさん?」)とつぶやいた。ヘイズルは、生まれてすぐのころの夢を見ているにちがいないと、ほろりとなって、寝返りするとゆっくり眠れる場所を作ってやった。

ところが、ちょうどそのとき、すぐ近くの通路を一匹のウサギがくだってくる足音が聞こえた。だれともわからないそのウサギは、地面を鳴らしながら、大声で何かいっていた。今まで耳にしたことがない異様な声だと、ヘイズルは気づいた。それは、ブラックベリがいっていたとおり、たしかに鳥の鳴き声を思わせた。声は近くなって、言葉もはっきり聞き取れた。

「フレイラー！　フレイラー！」（おいしい食べもの）

ストロベリの声だった。ピプキンとブラックベリが目をさましはじめた。さけび声ではなく足音のためだった。細くて聞きなれない声は、眠りの底の本能にまではとどかなかった。ヘイズルは、巣穴《すあな》を抜け出して通路に出たとたん、ふみかためた通路の床を、後足でどしどしふんで歩いているストロベリにぶつかった。

「おまえがウマなら、天井が抜けているよって、よくいわれたものだが、君、地下でどんどん音立てる必要はないだろ」

「みんなをおこすつもりだからさ」と、ストロベリはいった。「ほら、雨はほとんどひと晩中降っていただろ。この村では天気の悪い日は、みんな朝早くは寝てすごすんだ。しかし、今日は、もう晴れている」

「しかし、なぜみんなをおこすんだい？」

「うん、人間はもういないから、フレイラーを長い間ほうっておかない方がいいと、カウスリップとぼくで考えたんだよ。ほうっておくと、ネズミやカラスがとりにくるし、ネズミと争うのはいやだしね。君たちのように冒険的なグループなら、なんでもないことなんだろうけれど」

「話がさっぱりわからないな」と、ヘイズルはいった。

「それじゃ、ついておいでよ。ぼくは、ニルドロ－ハインを迎《むか》えにこの道を引き返すところなんだ。

ぼくらには、今、子どもがいないから、彼女もみんなといっしょに外に出るんだ」

　ほかのウサギたちも、外に出ていくところだった。ストロベリは、何匹かのウサギたちにあいさつして、そのたびに新しい友を草原に案内できるのがうれしいといった。ヘイズルは、いつの間にか、彼に好意を持ちはじめていることに気づいた。きのうは、疲れきっていたばかりか、頭の整理がつかず、見ただけで彼を正しく知ることができなかった。よく眠っておきた今は、ストロベリがほんとうに悪気のないきちんとしたウサギであることがわかった。

　ストロベリは、美しいニルドロ-ハインに心から尽《つ》くしていた。生来陽気で、楽しむ知恵をたっぷりと持っていた。五月の朝の地面に出ると、ぴょんととんで溝《みぞ》を越え、うきうきしながら、とびはねて、長くのびた草の中に入っていった。昨夜、ヘイズルを戸《と》惑《まど》わせたあのうわの空のような態度がすっかり消えていた。ヘイズル自身は、出入り口でいったん立ち止まり、谷間を見渡した。生まれた村では、ノイバラの後ろで立ちどまって外を見たものだった。

　太陽が雑木林の後ろからのぼってくるので、野原には林の影が南西に長くのびていた。雨にぬれた草がきらめき、近くのハシバミの木は、朝風が枝をゆらすたびに、チカチカ、チラチラと虹色に光っていた。小川は水かさを増していた。きのうから水音が変わって、深く静かに流れているのが、ヘイズルにも聞き取れた。

　林と小川の間は、一株ずつが草原のあちこちにちらばって育つ、タネツケバナがいっぱいだった。

カラシナに似た葉を広げて繊細《せんさい》な茎《くき》の先にうす紫《むらさき》の花が咲《さ》く。

朝風がやむと、森に抱かれた小さな谷間は、足の長い朝日をあびて静まり返った。このよく晴れた朝の静けさの中を、水たまりに落ちる羽毛のように、一羽のカッコウの鳴き声が流れてきた。

「なんの危険もないよ、ヘイズルし」カウスリップが、通路の後ろから声をかけた。「君たちがシルフレイのとき、あたりをしっかり調べてからにするのはよくわかる。しかし、この村では、みんな、警《けい》戒《かい》などしないで外に出る」

ヘイズルは、自分のやり方を変えたり、カウスリップの言葉に従《したが》ったりするつもりはなかった。しかし、だれも強制などしないので、つまらないことで争うつもりもなかった。

ヘイズルは、溝をとびこえると、土手沿いに少し進んで、またあたりに目をやった。数匹のウサギたちは、もう、サンザシの花が大きな白いまだらをつくっている向こうのいけがきに向かって走っていた。ビグウィグとシルバーの姿を見て、ヘイズルは、まるでネコのように、一歩ごとにぬれた足をふって水をはらいながら、近づいた。

「なあ、ヘイズル、君の友人も、俺《おれ》たちのところとおなじように、よく面倒を見てくれただろ」と、ビグウィグがいった。「シルバーも俺も、前のようにくつろいだ気分になったよ。これは、生活の大改善だぜ。ファイバーの見こみちがいで、もとの村に恐ろしいことなんかおこっていなくても、ここの方が暮らしは上だよ。じゃ、餌《えさ》を食べに行くかい？」

「この餌さわぎは、どういうことかわかるかい？」と、ヘイズルはきいてみた。

「聞いてないのか？　野原をくだったところでフレイラーが手に入るらしいんだ。ほとんどみんな、毎日行っているそうだ」

（知ってのとおり、ウサギはふつう草を餌にしている。しかし、もっとおいしい食べもの、たとえばレタスやニンジンなどはフレイラーと呼び、これらを手に入れるためには遠征《えんせい》をしたり畑から盗《ぬす》んだりする。）

「フレイラーか？　しかし、畑を荒《あ》らすには、時間がおそすぎやしないか？」ヘイズルはそういって、森の向こうの農家の屋根にちらりと目をやった。

「ちがう、ちがう」村のウサギが、偶然《ぐうぜん》ヘイズルのいったことを耳にしていった。「フレイラーは、野原に置いてあるんだよ。ふだんは、小川の水源の近くに置いてある。その場で食べたり持ち帰ったりする。食べて、持ち帰ることもある。今日は、少し持って帰らないとね。きのうの夜は、ひどい雨だったから、だれも外に出なかっただろ。取ってあったものはだいたい食べつくしたから」

　小川は、いけがきを横切って流れていた。そのいけがきの切れ目が家畜の水飲み場になっていた。雨の後なので、蹄《ひづめ》の跡《あと》に水がたまってぬかるみになっていた。ウサギたちは、そこを大きく迂回《うかい》して、もっと上手のもう一つの切れ目を抜《ぬ》けて、幹がふしくれだっているリンゴの老木に近づいた。リンゴの木の向こうには、人間の背丈くらいの杭《くい》で囲ったイグサの茂《しげ》みがあって、囲いの中にはウマノアシガタの花が咲き、泉からは小川の水が湧《わ》き出《で》ていた。

ヘイズルは、すぐそばの牧草地に、赤茶とミカン色がまじったような何かのかけらが散らばっているのに気づいた。かけらのいくつかについている、ふわりとうす緑の葉が、緑の濃《こ》い牧草の中にくっきりと見えた。かけらは、切ったばかりのように、ウマを思い出させるツーンとした匂いを発散していた。

ヘイズルは、その匂いにひかれた。つばが出てきた。そこで、立ちどまってフラカ（糞《ふん》）をした。カウスリップが近づいてきて、ヘイズルを見ると、不自然な笑いを顔に浮《う》かべた。しかし、ヘイズルは夢中になっていて、気にかけなかった。ぐいぐい引き寄せられた彼は、いけがきから走り出て、ちらばっているかけらのひとつに近づいた。匂いをかいで味わってみた。ニンジンだった。

ヘイズルは、生まれてから今までにいろいろな植物の根を食べたことがある。ニンジンはたった一度だけ、荷車を引くウマが、村の近くで飼葉袋《かいばぶくろ》からこぼしたものだった。古いニンジンで、ネズミや虫にかじられているものもあった。しかし、ウサギにとっては、そんなものでもぜいたくな匂いのする、何もかも忘れさせるごちそうだった。

ヘイズルは、腰《こし》を据《す》えてモグモグ、カリカリと、栽培された根をかじり、豊かでこくのある味を、喜びに身をふるわせながら楽しんだ。牧草の上をあちこち移動して、ちらばったニンジンのかけらをつぎつぎにかじってまわり、ニンジンにちょっとついている緑の葉も食べた。だれもじゃまするものはなかった。みんなにたっぷりあるようだった。

ヘイズルは、時々、本能的に頭を上げて風の匂いをかいだが、その用心も、あまり真剣ではなかった。「エリルが来るなら、来ればいい」と、ヘイズルは思った。「そいつと戦ってやる。とにかく、絶対に逃げるわけにはいかない。ここはすばらしい！　なんという村なんだ！　彼らがみんな野ウサギ《ヘア》に負けないくらい大きくて、王子のような匂いをさせているのもあたりまえだよな。やあ、ピプキン！　腹いっぱい食べろよ。もう、川っぷちでふるえるなんてことはないからな！」

「あいつなら、一、二週間もすれば、ふるえ方まで忘れちまうよ」と、ホークビットが、口いっぱいにほおばったままいった。「これを食べて、ぼくはぐっと元気になったような気がする！　ねえ、ヘイズル、どこへだって君についていくよ。あの晩、ヒースの中にいたとき、ぼくはどうかしていたんだ。地面の中に入れないとなると、そりゃつらいからね。わかってもらいたいんだ、そこを」

「すっかり忘れてしまったよ」と、ヘイズルはいった。「この食べものを、どうやって村へ持ち帰るのか、カウスリップにきいてみよう」

カウスリップは泉のそばにいた。餌は食べ終えて、前足で顔を洗っている。

「ここには、毎日、根菜があるのかい？」ヘイズルはきいた。つづいて、「どこから――」といいかけて、あやうく口をおさえた。そして、「だんだん覚えるな、ぼくも」と思った。

「いつも、根菜じゃない」と、カウスリップはこたえていった。「君も気づいていると思うけれど、今日のこれなんか、去年のものなんだ。残りを始末しているのだと思う。いろいろなんだよ、日によって。根菜、青物、古いリンゴなどと、そのとき次第でね。何もないときもある。特に気候のよい夏はね。しかし、冬、きびしい気候のときは、たいてい何かある。ふつうは、大きな根菜と、キャベツなんかで、トウモロコシのときもある。ぼくらは、それも食べるんだ」

「食料の問題はないね、それじゃ。村中がウサギでいっぱいになると思うけれどな。ぼくは——」

「ほんとうに食べ終えたのなら、」と、カウスリップが、すぐに話をさえぎった。「——別に急ぐことはないんだ。ゆっくりでいいから、ためしに運んでみるといい。根菜はかんたんでね。ほかのものを運ぶよりずっと楽だよ。あと、レタスも楽だね。歯でおさえて、村まで運んで、大広間に置けばいいんだから。ぼくは、ふつう、一度に二本くわえるけれど、これにはかなりの訓練をした。ウサギは、ふつう、食べものを運んだりしないけれど、やればできる。

貯《たくわ》えは役に立つ。子どもが大きくなってくると、牝にはちょっと貯えが必要になるし、悪天候のときなんか、みんなが便利するからね。ぼくといっしょにもどるのなら、手を貸してあげるよ。はじめは難しいかもしれないから」

ニンジン半分を、イヌのように口にくわえて、野原を横切り村まで運ぶのは、ヘイズルにもちょっと難しくて、とちゅうで数回下に置かなくてはならなかった。しかし、カウスリップがはげましてくれたし、彼自身も、新入りのリーダーという地位は守ろうと心に決めていた。

ヘイズルは、仲間がうまくやっているかどうかをたしかめたいといって、カウスリップといっしょに、大きめの穴のところで仲間を待った。仲間たちは、みんな一生けんめいにがんばっているようだった。ただ、小さい仲間——特にピプキンにはたしかに面倒な仕事だった。

「がんばれ、ピプキン」と、ヘイズルはいった。「今晩《こんばん》、腹いっぱい食べられるんだぞ。とにかく、たいへんなのはファイバーだっておなじなんだからな。彼も小さいから」

「ぼくは、見てないな、ファイバーは」と、ピプキンはいった。「君、見たかい？」

そういわれてみれば、見ていなかった。

ちょっと心配になったヘイズルは、野原にもどりながら、ファイバーのちょっと特別な性質のことを、カウスリップにわかるように説明していった。「無事だといいんだけれどね。もう一度運んだらさがしに行こうと思うんだ。どこにいるか、心当たりはないかい？」

彼はカウスリップが当然返事をしてくれると思ったが、はぐらかされた。ちょっとしてから、カウスリップがいったのは、こういうことだった。「ほら、あれ。小ガラスたちがニンジンのまわりをうろついているだろ。四、五日、うるさくてね。運び終わるまで、追いはらっていてくれるように、だれかにたのまなくちゃならないんだけれど、やっぱり大きすぎて、ウサギの手には負えなくてね。スズメの方は……」

「ぼくは、ファイバーのことをいってるんだ」ヘイズルはとがった声でいった。

「やっぱり、」といって、カウスリップは走りだした。「自分で行くよ」

しかし、彼は小ガラスたちを追いはらわなかった。ヘイズルが見ていると、ニンジンをくわえて村へもどりはじめた。腹を立てたヘイズルは、バックソーンとダンディライアンに合流して、もどりはじめた。村の土手までもどったとき、ふいにファイバーが見つかった。彼は、村の入り口からやや離《はな》れた雑木林の縁に立つ、イチイの木の低い枝になかばかくれるようにうずくまっていた。

ヘイズルは、ニンジンを下に置いて、土手をかけのぼった。ファイバーは地面すれすれに下がっている枝の下の、むきだしの地面にうずくまったまま、だまって野原を見つめていた。

「運び方を習いにこないか、ファイバー?」しかたなく、ヘイズルが声をかけた。「こつさえ覚えれば、あまり難しくないよ」

「そんなことはしない」ファイバーは低い声でいった。「イヌだよ。――棒をくわえて運ぶイヌそっくりだ」

「おい、ファイバー、君、ぼくを怒《おこ》らせたいのか? イヌなんていわれても怒りゃしない。しかし、みんなをはたらかせて、君は何もしないじゃないか」

「怒りたいのは、ぼくの方だ」と、ファイバーはいった。「しかし、困ったことに、へたなんだ、怒るのが。だれも、ぼくのいうことなんか聞きゃしない。頭がおかしいと思っているから。いけないのは、君だよ。おかしくないのを知っているくせに、ぼくのいうことを聞こうとしないじゃないか」

「じゃ、君は、今でもこの村が全然好きになっていないんだな？　そりゃ、まちがってるぞ。だれだって、まちがうことはある。君だって、例外じゃない。ホークビットはあのヒースの中でまちがえた。今は、君がまちがえている」

「あそこにいるのはウサギだよ。それが、クルミをくわえてチョコチョコ走るリスそっくりだ。あれが正しいのかい？」

「ああ、あれは、リスの上手なやり方をまねたのだよ。それだけ暮らしがよくなるわけだ」

「だれだか知らないが、人間があそこへニンジンを置いていく。親切心でと思うかい？　何かたくらんでいるに決まってるだろ？」

「くずものを捨てているだけだ。人間の捨てたくずの山から、ごちそうにあずかっているウサギはたくさんいるじゃないか。くずレタスとか、しなびたカブとか。チャンスがあれば、みんながしていることだよ。毒なんか入っていない、ファイバー。それはたしかだ。それに、あの人間は、今朝も、その気になればウサギを鉄砲《てっぽう》で撃《う》ち殺《ころ》すことができたのに、それをしなかった」

ファイバーは、かたい地面にへばりつくようにうずくまっているので、いっそう小さく見えた。

「ばかだな、ぼくは。議論してもしょうがないのに」ファイバーはみじめな声でいった。「ヘイズル――あのな、ヘイズル――何か不吉で非常に悪いものが、この村をとりまいているんだ。ぼくには、それが、ほんとうにわかっている、わかっている！　正体はわからないから、むろん説明はできない。

でも、調べつづけている。ほら、金網《かなあみ》に鼻を押《お》しつけて、その鼻をリンゴの木に向けても、金網がじゃまして、皮もかじれないだろ。ぼくも、その何かのすぐそばまで行っているんだけれど、がっぷりかみつけないでいる。でも、自分だけでここにいれば、正体がわかるかもしれない」

「おい、ファイバー、なぜぼくのいうことを聞いてくれないんだ？　あのニンジンを食べて巣穴《すあな》で眠れよ。そうすれば、また元気になる」

「いやだ。この村とは、いっさいかかわりを持たない」と、ファイバーはいった。「ここの巣穴に入るくらいなら、あのヒースの湿地を越えてもどるよ。あの広間の天井は骨でできている」

「ちが、ちがう――木の根だよ。しかし、やっぱり君だって、ひと晩《ばん》穴の中にいたじゃないか」

「いなかった」

「えっ、じゃ、どこにいた？」

「ここ」

「ひと晩中？」

「うん。イチイの木の下はいい隠《かく》れ家《が》になるから」

　ヘイズルは、急にはげしい不安を感じた。ファイバーが、うろつきまわるエリルのことも寒さも、全く気にせず雨の中でひと晩中、地上に残るほどの恐怖をいだいているとしたら、いくら話しても、その恐怖は、かんたんには消えないだろう。とうとう、ヘイズルはあきらめることにした。「かわいそうに！　しかし、ぼくらといっしょの方がいいと思うよ。ま、今はそのままでいい。後でどんなぐあいか、来てみる。イチイの木も食べない方がいいよ」

ファイバーが返事をしないので、ヘイズルは牧草地へもどった。

その日は、たしかに、予知能力が強くなるような一日ではなかった。ニーフリスには、非常に暑くなり、野原の低いところなどは、むしむしと暑かった。大気は、まるで六月末のような草いきれに満ちていた。ウォーターミントとマヨラナは、まだ花をつけていなかったが、葉からハッカの匂いを発散していて、あちこちに早咲きのシモツケソウが見えた。

くぼみの向こうに、もう使われていないウサギ穴がいくつかあった。その近くに立つシラカバの木の高みで、午前中ずっとムシクイがいそがしくはたらいていた。雑木林の奥《おく》の、古井戸のあたりから、小鳥の美しいさえずりが聞こえてきた。

午後にはすぐに、野原は暑さに静まり返り、ウシの群れが、のろのろと草をかみながら、日陰までおりてきた。地上に出ているウサギはほんの数匹、大部分は地面の中の巣穴で眠っていた。それでも、まだ、ファイバーは、たった一匹イチイの木の下にいた。

夕方、ヘイズルはビグウィグを見つけて二匹で、村の後ろの雑木林の中へ、大胆《だいたん》にも入りこんだ。はじめは、用心していたが、ほどなく二匹とも、ネズミ以上の大きな動物がいる気配はないと安心した。

「なんの匂いもしない」と、ビグウィグはいった。「足跡もない。カウスリップのやつ、ありのままをいったんだな。ほんとうに、ここにはエリルはいない。俺たちが川を渡《わた》ったところの森とはちがうな。君には正直にいっておくがね、ヘイズル、俺はあの晩こわくてすくみあがっていたんだ。かくしていたけれどな」

「ぼくもそうだった」と、ヘイズルはこたえた。「ここは、君のいうとおりだね。まったくエリルはいないらしい。もし、我々が……」

「だが、こいつはおかしいぜ」と、ビグウィグが話をじゃました。

ビグウィグはノイバラの茂みの中にいた。茂みの真ん中に、地下の通路につながるウサギ穴があった。地面は腐葉土《ふようど》が厚くおおっていて、しめってふかふかしていた。ビグウィグが立ちどまったところには、何かちょっとしたさわぎがあったしるしが残っていた。腐《くさ》った落ち葉がまわりに飛び散っていた。何枚かはノイバラにひっかかっていたが、ぬれて板のようにかたまっているのが四つ、五つ、やぶからちょっと離れた空き地まで飛んでいた。しるしのあったところの真ん中は地面がむきだしになっていて、地面をひっかいたあとや溝が残されていた。そして、午前中運んだニンジンほどの太さのきれいな穴がひとつ開いていた。彼らは匂いをかいだが、その穴からは何もわからなかった。

「匂いがないのが変だ」と、ビグウィグはいった。

「うむ……ウサギの匂いだけだ。これは当たり前のことだよな。それと、人間の匂いもおなじことだ。

しかし、この人間の匂いは、特別なものだ。この人間は、森を通って、白い棒を捨てた。それに、ここの地面をひっかいたのは人間じゃない」

「つまり、ここのおかしなウサギたちが、月夜か何かで、おどりでもやったんだろう」

「そんなことかもしれないな」と、ヘイズルがいった。「いかにも彼ららしいよ。カウスリップに聞いてみよう」

「君は、初めてばかなことをいったな。ここへやって来て以来、カウスリップが君の質問に返答したことがあるかい？」

「いや、ない――あまり、は」

「月夜のおどりはどこでと、きいてみろよ。いってみろよ、『なあ、カウスリップ、どこで――』と」

「そう、やっぱり君も気づいていたんだね？　彼は、『どこ』がつく質問には、決して返事をしない。ストロベリもそうだ。ぼくらにびくついているのかもしれない。彼らは戦士じゃないって、ピプキンがいっていたけれど、ほんとうだな。だから、ぼくらに対してまで、謎《なぞ》は謎のままにしておきたいんだろ。ま、がまんするのがいちばんだ。動揺《どうよう》させたくはないし、いつかは、自然になくなるだろ」

「今夜は、また雨だぜ」と、ビグウィグがいった。「それも、もうすぐのようだな。穴にもどって、やつらがもう少し腹を割って話をしてくれるかどうか、様子を見ようじゃないか」

「それは、待つしかないと思うよ。しかし、今すぐ穴にもどることには賛成だ。そして、何がなんでも、ファイバーを連れていこう。彼のことが心配でね。彼、雨の中でひと晩中外にいたんだよ」

雑木林を引き返しながら、ヘイズルは、午前中にファイバーと話したときのことをくわしく説明した。そのファイバーは、やはり、イチイの木の下にいた。ちょっとはげしいやりとりがあり、ビグウィグがかっとなって、あわやという場面もあったけれど、とにかくファイバーは、説得されて、というよりおどされて、いっしょに大広間までおりた。

大広間は、混んでいた。雨が降りだすと、さらにたくさんのウサギたちが通路をくだって集まってきた。彼らは、押し合いながら、陽気におしゃべりしていた。午前中に集めてきたニンジンを、友だち同士で食べたり、村中にちらばる巣穴の妻子のところへ運んでいったりした。しかし、ニンジンを食べ終えても、広間はウサギでいっぱいだった。

数が多いので、広間は気持ちよくあたたかかった。話がはずんでいたグループも、満足して静かになったが、まだ眠りたい気分ではないようだった。ウサギたちは夕暮れ時に活発になる。だから、夜の雨で地下に逃げこんでも、まだ群れていたいと思う。

ヘイズルは、仲間のほとんどが、村のウサギたちと親しくなっていることに気づいた。そして、どのグループも、彼のことをちゃんと知っていて、新しく来たウサギたちの指導者としてあつかってくれることがわかった。ストロベリの姿が見えなかったが、しばらくすると、向こう端にいたカウスリップがやって来ていった。

「やあ、いてくれてよかった、ヘイズル。うちのウサギたちの中に、だれかに話をしてもらいたいといっているのがいてね。君の仲間のだれかにお願いしたいんだが。なんなら、私たちの方からでもかまわない」

ウサギには、「ウサギの村は、通路より話の数の方が多い」ということわざがある。アイルランド人は売られたけんかは必ず買う。ウサギは、たのまれた話は必ず引き受ける。ヘイズルは仲間と相談した。ほんのしばらくして、ブラックベリが村のウサギたちにいった。

「我々は旅をして、君たちに合流する幸運に恵まれた。その冒険の物語をヘイズルが話す」

すると、大広間は、気まずそうにしーんとしてしまった。聞こえるのはすり足の音とささやき声ばかり。ブラックベリはうろたえて、ヘイズルとビグウィグのところへもどった。

「なぜなんだ?」と、彼は小声で仲間にきいた。「別に悪いところなんかない話だろ?」

「まあ、待ってみよう」ヘイズルは落ち着いていた。「聞きたくないわけをきこうじゃないか。ここには、ここの流儀ってものがある」

ところが、村の方では、理由をいいたくないらしく、いつまでたっても、だまっている。

「むだだよ」ブラックベリがしびれをきらした。「ヘイズル、君がなんとかいえよ。あ、いや、いや、いい。ぼくがやる」

そして、彼はまた村のウサギたちに話しかけた。「ヘイズルは、よく考えて、我々の仲間には、語りの名人がいることを思い出した。ダンディライアンがエル‐アライラーの話を語る。これなら、まずいわけないだろ」最後の文句はつぶやき声だった。

「だけど、どの話がいい?」と、ダンディライアンがいった。

ヘイズルは、空井戸のそばの、あの石のことを思い出し、「王様のレタス」がいいと返事した。「彼らも、いろいろ考えると思うな、あれなら」

ダンディライアンは、あの森で見せたときと同様に、そくざに元気よく自分の役を引き受けて、大きな声でいった。「『王様のレタス』の話をしましょう」

「楽しませていただきます」と、すかさずカウスリップがこたえていった。

「それがいいぜ」と、ビグウィグがつぶやいた。

ダンディライアンが語りはじめた。

＊　餌を食べるために地上に出ること。

15 王様のレタスの話

ドン・アルフォンソ「お嬢さん方、お医者さんがまいりました」
フェランドとグリエルモ「デスピーナがばけているんだ。いや、ひどいもんだ」
ロレンツォ・ダ・ポンテ『コシ・ファン・トゥッテ』

「昔むかし、エル‐アライラーとその一党が、まったく幸運に見はなされたことがあった。彼らは、いろいろな敵に追いたてられたあげく、ケルファジンの沼地で暮らさなくてはならなくなった。今はもう、ケルファジンの沼地がどこなのかだれにもわからないが、エル‐アライラーとその一党が暮らしていたころ、そこは世界でいちばん荒《あ》れ果《は》てたところだった。食べものはまずい草だけ。その草にさえ、苦いイグサやギシギシがまじっていた。地面は水気が多すぎて、巣穴《すあな》を掘《ほ》ることもできなかった。掘った穴にはかならず水がたまった。

しかし、ほかの動物たちは、みんな、あれこれといろいろたくらむエル‐アライラーを疑《うたが》ってその荒れ果てた土地に閉じこめて外に出さなかった。エル‐アライラーが沼地にいることをたしかめるために、毎日、虹《にじ》の王子がやって来て、沼地を歩きまわった。虹の王子は、大空も山も野も、みんな支配していたから、フリス様は、この世界のことは、虹の王子にいっさいおまかせになっていた。

ある日、虹の王子が沼地を通ってやってくると、エル－アライラーが出迎《でむか》えていった。『虹の王子様、わが一族の者たちは、寒さにこごえながら、水が出るために地下の巣穴で暮らすことができません。食べものはまずい上にとぼしく、これで気候でも悪くなろうものなら、みんな病気になってしまいます。あなたは、なぜ、私どもの願いを無視して、わが一族をこんなところに閉じこめておくのですか？　悪いことなど、何もしていない私どもを？』

『エル－アライラーよ、』と、虹の王子はこたえていった。『動物たちはみな、おまえが盗賊《とうぞく》で詐欺師《さぎし》だということを知っている。今、おまえは今までおかした罪の報いを受けておるのだ。おまえが、真っ正直なウサギに変わったと、私たちみんなが納得するまで、ここにいなくてはならない』

『では、私どもは、いつまでたってもここから出られないではありませんか』と、エル－アライラーはいった。『私は、わが一族の者に、才覚を使って生きることをやめよとは、とてもいえませんから。王子様、もし私がカマスのうようよいる湖をぶじに泳ぎぬいてみせたら、私たちを、ここから出してくれますか？』

『いや、だめだ』と、虹の王子はいった。『おまえのあの策は、もう聞いて知っている。やり方はわかっているのだ』

『では、ダージン王の畑のレタスを盗《ぬす》んだら、出してくれますか？』

さて、ダージン王とは、当時世界でいちばん栄えていて、いちばん大きな動物の都市を支配していた王様だった。部下の兵士は実に荒々しいことで有名だった。それに、そのレタス畑ときたら、深い堀《ほり》にかこまれ、昼も夜も千人の番兵に守られていた。家来は全部、宮殿のある町に住んでいて、レタス畑はその宮殿の端《はし》にあった。だから、エル-アライラーがダージン王のレタスを盗むというのを聞いて、虹の王子は、からからと笑ってしまった。

『やってみるがよい、エル-アライラーよ。うまくいったら、おまえの一族がどこででも増《ふ》えるようにしてやろう。そして、世界の終わりの日まで、野菜畑からウサギを閉め出すことなど、だれにもできないようにもしてやろう。しかし、結果はわかっている。おまえは兵士に殺されるだけだ。口先の実にうまい悪漢が一匹、この世から消えるだけのことだ』

『わかりました』と、エル-アライラーはいった。『結果は、いずれ』

ところで、ちょうどそのとき、近くの沼地で、ハリネズミのヨーナがナメクジやカタツムリをさがしていた。このヨーナが、虹の王子とエル-アライラーの話のやりとりを聞いてしまった。ヨーナは、泥棒《どろぼう》にご用心と知らせてごほうびにあずかろうと、ダージン王の大宮殿へ出かけていった。

『ダージン王様、』ヨーナは鼻声でいった。『あの腹黒いぬすっとのエル-アライラーめが、王様のレタスを盗むといっとりますです。王様をだまして、畑にしのびこもうとしておるのです』

ダージン王は、急いでレタス畑までいくと、番兵の隊長を呼びつけていった。

『どうだ、このレタスは。うん?』と、彼はいった。『種から育てて、葉っぱ一枚たりとも盗まれたことがない。すぐにも食べごろになる。そのときには、国中の者をよんで大宴会を開くつもりなのだ。ところが、聞くところによると、あのならず者のエル-アライラーめが、盗んでみせるといっておるそうだ。であるから、番兵は二倍にふやせ。野菜作りと雑草とりの者どもは、毎日取り調べろ。よいか。私か毒見長が命令を下すまでは、葉っぱ一枚たりとも、畑から持ち出させてはならん』

番兵の隊長は、王の命令を実行した。その夜、エル-アライラーはケルファジンの沼地を出て、ひそかに大堀まで行った。彼は、信頼できる大幹部のラブスカトルを連れていた。二匹は、やぶの中にうずくまって、二倍に増えた番兵たちが行ったり来たり警戒《けいかい》にあたっているのをじっと見ていた。

夜が明けて、城門に集まった野菜作りと雑草とりたちは、全員、三人の番兵に調べられた。病気のおじのかわりにやってきた新顔は、中に入れてもらえるどころか、堀に投げこまれそうになり、やっとのことで許されて追い返された。エル-アライラーとラブスカトルは、手も足も出なくてひき返した。そして、その日、虹の王子は野を越《こ》えてやって来ると、『さて、さて、千の敵を持つ王よ、レタスはどこにある?』とたずねた。

『今、運ばせているところです』と、エル-アライラーはこたえていった。『ちょっと多すぎて、私たちだけでは運べませんでしてね』

彼は、ラブスカトルを連れて、水の出ないわずかな巣穴の一つにこっそりと閉じこもり、外に見張りを立てて、一日とひと晩《ばん》計画を練った。

さて、ダージン王の宮殿のそばの丘に庭園があった。王様と重臣の子どもたちは、母親や子守に連れられて、いつもここで遊んでいた。この庭には囲いの塀《へい》がなく、子どもたちが遊ぶときのほかは、番兵もいなかった。そして、夜になるとだれもいなくなった。盗まれるものなど、何もなかったし、狩《かり》の獲物《えもの》もいなかったからだ。

つぎの日の夜、エル-アライラーから策をさずかったラブスカトルは、この庭へ出かけていって、浅い穴を掘り、ひと晩中その穴にひそんでいた。翌朝、子どもたちが遊びに来ると、ラブスカトルは、そっと穴から出て、遊びに加わった。子どもの数はとても多かったので、どの母親も子守りも、ラブスカトルをどこかの家の子どもにちがいないと思った。ラブスカトルは、体の大きさも子どもたちとおなじくらいで、外見もあまりかわりはなかったから、すぐに何人かの子どもたちと仲よくなった。ラブスカトルは、いたずらも遊びも、いろいろ知っていたので、すぐに子どもたちにとけこんでしまった。そして、帰りも子どもたちにくっついていった。

城門の番兵たちは、ダージン王の息子にくっついているラブスカトルを見とがめて、通せんぼすると、母親の名前をたずねた。ところが王子が『この者に手を出すな。余の友だちだ』といったので、ラブスカトルも、みんなといっしょに中に入ることができた。

さて、宮殿に入るとすぐに、ラブスカトルは大急ぎで暗い穴に入りこんで、外が明るいうちはずっとかくれていた。しかし、暗くなるとそこから出て、王さまの食べもの倉をさがして入りこんだ。倉には、草、果物、根菜はもちろん、木の実や草の実など、王様と彼の妻たちと重臣たちのための食料が貯《たくわ》えてあった。何しろ、そのころ、ダージン王の家来たちは、森を抜《ぬ》け草原を越えてどこへでも行ったからだ。食べもの倉には、番兵がいなかったので、ラブスカトルは倉の暗闇《くらやみ》にかくれ、食べたいだけ食べると、残り全部を、力のかぎり根かぎり、食べられないようにしてしまった。

その晩、ダージン王は、味見長を呼んで、レタスが食べごろかどうかときいた。味見長は、五、六株《かぶ》はまさに食べごろで、すでに、少しは食べもの倉に運びこんであると答えた。

『よし、よし、』と、王様はいった。『今夜、少し味わってみよう』

ところが、翌朝、王様と家来数人は、胃をこわして病気になってしまった。そして、それっきり、何を食べても、病気は治らない。それは、倉にかくれているラブスカトルが、どんな食べものが持ちこまれても、たちまち体に毒なものに変えてしまうからだった。王様は、レタスならと思って、また食べてみたのだが、体の調子はよくならない。それどころか悪くなるばかり。

五日後、ラブスカトルは、今度もまた子どもたちにくっついて宮殿から抜け出し、エル-アライラーのところへもどった。エル-アライラーは、ラブスカトルが、命令をすべて実行してくれて、王様が病気になっていることを聞くと、さっそく変装にとりかかった。

エル‐アライラーは、白い尻尾《しっぽ》の毛を切り、体の毛はラブスカトルにかみ切らせ、体を泥《どろ》とブラックベリの汁で染めた。次に、引きずるほど長いヤエムグラとゴボウの大きな葉を身にまとった。おしまいには、妻たちですら、だれとも見分けがつかなくなった。そこで、エル‐アライラーは、ラブスカトルに、少し後ろからついてくるように命じて、ダージン王の宮殿に向かった。ラブスカトルは、宮殿へは行かず、あの丘の上で待つことになっていた。

宮殿についたエル‐アライラーは、番兵長に面会を求めた。そして、『私は、虹の王子からつかわされた者である。王子は、王様が病気だとお聞きになり、病気のもとを見つけるよう、ケルファジンのはるかかなたの国から、私をおつかわしになった。急げ！　私は、待たされることなどめったにないぞ』といった。

『うそかもしれん話など、とりつげるか』と、番兵の隊長はいった。

『私は、どちらでもかまわんよ』と、エル‐アライラーはいった。『フリス様の黄金の川のはるかかなたの国で、医師長をつとめる私にとって、ちっぽけな国の王の病気など、どうということはない。私はもどって、虹の王子様に申し上げよう。王の番兵がおろかなやつで、この私をあしらうこと、まるでノミだらけの田舎者ども同様であったとな』

エル‐アライラーが立ち去ろうとすると、番兵の隊長はこわくなって呼びもどし、わびを入れて、王様のところへ連れていってくれた。

五日間もひどいものを食べて、すっかり胃をこわしてしまった王様は、虹の王子が治療《ちりょう》のためにまわしてよこしたという医者の正体を疑《うたが》う余裕《よゆう》などまったくなかった。王はエル‐アライラーに診察《しんさつ》をたのみ、かわりに、望みはなんでもかなえるといった。

エル‐アライラーは、王様の診察という大仕事にとりかかった。まず、王様の目をみて、耳をみて、歯を調べ、糞《ふん》と爪《つめ》の先をながめ、食べたもののことを聞いた。それから、王様の食べもの倉とレタス畑を調べたいと申し出た。調べを終えてもどった彼は、きびしい顔で告げた。

『大王よ、あなたにはまことに残念なお知らせですが、病気の原因は、大事にしておられるレタスですな』

『レタスだと！』ダージン王は思わずさけんだ。『ばかばかしい！　あれは、まっとうなよい種から育て、日夜見張りをつけておいたものだ』

『ああ！』と、エル‐アライラーはいった。『知っていますとも！　しかし、あのレタスは、クラッジのガンパットの中をくるくるとどんどん小さくなる円を描いてとび、ついにはつきぬけてしまうという恐ろしいラウスピドードルに汚染《おせん》されています。命取りのビールスです。紫《むらさき》のアヴァーゴで培養《ばいよう》され、オーキィ・ポーキィの灰色がかった緑の森で育ったものです。おわかりでしょうな。できるだけやさしく説明したつもりです。医学的にはかなり複雑なことになるので、お話しても退屈《たいくつ》なばかりでしょう』

『信じられん』と、王様はいった。

『試してみれば、すぐにわかります』と、エル-アライラーはいった。『しかし、王様のご家来を病気にする必要はないでしょう。番兵に命じて、だれかをひとりつかまえてこさせてください』

番兵たちが真っ先に見つけたのは、丘の上で草を食べているラブスカトルだった。そこで、彼を宮殿までひきずってきて、王様の前へひきたてた。

『ふむ、ウサギか』と、エル-アライラーはいった。『いやらしい生きものだ。かえって好都合。おい、その気色の悪いウサギめ、そのレタスを食らえ！』

ラブスカトルは命令に従い、ほどなくうめき声をあげてのたうちまわった。ひきつけたように、ひくひくと足で空を蹴《け》り、目をぎょろぎょろ動かし、床をかんで口から泡《あわ》を吹いた。

『重い病気です』と、エル-アライラーはいった。『特に重い症状《しょうじょう》なのでしょう。そうでなければ、おそらく、ウサギに感染《かんせん》すると致命的《ちめいてき》なのでしょう。ま、いずれにせよ、これが王様でなくて、まことに喜ばしいかぎりです。さて、さて、これでこやつも用ずみです。放り出すがよろしい。王様、心からご忠告いたします！』エル-アライラーは、言葉をついだ。『レタスを今のままにしておいてはいけません。芽を出し、花を咲かせ、実をつけます。感染が広がります。さぞ残念とは思いますが、レタスはとりかたづけなくてはなりません』

ちょうどそのとき、まことに運よく、番兵の隊長がハリネズミのヨーナを連れてやって来ていった。

『王様、この者が、ケルファジンの沼地からもどってきておりまして、エル-アライラーの一族が戦《いくさ》のために集まっているそうです。王様の畑に攻撃《こうげき》をかけて、王様のレタスを盗むといっているそうです。王様、どうか軍をくりだして、やつらを全滅しろとご命令ください』

『ははん！』と、王様はいった。『それよりもずっとよい計略を思いついたぞ。〈ウサギに感染すると致命的〉だったな。よし、よし！　彼らに、ほしがっているレタスを残らずくれてやれ。それどころか、おまえたちは、あの山ほどもあるレタスを、ケルファジンの沼地まで運んで置いてくるのだ。ほ、ほー！　愉快《ゆかい》、愉快！　すっかり気分がよくなったぞ！』

『いや、なんとも恐るべき知恵のはたらき！』と、エル-アライラーはいった。『さすが、偉大《いだい》な民の統治者です。王様のご病気は、すでに回復に向かっておられるようです。病気の多くは、原因がわかってしまえば、治療はかんたん。いや、いや、治療代はいりません。とにかく、フリス様の黄金の川のかなたの国で通用するものなど、ここにはありませんから。虹の王子のお申しつけが果たせたことで充分。では、王様、丘の麓《ふもと》まで私を護衛して送りだしてくださるよう、番兵に命じてください』

といって、エル-アライラーは、丁寧《ていねい》にお辞儀《じぎ》をして宮殿を去った。

その晩おそく、エル-アライラーが、仲間のウサギたちに向かって、もっとはげしいうなり声をたてながら、ケルファジンの沼地を走りまわれとせきたてているところへ、川を渡《わた》って虹の王子がやってきた。

『エル‐アライラーよ』と、虹の王子はいった。『私は、魔法にかけられているのかね？』

『ありえますね』と、エル‐アライラーはいった。『何しろ、恐ろしいラウスピドードルが……』

『沼地のいちばん高いところに、一千個のレタスが積み上げてある。だれがあそこに置いたのかね？』

『運ぶといったでしょう』と、エル‐アライラーはいった。『飢《う》えて弱っているわが民が、ダージン王の畑からここまでずっと、あれを全部運んだのです。王子様には信じられないでしょうけれど。しかし、彼らは、医者であるこの私の処方どおりの手当てを受けて、すぐに元気を回復しますよ。まだご存知ないかもしれませんが、私は医者なのです。ほどなく、どこかから、お聞きになると思います。あ、ラブスカトル、レタスを集めに行ってくれ』

それを聞いて、虹の王子は、エル‐アライラーが約束を守ったことを知った。そこで、王子も約束を守り、ウサギをケルファジンの沼地から解放してやった。そして、ウサギはどこででも増えていった。その日から今まで、この世のいかなる権力者も、野菜畑に入るウサギを防ぐことはできない。それは、エル‐アライラーが、この世でいちばんのよい手を教えてくれるからなのだ」

16

シルバーウィード

彼はいった。「私のためにおどれ」そして、彼はいった。
「おまえは風にもてあそばれたり、
太陽に焼かれるには、あまりにも美しい」彼はいった。
「私は、ぼろをまとった哀れな者だが、
悲しいおどり手や、おどる死人には親切なのだ」

シドニー・キーズ「死神の四態」

「おみごと」

ダンディライアンが話し終えると、ヘイズルがいった。

「上手なもんだねぇ」と、シルバーがいった。「彼が仲間だなんて、運がいい。話を聞くだけで、元気が出るよ」

「みんな、恐れ入っていたぜ」と、ビグウィグがささやいた。「やつらの中に、これだけの語《かた》り部《べ》が見つかるかどうか、だね」

ヘイズルたちは、ダンディライアンが自分たちの評判を高めてくれたと信じた。この村のウサギたちは、大きく堂々としている。上品で、どこか超然《ちょうぜん》としたところがあり、壁《かべ》に「かたち」というものを作るかと思えば、ほとんどあらゆる質問ははぐらかす。その上、ウサギらしくない憂《うれ》いのかげをちらりと見せたりする。だから、ヘイズルの仲間の多くは、自分たちが彼らには及ばないことを感じていた。


ところが、今、我々がただの宿なしウサギの群れではないことをダンディライアンが見せてくれた。当たり前のウサギなら、心から感心してくれるはずだ。みんな、そんな言葉が聞けるものと期待した。ところが、すぐに、住民の側はあまり感動もしていないことがはっきりわかって驚いてしまった。

「よい話でした」と、カウスリップがいった。そして、もっと何かいおうと言葉をさがすふうだったが、結局おなじ言葉をくり返した。「とても、よい話でした。めずらしい話ですね」

「しかし、知っているはずだろ、当然?」ブラックベリが、ヘイズルにささやいた。

「私は、いつも、こうした伝承物語には、多くの魅力《みりょく》が含《ふく》まれていると思っている」と、別の村ウサギがいった。「昔のウサギそのままの古風な心ばえで語られると、特にそう感じるね」

「そのとおり」と、ストロベリがいった。「信じること。それが必要なんだ。エル-アライラーと虹《にじ》の王子のことを、心から信じる。後はすべてよし」

「何もいうなよ、ビグウィグ」ヘイズルは小声でおさえた。ビグウィグは前足で、いらいらと床の土をひっかいていた。「気に入らないものをむり強いはできないさ。今度は、こっちが楽しませてもらおう」そこで、ヘイズルは、大きな声でいった。

「聞いてのとおり、我々の物語は、代々変わらずに語られている。つまり、我々自身が変わっていないんだ。この村は、そこがちがう。それは、我々も気づいている。そして、ここの考え方や暮らしぶりを、とても刺激的《しげきてき》だと考えている。どんな種類の物語が聞けるのか、楽しみにしている」

「そうだねぇ、昔話はあまり語らないねぇ。私たちの物語や詩は、ほとんどが、ここでの暮らしについてのものだね。もちろん、『ラバナムのかたち』は、君も見ているが――あれも、もう、古くてね。私たちは、エル‐アライラーに、あまり重きを置いていないんだ。いやいや、決して、君のお仲間の話があまりおもしろくないなどといっているのではないんだ」カウスリップは、あわてていいわけをした。

「エル‐アライラーは、策略家《トリックスター》だよ」と、バックソーンがいった。「そして、ウサギにはいつも策略《トリック》は必要なものだ」

「それは、ちがう」大広間の反対側、カウスリップのずっと後ろの方で、初めて声をあげたウサギがいた。「ウサギに必要なのは、威厳《いげん》だよ。そして、何よりも必要なのは、運命を受け入れる意思だ」

「シルバーウィードは、私たちの歴史上、最高の詩人でね」と、カウスリップがいった。「彼の思想には、共鳴する者が多い。これから彼の詩をお聞かせしようか？」

「ぜひ、ぜひ」大広間中から声があがった。「シルバーウィード！　シルバーウィード！」

「ヘイズル、」ファイバーがふいに声をかけてきた。「あのシルバーウィードってウサギのことをはっきり知りたい。でも、自分だけでそばへ行くのはこわい。いっしょに来てくれないか？」

「あ、ファイバーか。なに、なんだって？　何がこわいって？」

「フリス様、お助けを！」ファイバーはふるえていた。「ここからでも、彼は臭《にお》うよ。彼がこわい」

「おい、ファイバー、ばかばかしい。ほかのウサギとおなじ匂《にお》いしかしないよ」

「雨に倒《たお》されて、畑で腐《くさ》るままになっているオオムギの臭いがする。けがをして、穴にもぐれなくなったモグラのような臭いがする」

「ぼくには、ニンジンをたらふく食って太った大きなウサギの匂いしかしないぜ。でも、ついていってあげよう」

　ヘイズルとファイバーは、ウサギの群れのすき間を縫《ぬ》うようにして、反対側まで移動した。シルバーウィードを見たヘイズルは、彼がまだ若者にすぎないことを知って驚いた。サンドルフォード村では、何人かの友だちの間以外に、こんな若いウサギが話をたのまれることなど、絶対になかった。この若いウサギは、すさんだ、投げやりな感じで、ひんぱんに耳をひくひくさせていた。

　詩を語りはじめると、聴《き》き手《て》のことなど次第しだいに意識から消えていくように、自分だけに聞こえる音に耳を傾けようとするのか、ひっきりなしに後ろの出入り口の方をふり返っていた。しかし、彼の声は、草原や、風や、光の動きに似て、聴く者の心をつかむ魅力があり、リズミカルな声が聴く者をすっかりとらえ、大広間は静まり返った。

風が吹く。草の上を吹きわたる。
カワヤナギのねこをゆさぶる。葉が銀に光る。
風、風、どこへ行く？　遠くはるかに、
山を越え、世界の果てを越《こ》えて。
連れて行っておくれ、風、空高く越えて。
私は風と行き、風ウサギとなる。
空にとけて、ウサギ雲となる。

川が流れる。川底の砂利《じゃり》の上を流れていく。
クワガタソウの春の青と、キンポウゲの春の金をぬらして。
川、川、どこへ行く？　遠くはるかに、
ヒースの原を越え、夜通し、静かに流れていく。

連れて行っておくれ、川、星明かりの中を遠くまで。
私は川と流れて、川ウサギとなる。
水にとけて、緑のウサギの川となる。

秋に、吹き寄せられる黄や赤の落ち葉は、
溝《みぞ》をさらさらと走り、いけがきをゆらしてとびすぎる。
落ち葉、落ち葉、どこへ行く？　遠くはるかに、
雨や木の実と連れ立って、深い地中へ。
連れて行っておくれ、落ち葉。その暗闇《くらやみ》の旅へ。
落ち葉にまじって、私は木の葉のウサギとなる。
大地の奥深《おくふか》くで、私は土のウサギとなる。

フリスが、夕空に横たわる。あかねの雲につつまれて。
私はここです、フリス様。かけています、草原を。
お連れくださいこの私を。森など残していきましょう。
遠いかなたへ、光と静寂《せいじゃく》のただなかへ。

この息を、命をすぐにもあなたにささげ、
日輪かがやく、ウサギとなりたい。

ファイバーは、強くひきつけられると同時に、信じがたい恐怖を感じながら、聴いていた。ひと言ひと言に共感すると同時に恐怖に襲《おそ》われているようだった。そして、一度だが、もやもやしていた考えが突然はっきりわかったのか、あっ、と声にならない声をあげた。それから、詩が終わると、努力して気を落ち着けようと、歯をむきだしてくちびるをなめはじめた。道路上でつぶれているハリネズミを見たときのブラックベリそっくりの動作だった。

敵を恐れるウサギは、時々、うずくまって身じろぎもしなくなる。それは、敵に魅入《みい》られた場合か、生来の保護色にたよる場合か、どちらかである。敵の催眠力《さいみんりょく》がそれほど強くなければ、ウサギは、時を見計らって突然動く。呪文《じゅもん》でも破《やぶ》るように、あっという間に生きのびる手段を変える――つまり逃げるのだ。今のファイバーがまさにそれだった。

ファイバーは、ふいに勢いよく立ち上がると、強引に道をあけて大広間からとびだそうとした。押《お》しのけられたウサギたちがむっとしてにらんだが、ファイバーは気にもかけなかった。しかし、どっしりした二匹の牡《おす》ウサギが押しのけられなくてかっとなり、蹴《け》とばして体ごとぶつかった。追ってきたヘイズルが、必死になってくいとめた。

「弟も、ちょっとした詩人でね」と、ヘイズルは毛を逆立《さかだ》てている村ウサギにいった。「だから、何かに強いショックを受けると、ときどき我を忘れてしまうことがあるんだ」

一匹はヘイズルのいいわけに納得したようだったが、もう一匹はいい返した。「へーえ、詩人か。じゃ、聞かせてもらおうじゃないか。肩《かた》の傷《きず》のお返しに。毛をごっそりむしりとられたからな」

ファイバーは、もう、向かいの出入り口通路にとびこむところだった。ヘイズルは急いで後を追った。しかし、村のウサギたちと仲よくなろうと努力している最中に、新しい友人たちにつっかかったファイバーには腹が立つので、通りがかりにビグウィグにいった。「いっしょに来てくれ。あいつに少し道理をわからせなくちゃ。今は絶対にけんかはしたくないんだ」ヘイズルは、ビグウィグ流にがんとやらなくてはと思っていた。

二匹は、出入り口で追いついた。すると、彼らが何をいう間もなく、まるで二匹にきかれて返事をするように、ファイバーがふり返って、話しはじめた。

「じゃ、君たちは感じたんだね？　そして、ぼくはどうだったか、ききに来たんだね？　もちろん、感じたさ。そこがいちばんの問題なんだよ。ごまかしはない。彼は、ほんとうのことをいっている。真実を語っているのだから、ばかげているとはいえない。

君たちは、そういいたいんだろ？　しかたないよ。ぼくだって、雲と雲がくっついて一つになるみたいに、彼にひかれた。でもその直前に、ぐっと離《はな》れた。自分の意思でじゃなかった。偶然《ぐうぜん》になんだ。

わけはわからない。頭の中の小さなところがはたらいて、ぼくをぐっと引き離したんだな、あれは。あの広間の天井は、骨でできてるって、いったかな、君に？　骨じゃないんだ、あれは！　大空いっぱいに広がるばかな考えの霧《きり》だよ。あの下にいたら、フリス様の光に導かれて進むという判断ができなくなる。そうなったら、ぼくらはどうなる？　真実だけれど、徹底的にばかな考えというものがあるんだなぁ」

「いったいなんの話なんだ？」ヘイズルは、わけがわからなくてビグウィグにきいた。

「あのたれ耳のばか詩人のことをいってるんだろ」と、ビグウィグがこたえていった。「そこまではわかる。しかし、俺《おれ》たちがあの口のうまいやつにひかれただろうなんて、どうして考えたのか、俺にはまったくわからない。おい、ファイバーよ、もう何もいうな。俺たちが心配しているのは、おまえがおこした騒動《そうどう》の後始末なんだ。あのシルバーウィードってやつに、シルバーはよけいだ。ただのウィード（雑草）だ」

ファイバーは、ハエの目のように、頭より大きそうな目で、ビグウィグをじっと見返していった。「君はそう思っている。そう信じている。なのに、君もヘイズルも、それぞれ、あの霧のせいで頭がぼけている。どこに……」

ヘイズルがやめろとさえぎると、ファイバーは、はっとなって口をつぐんだ。「やめろ、ファイバー、ほんとうは、君を叱《しか》るために追ってきたんだ。君はこの村での幸先《さいさき》よい暮らしのはじまりをこわしかけて……」

「こわしかけた?」ファイバーは思わず大声をあげた。「こわしかけただって? それどころか、村全部が……」

「もう、いい。ぼくは君を叱りつけるつもりだったんだ。しかし、こんなに気持ちが乱れている相手を叱りつけてもなんにもならない。とにかく、今はぼくらといっしょに下へおりて眠ることだ。いいな、さ、行くぞ。今は、なんにもいうな」

ウサギの生活は人間のそれほど複雑でないが、その理由のひとつはウサギは腕力を平然として使うという点である。ほかにどうしてみようもないので、ファイバーはヘイズル、ビグウィグの二匹といっしょに、昨夜ヘイズルがつかった巣穴《すあな》に入った。だれもいなかったので、三匹はそこで眠った。

17

罠

みどりの野原が蓋《ふた》のようにはずれて、
かくされていた方がずっとよい
不快なものを暴露《ばくろ》するとき、
ほら、ごらん！　君の後ろに、音もなく
森が姿をあらわして、
死の三日月型にまわりを囲む。
そして、ボルトがするりとさしこみ穴《あな》に入り、
窓外には運送屋の黒い荷車がある。
すると、あっという間に、
黒めがねの女たちと、背骨の曲がった外科医と、
はさみの男があらわれる。

W・H・オーデン「目撃者」

寒かった。寒くて、天井は骨で作られていた。いや、天井は、実は、イチイの小枝を編んだものだった。かたい小枝を編み合わせてあって氷のようにかたく、にごった赤い色の木の実がちりばめてあった。

「さあ、さあ、ヘイズル」と、カウスリップがいった。「イチイの実を口にくわえて村まで運んで、大広間で食べるんだ。私たちのように暮らしたいなら、君の友だちも、これを習い覚えなくてはならないね」

「だめ！　だめ！」とファイバーがさけんだ。「ヘイズル、やめろ！」

ところが、そこへビグウィグが、イチイの実をほおばって、枝の間を縫《ぬ》ってあらわれていった。

「見ろよ！　俺《おれ》だってできるぞ。別の方へ走っていくからな。どこへってきけよ、ヘイズル。どこへってきくんだ。どこへって！」そして、彼らは、寒い中を別の方、村の方ではなく野原のかなたへ走っていって、ビグウィグがくわえたイチイの実――血のように赤い実を落とした。それは、針金《はりがね》のようにかたい赤い糞《ふん》だった。

「だめだ、これは」と、ビグウィグがいった。「かじってもむだだよ。冷たい」

ヘイズルは、目をさました。巣穴《すあな》の中だった。寒さにふるえた。くっつきあって寝《ね》ている仲間の体のぬくもりが、どうしてないのだ？　あれっ、ファイバーは？　ヘイズルはおきあがった。すぐそばで、ビグウィグが眠ったまま、ひくひく、もぞもぞ動いて、そばにいるはずのウサギの体にくっついてあたたまろうとした。ファイバーが寝ていた浅い穴の床の砂は、まだすっかり冷えきってはいなかった。しかし、ファイバーはいなかった。

「ファイバー!」ヘイズルは、闇《やみ》の中で呼んでみた。

呼んだとたん、返事はないとわかった。そこで、鼻先でビグウィグをしつこくつついた。

「ビグウィグ! ファイバーがいない! おい、ビグウィグ!」

ビグウィグは、すぐにはっきり目をさましてくれた。ヘイズルは、彼の元気ですばやい対応力を心からありがたいと思った。

「なんていった? 何かあったのか?」

「ファイバーがいない」

「どこへ行ったんだ?」

「外《シルフ》、だな。シルフ。それしか考えられない。村をうろつくはずはない、ここが大きらいなんだから」

「困ったやつだな。おかげで、俺たちが冷えちまった。やつが危険だと思ってるんだろ? さがしに行きたいんだろ?」

「うん、行かなくちゃ。彼は、ショックで気持ちが乱れていて、もう、まいっている。それに、まだ外が暗い。ストロベリがなんといおうと、エリルはいるかもしれないし」

ビグウィグはじっと耳をすまし、少しの間匂《にお》いをかいでいたが、すぐにいった。

「もうすぐ、明るくなる。今でも、やつを見つけられるくらいだよ。俺もついて行く方がよさそうだな。心配ないよ――まだ、遠くまでは行っていないさ。しかし、王様のレタスにかけて、とっつかまえたら、ちょっと思い知らせてやろうかな」

「見つけたら、ぼくが押《お》さえているから、蹴《け》とばしてやってくれ。じゃ、行くぜ」

二匹は通路を出入り口の穴まで上がると、そこにならんでとまった。

「出る前に、オコジョやフクロウがうろついていないか、たしかめたほうがよさそうだ」と、ビグウィグがいった。

ちょうどそのとき、向かいの森から、一羽のモリフクロウの鳴き声が流れてきた。それが第一声だったので、二匹は本能的にうずくまって身をかたくした。脈拍《みゃくはく》四つ間を置いて、第二声が聞こえた。

「遠ざかる」と、ヘイズルがいった。

「毎晩《まいばん》、多くの野ネズミたちが、そういうのさ。あの鳴き声にうそが多いのは、君だって知ってるだろ。今のもだましだよ」

「うむ。しかし、そう思いたいんだ、今のぼくは」と、ヘイズルはいった。「ファイバーは、あのあたりにいるのだろうし、それをぼくらは見つけに行くんだからね。それはそれとして、君のいうとおりだ。ものが見える。ほんのちょっとだけれど」

「イチイの木の下からにするかい？」

しかし、ファイバーはイチイの木の下にはいなかった。遠くのいけがきや小川は地をはうように細長く黒々と闇に沈《しず》んでいたが、光が強くなるにつれて、野原の上の方は、はっきりと見えてきた。ビグウィグは、土手からとびおりると、長い弧《こ》を描いて、雨にぬれた草原を走った。そして、さっき出てきた穴からまっすぐ前あたりで足をとめた。ヘイズルがかけよった。

「ここに、彼のつけた筋がある」と、ビグウィグがいった。「それも、まだ新しい。出入り口の穴から、まっすぐ小川までのびている。あまり遠くへは行っていないな」

雨の粒《つぶ》を置いている草の上を何かが通ればすぐわかる。二匹は、ファイバーのつけた筋をたどって野原をくだり、ニンジンのまいてあった小川の水源近くのいけがきにたどりついた。筋がまだ新しいといったビグウィグの判断は正しかった。いけがきを抜《ぬ》けたとたん、ファイバーが見つかった。彼は、一匹だけで餌《えさ》を食べていた。泉近くには、ニンジンの切《き》れ端《はし》がいくつかころがっていたが、ファイバーは目もくれないで、節くれだったリンゴの老木の近くで草を食べていた。そして、二匹が近づくと顔をあげた。

ヘイズルは何もいわず、ファイバーとならんで草を食べはじめた。そして、ビグウィグを連れて来なければよかったと思っていた。夜明け前の暗闇の中でファイバーがいなくなっていることに初めて気づいて、強いショックを受けたとき、ビグウィグは、ほんとうに心強い味方だった。しかし、今、寒いのか恐ろしいのか、ぬれた草の中でふるえているファイバーを見て、怒《おこ》る気持ちなど消えてしまった。なじみの、小さくて、だれも傷《きず》つけたりしない小心で正直なファイバーがかわいそうになった。

しばらく二匹だけになれたら、ファイバーだってもっとくつろいだ気分になれるのにと、ヘイズルは思った。しかし、今さらビグウィグに、おだやかにたのむといってもそれはむりというものだろうなぁ。

ところが、案に相違《そうい》して、ビグウィグもやはり何もいわなかった。ビグウィグの方は、はじめにヘイズルが何かいうだろうと思っていたので、ちょっとまごついていた。三匹が、だまったまま、草を求めてあちこち動いている間に、ものの影がはっきりしてきて、遠くの木立の中でモリバトたちがおしゃべりをはじめた。ヘイズルは、これで万事うまくいきそうだ、それにビグウィグも思っていたより分別があるようだという気持ちになりはじめていた。

すると、そのとき、ファイバーが体を立てて前足で顔を洗うと、初めてヘイズルの顔を真正面から見ていった。

「それじゃ、ぼくは行く。悲しいけれどね。元気で、といいたいんだよ、ヘイズル。しかし、ここにいる君にそういってもむだだから、さよなら、とだけいうよ」

「しかし、ファイバー、どこへ行くつもりなんだ?」

「遠くさ。行ければ、丘陵地帯《ダウンズ》へ」

「君だけでか？　むりだな。途中《とちゅう》で死んでしまう」

「だめなことはわかってるだろ」と、ビグウィグがいった。「何かにつかまる。半日もたたないうちに」

「大丈夫」と、ファイバーはびくともせずにいった。「ぼくより、君の方が先に死ぬよ」

「俺をおどそうってのか？　このみじめったらしい、ちびのペンペン草が？」ビグウィグがさけんだ。

「俺はおまえを……」

「待ってくれ、ビグウィグ」と、ヘイズルがいった。「ファイバーを叱《しか》りつけないでくれ」

「なんだと、さっき、君から……」と、ビグウィグがいいかけた。

「わかっている。しかし、考え直したんだ。すまない、ビグウィグ。ファイバーを村まで連れもどす手伝いをしてもらうつもりだったんだ。しかし……つまり、ファイバーは、大事なことしかいわないんだ。この二日間、ぼくは彼の話を聞こうとしなかったし、今も、彼のいうことは非常識だと思う。しかし、もう、村へ連れもどす気はない。この村には、ほんとうに、彼が正気をなくすほど恐ろしい何かがある、必ず。だから、少し彼についていって、話しあってみる。しかし、これは危なくって、君にもたのめない。ぼくたちのことを、ほかのみんなに知らせておいてくれ。ニーフリス前には、ふたりでもどれると思う」

ビグウィグは、ヘイズルをじっと見ていたが、その目をいからせてファイバーをにらみつけていった。「このいやらしいちび害虫め。命令ってことをなんだと思ってるんだ、おまえは。いつだって、ぼくは、ぼくは、ぼくはだ！『ああ、ぼくの足の指先が変だ。さあ、みんな、逆立《さかだ》ちするんだ！』。だから、けんかもしないですばらしい村に住めることになると、おまえは一生けんめいにみんなの不安をかきたてる。そして、夢遊病《むゆうびょう》の野ネズミみたいにふらつくおまえのお守りのために、仲間内でいちばんのウサギの命があぶなくなるんだ。よし、俺はおまえを見限った。はっきりいっとくぞ。俺は、これから村へもどって、ほかのみんなにも、おまえを見限るようにいう。みんなもそうするに決まってる」

ビグウィグは、くるっと向きを変えると、手近ないけがきの割れ目にとびこんだ。そして、そのとたん、彼がとびこんだところで、身の毛もよだつ、ぞっとするようなさわぎがもちあがった。蹴《け》る音。突進する音。枝が一本、空中にとびあがった。平たい腐葉土《ふようど》のかたまりが、いけがきの割れ目を飛びぬけて少し離《はな》れたところにいるヘイズルのそばに落ちた。イバラのやぶが、はげしくゆれた。

ヘイズルとファイバーは、逃げたい衝動《しょうどう》を必死におさえて、おびえた目を見合わせた。いけがきの向こうで襲《おそ》ってきた敵は、なんなのだ？　さけび声はしない。ネコ特有のうなり声も聞こえない。ウサギの悲鳴も響かない——聞こえてくるのは、小枝がベキベキ折れる音と、乱暴《らんぼう》に草をかきむしる音だけ。

ヘイズルは、逃げたい本能と必死に戦いながら、ファイバーを従《したが》えて、しゃにむにいけがきの割れ目を抜《ぬ》けた。

見えたのは、恐ろしい光景だった。腐《くさ》った落ち葉が雨のように宙をとんでいた。むきだしになった地面には、長いかききずや溝《みぞ》ができていた。ビグウィグが横倒《よこだお》しになって、後ろ足で蹴って、もがいていた。より合わせた一本の銅線が、さしこみはじめた朝日に鈍《にぶ》く光って、ビグウィグの首に巻きついていた。銅線はピンと張ってビグウィグの前足の一本を横切り、地面に打ちこんだ頑丈《がんじょう》な杭《くい》につながっていた。

ビグウィグの首をしめている銅線の輪の結び目は、耳の後ろの毛の中にかくれているが、そのあたりの皮膚《ひふ》が切れたらしく、イチイの実のように赤黒い血が肩《かた》をつたってぽたぽた落ちていた。ビグウィグは、疲《つか》れきって、横腹を大きく波うたせながらあえいでいたが、すぐに、また、銅線をぐいとひっぱっては倒れる戦いをはじめ、前後にのたうちまわったが、ついに息がつまって動かなくなった。

友の遭難《そうなん》に我を忘れて、ヘイズルはいけがきからとびだし、そばまで行った。ビグウィグは目をかたく閉じ、長い前歯をむきだしている。敵を威嚇《いかく》する顔がかたまっているのだった。下唇をかみ切っていて、そこからも血が出ている。あごと胸《むね》には、口から吹きだした泡《あわ》がいっぱいついていた。

「スライリ!」ヘイズルは、地面を足でたたいていった。「おい、スライリ! よく聞けよ! 君は罠《わな》にかかったんだ――わな! 幹部《アウスラ》だったとき、何か聞いたか? おい、思い出せ。どうしたら、君を助けられる?」

しばらく、なんの反応もなかった。それから、また後ろ足で蹴りはじめたが、弱々しかった。耳がだらりとたれた。目をあけたけれど、ものは見えないらしく、茶色の瞳《ひとみ》がぐりっぐりっと動くたびに、血走った白目が見えた。と、次の瞬間、血のまじる泡といっしょに、口から聞きとりにくい低いつぶやきがもれてきた。

「幹部……むだ……針金かむな。杭……掘《ほ》らなくちゃ……だめ」

そこで、発作がおこり、ビグウィグは地面をひっかいて、血だらけ、泥《どろ》だらけになって、それっきり動かなくなった。

「走れ、ファイバー、村まで走れ」と、ヘイズルはさけんだ。「ほんとの仲間を連れてきてくれ――ブラックベリと、シルバー。急げ! ビグウィグが死ぬぞ」

ファイバーは、まるで野ウサギ《ヘア》のように、野原をかけあがっていった。一匹だけになったヘイズルは、手はじめはなんだろう、と考えた。杭ってなんだ? 掘るにはどうする? そこで、ぬかるみになった地面を見た。ビグウィグは、銅線の上に横になっている。腹の下から出ている銅線は、地面の中に消えているように見えた。彼は、必死に考えた。ビグウィグのいった「掘る」はわかった。そこで、ビグウィグの体のそばの、柔《やわ》らかい土を引っかいていると、何かつるりとしてかたいものが爪《つめ》にあたった。そこで、なんだろうと手をとめると、ブラックベリが顔を寄せてきた。

「ビグウィグは、ちょっと口をきいた」ヘイズルは、ブラックベリにそう知らせた。「しかし、今は何もいえないと思う。彼は『杭を掘れ』っていったんだけど、どういう意味かな？　どうすればいい？」

「ちょっと待ってくれ」と、ブラックベリはいった。「考えさせてくれ。それから、せかさないでくれよ」

ヘイズルは、小川の川下の方に目を向けた。ずっと向こうの二つの林の間に、二日前ブラックベリとファイバーの二匹といっしょに、根方にすわりこんでいたミザクラの木が見えた。ここにたどりついたのがうれしくて、前夜のけんかも忘れたビグウィグが、長い草の中でホークビットと追いかけっこをしていたことが思い出された。そのホークビットが、二、三匹の仲間といっしょに、走ってくるのが見えた。シルバーとダンディライアンとピプキンがいっしょだった。

いちばんはやいダンディライアンがいけがきの割れ目までかけ上がってきて、はっと立ちどまると体をふるわせながら、まん丸な目をしていった。

「これは、なんだい、ヘイズル？　何があった？　ファイバーの話だと……」

「ビグウィグが罠にかかったんだ。ブラックベリが助ける方法を考えているから、それまで、何もできない。みんなが、とりまかないようにしてくれ」

ダンディライアンが、かけおりるのと入れかわりに、ピプキンがやって来た。

「カウスリップは来るかい?」と、ヘイズルはいった。「たぶん、彼なら――」

「彼は来ないよ」と、ピプキンがいった。「彼は、ファイバーに、その話はするなっていってた」

「なんだって?」ヘイズルは、自分の耳を疑《うたが》ってきき返した。しかし、ちょうどそのとき、ブラックベリが話しかけてきたので、すぐに彼のところへ行った。

「仕組みはこうなんだ」と、ブラックベリはいった。「針金は杭につながっていて、杭は地面にうずまっている――ほら、見てごらん。それを掘り出すってことだよ。さぁ、杭を掘り出せ」

ヘイズルは、さっきのところをまた掘りはじめた。しめって柔らかい土を掘り出すたびに、かたい杭にふれた。仲間たちがすぐそばに待機しているのが、ぼんやりとわかった。しばらくすると、息が切れてつづけられなくなった。シルバーが交替《こうたい》し、彼の次は、バックソーンにかわった。表面がかたくてすべすべで、泥がつかない、いかにも人間臭くてまがまがしい杭が、ウサギの耳の長さほどあらわれた。それでも、まだ抜《ぬ》けない。ビグウィグは、傷ついて血だらけの体を銅線の上に横たえて、じっと動かず、目をつぶっている。バックソーンが、穴につっこんでいた頭を抜いて、顔の泥を落とした。

「杭は先が細くなっている。かみ切れると思うけれど、ぼくじゃ、歯が立てられない」

「ピプキンにやらせよう」と、ブラックベリがいった。「彼の方が小さい」

ピプキンが穴にとびおりた。木をかじりとる歯の音が聞こえてきた。ネズミが真夜中に、物置の羽《は》目板《めいた》をかじる音に似ていた。やがて、ピプキンが鼻面から血を出してあがってきた。

「木の割れたところがつつくし、息ができない。でも、もう少しだよ」

「ファイバー、行け」と、ヘイズルがいった。

ファイバーが穴の中にいたのは、ほんのちょっとの時間だった。彼も、やはり血を出しながらあがってきた。

「切れた。もう地面にささっていない」

ブラックベリが、ビグウィグの頭に鼻をつけて押《お》した。すると、頭は向きを変えたが、鼻を離すと、もとにもどった。

「おい、ビグウィグ、」ブラックベリが、耳に口をあてていった。「杭が抜けたよ」

返事はなかった。ビグウィグは、あいかわらずぴくりともしない。大きなハエが一匹、動かない耳にとまった。ブラックベリが怒《おこ》ってつつくと、ハエは、羽音をたてて日の光の中に飛び去った。

「死んでいると思うな」と、ブラックベリがいった。「呼吸《こきゅう》が感じられない」

ヘイズルは、ブラックベリのとなりにうずくまると、ビグウィグの鼻の先に自分の鼻を寄せてみた。弱い風があるので、息をしているかどうかは、わからなかった。足はだらりとしたまま、腹にも張りがないように見えた。ヘイズルは、罠についてのほんのわずかな記憶を必死にたぐってみた。彼は力が強いから、自分の力で首の骨を折ってしまったか、それとも、鋭い針金の先がのどを突《つ》き破《やぶ》ったか？

「おい、ビグウィグ、」と、ヘイズルはささやき声でいった。「罠ははずしたよ。自由に動けるよ」

ビグウィグは、ぴくりともしなかった。ふいに、ヘイズルは、みんなを連れてここを出なくてはと思った。ビグウィグが死んでしまった場合――泥の中でじっと動かないなんて、死んだに決まっている――死体のそばにいれば、みんなはこの恐ろしい損失《そんしつ》にくじけて勇気をなくしてしまうだろう。

それに、まもなく人間がビグウィグをとりに来る。鉄砲《てっぽう》をかついで、もうそこまで来ているかもしれない。みんなを連れて出なくてはならない。そしてぼくは、ぼくを含《ふく》めて仲間たちみんなが、この事件を永久に忘れてしまうように、力いっぱい努力しなくてはならないのだ。

「わが心は、死者と共にある。わが友は今日走ることをやめ、彼らの仲間になった」ヘイズルは、ウサギのことわざを引用してブラックベリにいった。

「これが、ビグウィグでさえなかったらなぁ」と、ブラックベリはいった。「彼なしで、やっていけるかな？」

「みんなが待っている」と、ヘイズルはいった。「我々が死んでたまるか。みんなの気持ちを何かに向けさせないといけない。手伝ってくれ。なんとか乗《の》り越《こ》えなくちゃならないんだ」

ヘイズルは、ビグウィグから目を離して後ろの仲間たちの中にいるファイバーをさがしたが、見つからないのでやめた。弱気とも、慰《なぐさ》めほしさとも、思われたくなかった。

「ピプキン、」と、ヘイズルはきつい声でいった。「なぜ顔を洗って血をとめない？　血の匂《にお》いはエリルをひきつける。そんなこと、知ってるだろ？」

「ええ、ヘイズル、すみません。あの、ビグウィグは――」

「それから、もう一つ、」と、ヘイズルは、しゃにむにきいた。「君は、さっき、カウスリップのことで、なんとかいってたな？　彼は、ファイバーにだまれといったのか？」

「はい、ヘイズル。ファイバーは村にもどってきて、罠のことを話して、それから気の毒なビグウィグのことを……」

「その話はいい。すると、カウスリップが――」

「カウスリップもストロベリも、ほかのウサギたちもきかないふりをしました。ばかげてるんです、ファイバーがみんなに大きな声で知らせているんだから。ぼくらが、走って村から出るとき、シルバーがカウスリップに『もちろん、君も来るだろ』と誘ったんだけれど、彼は何もいわずにそっぽをむいたんです。そこで、ファイバーがそばまで行って、静かにたのみました。彼の返事はこうでした。『丘陵《ダウン》でもインレでも、好きなところへ行くがいいさ。おまえは、口をつぐんでいろ』。それから、ファイバーにかかってきて、耳をひっかいた」

「殺してやる」のどがつまってあえぐような低い声が後ろで聞こえた。みんな、ぎょっとしてふりむいた。ビグウィグが、前足だけで体を支えて頭を持ち上げていた。下半身と後ろ足は地面に寝《ね》たままなので、体が真ん中でねじれ、目はあいているが、顔全体は血と泡と汚物《おぶつ》と泥にまみれていて恐ろしく、ウサギというより魔性《ましょう》の生きものだった。

ほんとうなら、安心と喜びにつつまれるはずの姿を見た瞬間、ウサギたちは恐怖に襲われ、すくみあがって口もきけなかった。

「殺してやる」ビグウィグの声は、よごれたひげや、血や泡でかたまった毛の間からぶつぶつ吹きだすようだった。

「手を貸せよ、このばか！　だれか、このとんでもない針金をはずせないか？」そういって、ビグウィグは、一生けんめい後ろ足を使って歩こうとしたが、うまくいかずに倒れた。すると、今度は、杭の切れ端がついた針金をひきずったまま、草を縫って前足ではい進みはじめた。杭の切れ端は、ビグウィグをからかって後ろからついてくるような感じだった。

「みんな、手を出すなよ！」と、ヘイズルがさけんだ。手を貸そうとして、みんながどっとかけよったからだ。「殺してしまうぞ。休ませよう！　ひと息つかせなくちゃ！」

「いや、休まない」と、ビグウィグがあえぎながらいった。「だいじょぶだ」といって、また倒れたが、すぐに、今度も、苦しみながら前足で体をおこした。「後ろ足のせいなんだ。動かなくてな。あのカウスリップの野郎！　ぶっ殺してやる」

「やつらを村からたたき出そう」と、シルバーがさけんだ。「なんてやつらだ。ビグウィグを死ぬにまかせた。村でカウスリップがなんていったか、みんな、聞いただろ。臆病者《おくびょうもの》の集まりだ。追い出そう――それから、ぶっ殺すぞ！　やつらの村を分捕《ぶんど》って、俺たちのものにしよう」

「そうだ、そうだ！」と、みんなが賛成した。「行こう、行こう！　村へもどろう！　カウスリップをやっつけよう！　シルバーウィードをやっつけよう！　やつらを殺せ！」

「フリスのばか息子！」長い草の中から、悲鳴のような声が聞こえてきた。フリス様を汚《けが》すようなはげしいさけびを聞いて、大さわぎがぴたりとやんだ。声の主はいったいだれだと、あたりを見まわしたが、それっきり何も聞こえない。

　そのとき、大きなコメススキの茂《しげ》みを分けて、思いつめた目をぎらぎらさせてファイバーがあらわれた。ファイバーが、呪術《じゅじゅつ》を使う野ウサギ《ヘア》のように、低い声でぶつぶつとつぶやくので、そばにいたウサギが恐ろしくなってしりごみした。ヘイズルまでが、恐ろしくて何もいえなかった。しかし、みんな、すぐに、ファイバーが自分たちに話しかけていることがわかった。

「村だと？　村へ行く？　ばかな！　あの村は、ただの死の穴だ。この土地全体が、エリルのきたない食料庫なんだ。罠ばっかりだ、どこもかしこも。しかも毎日だ。それでよくわかるだろ。ここへ来てからおこったことの意味が」

　ファイバーは、じっと腰《こし》をおとしているので、彼の話は、日の光に乗って草の上をあがってくるような感じだった。

「いいかい、ダンディライアン、君は物語が好きだから、一つ、君に話をしてあげよう。エル‐アライラーでも、泣《な》きさけぶような話を。

昔むかし、農場の牧草地が見渡せる森のへりに、すばらしいウサギの村があった。それは、ウサギがたくさんいる大きな村だった。ある日のこと、その村へ白い煙《けむり》がやってきて、ウサギたちは病気になり、死んでしまった。例によって数匹は生き残ったが、村はほとんどからっぽになった。

ある日、農場の持ち主は考えた。『あのウサギたちを増《ふ》やして、農場の飼《か》いウサギにすれば、肉と毛皮がとれる。わざわざ巣箱に入れて飼うことはない。やつらは、あそこで楽に暮らしていくしな』

農場主は、ウサギの敵という敵――レンドリ（アナグマ）、ホンバ（キツネ）、テン、フクロウなどを鉄砲で撃《う》ち殺《ころ》しはじめた。そして、ウサギの餌《えさ》を、置いておくようになったけれど、あまり村に近いところには置かないようにした。ウサギたちが、いつも野原や森の中を自由に動きまわるようにする。それが彼の目的だった。それから、彼はウサギ罠をしかけた。それも、あまりたくさんでなく、必要な数だけ。ウサギたちがおびえてどこかへ行ってしまったり、村が全滅するほど多くはしかけなかった。

ウサギたちは、大きく強く健康にそだった。それは、ウサギたちがいちばんよい餌を、特に冬に食べられるように、人間が気をつけていたからだった。そして、彼らにとって恐ろしいものといえば、いけがきの切れ目や森の通り道にしかけられる罠だけだった。

　こうして、ウサギたちは、農場主の望みどおりに暮らし、いつもほんの数匹が姿を消した。彼らは、奇妙な風習を身につけるようになり、ほかのところのウサギたちとはちがうウサギになってしまった。

　彼らは、事実を知っていた。しかし、自分までごまかして、なんの問題もないふりをしていた。食べものはよし、暮らしは安全、恐ろしいものもただ一つだけ。それも、ところどころで襲われるだけで、ここから逃げたくなるほど、一度にわっと襲いかかってくるわけではない。そんなわけで、ここのウサギたちは、野生の生き方を忘れた。エル-アライラーまで忘れてしまった。ウサギの敵が用意した村に住んで代価を払うウサギに、策略《さくりゃく》やずるがしこさなど必要なかった。

　そして、彼らは、策略や昔話にかわる驚くべき技を見つけた。彼らは、うやうやしくあいさつをかわしてダンスをした。鳥たちのようにうたい、壁《かべ》の上にさまざまなものの形を作ってみるようになった。そんなことをしても、なんの救いにもならなかった。しかし、暇《ひま》つぶしにはなるし、自分たちは優れた仲間、ウサギの華であり、カササギなどよりかしこいとうぬぼれる力にはなった。

　彼らには、長《おさ》ウサギがいなかった。長ウサギは、一つの村のエル-アライラーであり、村のウサギを死から守らなくてはならない。だから、彼らには長ウサギは必要なかった。この村では、死は一種類しかなかった。そして、長ウサギがいても、それを免《まぬか》れることはできなかった。

　そのかわり、フリス様は、奇妙《きみょう》な歌い手をおつかわしになった。オークの木にできる虫こぶのような、野バラのおしべのような、美しいけれど病的な歌い手だ。ここのウサギたちは事実に耐《た》えられない。だから、かしこいはずのこの歌い手たちも村の秘密の重さに押《お》しつぶされてまったくばかな考えを信じこむようになった。威厳《いげん》だとか黙従《もくじゅう》とか、ウサギは光る針金が好きだと思いこめるような考えならなんでもよかった。

そして、この村には一つだけきびしい掟《おきて》があった。非常にきびしい掟だ。だれも、ほかのウサギがどこへ行ったかとたずねてはならない、そして、詩や歌以外で『どこへ?』ときく者はだまらせなくてはならない、という掟だ。『どこへ?』ときくだけでも、非常に悪いことなのに、罠のことをはっきり口にするなんて、絶対にがまんならないことだ。そんなウサギはひっかいて殺さなくてはならない」

ファイバーが、そこで、ひと息入れた。みんな、じっと動かず静まり返っていた。すると、ビグウィグが、ふらふらと立ち上がり、ちょっとよろめいたが、五、六歩ファイバーに向かって歩きだし、また、ぱたりと倒れた。ファイバーは、それを特に気にもしないで、ウサギたちをつぎつぎ見まわしてから、話をつづけた。

「そこへ、夜のヒースの原を越えて、ぼくたちがやって来た。谷間を足をひきずりながら通過する野生のウサギたちだ。村のウサギたちは、すぐには姿を見せなかった。どうすればいいか、考えなくてはならなかった。しかし、すぐにうまいやり方を思いついた。ほんとうのことは何も知らせずに、ぼくらを村にひきこむことだ。わからないかい、その意味が？

農場主がいくつも罠をしかけるのは、ほんの一時のことだ。だから、一匹が罠にかかって死ねば、残りは一匹分だけ長生きできる。ブラックベリ、君は我々の冒険の旅のことをヘイズルに話させるといったたろう。彼らは、乗り気じゃなかった。自分のことを恥《は》じているものが、他人のいさましいふるまいなど、聞きたがるものか。自分がだましている相手から、率直《そっちょく》で正直な話など聞きたがるものか。

もっと話そうか？　いいかい、今までにここでおこったことは、ジギタリスにもぐったミツバチのように、ぼくの話とぴったり合ってるんだ。彼らを殺して、大広間をぼくらのものにするだって？それは、光る針金でつりさげた骨の天井の下で暮らすようなもんだよ。苦しんで死ぬようなもんだよ」

ファイバーは、草の中にぐったりとすわりこんでしまった。ビグウィグが、表面がなめらかな、あの恐ろしい杭をまだひきずりながら、よろよろとファイバーに近づいて、ファイバーの鼻に鼻を押しつけていった。

「ファイバー、俺はまだ生きてる。だれも死んじゃいない。君は、おれがひきずっているこの杭より、もっと大きな杭をかみ切ってくれたよ。これから、何をしたらいいか、教えてくれ」

「何をしたら？」と、ファイバーはこたえた。「もちろん、行くんだ——今すぐ。ぼくは、村を出るとき、カウスリップにはっきりいったよ」

「どこへだ?」と、ビグウィグがきくと、ヘイズルがこたえた。

「高い山のあるところ」

南に目を向けると、地面は小川の岸から少し盛り上がって、荷車のための道が走っていた。それを横切ると雑木林だった。ヘイズルが、その林をめざして進みはじめると、仲間のウサギたちも、三三、五五、荷車道への斜面《しゃめん》をのぼりはじめた。

「ビグウィグ、その針金はどうする?」と、シルバーがいった。「杭が何かにひっかかると、また首をしめるぜ」

「いや、もうゆるくなってる」と、ビグウィグはこたえた。「首にけがをしていなければ、自分ではらい落とせるんだがな」

「やってみようぜ」と、シルバーがいった。「とっちまわないと、あまり進めないよ」

「ヘイズル、」ふいに、スピードウェルが声をかけた。「村から一匹ウサギが出てきた。ほら、あそこ!」

「たったの一匹か?」と、ヘイズルがいった。「残念だ! シルバー、君がやっつけろ。じゃまはしない。やるからには、うまくやってくれよ」

ウサギたちは、あちこちに散らばって、じっと待ちかまえた。村のウサギはしゃにむに急いでいる様子だったけれど、何か変だった。一度など、茎《くき》の太いアザミにまっすぐぶつかり、横に倒れてごろごろころがった。それでも、立ち上がると、よたよたしながらもヘイズルたちに向かってやって来た。「白い煙のせいかな?」と、バックソーンがいった。「彼、進む方向が見えていないようだよ」

「助けてくれ!」と、ブラックベリがいった。「逃げようか?」

「ちがう。白い煙なら、あんなには走れないはずだ」と、ヘイズルがいった。「原因はわからないが、白い煙じゃないよ」

「ストロベリだ、あれは!」と、ダンディライアンがいった。

ストロベリは、リンゴの木のそばで、いけがきを抜けると、あたりを見て、ヘイズルのところへやって来た。あの上品な落ち着きぶりは影をひそめ、目を大きく見開いて、ぶるぶるふるえている。体が大きいだけ、なおさら、彼は悲嘆《ひたん》にうちひしがれて見えた。

「ヘイズル、」と、ストロベリがいった。「君、ここを立ち去るのか?」

ヘイズルは返事をしなかったが、シルバーがきびしい声でいった。「それが、君となんのかかわりがある?」

「ぼくを連れて行ってくれたまえ」だれからも返事がないので、彼はくり返していった。「ぼくを連れて行ってくれたまえ」

「我々をだますようなやつなんかごめんだね」と、シルバーがいった。「ニルドロ-ハインのところへもどれよ。彼女なら、何もいわんだろ」

ストロベリは、けがをしたときにのどからしぼりだすような悲鳴をあげて、シルバーを、ヘイズルを、ファイバーを見て、痛々しい声でつぶやいた。「わな」

シルバーが何かいいそうになるのを、ヘイズルがとめるようにしていった。

「いっしょに行こう。何もいうな、気の毒に」

それから、数分後、ウサギたちは荷車の道を横切って雑木林に消えていった。一羽のカササギが、がらんとした野原の斜面に明るい色の何かがあるのを目ざとく見つけて、よく見ようとして飛んできた。しかし、そこには、ちぎれた杭と銅線が少しあるだけだった。

第II部　ウォーターシップ・ダウン

18 ウォーターシップ・ダウン

今は証拠《しょうこ》だてられていることが、かつては想像されていただけであった。

ウィリアム・ブレイク『天と地の結婚』

次の日の夕方。

早朝からずっと日かげだったウォーターシップ・ダウンの北向きの急斜面《きゅうしゃめん》に、たそがれ一時間前の今になって、ようやく西日があたっていた。

この斜面は、幅《はば》約二百メートルの間だけ、垂直に切り立つ崖《がけ》になっている。崖下の細い帯状にのびている林から、平らな頂上まで、崖の高さは、およそ百メートル。

夕日は、芝地《しばち》、ハリエニシダ、イチイのやぶ、風でいじけている数本のサンザシの木などを、うすい金色の光の皮でやさしくおおっていた。頂上から麓《ふもと》まで、傾斜地全体が静かにまどろんでいるようだった。

しかし、もっと目を近づけて見れば、草の中、やぶの間、それから、甲虫やクモや狩猟《しゅりょう》するトガリネズミたちがうろつく小さな密林にさしこむ夕日は、彼らの間をおどるように動いて、狩《かり》をする足をせきたて、クモには巣づくりを急がせる。赤い光は、びっしりと立つ草の茎《くき》の間を縫《ぬ》うようにチラチラと移動し、透けるような虫の羽根をかすかにきらめかせ、糸のように細い草の長い影をつくり、むきだしの土くれを細かな粒《つぶ》に砕いたりする。

西に傾く日の光を浴びて大気があたたまるにつれて、昆虫たちは、大小さまざまな羽音をたてて飛び交う。木々の中からは、昆虫の羽音より大きいけれど、もっとおだやかなアオジ、ベニヒワ、ヒワなどの鳴き声が聞こえてくる。ヒバリが舞い上がり、丘陵《ダウン》の上のかぐわしい大気をふるわせてうたう。

頂上に立てば、青がすみの中に静まり返って、はるかかなたまで広がる風景のあちこちに、細くのぼる煙《けむり》が見え、ときどき窓ガラスがきらりと光る。眼下には、緑の小麦畑、ウマが放してある平らな牧草地、黒みがかった緑の森。

日暮れが近くなるにつれて、畑も野原も森も、丘陵斜面の草や、やぶや、林とおなじように騒々《そうぞう》しくなる。しかし、ずっと離《はな》れた丘陵の上に立てば、それも、あいだの大気にうすめられて、静まり返って見える。

芝が根を張っている崖《がけ》の麓に、二、三本のニシキギが枝を低くたれていた。ヘイズルとその一党が、その下にうずくまっていた。前の日の朝から今までに、彼らはおよそ五キロの旅をしてきた。旅は幸運にめぐまれて、村を出た全員が生きていた。

彼らは、小川を二本渡《わた》り、エキンズウェルの西の大きな森の中を恐るおそる通《とお》り抜《ぬ》けた。スタープウォールの、ぽつんと立つ納屋のわらにかくれて眠ったときには、ネズミに襲《おそ》われて目がさめた。シルバーとバックソーンが、ビグウィグの力も借りて、しんがりになって戦い、全員が外に出るとすぐに逃げだした。バックソーンが前足をかまれ、その傷《きず》が熱をもってうずいた。ネズミにかまれると、必ずそうなる。

一行は、小さな湖のまわりを通ったとき、魚をとる大きな灰色の鳥が、スゲの中を歩きまわって、水の中をくちばしでつつくのを、目を丸くしてながめたまま、しばらく動かなかった。そして、カモの群れが騒々しく飛び立つ音にびっくりして、ようやくその場を離れた。

かくれるところがまったくない開けた牧草地を一キロほど横切ったときには、いつ何に襲われるかとびくびくものだったけれど、幸い何事もなかった。

ウサギたちは、夏の風の中でうなる、高圧線の異様な音も聞いた。ファイバーが、絶対に大丈夫といったので、実際にその真下を通った。そして、彼らは、今、疲《つか》れ果《は》ててニシキギの下にうずくまり、なじみのない、かくれるところもない土地を、疑《うたが》わしげに、まず匂《にお》いで知ろうとしていた。

罠《わな》の村を出てから、ウサギたちは、前以上に警戒心が強くなり、前より抜け目なくなっていた。おたがいを理解して行動をともにする、粘り強い集団になっていた。いがみ合いはもうなかった。あの村の真相は、きびしいショックだった。ウサギたちは、おたがいの能力を尊敬し、たより合って前よりむすびつきが強くなった。

罠のことばかりでなく、ほんとうに、ヘイズルはよくやった。しかし、仲間はみんな、ビグウィグが死んだと思ったときには気を落とし、ブラックベリとおなじように、絶望しかけた。ヘイズルがいなかったら、それからブラックベリとバックソーンとピプキンがいなかったら、ビグウィグは死んでいたにちがいなかった。しかし、ビグウィグだから、死ななかったのだ。ほかのウサギなら、あんなひどい目にあったら、今はもう走ることをやめていたにちがいない。

今はだれひとり、ビグウィグの強さを、ファイバーの洞察力《どうさつりょく》を、ブラックベリの機転を、そしてヘイズルの権威《けんい》を疑うものはなかった。

ネズミに襲われたとき、バックソーンとシルバーは、ビグウィグの命令どおりに持ち場を守った。残りのウサギたちは、ヘイズルにおこされて説明なしに納屋から出るように命令されると、それに従《したが》った。その後、開けた牧草地にぶつかったとき、ヘイズルが横切るしかないというと、シルバーが全員の指揮《しき》をとり、ダンディライアンが偵察《ていさつ》の役を果たした。鉄塔は安全とファイバーがいえば、その言葉を信じた。

ストロベリには、苦しい日々がつづいていた。深い悲しみのため、頭も体も動きがのろく、また村での自分の役割についても恥《は》じ入《い》っていた。自覚していた以上に、おいしいものを食べてぶらぶらと暮らしていたために、軟弱《なんじゃく》になっていた。しかし、彼はぐち一つこぼさなかった。自分にも役に立つことがあるところを見せて、置いていかれまいと心を決めていることがよくわかった。そして、実際に、森林地帯では役に立った。ほかのだれよりも、木々の密生した森に慣れていたのだ。

「大目に見てやれば、彼はちゃんとやっていけるよ」ヘイズルは、湖のところで、ビグウィグにいった。

「そりゃ、当然そうならなくちゃ、あのしゃれ者め」と、ビグウィグはこたえた。たしかに、ヘイズルたちの生活水準からすれば、ストロベリは几帳面《きちょうめん》なくらいにきれい好きで、身だしなみに気を使った。

「だからといって、彼をおどしつけたりはするなよ、ビグウィグ。そんなことは、彼のためにならない」と、ヘイズルはいった。

ビグウィグは、しぶしぶうなずいた。もっとも、ビグウィグ自身、あまりいばらなくなっていた。罠のために疲れがひどく体も弱っていた。納屋でネズミの襲撃《しゅうげき》をみんなに知らせたのも、夜もよく眠れない彼が、ガリガリいう音に、はっとしておきあがったためだった。ネズミとの戦いも、いちばんたいへんなところはシルバーとバックソーンにまかせた。よく考えておだやかに行動することを、生まれて初めて学んだのだった。

沈《しず》む夕日が地平線上の雲の帯にふれると、ヘイズルは木の下を出て、のぼってきた斜面を注意深く見おろした。つづいて、今度は、いくつかあるアリ塚越《づかご》しに、大きくて高い丘陵の斜面を見上げた。ファイバーとエイコンも、木の下から出てきて、イガマメを食べはじめた。初めて見る草だったけれど、食べられることは教えられなくてもわかり、食べると元気が出た。ヘイズルは、もどって二匹といっしょにイガマメを食べた。イガマメは、赤い花が穂のようにならんでいて、花にはバラ色のすじが走っている。

「なあ、ファイバー、」と、ヘイズルは声をかけた。「はっきりきいておきたいことがある。君は、どんなに高くても、この丘をてっぺんまでのぼって、そこにすみかを見つけろというんだね」

「そうだよ、ヘイズル」

「しかし、てっぺんはずいぶん高いよ、きっと。ここからは見えない。開けたところで、寒いだろうな」

「地面の中は、そうじゃないさ。それに、土は軽いから、うまく場所を選べば、穴《あな》はかんたんに掘《ほ》れるよ」

ヘイズルは、そこでまた、よく考えた。「頭が痛いのは、はじめるってことなんだ。ぼくらは、ここまで来て、みんな疲れきっている。しかし、ここにじっとしているのはたしかに危険だ。逃げこめるところがないからね。知らない土地で、逃げこむ穴《あな》もない。といって今夜あそこまでのぼるのは、絶対むりだ。かえって危険だ」

「穴を掘るしかないんじゃないかな」と、エイコンがいった。「ここは、ぼくらが通り抜けたあのヒースの原とおなじで、あの木の下じゃ、狩のけものからかくれられないよ」

「それは、今までもずっとそうだったのじゃないか」と、ファイバーがいった。

「そのとおりさ」と、エイコンはこたえた。「しかし、穴は必要だよ。そして、穴が作れないところは、悪いところだよ」

「みんなでのぼる前に、」と、ヘイズルがいった。「どんなところなのか見ておくべきだな。ぼくが、ざっと見てくるよ。すぐもどるから、心配しないで待っていてくれ。ともかく、ここなら餌《えさ》もあるし休めるし」

「君だけじゃだめだ」と、ファイバーがきっぱりといった。

どのウサギも、疲れているのに、二つ返事でついてきそうだった。そこで、ヘイズルも折れて、疲れぐあいが軽そうに見えるダンディライアンとホークビットを選んだ。三匹は、やぶからやぶへ、草むらから草むらへと道を選びながら、ひんぱんに立ちどまっては、右にも左にも目のとどくかぎり草ばかりの広い斜面を、ゆっくりとのぼった。

人間は直立して歩く。だから、急斜面の丘をのぼるには苦労する。垂直に立つ自分の体を押《お》し上《あ》げつづけなくてはならないのに、全然はずみをつけることができないからである。ウサギはずっと楽だ。

前足は地面に平行な体を支え、大きな後ろ足がはたらく。後ろ足が体を持ち上げるのは、前に置かれた軽いものを押し上げるよりもっとかんたんだ。

ウサギは、斜面をのぼるのがはやい。しかし、後ろ足に強い力があるので、くだりはぎごちなくなる。時には、急斜面をぴょんぴょんとかけくだって、もんどりうって落ちることがある。ところが、人間は、地面から百五十センチから百八十あるいは百九十センチ高いところに目があるから、あたりが見える。地面が急傾斜していてでこぼこであっても、全体的に見れば、平らといえる。

人間は、百八十センチから百九十センチの動く塔だから、そこから見ればくだる道をたやすく選べる。だから、斜面をくだるときのウサギの心配と緊張《きんちょう》は、読者のみなさんが斜面をくだるとき経験する心配や緊張とはちがう。ウサギのいちばんの苦しみは、肉体的な疲労《ひろう》ではない。ヘイズルはみんな疲れているといったが、それは彼らの、長引く不安と恐怖による疲労のことをいったのだ。

ウサギが地上に出ているとき、そこが安全でなじみの巣穴近くでない場合、彼らは絶《た》えずびくびくしている。その恐怖心がつのると、目がどんよりし、頭がぼんやりしてくる——ウサギの言葉で「サーン状態《じょうたい》」である。

ヘイズルとその一党は、ほぼ二日間動きつづけだった。それどころか、五日前に生まれ故郷の村を離れて以来ずっと、次々に危険にぶつかりつづけていた。そのため、神経が高ぶり、何度となくそら耳に驚いて、そのたびに近くの草むらにとびこんだ。ビグウィグとバックソーンの体から血の匂いがすることを、みんなが知っていたからだ。

今、ヘイズルとダンディライアンとホークビットが気にしているのは、この丘陵が開放的すぎること、初めての土地であること、ウサギには、あまり遠くが見えないことの三点だった。三匹は、目ざめた虫たちが動きまわっている夕日に染まった草の上を越えるのではなく、草をゆらしながら、草と草の間を抜けてのぼった。アリ塚越しに目をのぞかせ、オニナベナの草むらの脇《わき》から用心深く前方をうかがった。

てっぺんまであとどのくらいか、わからなかった。短い斜面をのぼりきると、その上にまた斜面がつづいていた。ヘイズルには、イタチが潜むにぴったりの場所に見えた。そればかりか夕暮れには、シロフクロウがこの斜面の上を飛び、何かが動けば、そくざに二、三メートルくらいは横っとびに飛んできて、さらっていくように思えた。エリルはふつう、獲物《えもの》を待ちかまえているのだが、シロフクロウはさがし屋で、音もなくやってくる。

ヘイズルがなおものぼりつづけていると、南風が吹きはじめ、六月の夕日が大空を真っ赤に染めた。野生の動物はほとんどがそうだが、ヘイズルも空を見上げることなどなかった。彼が空と思うのは地平線のことで、いつも見えるのは木々やいけがきが描いてみせるでこぼこした輪郭線《りんかくせん》だ。ところが、今は、頭が上向きになっているので、頂上に向けて目をこらすと、稜線《りょうせん》の上に赤く染まった層雲が音もなくあらわれるのが見えた。その動きは、木や草やウサギの動きとちがうので、不安をおこさせた。雲という大きなかたまりは、ぐんぐん音もなく動き、いつもおなじ方向にしか動かない。それは、ヘイズルの世界のものではなかった。

「ああ、フリス様、」ヘイズルは、一瞬、明るく輝《かがや》く西空を見て、心の中でいった。「あなたは、私たちを、雲の中に住ませるおつもりですか？　あなたが、ファイバーにいったことがまちがいでないなら、それを私たちに見せてください」

ちょうどそのとき、かなり前の方をのぼっていたダンディライアンがアリ塚の上にすわっている姿が、夕空を背景にくっきりと見えた。ヘイズルはぎょっとして、あわてて斜面をかけ上がっていった。

「ダンディライアン、おりろ！　どうして、そんなところにすわっているんだ？」

「よく見えるからさ」ダンディライアンが、楽しくてたまらないような口ぶりでいった。「来て見てごらんよ！　世界中が見える」

そこまで行ってみると、アリ塚があったので、彼もダンディライアンをまねて、塚の上に後ろ足ですわり立ちして、あたりを見まわした。そして、そのとき初めて、ヘイズルは、そこがほとんど平らであることに気づいた。事実は、今ヘイズルたちがいるところの少し下あたりから、傾斜はごくゆるやかになっていたのだった。開けたところが危険であることばかりに気をとられていたので、傾斜の変化がわからなかったのだが、ここが丘陵のてっぺんだった。

草より高いところにすわると、四方八方が遠くまで見えた。あたり一帯が、からりと開けていた。ここなら、動くものがあれば、すぐに気がつく。草が終わったところから、空が広がっている。人間が――キツネでも、いやウサギでも――丘陵上をやってくれば、すぐに目につくにちがいなかった。ファイバーが思ったとおりだ。ここからなら、何が近づいてきても、前もってはっきり知ることができる。

風が、ウサギたちの毛を乱し、風になびく草からは、タチジャコウソウとウツボグサの香りが流れてきた。ここにいるのが自分たちだけだと思うと、心からほっとした幸せな気分だった。ウサギたちは、高みと大空と広がりに酔《よ》ったように、夕日を浴びてはねまわった。

「ああ、丘の上のフリス様！」と、ダンディライアンが思わず声をあげた。「この丘は、きっとフリス様が、ぼくらのためにお作りになったのだ！」

「そうかもしれないけれど、ここを教えてくれたのはファイバーだよ」と、ヘイズルがいった。「まず、彼をここに連れてこなくちゃ、ファイバー - ラーを！」

「あれっ、ホークビットはどこにいる？」ふいに、ダンディライアンがいった。

まだ、ものがはっきり見えるくらいには明るかったけれど、ホークビットの姿は、頂上のどこにもなかった。二匹は、しばらくの間あちこちよく見てから、少し離れたところの小さな土の塚まで走っていって、その上からもう一度あたりを見直した。しかし、見えたのは野ネズミ一匹だけだった。ネズミは穴から出てくると、草むらで種を食べはじめた。

「おりていったにちがいないよ」と、ダンディライアンがいった。

「そうだな、どっちにしても」と、ヘイズルがいった。「彼をさがしつづけてはいられない。みんなが待っているし、危険な目にあっているかもしれない。ぼくらも、おりなくちゃ」

「ホークビット、ぶじでいてほしいものだなぁ」と、ダンディライアンがいった。「一匹も欠けないでファイバーの丘にたどりついたばかりなんだ。まったくまぬけなやつだな。連れてくるべきじゃなかったよ。しかし、何かにつかまれば、ぼくらも必ず気がつくはずだよな、ここなら」

「うむ、きっともどったんだよ」と、ヘイズルはいった。「ビグウィグがなんというかな。また、かみつかなければいいけれど。もう、もどったほうがいい」

「君、今夜みんなをここへ連れてくるつもりかい？」と、ダンディライアンがたずねた。

「わからない」と、ヘイズルはいった。「それが問題なんだ。ぶじに眠れるところがあるかどうか」

二匹は、小さな崖になっている土手のへりへ向かった。光がうすれはじめていた。二匹は、のぼってきたときにそばを通った、いじけた木立のところで、方角の見当をつけた。こうした木立は、丘陵《ダウ》地帯《ンズ》のどこにでも見られる、ちょっとした特徴《とくちょう》だった。土手の上と下に、サンザシが五、六本、ニワトコが二、三本かたまって木立をつくっていた。木々の間の土は、丘陵特有の白亜層《はくあそう》がむきだしになっていて、クリーム色のニワトコの花の下にうすよごれた白い地肌を見せていた。

木立に近づくとすぐ、ヘイズルとダンディライアンは、サンザシの下でホークビットが顔を洗っているのに気がついた。

「今まで、君をさがしていたんだぞ」と、ヘイズルがいった。「いったいどこに行っていたんだ?」

「ごめんよ、ヘイズル」と、ホークビットは、もうしわけなさそうにいった。「この穴を調べていたんだよ。ちょっと役に立つのじゃないかと思って」

ホークビットの後ろの低い土手にウサギ穴が三つあった。ごつごつして太い根の間の地面にも、二つ穴があいていた。まわりには、足跡《あしあと》も糞《ふん》もない。まぎれもなくあきやだった。

「中に入ってみたかい?」ヘイズルが、匂いをかぎまわりながらきいた。

「うん」と、ホークビットがこたえた。「とにかく、三つ入ってみた。穴が浅いし、仕上げがしてない。でも、死や病気の臭いがなくて、まったく安全でね。ぼくたちの役に立つんじゃないかと思ってね——ちょっとの間ならさ、とにかく」

まだうす明るい頭上を、一羽のアマツバメがかん高い鳴き声をあげながら飛んでいくのを聞いて、ヘイズルはダンディライアンに顔を向けた。

「ほんとうに、ニュース! ニュース! だよ。みんなをここに連れてこよう!」

こうして、ウサギたちは、いわば平《ひら》のウサギの幸運な発見のおかげで、ようやくほんとうに丘陵地帯に到着したのだった。そして、たぶん一、二匹の命が助かったと思う。丘陵の下であれ上であれ、身をかくすところのない場所で一夜を明かしたら、何かのエリルに襲われたにちがいないからだった。

19
暗闇の恐怖

「となりの部屋にいるのはだれだ？——だれなのだ？

青ざめた人影は？

かつてあの部屋にいた人間についての知らせをもってきたのか？

私も、ほどなくあの男を知ることになるのか？」

「うむ、彼だ。彼は知らせをもたらしたのだ。そして、君も、ほどなく彼を知ることになるだろう」


トマス・ハーディ『となりの部屋にいるのはだれだ？』

そこの穴《あな》は、たしかに粗末《そまつ》なものだった。——「俺《おれ》たちのような浮浪《ふろう》の群れ*にはぴったりだ」と、ビグウィグはいった。——しかし、疲《つか》れきっている者や見知らぬ土地を放浪する者たちは、どんなところに寝《ね》かされても、あまりやかましいことはいわないものだ。そこには少なくとも、十二匹が入れる広さがあり、中もかわいていた。

サンザシの根もとの穴二つは、白亜《はくあ》の土をただまっすぐに掘《ほ》ったもので、底が巣穴だった。ウサギは、巣穴に内張りをしないから、かたい岩の床は、それが初めてのウサギたちには寝心地が悪かった。しかし、土手の穴の方は、ウサギ穴らしく、ちゃんと弓形をした通路があった。つまり、白亜の岩まで道がくだり、そこからまたのぼると、つきあたりに床の土をふみかためた巣穴があった。巣穴をつなぐ通路はなかったが、ウサギたちはすっかり疲れているので、気にもしないで、一つの巣穴に四匹ずつ入り、安心して気持ちよく眠った。

ヘイズルは、しばらくの間眠らずに、バックソーンが片足に受けて、今はかたくはれて敏感になっている傷《きず》をなめてやった。病毒の臭《にお》いがしないのでほっとした。しかし、ネズミについてはいろいろ聞いているので、バックソーンを充分休ませ、傷が治るまで足がよごれないように、気をつけてやることにした。

「これで、けがをした仲間は三匹になった。しかし、考えてみれば、もっとずっとひどいことになっていたかもしれないんだからな」ヘイズルは、そう思いながら眠りに落ちた。

六月の短夜《みじかよ》は、夜の闇《やみ》が数時間のうちに、するりと逃げてしまう。そして、高い丘陵《ダウン》には、光が足早に帰ってくる。しかし、ウサギたちは身じろぎ一つしなかった。夜明けからずいぶん時間がたっても、生まれて初めての深い静けさの中で、心ゆくまで眠っていた。

今日、野原や森で聞こえる日中の騒音《そうおん》は相当なもので、ある種の動物たちは、それに耐《た》えられなくなっている。人間がつくる騒音――乗用車、バス、オートバイ、トラクター、トラックなどの音がとどかないところはほとんどない。住宅地域の朝の物音はずいぶん遠くまで聞こえる。だから、鳥の鳴き声を録音する人たちは、ふつう、できるだけ早い時間――午前六時前に録音している。午前六時をすぎると、ほとんどの森林地帯に遠くの騒音が侵入《しんにゅう》してくるのだが、それもたえまがなく、しかも大きい。ここ五十年間にこの国の多くの場所が、静けさを失ってしまった。しかし、ウォーターシップ・ダウンには、下界の日中の物音も、ごくかすかにしか伝わってこない。

ヘイズルが目ざめたとき、朝日はもうかなり高くなっていたが、丘陵の高さまでは、まだのぼっていなかった。おなじ巣穴では、バックソーンとファイバーとピプキンが眠っていた。ヘイズルは、いちばん入り口に近かったので、仲間をおこさずに、そっと通路をのぼって外に出た。立ちどまって糞《ふん》をしてから、サンザシの木立を抜《ぬ》けて開けた草地に出た。

麓《ふもと》は、一面朝霧《あさぎり》に包まれていて、その霧が晴れはじめていた。遠くのあちこちに、木々や人家の屋根の形が見えていて、そこから霧が流れ出て行くところだった。それは、砕け波が岩から流れ落ちるのに似ていた。空は雲一つなく真っ青、弧《こ》を描いている地平線は藤色《ふじいろ》。朝風は止み、クモたちはすでに草むら深くにもぐりこんでいた。暑い日になりそうなのだ。

ウサギは、ふつう、体を前にのめらせるような姿勢で、ゆっくりピョンととぶ動作を五、六回くり返してとまると、そこで立ちどまってあたりを見る。すわり立ちして聞き耳を立てる。それからしばらくの間せかせかと草を食べ、それからまたピョンピョンとんで二、三メートル移動する。ヘイズルも、そうして草を食べながら散歩を楽しんだ。ここ何日かの間で初めて、のんびりと安心した気分だった。そして、この新しい村についていろいろ習い覚えなくてはいけないかな、などと考えていた。「ファイバーは正しかったな」と、彼は思った。「ここは、まさにぼくらの土地だ。しかし、この土地に慣れなくてはならない。それに、へまは、できるだけ少ない方がいい。ここのあの巣穴を作ったウサギたちは、その後どうなったのかな？　走ることをやめたのか、それとも引っ越ししただけなのか？　見つけられたら、いろいろ教えてもらえるのにな」

そのとき、ヘイズルからいちばん離《はな》れた穴から、ウサギが一匹、ちょっとおずおず出てきた。ブラックベリだった。彼も、まず糞をして、体のあちこちをひっかいてから、日光の中にピョンピョンととび出してきて、今度は、耳の毛を整えた。

ヘイズルは、ブラックベリのところへ行って、草むらの中をこの友の気の向くままに、あちこち草を食べ歩いた。

二匹は、そこで、見たことのない草にぶつかった。ひと群れのヒメハギだった。長い茎《くき》が草の中をはうようにのびていて、粒《つぶ》のように小さい花はどれもみな、上の二枚の花びらを翼《つばさ》のように広げている。花は、空のように濃《こ》い青色だった。ブラックベリが匂《にお》いをかいだが、葉っぱはかたくておいしくなかった。

「こいつはなんだろう?」と、ブラックベリがいった。「君、知ってるかい?」

「いや、知らない」と、ヘイズルはこたえた。「見たこともない」

「知らないことがずいぶんあるなぁ」と、ブラックベリがいった。「この場所のことだけどね、植物は初めてのものばかり、匂いもかぎなれないものが多い。だから、ぼくらも、新しい考えを持たなくちゃな」

「うん、君はいろいろ思いついてくれるからな」と、ヘイズルはいった。「ぼくなんか、君が教えてくれて、初めてわかるほうだから」

「しかし、君は、いつも先頭にたって、まっさきに危険をおかす」と、ブラックベリはいった。「みんな、それを見ているからね。それに、ぼくらの旅も終わったんだろ? ここは、ファイバーがいっていたとおり、安全なところだよ。何が近づいてきても、必ずわかる。ぼくらの鼻がきいて、目が見えて、耳が聞こえるかぎりはね」

「それは、どれも大丈夫だよ」

「いや、眠っているときはあぶない。それに、暗闇ではものが見えない」

「夜は暗いと決まっているさ」と、ヘイズルはいった。「それに、ウサギは眠らなくちゃならない」

「あけっぴろげのところでかい?」

「うん。その気なら、ここの穴は使えるよ。だけど、外で眠る仲間は多いと思う。やはり、牡《おす》に穴《あな》を掘《ほ》らせるのはむりだよ。そりゃ、ヒースの原を越《こ》えたときのように、ちょっとくらいなら掘るかもしれないけれど、それ以上はむりだな」

「穴掘りを、ぼくは考えていたんだ」と、ブラックベリはいった。「別れてきたあのウサギたち——カウスリップとその仲間たちは、ウサギにとっちゃ不自然なことをずいぶんしていた。壁《かべ》に石を突きさしたり、地下に食べものを運んだり、なんやかや、やっていた」

「その点なら、スリアラーのレタスも、地下に運びこまれていたよ」

「そのとおり。わからないかい? 彼らは、その方がつごうがいいと思ったから、ウサギ特有のやり方を改めたわけだろう? 彼らにできたのなら、その気になれば、ぼくらだってできる。君は、牡ウサギは穴を掘らないという。たしかにそうなんだ。しかし、掘りたければ、掘れるんだ。深くて居心地のいい巣穴があって、そこで眠れたらどうだい? 悪天候のときも夜も地面の中にいられたら? ぼくらは安全だよ。そのじゃまをするのは、牡は穴を掘らないという考えだけなんだ。掘れないんじゃなく、掘らないんだ」

「ということは、何かもくろみがあるんだろ?」ヘイズルは、中途半端な気持ちだった。「ここの穴を、ちゃんとしたウサギ村に作り直せといいたいのかい?」

「ちがう。ここの穴は役に立たない。あきやになったわけは、ひと目でわかる。ほんの少し掘っただけで、ここに見えているかたいものに突きあたってしまう。あの穴は冬になるとものすごく冷えるにちがいないよ。ところが、丘のてっぺんを越えたすぐのところに、森が一つあるんだ。きのうの晩《ばん》来たとき、ちょっと見ておいた。これから、君とぼくだけで、もっとのぼっていってひと目見たらどうかな？」

二匹は、頂上までかけ上がった。丘陵の尾根を走る草の道から、南東に少しそれたところに、カバの林があった。

「あそこには、大きな木が何本かある」と、ブラックベリがいった。「根は相当深く張っているにちがいない。穴を掘れば、前の村とおなじくらい楽な暮らしができる。しかし、ビグウィグやだれかが、掘らないとか、掘れないといいだしたら――ここはむきだしで吹きさらしだからね。もちろん、だから、何も住んでいなくて安全なんだけれど、気候が悪くなれば、まちがいなく丘陵地帯《ダウンズ》から逃げだすことになる」

「牡の集団に本格的な穴を掘らせるなんてことは、思いもしなかったな」ヘイズルは、斜面《しゃめん》をもどりながら、自信なさそうにいった。「子ウサギには、もちろん巣穴が必要だ。しかし、ぼくらも、かな？」

「ぼくらが生まれた村は、ぼくらの母親が生まれる前に、もうできていた」と、ブラックベリはいった。「だから、穴は自然にあるものと思って、掘る手伝いなんかしたことがない。新しい穴があれば、それは牝《めす》が作ったものだった。生まれついての生き方を変えないと、ここにはあまり長くはいられない。これは、絶対確実。どこか住めるところはあるかもしれないけれど、ここはだめ」

「ずいぶんはたらくことになるだろうなぁ」

「あ、ビグウィグだ。ほかのウサギもいる。彼らに話して、意見をきいてみようじゃないか？」

しかし、シルフレイの間、ヘイズルはその案をファイバーにしか話さなかった。しばらくすると、ほとんどのウサギが餌《えさ》を食べ終えて、草の中で遊んだり、日なたに寝そべったりしていた。そのときになって、初めてヘイズルは、みんなに森まで行ってみようと提案した。「どんな森だか、ちょっと調べてみたいんだ」

ビグウィグとシルバーが、すぐ賛成し、結局は全員が行くことになった。

そこは、彼らが逃げてきたあの牧草地の雑木林とはちがうものだった。それは、長さが四、五百メートル、幅が五十メートル足らずの帯のような林――丘陵地帯によく見られる一種の防風林だった。樹木のほとんどは育ちきったブナだった。太くなめらかな幹から、一段一段重なるように枝が水平にのび、葉の間から日の光がもれて、さわやかな緑の木かげをつくっていた。木々の間は、かくれられる草などない土だった。

ウサギたちはとまどってしまった。森がこれほど明るくて、静かで、木と木の間の見通しがきくということが、わからなかった。静かでたえまない葉のそよぎは、ハシバミのやぶや、オークやシラカバの雑木林の音とちがっていた。

　ウサギたちは、ためらいがちに出たり入ったりしながら、北東の端にまでたどりついた。そこには土手があったので、ウサギたちはその上に立って、からりと広がる草原を見渡した。体の大きいビグウィグとならぶと、こっけいなくらい小さいファイバーが、まちがいなくここ、と意気ごむように、ヘイズルに顔を向けていった。

「ブラックベリのいうとおりだよ、ヘイズル。力いっぱいはたらいてここにいい穴を掘ろうよ。とにかく、今からでもやれるよ」

　みんな、だしぬけの話で、あっけにとられた。ところが、ピプキンは、すぐヘイズルに従《したが》って土手をおりた。そしてまもなく、さらに二、三匹がぽろぽろした土をひっかきはじめた。作業はたやすかった。ウサギたちは、しょっちゅう、草を食べたり、のんびり日なたにすわりこんだりして休みをとったが、ニーフリス前には、木の根の間のトンネル掘りにかかったヘイズルの姿が見えなくなった。

　ブナ林には、下生えがほとんどなかったけれど、枝が空からの敵を防いでくれた。このひっそりとした丘陵には、チョウゲンボウがよくあらわれることは、すぐわかった。この小型のタカはネズミより大きいものはめったに襲《おそ》わないが、時には、子ウサギを襲うことはあった。おとなのウサギが、うろつくチョウゲンボウから身をかくそうとするのは、そのためにちがいなかった。

まもなく、エイコンが南から飛んでくる一羽のチョウゲンボウに気づいた。彼が、地面をたたいて林にとびこむと、野原に出ていた仲間たちも、つづいて林にかくれた。みんなが、すぐにまた林を出て穴掘りにもどったとき、別の一羽なのか、さっきの一羽なのか、森からちょっと離れた、彼らが昨夜通った野原の上を旋回《せんかい》しているのが見えた。

ヘイズルは、思いがけなくはじまった穴掘りの間ずっと、バックソーンを見張りに立てた。そして、午後には二回警報が出た。日暮れ近く、森の北端をかすめる尾根道を、ひとりの人間が、ウマをゆっくり走らせて通ったため、ウサギたちは仕事の手を休めた。そんなことをのぞけば、一日中ハトより大きなものはあらわれなかった。

ウマに乗った男がウォーターシップ・ダウンのてっぺん近くで南に向かって姿を消すと、ヘイズルは森の端にもどって北に向き、夕日を浴びて静まりかえる野や畑や、キングスクレアの町のはるか北までかすみながらのびている高圧線などをながめた。空気が冷えてきた。夕日がまた、北の崖《がけ》にあたりはじめた。

「今日は、おしまいにしよう」と、ヘイズルはいった。「これで十分だよ。ぼくは、これから、ほんとうにおいしい草を食べに、麓までおりたいんだ。ここの草も悪くはないけど、ちょっと貧弱で水気がないだろ。いっしょに行かないか?」

ビグウィグとダンディライアンとスピードウェルは、すぐに、いいともといったが、ほかのウサギたちは、草を食べながらサンザシのやぶまでもどり、太陽といっしょに地下にもぐる方を選んだ。ビグウィグとヘイズルが、できるだけ身をかくしながら行ける道を選んであと二匹の先を進み、麓まで四百メートルほどくだりはじめた。

四匹は、幸い災難《さいなん》にぶつかることもなく、まもなくムギ畑のへりで草を食べていた。その姿は、夕景の中のウサギたちの絵そのものだった。

ヘイズルは、疲《つか》れていたが、いざというときに逃げこめる場所は、抜け目なく見つけておいた。運よく、昔使われていた短い溝《みぞ》にぶつかったのだ。一か所崩《くず》れていて、ノラニンジンとイラクサがたれさがっているので、トンネルと変わらず安全な隠《かく》れ家《が》だった。そして、四匹とも、すぐにそこへとびこめる範囲の外には出なかった。

「これで、いざとなっても大丈夫だな」と、ビグウィグがいって、クローバーをかみながら、ガマズミの木から落ちた花の匂いをかいだ。「いやはや、故郷を離れてから、いろんなことを覚えたなぁ。あそこで暮らしていたら一生かかっても覚えられなかったぜ。それに、穴掘り！　次は、空を飛ぶことだと思うな。気がついたかい、ここの土は生まれ故郷の土とはまるでちがってることを？　匂いがちがうし、崩れ落ち方までちがってる」

「それを聞いて思い出した」と、ヘイズルがいった。「君にきくつもりでいたことがある。あのカウスリップの村は恐ろしいところだったけれど、一つだけ感心したことがあるんだ。あの大広間さ。ああいう部屋を作りたいんだ。みんなが集まっておしゃべりしたり、物語を楽しんだりできる場所が地下にあるなんて、すばらしい思いつきだよ。君はどう思う？　作れるだろうか？」

ビグウィグは、じっくり考えて、それからいった。「俺が知っているのは、穴を大きくしすぎると、天井が崩れてくるってことだけだよ。あれみたいな場所が作りたかったら、天井を支える何かが必要だな。カウスリップのところじゃ、何を使ってた？」

「木の根だったな」

「それなら、今掘っているところにも根はある。しかし、あの木の根でいいのかな？」

「ストロベリなら、何か知っているだろう。教えてもらった方がいい。しかし、たいしたことは聞けないかもしれない。あれができたとき、彼はまだ生まれていなかったにちがいないから」

「生まれてないんじゃ、天井が落ちても死ぬはずないよな。あの村は、昼間のフクロウよろしく、サーン状態《じょうたい》だった。やつがあそこを出たのは賢明《けんめい》だったな」

うす闇がムギ畑をおおいはじめた。足の長い赤い光は、まだ丘陵の上の方にあたってはいたが、太陽はすでに沈《しず》んでいた。いけがきのでこぼこした影が、うすれて消えた。ひんやりした露《つゆ》の匂いをさせて闇が近づいていた。コフキコガネが一匹、にぶい羽音をたてて飛んでいった。キリギリスたちの声がぴたりととまった。

「フクロウが出てくるぞ。もどろう」と、ビグウィグがいった。

ちょうどそのとき、暗くなってきた畑の方から、地面をドンとふむ音が聞こえてきた。そして、また、今度はもっと近くでおなじ音が、ドン。そして、白い尻尾《しっぽ》がちらっと見えた。二匹は、そくざに溝へとびこんだ。本気で使ってみると、そこは思っていた以上に狭《せま》いことがわかった。突きあたりまでいって、向きを変えるのがやっとの幅《はば》しかなかった。二匹が入り口に顔を向けたとき、スピードウェルとダンディライアンがころがりこんできた。

「あれは、なんだった?」ヘイズルがたずねた。「君たち、何が聞こえた?」

「いけがきの道を、何かがこっちへやって来る」と、スピードウェルがこたえていった。「けものが一匹。それも、大きな音を立てながら」

「姿を見たかい?」

「見ていない。においもかげなかった。こっちが風上だったから。しかし、音は、はっきり聞こえた」

「ぼくも聞いた」と、ダンディライアンもいった。「かなり大きいけものだ、あれは――とにかく、ウサギくらいはあるな――ドテドテ動いているんだ。それでも、見られないように、気をくばっているみたいだよ」

「ホンバかな?」

「ちがう。それだったら、臭いでわかったはずだ」と、ビグウィグがいった。「ホンバの場合は風に関係なく臭いがする。今の話を聞くと、どうもネコのようだ。テンはごめんだがな。ホイ、ホイ、ウー、エンブレア、フレア！　やっかいなことになったぜ！　しばらく、じっとしている方がいい。しかし、見つけられたら、すぐ逃げだせるようにしていろよ」

　ウサギたちはじっと待った。まもなく、溝の中が暗くなった。からみあった頭上の夏草の間からは、ほとんど光など入ってこない。溝の向こう端は、びっしりと草におおわれていて、外など見えなかった。しかし、彼らがとびこんだとき作った穴の大きさだけ、空が見えた。それは、黒に近い青い半円だった。

　やがて、おおいかぶさっている草の間に、星が一つあらわれた。星は、風とおなじように、不規則でかすかな脈《みゃく》をうっているように見えた。ヘイズルは、星をじっと見つめていたが、おしまいには目をそらしてしまった。

「とにかく、ここでちょっと眠ることはできるよ。夜も寒くないから。あの音の正体はわからないから、出て行く危険はおかさない方がいい」

「しっ、」と、ダンディライアンがいった。「あれは、なんだ？」

　一瞬、ヘイズルには、なんのことかわからなかった。しかし、すぐに、遠いけれどはっきりした音を聞きつけた。泣《な》き声《ごえ》ともさけび声ともつかないその音は、とぎれがちな、ふるえる声だった。獲物《えもの》を狩るけもののさけびではないのだが、この世のものとは思えない声なので、ヘイズルはぞっとした。

息をとめて聞いていると、ぱたりとやんだ。

「あんな声を出すけものって、いったいなんなんだ?」と、ビグウィグがいった。両耳の間のかつらのような毛が逆立《さかだ》っている。

「ネコ、かな?」スピードウェルが、恐怖に目をむきだしていった。

「ありゃ、ネコじゃない!」と、ビグウィグはいった。歯をむきだした異様な顔がこわばっている。

「ネコなんかじゃない! わかるだろ? おふくろが話してくれただろ?」

「ちがう!」と、ダンディライアンは思わずさけんでいた。「そうじゃない! あれは、鳥だよ!

――ネズミかもしれない。けがしている――」

ビグウィグは、背を弓なりにぐっと上げ、張子のように頭をこくりこくりと動かした。

「インレの黒ウサギだよ」彼はささやき声でいった。「こういう場所だよ、出てくるのは」

「そんな声を出すな!」ヘイズルはいった。自分でもふるえているのに気づいて、両足を溝の幅いっぱいに広げてふんばった。

また、だしぬけに、あの声が聞こえてきた。すぐそばだった。今度こそ、聞きちがえようがなかった。それは、ウサギの声だった。しかし、話し手も話の中身もわからないほど、変わった声だった。外の、冷たい真っ暗な虚空《こくう》から聞こえてくるような、この世ならぬ陰《いん》うつな声だった。はじめは、悲しげな泣き声だった。しかし、やがて、全員がまぎれもなく聞き取ったのは、言葉だった。

「ゾーン！　ゾーン！」恐ろしい悲鳴に似た声だった。「みんな、死んだ！　ああ、ゾーン！」

ダンディライアンが、恐ろしさのあまりめそめそ泣きはじめた。ビグウィグは、夢中《むちゅう》で土をひっかきはじめた。

「静かに！」と、ヘイズルがいった。「それから、ぼくに土をかけるのはやめろ！　声が聞こえないじゃないか！」

そして、その瞬間、声が実にはっきりとさけんだ。「スライリ！　ああ、スライリ！」

それを聞いた四匹のウサギは、恐怖のあまり呆然自失《ぼうぜんじしつ》し、かたまってしまった。すると、ビグウィグが、うつろな目を据《す》えたまま、何かにひっぱられるように、溝をのぼりはじめた。ビグウィグは、ヘイズルにも聞き取れないいくぐもった声で「行かなくちゃ。彼に呼ばれたら、行かなくちゃ」とつぶやいていた。

ヘイズルは、すっかりおびえていて、考えが全然まとまらなかった。川岸のときとおなじように、まわりが現実味のない夢《ゆめ》の中のような感じになった。だれが……何が……名ざしで呼んでいるのだ、ビグウィグを？　ビグウィグを……外に出しちゃいけない……絶対。今、ビグウィグは無力になっている。そこで、ヘイズルはビグウィグを溝の壁《かべ》におさえつけた。

「じっとしていろ」彼は、あえぎながらビグウィグにいった。「どんなウサギかしらないけれど、ぼくがたしかめてくる」

後ろ足が、麻痺《まひ》したようになっているので、彼は前足ではうようにして、入り口まで上がった。ほんのしばらく、何も見えなかった。しかし、さっきと変わりなく夜露とトネリコの匂いがしていた。ひんやりした草の葉が鼻に触《ふ》れた。ヘイズルは、体をきっと立てて、あたりを見まわした。すぐそばには、けものはいなかった。

「だれだ？ そこにいるのは？」

返事がないので、もう一度声をかけようと思ったとき、さっきの声がまた、「ゾーン、ゾーン！」。声は、野原の脇《わき》のいけがきから聞こえてきた。声の方に目を向けると、まもなく、ドクニンジンの草むらに体を丸めているウサギが見えた。ヘイズルは近づいて「だれだ？」と声をかけたが、返事はなかった。そこで、ためらっていると、後ろで何かが動く音がした。

「ぼくだよ、ヘイズル」のどを締《し》めつけられているような、ダンディライアンのかすれ声だった。

二匹になった彼らは、もっと近づいてみた。謎《なぞ》のウサギは動かなかった。かすかな星明かりでも、そのウサギは自分たちとおなじ生きたウサギだとわかった。しかし、疲れきって瀕死《ひんし》のウサギだった。下半身が麻痺したように、尻《しり》から後ろ足がだらりとのびている。白目を出して、何も見えないのに、こわそうにたえず左右をきょろきょろ見ているかと思うと、たれさがった片耳の血がにじむ傷を、あわれっぽくなめにかかる。そして、突然、耐え切れないこのみじめなありさまを終わらせてくれと、千のエリルにたのむかのように、泣きさけぶ。

そのウサギは、サンドルフォード・ウサギ村の幹部隊長、キャプテン・ホリーだった。

＊ビグウィグが使った言葉はフレッシル。物語の場所に応じて、放浪者、ペテン師、ごろつきなどの意味に使っている。フレッシとは、巣穴を持たず地上で暮らしているウサギのことである。群れを離れたり、つれあいがなくて放浪している牡。ウサギは特に夏は非常に長い間地上で暮らす。牡ウサギは、身をかくすために浅い穴を掘ったり、利用できる穴は利用するが、いずれにしてもあまり穴掘りはしない。本格的な穴掘りは、妊娠中の牝がほとんどやってのける。

＊＊ゾーンとは「終わりだ」あるいは「やられた」という言葉で、何か恐ろしい破局を意味する。

20　ハチの巣とネズミ

彼の顔は、長い旅をしてきた人の顔だった。

『ギルガメシュの叙事詩《じょじし》』

キャプテン・ホリーは、ヘイズルたちの生まれたサンドルフォード村では、特別重要な存在だった。長《おさ》ウサギにすっかりあてにされ、何度も非常な勇気をふるって、難しい任務を成《な》し遂《と》げた。

ある年、まだ春も浅いころ、一匹のキツネが近くの雑木林に住みついたことがあった。ホリーは、手伝いを志願した二、三匹といっしょに、数日間たえまなく見張りをつづけて、キツネの動静をくわしく報告した。キツネは、来たときとおなじように、ふいに姿を消した。

ホリーは、村を出ようとするビグウィグの逮捕《たいほ》を一存で決めた。しかし、執念深い性質《たち》のウサギだとは思われていなかった。性質といえば、彼は、ばかげたことにはがまんならない方で、果たすべき義務はきちんと果たした。健全で、謙遜《けんそん》で、良心的で、ウサギらしい茶目っ気がちょっととぼしい、生まれながらの助役タイプだった。

ヘイズルもファイバーも、村を出るとき、ホリーを説得しようなどとは夢にも思わなかった。そんな彼が、ところもあろうにウォーターシップ・ダウンの麓《ふもと》にいるだけでも、もうびっくりだった。だから、彼がこんなひどい姿になっているなんて、とても信じられなかった。

ドクニンジンの下のあわれなウサギがだれだかわかったとき、はじめの何秒間か、ヘイズルとダンディライアンは、地面の下でリスに出会ったか、川が山に向かって流れるのを見たように、呆然《ぼうぜん》とした。自分が信じられなかった。暗闇《くらやみ》の声が超自然な声でないことはこれでわかったけれど、その正体にも、ほんとうにびっくりさせられた。いったい、なぜキャプテン・ホリーが丘陵《ダウン》の麓になんかいるのだろう？　キャプテン・ホリーともあろうウサギが、なんでこんなありさまになっているのだろう？

ヘイズルは、気をひきしめた。どんなわけがあろうと、とにかく今はできることからしていこう。ここは、どこからでも見えてしまう。しかも、今は夜だ。避難《ひなん》できるのは、茂り放題の草におおわれた溝《みぞ》だけ。血のにおいをさせているウサギの苦しげなさけびがとまらない。しかも、どうやら自力では動けそうもない。今も、テンの一匹くらい、くっついてきているかもしれない。助けるつもりなら、急がなくちゃ。

「ビグウィグに知らせて、連れてきてくれないか」ヘイズルは、ダンディライアンにたのんだ。「それから、上の仲間たちがおりてこないように、スピードウェルにたのんでくれないか。助けにならないどころか、かえって危険だから」

ダンディライアンが出て行くとすぐに、ヘイズルは、また何かがいけがきの中で動くのに気づいた。しかし、考えるひまもなく、すぐにウサギがもう一匹あらわれて、よろよろと横たわるホリーに近づいてきた。

「おい、君、できたら手を貸してくれ」そのウサギが、ヘイズルにいった。「ぼくらはつらい目にあって、キャプテンは病気なんだ。ここに、穴《あな》はあるか？」

ヘイズルは、そのウサギが、ビグウィグを逮捕に来たウサギたちの一匹だったことに気づいたが、名前は知らなかった。

「君は、こんな危ないところをはいまわるホリーをそのままにして、いけがきにかくれていたのか？」

「君たちが来る音を聞いて逃げたんだ」と、相手はこたえた。「キャプテンは動かせないし、君たちのことは、エリルだと思ったから、じっとしていて殺されるなんて意味ないからな。今なら野ネズミにもやられる」

「君は、ぼくを知っているか？」と、ヘイズルはきいてみた。しかし、相手が返事をするまもなく、暗闇からダンディライアンとビグウィグがあらわれた。ビグウィグは、一瞬、びっくりした目でホリーを見たが、すぐに身を寄せて鼻に鼻をつけてから、いった。

「ホリー、スライリだ。俺《おれ》を呼んでいただろ」

ホリーは、それにはこたえず、ビグウィグをじっと見上げた。ビグウィグは、顔を上げてたずねた。

「ついてきたのはだれだ？　あ、ブルーベルか。あと、だれとだれが来た？」

「だれも」と、ブルーベルがいって、話をつづけようとすると、ホリーがいった。

「スライリか。やっと、君を見つけたんだな」

ホリーは、やっとのことで体をおこすと、とりまくウサギたちを見まわした。

「君はヘイズル、だったね？　そして、そこの君は……知っているんだが、何しろこのありさまでね」

「ダンディライアンだよ」と、ヘイズルがいった。「いいかな——君が疲《つか》れ果《は》てていることはわかるんだが、ここは危険なんだ。我々のすみかまで行けるか？」

「キャプテン、」と、ブルーベルがいった。「覚えてますか？　一本目の草が二本目の草にいいました
……」

ヘイズルが、険しい目を向けたが、ホリーは「なんといった？」と受けた。

「一本目はいいました。『あ、ウサギだ！　ぼくらは危ないぞ！』」

「こんなときに……」と、ヘイズルがいいかけると、

「彼をとがめないでくれ」と、ホリーがいった。「ここまで来られたのは、彼の口やかましいおしゃ

べりのおかげなんだ。大丈夫、行けるよ。ここから遠いのかな?」

「たいしたことはない」と、ヘイズルはいったけれど、内心、あそこまではむりだろうと思った。

丘の斜面《しゃめん》ののぼりには時間がかかった。ヘイズルは、みんなの役割を決め、自分はブルーベルといっしょにホリーにつきそい、ビグウィグとダンディライアンに脇《わき》をかためさせた。ホリーは五、六回、休まなくてはならなかった。ヘイズルはいつ敵に襲《おそ》われるかという不安でいらだつ気持ちをやっとおさえていた。

月がのぼりはじめた。ふり返ると、地平線の上に大きな円盤の上の端《はし》が見えて、それがぐんぐん大きく明るくなってきた。ヘイズルも、とうとうホリーに向かい急ぐようにいった。そして、そのとき、月の白い光の中に、迎《むか》えにおりてくるピプキンが見えた。

「何をしている?」ヘイズルは厳《きび》しくきいた。「スピードウェルにいわれただろ?」

「ええ、聞きました」と、ピプキンはいった。「しかし、あの川岸で、君はずっとぼくのそばにいてくれたから、ぼくも何かしなくちゃと思って。それに、巣穴《すあな》はすぐそこだから。キャプテン・ホリーを見つけたって、ほんとうの話?」

両脇からビグウィグとダンディライアンが寄ってきた。

「いい考えがある」と、ビグウィグがいった。「この二匹は、たっぷり休まなくちゃならないだろ。このピプキンとダンディライアンに、二匹の案内をたのんで、巣穴でホリーとブルーベルを好きなだけ休ませたらどうかな。俺たちは、ホリーとブルーベルが元気になるまで寄りつかない方がいいと思う」

「うん、上々の策《さく》だ」と、ヘイズルはいった。「さあ、もう少しだ」

彼らは、サンザシの木立まで、少しの距離《きょり》をかけ上がった。仲間のウサギみんなが、地上に出て、低い声でおしゃべりしながら待っていた。

「静かに、静かに」ビグウィグが質問の先手を打っていった。「そうだよ、ホリーだった。ブルーベルもいっしょだが——あとは、だれもついてこなかった。二匹とも体のぐあいがよくないから、さわがせちゃいけない。ここの巣穴を彼らのために空けてやる。そして、俺はもう穴に入って寝《ね》る。君たちも、ぜひそうしてくれ」

しかし、ビグウィグは、穴に入る前にヘイズルに顔を向けていった。「君は、俺のかわりに、あの溝からとび出してくれたんだろ? 俺は、そのことを決して忘れないよ」

ヘイズルは、バックソーンの足の傷《きず》を思い出し、穴は彼といっしょにした。スピードウェルとシルバーも仲間になった。

「なあ、ヘイズル、いったい何があったんだ?」と、シルバーがききたがった。「何か深刻なことがあったにちがいない。ホリーがスリアラーから離《はな》れるなんてことは、ふつうないからね」

「わからない」と、ヘイズルはいった。「だれにも、まだ、わからないんだよ。明日まで待つしかない。ホリーは、走ることをやめるかもしれないけれど、ブルーベルは大丈夫だと思う。じゃ、ぼくはこれからバックソーンの足の治療《ちりょう》にかかるから」

バックソーンの足の傷は非常によくなっていたので、まもなくヘイズルは眠った。

翌日《よくじつ》も、よく晴れて暑い日になった。ピプキンもダンディライアンも、朝のシルフレイに出てこなかった。ヘイズルは、ほかのウサギたちを容赦《ようしゃ》なくブナ林まで連れて行って、いっしょに穴掘《あなほ》り作業をつづけた。

ヘイズルは、ストロベリに大広間のことを質問して、あそこの天井が、からまりあった根でおさえてあるだけでなく、床まで垂直にのびている根によっても支えられていることを知った。そして、それには気づかなかったと、正直に打ち明けた。

「数は多くないけれど、あれは大事なんだ」と、ストロベリはいった。「かなりの重量を支えるから。あの根がないと、大雨が降《ふ》れば天井が落ちてしまう。あらしの夜なんか、上の土が特別に重くなっていることを感じるけれど、危険なことはない」

ヘイズルとビグウィグは、ストロベリといっしょに地下に入った。新しいすみかは、一本のブナの木が張っている根の間から掘りはじめられていた。それは、まだ、入り口が一つしかない小さくて不規則な穴だった。三匹は、その穴を広げる作業として、根の間を掘り、森の中に出られる二本目の通路を開くために、上に向かってトンネルを掘りはじめた。

しばらくすると、ストロベリは掘るのをやめ、根の間をあちこち動きまわり、においをかいだり、根をかんだり、前足でせっせと土をかき出したりした。ヘイズルは、彼がくたびれて、いそがしいふりをして休んでいるのだろうと思った。ところが、しばらくすると、彼はヘイズルとビグウィグのところへもどってきて、いくつか提案があるといった。

「こういうことなんだよ」と、彼はいった。「この上の土には細い根が大きく張り広がっていないんだ。あの大広間には、幸運にもそれがあったんだけれど、ここには、あんな根が張っているところがあるとは思えない。しかし、ここにあるものを使って、かなりうまくやれると思う」

「それで、ここには、何があるんだい?」ときいたのはブラックベリだった。穴に入ってきて、話を聞きつけたのだ。

「うん、太い根が五、六本、垂直におりてきているんだよ。あの大広間より、数が多い。まわりの土は掘り出して、根は残しておくのが上策だね。かみ切って抜《ぬ》き取《と》ってはいけない。どんな大きさにしても、広間を作るのなら、あの根は必要だよ」

「すると、ぼくらの広間は、太くて垂直に立つ根っこだらけになるわけだね?」と、ヘイズルはたずねた。がっかりしたのだ。

「そうなるね」と、ストロベリはいった。「でも、そんなことは少しもさしつかえないと思う。根の間は出入り自由だし、おしゃべりや物語のじゃまにはならない。保温の力になるし、上からの音が伝わる手段にもなる。それが役に立つときがあるかもしれない」

ウサギたちの間で「ハチの巣」と呼ばれるようになった広間作りは、ストロベリのちょっとしたお手柄になった。ヘイズルは、掘り手を組織する仕事だけで満足して、実際の指揮《しき》はストロベリにまかせた。仕事は、交替制《こうたいせい》で行われ、ウサギたちは入《い》れ替《か》わって、地上で遊んだり日光浴を楽しんだりした。

丘の上は、一日中、騒音《そうおん》にも、人間にも、トラクターにも、ウシにさえもじゃまされないので静かだった。ウサギたちは、ますます、ファイバーの見通しのおかげを強く感じはじめていた。

午後もおそくなったころ、大広間ができあがりはじめた。北の端は、ブナの根が不ぞろいだけれど、一種の柱廊《ちゅうろう》をつくっていた。柱廊を抜けるとやや広い中の間。その奥《おく》には支えの根がないので、ストロベリは、何か所か土をそのまま残して支柱にした。そのため、南端は三ないし四の小部屋がつくられていて、その小部屋から細い通路が巣穴に通じていた。

ヘイズルは、作業の結果をたしかめて、すっかりうれしくなり、楽しい気分で通路の出入り口に、シルバーとならんですわっていた。

突然、「タカ！　タカ！」と、地面をたたく警報が出て、野原のウサギたちは隠《かく》れ家《が》めざして、一目散に走った。ヘイズルは、安全なところにいたので、林の影の向こうの、日の当たるひろびろした野原を見渡《みわた》していた。一羽のチョウゲンボウがあらわれて、位置を定めると、端の黒い尾羽を下げ、先端のとがった翼ではげしく空をたたきながら、一点に止まって地上の獲物《えもの》をねらいはじめた。

「しかし、あの鳥がウサギを襲《おそ》えるかい？」ヘイズルは、さらに低く舞いおりた鳥が、そこでまた、羽ばたきながら、空中に停止するのをながめながらいった。「あれじゃ、小さすぎる」

「君のいうとおりだろうな」と、シルバーがこたえた。「そのとおりなんだけれど、今あそこへ出て行って、餌《えさ》を食べる気持ちになれるかい？」

「ああいうエリルに立ち向かってみたいねぇ」というビグウィグの声がした。通路をのぼってきたところだった。「俺たちは、こわがりすぎるんだ。しかし、上から襲ってくる鳥ってやつは、やっかいだろうな。特に、はやいやつは。不意打ちされたら、大きなウサギも負けるだろうよ」

「見えるかい、あのネズミ？」ふいに、シルバーがいった。「ほら、あそこ。ちびが、かわいそうに」

野原の一か所に、平らな草地があって、そこに野ネズミが一匹いるのが見えた。巣穴から遠くへ行きすぎて、途方に暮れているのだった。まだチョウゲンボウに気づいていない。しかし、ウサギたちが突然姿を消したので不安になり、地面に張りつくようにして、たよりなげに、きょろきょろしている。チョウゲンボウも、まだそのネズミを見つけていないけれど、また、飛びはじめれば、たちまち見つけるにちがいなかった。

「もう時間の問題だな」と、ビグウィグが冷淡にいった。

思わず、ヘイズルは、土手をとびおりると、見通しのよい野原へ出た。ネズミはウサギ語《ラパイン》は話さない。しかし、いけがきや森林などには、非常にかんたんで語数もかぎられてはいるが、共通語《リングアフランカ》があった。ヘイズルはそれを使った。

「走れ」と、ヘイズルはいった。「ここへ、急げ」

野ネズミは、ヘイズルに気づいたけれど、動かなかった。しかし、ヘイズルがもう一度話しかけると、突然ヘイズルに向かって走りだした。チョウゲンボウが、向きをかえて横滑《よこすべ》りにおりてくるのが見えたのだ。ヘイズルは、急いで穴へかけもどった。穴から見ると、ネズミが必死に追ってきた。そして、土手の下まであと少しのところで、青い葉を二、三枚つけたまま、折れて落ちた小枝をふんで越《こ》えた。小枝が動いて、一枚の葉が、木《こ》の間《ま》から差しこむ日光を受けて一瞬きらりと光ったのを、ヘイズルは見た。たちまち、チョウゲンボウが体を斜めにしておりてくると、翼をたたんで、落ちてきた。ヘイズルがとびさがろうとしたとき、ネズミが前足の間からとびこんできて、後ろ足の間に首を突っこみ地面に押《お》しつけられた。

同時に、全身がくちばしと爪《つめ》に化したチョウゲンボウが、石つぶてのような勢いで、穴の入り口の土にぶつかった。鳥は、翼をばさばさ動かしてすぐに飛び去ったが、三匹のウサギたちは、一瞬、丸くて黒い鳥の目が、通路をまっすぐのぞきこむのを見た。急襲《きゅうしゅう》の速度と力を目の前で見たヘイズルは、あわててとびさがったため、シルバーと衝突《しょうとつ》して、いっしょにころんでしまった。二匹は、だまって立ち上がった。

「あいつに立ち向かってみたいかい?」シルバーはふり返って、ビグウィグにきいた。「そのときは、知らせてくれよ。見物するから」

「おい、ヘイズル、」と、ビグウィグがいった。「君がばかじゃないことはわかってるんだが、あれが利口なことだったかなぁ。君、まさか、土の中にもぐれないモグラやトガリネズミを全部保護するつもりじゃないだろうな」

野ネズミはじっと動かないでいた。穴の出入り口のすぐ内側、ウサギたちの頭とおなじくらいの高さのところに、逆光《ぎゃっこう》を受けて体の輪郭《りんかく》を見せながら、じっとうずくまっていた。ヘイズルには、ネズミが自分を見ていることがわかった。

「たぶん、タカ、まだいる」と、ヘイズルはいった。「君、ここにいる。今。あとで、行く」

ビグウィグが、話をつづけようとしたとき、入り口にダンディライアンが姿を見せた。彼は、ネズミに気づくと、そっと脇《わき》にどけてから入ってきた。

「ヘイズル、ホリーのことを報告した方がいいと思ってやって来た。彼、今日はずっとよくなっている。しかし、きのうはひと晩《ばん》中苦しかったようだし、こっちもひどい目にあった。眠りかけるたびに、ビクッとはねおきてさけぶんだ。気が狂いかけているんだと思ったね、ぼくは。ピプキンは、ずっと話しかけてやっていた。みごとなやつだよ。どうやら、ブルーベルを尊敬しているようだ。あいつは冗談《じょうだん》をいいつづけていた。ホリーは、夜明け前には、体力を使いつくしてしまったが、こっちも同様でね。一日中眠っていた。ホリーは午後になって目をさましてね、今までのところ、正気にもどっているようだ。シルフレイに出たしね。今夜、どこに行けば君たちに会えるかときくので、それをたずねに、ぼくが来たってわけさ」

「じゃ、我々に話ができるわけだね？」と、ビグウィグが、きき返した。

「と、思う。ぼくの考えだけれど、彼には、それがいちばんいいのじゃないかな。ぼくらといっしょになれば、もうひと晩苦しまなくていいのじゃないかな」

「だったら、どこで眠ろうか、今夜？」と、シルバーがいった。

ヘイズルはよく考えてみた。ハチの巣は、まだざっと掘ったばかりのできかけ広間だ。しかし、寝《ね》心地は、サンザシの下の巣穴と変わりはないはずだ。それに、寝心地が悪ければ、ますます直したい気持ちになると思う。そして、一日がかりで作ったすみかを実際に使うとわかったら、みんな喜んで、白亜《はくあ》の穴を三日使うより、こっちの方がいいというに決まっている。

「ここがいいと思う」と、ヘイズルはいった。「しかし、みんなの気持ちをきいてみよう」

「このネズミは、なんでここにいるんだい？」と、ダンディライアンがきいた。

ヘイズルの説明を聞いたダンディライアンは、ビグウィグ同様に、首をひねるばかりだった。

「うむ、助けに行ったとき、はっきりした考えがあったわけじゃない」と、ヘイズルはいった。「しかし、今は考えていることがある。それは後で話す。何よりもまず、ビグウィグとぼくが、ホリーと話をしなくちゃいけないだろ。ダンディライアン、君は今の話をみんなに知らせて、今夜どこをねぐらにしたいか、たしかめてくれないか？」

ホリーとブルーベルとピプキンは、ダンディライアンが初めて丘陵を見渡《みわた》したアリ塚《づか》近くの草地にいた。ホリーは、紫《むらさき》色《いろ》のランの花の匂《にお》いをかいでいた。うす紫の花は、ホリーが鼻を押《お》しつけると、やさしく頭をふった。

「こわがらせちゃいけませんよ、キャプテン」ブルーベルがいっていた。「飛び去ってしまうかもしれません。とまるところなら、たくさんありますからね。ほら、草の上にたくさんとまっています」

「おいおい、ブルーベル、ばかなことというなよ」ホリーは、機嫌《きげん》よくいい返していた。「我々は、この土地のことを勉強しなくてはならんのだ。草木の半分は初めて見る種類だ。これなんか、食べられない。しかし、とにかく、ワレモコウはたくさんある。あれは、いつ食べてもおいしい」

一匹のハエが、耳の傷にとまった。ホリーは、顔をしかめて首をふった。

ヘイズルは、ホリーが元気を取りもどしたのを見て、ほっとした。そこで、すっかり元気になったのなら、みんなのところへ来てくれないかと話をはじめた。しかし、ホリーは、質問でヘイズルの話をさえぎった。

「君たちは大勢か？」

「フレア（とても多い）」と、ビグウィグが返事をした。

「君たちといっしょに村を出た者全部か?」

「全部だ」ヘイズルは、胸《むね》を張ってこたえた。

「だれも、けがはないか?」

「いや、何匹かけがをした。あれやこれやで」

「命がけさ、ほんとうに」と、ビグウィグがいった。

「あれは、だれだ、こっちへ来るのは? 私は知らないな」

ストロベリが、ブナ林からかけおりてきた。そして、みんなのところまで来ると、ヘイズルたちがあの雨の牧草地で、大広間に招かれたとき、初めて見たのとそっくりの、頭と前足をふるおかしなおどりのようなしぐさをはじめた。しかし、まごついたように自分からやめると、ビグウィグから文句をつけられないうちに、ヘイズルに話しかけた。

「ヘイズルーラー、」(ホリーはびっくりして目を丸くしたが、何もいわなかった。)「みんな、今夜は新しい村で眠りたいといっています。それから、キャプテン・ホリーが話ができる気分になったら、もとの村で何がおこったのか、どうやってここまでたどりついたか、聞きたいそうです」

「それは、むりもない。みんな、それが知りたいんだ」ヘイズルはホリーにいった。「これは、ストロベリ。旅の途中《とちゅう》で仲間になった。みんな、ずいぶん助かっている。しかし、君、大丈夫かな?」

「大丈夫と思う」と、ホリーはいった。「しかし、あらかじめ注意しておく。私の話を聞くウサギは、心も凍《こお》る思いがするぞ」

　そういう彼自身が非常に暗い悲しげな顔をしているので、だれも返事ができなかった。そして、ほんのしばらくして、六匹のウサギたちは、だまったまま斜面をのぼった。林の一角までのぼってみると、ほかのウサギたちは、ブナ林の北側で、草を食べたり夕日を浴びて休んだりしていた。彼らを見まわしたホリーは、黄色い花のツメクサの群落の中に、ファイバーとシルバーがいるのに気づいた。彼は、シルバーに近づいた。

「やあ、シルバー。ぶじでよかった」と、ホリーはいった。「きびしい旅だったらしいな」

「かなりね」と、シルバーは返事をした。「ヘイズルが奇跡《きせき》的なことをしてのけてくれた。それから、ファイバーにも、ずいぶん助けられた」

「君のことは聞いている」ホリーは、ファイバーの顔を見ながらいった。「あれを予知したウサギだったね。スリアラーに知らせに行ったのだったね？」

「彼は、ぼくにお説教した」と、ファイバーがいった。

「彼が君の話に耳を傾けてさえいたらなぁ！　だが、アザミにドングリがならないように、もはや、どうにもならない。シルバー、私からぜひいっておきたいことがあるんだが、ヘイズルやビグウィグよりも、君の方が話しやすいんだ。私は、ここでもめごとをひきおこすつもりは、まったくない——つまり、ヘイズルとの争いごとさ。今は、彼が長《おさ》うさぎだ。それは、はっきりしている。私は、彼のことをほとんど何も知らないが、すぐれたウサギにちがいない。さもなければ、今ごろ君たちはみんな死んでいただろうからね。それに、今はつまらない諍《いさか》いをしている場合じゃない。私が、ここを乗っ取るのではないかと思っているウサギがいたら、それはちがうといってもらいたいのだよ」

「わかった。そうする」と、シルバーは返事した。

ビグウィグがやって来た。「まだ、フクロウが出てくる時間じゃないけれど、君の話が一刻《いっこく》も早く聞きたくて、みんな、今すぐ地下にもぐりたいっていってる。ホリー、君のつごうはどうだい？」

「地下って？」と、ホリーはきき返した。「地下にもぐって、私の話を聞けるのかな、みんなが？私は、ここで話すつもりでいたんだが」

「まあ、見てごらん」と、ビグウィグがいった。

ホリーとブルーベルは、ハチの巣にほんとうに驚いてしまった。

「こんなのは、生まれて初めてだ」と、ホリーはいった。「天井が落ちないのはなぜだい？」

「そりゃ、当たり前です。ここはてっぺんですから」と、ブルーベルがいった。

「旅の途中で見つけた工夫でね」と、ビグウィグがいった。

「野原に寝ころがっていたとき」と、ブルーベルが口をはさんで、「あ、大丈夫、キャプテン、あなたがお話している間は、だまっています」

「きっと、だぞ、いいな」と、ホリーはいった。「すぐに、冗談どころじゃなくなる」

ほとんどのウサギが、広間に集まった。ハチの巣は、みんなが入れる広さがあったが、カウスリップの村の大広間のように風通しがよくなかったので、六月の今夜などは、ちょっと、むっとする感じだった。

「これは、かんたんに、もっと涼《すず》しくできます」と、ストロベリがヘイズルにいった。「あの大広間では、夏は開けておき、冬は閉めるトンネルがあったのです。明日、日が沈《しず》む側にトンネルを掘れば、夕風が入ってきます」

ヘイズルが、ホリーに、はじめてくれといおうとしたとき、東の通路をスピードウェルがおりてきていった。「おい、ヘイズル、君の、ええと、お客さん……あのネズミだけど、君に話があるそうだ」

「あ、忘れていた。彼、どこにいる?」

「通路の上」

通路のてっぺんで、ネズミが待っていた。

「君、今、行くか。安全と、思うか?」

「今、行く」と、ネズミはいった。「フクロウ、待ってない。しかし、いいたいことある。君、ネズミを、助けた。いつか、ネズミ、君を助ける。ウサギ、必要な時、ネズミ、来る」

「驚いたなぁ!」通路のずっと下でビグウィグがつぶやいた。「彼の兄弟姉妹がみんな来る。あたりはネズミでいっぱいになる。巣穴を一つ二つ掘るようにたのめばよかったのにな、ヘイズルは」

ヘイズルは、ネズミが丈《たけ》の高い草の中に消えていくのを見送った。ハチの巣にもどると、話をはじめたホリーのそばにすわった。

21 「エル-アライラーも泣きさけぶ話」

動物をかわいがりなさい。神は、動物たちに、考えることと静かな喜びの源をお与えになられました。彼らをさわがせてはいけません。彼らを苦しめてはいけません。彼らの幸福をうばってはいけません。神の御心にそむくことをしてはなりません。

ドストエフスキー『カラマーゾフの兄弟』

夕日と朝日の間になされた不正行為は、
一つ一つ、歴史の中に、
骨のようにころがっている。

W・H・オーデン「F六の登頂」

「君たちが村を出た夜、幹部《アウスラ》は追跡《ついせき》に出された。なんだか、もう、ずっと昔のように思えるなぁ。我々は、匂《にお》いを追って川にたどりついた。しかし、スリアラーに君たちが川をくだったらしいと伝えると、彼は、命をかけてまで追っても意味はない、去るものは追うな、しかし、もどった者は逮捕《たいほ》しろといって捜索《そうさく》は打ち切られた。

翌日《よくじつ》になっても、変わったことは何もおこらなかった。ファイバーとその仲間たちのことはかなり噂《うわさ》になっていた。悪いことがおこるというファイバーの予言はみんな知っていて、さまざまな噂が生まれたのさ。ただの噂と思うウサギの方が多かったが、中には、シロイタチを使う鉄砲撃《てっぽうう》ちの人間が来るという予言かもしれないと考えるウサギもいた。鉄砲とシロイタチくらいウサギにとっての敵はない――それと、目が見えなくなる白い煙《けむり》だ。私は、ウィロウといっしょに、スリアラーと話し合ってみた。すると、スリアラーはつぎのようにいった。

『予知能力を持つと称するウサギには、生まれてから今までに一、二匹会ったことがある。しかし、ふつう、彼らのいうことをあまり大まじめに受け取らない方がよろしい。多くの場合、ただのいたずらにすぎないからだ。力が弱くて格闘《かくとう》などでのしあがることができないウサギは、ほかの手段でえらくなろうとして、予言などをよく使う。奇妙なことに、予言がはずれても、うまく狂言《きょうげん》をつづけて予言しつづけると、仲間も、はずれることなど、まずめったに問題にしない。

しかし、ほんとうにふしぎな力を持つウサギに出くわすこともある。ふしぎな力はほんとうにあるのだ。そのウサギが、たとえば洪水《こうずい》とか、シロイタチとか鉄砲を予言する。予言は現実になって何匹かが走るのをやめる。それを避《さ》ける方法はあるのか？

村を引っ越しさせるのは、たいへんな仕事だ。中にはことわる者もいる。長《おさ》ウサギは、ついてくるウサギを全部連れて村を出る。長の権威《けんい》が、もっともきびしくためされるのだが、権威というものは、一度失うと、すぐにはとりもどせない。引っ越しとは、うまくいっても、牝《めす》と子どもまでおまけにつけた、宿なしウサギの大群を連れて、かくれる土地もないところを歩くことだ。エリルは、群れをなしてやって来る。つまり、治療《ちりょう》の方が病気より悪いことになるのだ。だから、村が一つにまとまって、それぞれが地下で持ち場を守り、危険を避けるために最善をつくす方がいいのだ』」

「もちろん、ぼくがいったことは、空想なんかじゃない」と、ファイバーはいった。「あんな話は、スリアラーくらいにならなくては思いつけない。ぼくは、悲鳴をあげたくなるほどの恐怖を感じただけなんだ。あんな恐怖は一度でたくさん。死ぬまで忘れられないよ、あの恐怖と、イチイの木の下ですごした夜のことは。世の中には、恐ろしい災いってあるんだね」

「それは人間が生み出す災いだ」と、ホリーがいった。「人間以外のエリルのすることは、すべてフリス様がお決めになっている。我々もそれに従《したが》わなくてはならない。生きものは、この大地で、食べて生きている。しかし、人間はこの大地をだいなしにして、動物たちをぜんぶ殺すまでは決して手を休めない。おっと、私の話が先だったな。

翌日の午後、雨が降《ふ》りだした。

(「ぼくらが土手に穴《あな》をあけていたときだよ」と、バックソーンがダンディライアンに小声でいった。)

　全員が穴の中で、かみかえしをしたり眠ったりしていた。私は、フラカのため、ほんのちょっと外に出ていた。そして、森のはずれの溝《みぞ》のすぐそばにいると、向かいの斜面《しゃめん》のてっぺんにある木戸、ほら、あの立て札が立っていた木戸だ、あそこを通って人間たちがやって来た。四、五人だったろうな、みんな、長くて黒い足をしていて、燃える白い棒《ぼう》をくわえてた。

　どこかへ行く途中《とちゅう》ではなさそうだった。雨の中、いけがきや小川を見たりして、あちこち歩きまわっていた。しばらくすると、小川を渡《わた》って、大きな足音をさせながら、村の方へのぼって来た。そして、私たちの穴を見つけるたびに、一人が棒で突いていた。そして、その間、ずっとおしゃべりしていた。雨の中に、ニワトコの花と白い棒の臭《にお》いがただよっていたのを、今でもよく覚えている。その後、彼らが近づいてきたので、そっと穴へもどった。しばらくの間、彼らは足音を立てて歩きまわりながら、おしゃべりしていた。私は、その間ずっと、『とにかく、彼らは鉄砲を持っていないし、シロイタチも連れてきていないから』と、頭の中で自分にいいきかせていた。

　しかし、なぜだか胸騒《むなさわ》ぎがしていた」

「スリアラーは、何かいってたかい?」と、シルバーがきいた。

「わからない。私はたずねてみなかったし、私の知るかぎり、ほかのだれもきかなかったと思う。私は、そのまま眠った。目がさめたとき地上からはなんの音も聞こえてこなかった。夕方だったので、わたしはシルフレイに出て行くことにした。雨はつづいていたけれど、私は、しばらく、動きまわってゆっくり草を食べた。あっちこっち、ウサギ穴を人間がつついた跡《あと》が残っているほか、何も変わりはなかった。

翌朝、雨はあがって晴れだった。全員がいつものようにシルフレイに出た。ナイトシェイドがスリアラーにむかって、もうお年だから疲《つか》れないように気をつけるべきだといっていたのを思い出す。スリアラーは、だれが年だか教えてやるといって、ナイトシェイドの横っ面をパーンとやって土手から突き落とした。もちろん、ただの冗談《じょうだん》だったんだが、長ウサギは、まだまだ手ごわいというところを見せるつもりもあったんだと思う。

その日の朝、私はレタスをとりにいくことになっていた。なぜか私は、自分だけで行くことにした」

「レタス狩《がり》は、ふつう三匹だった」と、ビグウィグがいった。

「そのとおり。それは私も知っていた。しかし、私だけで行ったのには、特別なわけがあったと思うのだが。うむ、わかった。思い出したよ。早出来のニンジンがあるかどうか調べたかったのだ。ちょうど食べごろじゃないかと思ってね。菜園の、めったに行かないあたりをうろつくつもりなら、自分だけがいいと計算したわけだ。

私は、午前中ほとんど村を留守にしてしまい、あれはもうニ－フリス近くだったと思うが、森を抜《ぬ》けて村へもどった。それも、サイレントバンクを通った。たいていのウサギはグリンルースを使うけれど、私はいつもサイレントバンクだった。

森の中の空き地——ほら、古い柵《さく》の方に行けるところな、あそこに出たとき、向かいの斜面の上の道に、フルドドがあらわれた。フルドドは、立て札が立っていた木戸のところにとまって、人間がたくさんおりてきた。少年が一人まじっていて、彼が鉄砲を持っていた。人間たちは、大きくて長いものをいくつか取り出した。その長いものは、私にはさっぱりわからない。フルドドとおなじ材料で作ってあって、一本をふたりで運んでいたから、重いものだとわかった。それが野原に持ちこまれたので、地上に出ていたわずかなウサギたちは、地下にひっこんだ。

私は、地下にはもぐらなかった。鉄砲を見たので、おそらくシロイタチと、それからたぶん網《あみ》もあると考えたのだ。私は、そのまま動かずに観察した。そして、『彼らのたくらみがわかったらすぐに、スリアラーに知らせに行こう』と考えていた。

前日より話し声が多く、白い棒も多かった。人間は決して急がないだろ？　ようやく、ひとりの男がシャベルをにぎると、見つけ次第に、ウサギ穴をふさぎはじめた。穴が見つかるたびに、男は上の芝土《しばつち》を切りとって、穴に押《お》しこんだ。私には、わけがわからなかった。シロイタチを使うのは、ウサギを穴から追い出すためだ。そこで、私は、いくつかの穴を開けておいて、そこに網を張るのだと思った。

しかし、それは、シロイタチを使うにしては、ばかげたやり方だ。ウサギの中には穴がふさいであるところへ逃げるのがいて、それは地中で殺されてしまうし、後でシロイタチを回収するのがたいへんだ」

「ホリー、恐ろしすぎないようにたのむ」と、ヘイズルがいった。出口をふさがれた通路と追ってくるシロイタチを想像してピプキンがふるえていた。

「恐ろしすぎるだと？」ホリーは、腹立たしげにいい返した。「こんなの、ほんのはじまりなんだ。出ていきたい者はいるか？」だれも動かないのを見たホリーは、ちょっと間を置いてから、また話をはじめた。

「すると、今度は、別の人間が細長くてくねくねと曲がるものをいくつか持ってきた。人間が作ったものの名前はわからないけれど、クロイチゴの長い茎《くき》を太くしたようなものだった。彼らは、それを長くて重いものにとりつけた。すると、シューッというような音がはじまって、この部分は聞いただけではわからないと思うが、空気が悪くなりはじめた。

私は、かなり離《はな》れたところにいたのに、クロイチゴの茎まがいのものから出る強い臭いをかいでしまった。すると、物が見えなくなり、考えることもできなくなった。倒《たお》れそうになったらしい。わたしは、とびあがって走ろうとした。しかし、どこをどう動いたのか、気がつくと、森のはずれにいて、人間たちの方へ行こうとしていた。そこで、あやうく立ち止まった。私はうろたえて、スリアラーに知らせることを忘れて、その場にじっとすわりこんだ。

人間たちは、ふさいでない穴に、太いクロイチゴの茎を一本ずつさしこんだ。それっきり、しばらく何もおこらなかった。少しすると、スカビアスが出てきた。──スカビアスを覚えているかな？人間が見落としていたいけがきの穴から出てきたんだ。彼も臭いをかいだことはすぐにわかった。頭も目も狂っていた。やがて彼に気づいた人間が、片手をのばして指さすと、少年が鉄砲で撃《う》ったがあたらなかったのか、スカビアスは悲鳴をあげた。すると、男のひとりが彼をつかみあげてなぐった。あまり苦しまずに死んだと思う。悪い空気で麻痺《まひ》していたからね。しかし、見たくはなかったな。殺した男は、スカビアスが出てきた穴をふさいだ。

そのころには、もう、毒の空気が通路や巣穴中に広がってしまったにちがいない。どんなありさまだったか、想像がつくが……」

「いや、つきませんね」と、ブルーベルがいった。

ホリーは、口をつぐんでしまった。少し間があって、ブルーベルが話をつづけた。

「ぼくは、毒気の臭いをかがないうちから、さわぎがはじまった音を聞きました。毒気は牝がいちばんはじめにかいだようでした。何匹かは、外に逃げだそうとしました。しかし、子どものいる牝は、子どもを置いて逃げたりしないで、近寄るウサギを攻撃《こうげき》しました。子どもを守るためです──牝が戦闘的《せんとうてき》になるのは。

すぐに、通路という通路は、ひっかきあうウサギや、相手をふみ越《こ》えて出て行こうとするウサギたちでいっぱいになりました。みんな、使い慣れた通路をのぼっていき、出入り口がふさがっているのに気づきました。何匹かはどうやら向きを変えたのですが、のぼってくるウサギのため、引き返すことはできませんでした。やがて、通路は死んだウサギにふさがれて、まだ生きているウサギは、死体をめちゃくちゃに引《ひ》き裂《さ》きました。

ぼくが、うまくのがれることができたわけは、死ぬまでわからないでしょう。万に一つの幸運でした。

ぼくは、人間が毒気を入れるのに使っていた穴のそばにいました。クロイチゴの茎みたいなものをさしこむのにずいぶんさわがしい音をたてていたので、うまくいっていないなと思いました。

あの臭いをかいだとたん、ぼくは穴からとび出しましたが、頭はまだはっきりしていました。ぼくが通路をのぼっていったとき、あのクロイチゴの茎が引き抜かれたところでした。彼らは、その茎のことを話していて、ぼくに気づきませんでした。ぼくは、穴の口で向きを変えて、また通路をくだったのです。

ぽろぽろ通路を覚えていますか？　ぼくらの時代にあそこをおりたウサギは一匹もいなかったのでは。あれは、とても深くてどこに通じているともわからない道でした。だれが作ったかも、わかりませんでした。フリス様のお導きで、ぼくは、まっすぐにぽろぽろ通路までくだると、あの通路をはって進みました。ぽろぽろの土と落ちた石でうずまっているところは、ほんとうに掘《ほ》って進みました。地上に通じるたて穴や急勾配《きゅうこうばい》の通路が、とっくの昔に使われないまま忘れられて残っていました。

そして、そういうたて穴や通路から、世にも恐ろしい音――助けを求めるさけび、母親をさがす子ウサギのかん高い泣き声、命令している幹部の声、ののしりあい、けんかしているウサギたちの声や物音が流れこんできました。一度、一匹のウサギがたて穴をころげ落ちてきました。爪《つめ》がぼくをひっかきました。トチの実が落ちるとき皮のぎざぎざがあたった程度でしたが、そのウサギはセランディンで、もう死んでいました。彼を引き裂かなくては進めませんでした。幅《はば》も高さもぎりぎりでした。毒気は、穴が深いのでかすかでした。

突然、ぼくは、ウサギがもう一匹いることに気づきました。ぽろぽろ通路で会ったのはそのウサギだけでした。ピンパネルです。体のぐあいが悪いことはひと目でわかりました。わけのわからないことをしゃべったり、あえいだりしていましたが、歩くことはできました。そして、ぼくに、大丈夫かといいました。

ぼくは、『どこへ出られるのかな?』とだけいいました。

『ぼくが教えてあげる』と、彼はいいました。『その代わり、力を貸してくれないか』

そこで、ぼくは彼の後を進み、彼が立ちどまるたびに、後ろから力いっぱいつつきました。彼は、ひっきりなしに自分がどこにいるのかわからなくなっていました。一度かみついて進ませたことがあります。死んで道をふさがれたら困るからです。ようやく、道がのぼりになり、新鮮な空気の匂いがかげるようになりました。いつの間にか、森へ出る通路の一本に入っていたのです」

「人間の仕事ぶりは、ぶざまだった。（と、ホリーが引《ひ》き継《つ》いだ。）森の中の穴には気づかなかった。あるいは面倒でふさがなかったか。野原に出たウサギはほとんど撃ち殺されたが、私は、二匹が逃げおおせたのを見た。一匹はノーズ‐イン‐ジ‐エア、もう一匹は名前を覚えていない。さわぎは恐ろしいもので、私自身、逃げ出したかった。しかし、スリアラーがどうなったか知りたいので、じっと待った。

しばらくすると、逃げられた二匹のほかに、森に何匹かいることがわかった。たしか、パイン‐ニードルズがいた。バタバーとアッシュもいた。私は、できるだけ彼らをまとめると、かくれているようにいった。

長い時間をかけて、人間の仕事が終わった。クロイチゴの茎みたいなものを穴から引き抜いて、少年が棒に死んだウサギをぶらさげて……」

ホリーは言葉につまって、ビグウィグの横腹に鼻を押しつけた。

「ホリー、そこはとばしてくれ」と、ヘイズルは落ち着いた声でいった。「のがれてきた話をつづけてくれないか」

「村への攻撃がはじまる前に、（と、ホリーはいった。）道をくだって大きなフルドドが野原へ入ってきた。人間たちが乗ってくるのとちがうフルドドだった。ものすごくうるさい音をたてるやつで、色は黄色。ノハラガラシの花のような黄色だった。二本の前足で銀色に光るものを持っていた。そんなふうにしかいいようがないんだが、幅が大きくて鈍《にぶ》く光るだけだが、地獄《インレ》そのものという感じで、これが、とても口じゃうまく言えないんだが、野原を引き裂いてこなごなにしてしまった」

また、話はとぎれた。

「キャプテン、」と、シルバーが呼びかけた。「あなたが、口ではいえないほどのひどい出来事を見てきたことは、我々みんなが知っている。しかし、話がそっくりそのままほんとうにあったことじゃないんだろうね?」

「誓《ちか》ってほんとうだ」と、ホリーは、体をふるわせていった。「あれは地面にぐっと突《つ》き刺《さ》さって、大量の土をぐいぐい押しのけ、野原を壊《こわ》してしまった。野原全体が冬のウシの水飲み場そっくりになってしまい、森から泉までの間は、どこがどこやら、まるでわからなくなっていた。土も、木の根も草もやぶも、掘り返してしまった。土の中のものも洗いざらいだ。

ずいぶん経《た》ってから、私は森に引き返した。生き残ったウサギたちを集めようなどという考えは、きれいに忘れてしまっていた。それでも、この私のところに三匹だけは集まってくれた。このブルーベルと、ピンパネルと、若いトードフラックスさ。トードフラックスだけが幹部《アウスラ》だったから、スリアラーのことをきいてみたが、いうことは支離滅裂《しりめつれつ》だった。結局、スリアラーがどうなったかは、わからずじまいだった。どうか、そくざの死であったように。

ピンパネルも、頭が少しおかしくなっていて、わけのわからないことをしきりにしゃべっていた。ブルーベルも私も、似たような状態《じょうたい》だった。私は、なぜか、ビグウィグのことしか考えていなかった。彼を逮捕《たいほ》しに、つまり殺しに行ったことを記憶していて、彼を見つけて、私がまちがっていたといわなくては、と思っていた。その考えだけが正気だった。

私たちは、あてどもなく歩きだしたが、ほぼ半円を描いてさまよったにちがいない。長い時間をかけて小川にたどりついてみると、そこは、あそこが私たちの野原だったとき、いちばん低いところを流れていた小川だった。そこで、私たちは、流れに沿って大きな森に入った。そして、その夜、森の中でトードフラックスが死んだ。

彼が、息を引き取るほんの少し前に、正気にもどって、いったことを覚えている。ブルーベルが、ウサギがムギ畑や野菜畑を荒《あ》らしたので、人間が怒《おこ》って村をつぶしたのだと話していたときのことだったね。それを聞いてトードフラックスがこたえた。『彼らが村を滅《ほろ》ぼしたのは、それが理由じゃないよ。ただ、ぼくらがじゃまだったからさ。彼らのつごうでぼくらを殺したんだよ』。そして、まもなく、彼は眠りに落ちた。しばらくして、何かの物音に驚いて彼をおこそうとしたら、死んでいた。

私たちは、彼をそのままにして進みつづけ、ついに川にたどりついた。ここのくだりは話すこともないな。君たちも通ったところだ。たどりついたときは、もう朝だった。君たちがいないかと思って上流に向かい、君たちが川を横切ったらしいところを見つけた。勾配の急な土手下の砂にたくさん足跡《あしあと》が残っていたし、三日ほど前の糞《ふん》もあった。

足跡はその場にしかなかったので、君たちは川を横切ったことがわかった。そこで、泳いで渡《わた》ると、さらに足跡が見つかった。二匹も泳いでついてきた。川は水位が高かった。君たちは、あの大雨の前だから、渡りも楽だったと思う。

向こう岸の野原は、いやなところだった。鉄砲を持った一人の男がひっきりなしにあたり一帯を歩きまわっていた。私は、ブルーベルとピンパネルを連れて、道路を横切ってさらに進んだ。そして、まもなく、ひどいところにぶつかってしまった。生えているのはヒースばかり。地面は柔《やわ》らかくて黒かったから、さんざん苦労してやっと通り抜けた。そこには、巣穴がありそうな気配も、ウサギのいる気配もなかった。しかし、およそ三日前くらいの糞があったので、君たちのものだろうと思った。ブルーベルは元気だったが、ピンパネルは熱があり、私は、彼も死ぬのではないかと心配だった。

そこで、私たちは、ちょっとした幸運に恵まれたと、まあ、そのときは思ったのだが、その夜、ヒースの野原のはずれで、群れ離れした浮浪《フレッシ》ウサギに出会った。これが、鼻がかき傷《きず》や切り傷の痕《あと》だらけの年とったしたたかなウサギでね、彼があまり遠くないところに村があるといって、道を教えてくれた。

私たちは、また森と野原のあるところにたどりついた。しかし、村をさがす根気はなかった。そこで、溝《みぞ》にかくれたんだが、見張りには、私がおきているつもりだった。しかし、だめだった」

「それは、いつのことだった？」と、ヘイズルがきいた。

「おととい」と、ホリーがいった。「早朝だった。目をさましたのは、まだニ－フリスに少し間があった。あたりは静まり返っていて、ウサギの匂いしかしなかった。しかし、すぐに、様子が変だとわかった。ブルーベルをおこし、ピンパネルもおこそうとして、ひと群れのウサギたちに囲まれていることに気づいた。まったく大きなやつらで、ほんとうに変な匂いをさせているじゃないか。まるで、うむ、まるで……」

「知っているよ、その匂い、ぼくらは」と、ファイバーがいった。

「だと思ったよ。すると、群れの中の一匹がいった。『私の名はカウスリップ。君らは、だれだね？ここで何をしている？』。そいつの口のきき方は気にいらなかったが、やつらが、私たちに危害を加えるつもりがあるなんて知らないからね。つらい目にあってはるばるここまで旅をしてきた。そして、先に村を出たヘイズル、ファイバー、ビグウィグという名前のウサギたちをさがしているのだといった。

私が名前を告げたとたん、そいつは、仲間をふり返ってさけんだ。

『いったとおりだ！　こいつらを八《や》つ裂《ざ》きにしろ！』

すると、全員が襲ってきた。一匹が私の耳に食らいついて、ブルーベルが引き離す間もなく、この耳を引き裂いた。私たちは全員を相手に戦った。まったくの不意打ちだったので、はじめは苦戦した。しかし、おかしなことに、ばかでかくて殺せとわめいているのに、やつらは、戦えない。戦い方をまるで知らないことがよくわかった。ブルーベルは、体が二倍もあるようなやつを二匹なぐり倒した。私は耳からの血がとまらなかったけれど、やられるかなと思ったことなど一度もなかった。

しかし、まったく多勢《たぜい》に無勢《ぶぜい》、こっちは逃げるよりしかたなかった。ブルーベルといっしょに溝から逃げ出したとたん、ピンパネルを残してきてしまったことに気づいた。もう話したことだが、彼は病気ですぐにおきられなかった。そのために、あんな苦労をした挙句《あげく》、かわいそうにやつらに殺されてしまった。君たち、どう思う、これを？」

「まったく恥《は》ずべきふるまいと思います」だれよりもはやく、ストロベリがいった。

「私たちは、小川沿いに野原を走っていた。（と、ホリーはつづけた。）何匹か、追いかけてきた。私の頭に、ふと策《さく》が浮かんだ。『よし、とにかく一匹つかまえてやれ』。ピンパネルを死なせてしまった後だ、私は、逃げて助かろうなどとは思っていなかった。あのカウスリップが、真っ先に追いかけてくるのがわかったので、わざと追いつかせて、ふいに向きを変えて、あいつをつかまえると、引き裂いてやろうとした。すると、あいつは、

『君の友人たちがどこへ行ったか知っている』と、キイキイ声でさけんだ。

『それなら、はやくいいえ』私は後ろ足であいつの腹をぎゅっとしめつけた。

『丘陵《ダウン》へ行った』あいつは、あえぎながらこたえた。『あそこに見える高い丘陵地帯《ダウンズ》だ。きのうの朝出発した』

私は信じないふりをして、殺すようなふりをした。それでも、あいつはいい直しをしなかったので、ひっかいてから離してやり、私たちは旅をつづけた。よく晴れていて、丘陵ははっきりと見えていた。

それからが、実につらい旅になった。ブルーベルの冗談《じょうだん》とおしゃべりがなかったら、私たちは、まちがいなく走ることをやめていただろう」

「糞は後ろに、冗談は前に」と、ブルーベルがいった。「ぼくが冗談を地面に広げ、二匹でそれを追いかけてきたわけだ」

「それから、については、私はあまり覚えていないのだ。（と、ホリーはいった。）耳の傷の痛みがはげしかったし、ピンパネルの死は私の責任だと、そればかりを考えていた。私が眠りさえしなければ、彼は死ななかっただろう。それからは眠ろうとすれば、必ず耐《た》えられないような夢《ゆめ》ばかり見た。ほんとうに、気が狂っていたのだな。頭にあるのは、ただ一つ、ビグウィグを見つけて、村を出た方が正しかったといわなくてはという考えだけだった。

つぎの日のちょうど日暮れに、ようやく丘陵地帯にたどりついた。警戒心《けいかいしん》など消えうせていた。フクロウが出まわる時刻に、かくれるところのない平地を越えてきた。あのとき、何を予期していたのか、さっぱりわからない。ほら、ある場所にたどりつくとか、あることを成《な》し遂《と》げさえすれば、万事うまくいくと思いこむことがあるだろう。ところが、実際にたどりついてみれば、事はそれほどかんたんでないことがよくわかる。

私はビグウィグが待っていて出迎《でむか》えてくれるような、ばかげたことを考えていたのだと思う。私たちは、丘陵地帯が途方もなく大きい、こんな大きいところとは思いもしなかった。森はない。隠れ家《かくが》もない。ウサギもいない。そして、夜は近づいている。

そのうち、まわりがぼんやりしてきて、かわりにスカビアスがはっきり見えた。泣きさけぶ声も聞こえた。スリアラー、トードフラックス、ピンパネルが見えた。私は、彼らに話しかけようとした。ビグウィグの名を呼んだ。聞こえるだろうなどとは、夢にも思わなかった。いけがきから、開けた場所へ出たことは覚えている。エリルが殺してくれるだろうと思っていたことも知っている。ところが、正気がもどったら、ビグウィグがいた。

最初に頭に浮《う》かんだのは、私は死んだということだった。つぎに、本物を見ているのか、幻《まぼろし》かと思いはじめた。

そのあとはもうみんな知っている。君たちをおびえさせてしまってもうしわけない。私はインレの黒ウサギではなかった。しかし、生きているウサギの中で、私たちくらい彼のそばまで行った者はいないだろうな」

ホリーは、いったん話をやめたが、しばらくしてからいった。

「気がついてみたら、私たちは地下の巣穴の中で友人たちに囲まれていた。それが、ブルーベルと私にとってどれほどのことかわかってくれるだろう。ビグウィグよ、君を逮捕しに行ったのは、ここにいる私ではない。あれは、ずっと昔の別のウサギだよ」

22 エル‐アライラーの裁判の物語

彼は悪党づらではないか？……死刑免除権《めんじょけん》のない、死罪人づらではないか？

コングリーブ『愛には愛を』

『アナウサギの生活』の著者ロックリー氏によれば、ウサギは多くの点で人間に似ているという。災《さい》厄《やく》に負けず、生命の流れに身をゆだねて、恐怖や仲間の死を乗《の》り越《こ》えるしっかりした能力を持っていることも、似ている点の一つにちがいない。ウサギには、冷酷《れいこく》とか無情といってしまっては正しくない特徴《とくちょう》がある。それは、神のお恵みによって範囲がかぎられている想像力、ないしは「人生とは今である」という直感というべきものをそなえているということである。何よりもまず、生きのびることに力をそそいで餌《えさ》をあさる野生の生きものは、雑草のように強い。

ひとくちにいえば、ウサギは、フリス様がエル‐アライラーに約束したことを信じている。ホリーは、錯乱状態《さくらんじょうたい》でウォーターシップ・ダウンの麓《ふもと》まではってきたのだが、丸一日もたたないうちに、ほとんど回復していた。ブルーベルは、陽気な性質《たち》なので、もっと元気に恐ろしい事件を生きのびた。ヘイズルと仲間たちは、ホリーの話の間、極度の悲しみと恐怖を味わった。ピプキンは、スカビアスの死を聞いて、ふるえながらいたましげに声を上げて泣《な》いた。エイコンとスピードウェルは、ホリーが地下のウサギたちを殺した毒ガスのことを話すと、発作的に息がつまった。しかし、原始人同様に、自分が体験しているように感じる強い同情心が、かえってすぐに事件を忘れさせてくれた。

ウサギたちの気持ちは、うそでもごまかしでもなかった。文明人は、どんなにやさしい人でも、新聞を読んでいるときには感情をおさえて表に出さないが、ウサギたちはホリーの話の間、そんな態度は少しもとらなかった。彼らは、ほんとうに毒ガスの充満する通路であがき、溝《みぞ》の中のあわれなピンパネルのために怒《いか》りに燃えた。それが、ウサギ流のとむらい方だった。

話が終わると、つらくてきびしい暮らしに必要ないろいろが、また心を、神経を、血を、食欲を動かしはじめる。死者はかわいそうだ。でも、草は食べなくてはならないし、かみかえしもしなくてはならないし、糞《ふん》も出さなくてはならない。巣穴《すあな》は掘《ほ》らなくてはならないし、眠るときには眠らなくてはならない。オデュッセウスは、自分だけ生き残って上陸する。海の精カリプソのそばでぐっすり眠るが、目ざめれば、妻のペネロピのことしか考えない。

ヘイズルは、ホリーの話が終わらないうちに、彼の耳の臭《にお》いに気づきはじめていた。それまで、よく見るひまがなかったので、あらためて調べてみると、ホリーが衰弱《すいじゃく》したのは、恐怖と疲労《ひろう》だけでないことがわかった。耳の傷《きず》はかなり悪く、バックソーンの足の傷よりひどかった。耳は、ぼろぼろに近く切《き》り裂《さ》かれていて、よごれたままだった。

ヘイズルは、ダンディライアンにちょっと腹を立てた。数匹のウサギたちが、おだやかな六月の夜と満月に浮《う》かれて、シルフレイのため外へ出ようとしていた。ヘイズルがブラックベリにそばにいてくれとたのむと、シルバーも別の通路からもどってきてくれた。

「ダンディライアンたちは、君を元気づける仕事はうまくやってくれたようだ」と、ヘイズルはホリーにいった。「耳もきれいにしてくれるとよかったのにな。このよごれは危険だよ」

「それは、ほら……」ホリーのそばから離《はな》れないブルーベルが口をはさもうとした。

「冗談《じょうだん》はいうなよ」と、ヘイズルがいった。「君は――」

「いわないさ。キャプテンの耳は、傷が敏感すぎてきれいにできなかったんだ」

「彼のいったとおりさ」と、ホリーはいった。「私に遠慮《えんりょ》して控《ひか》えたらしい。君の思いどおりにやってくれ、ヘイズル、私はもう元気になった」

ヘイズルは、ホリーの耳をなめはじめた。血が黒くこびりついていて、忍耐《にんたい》のいる仕事だった。しばらくすると、少しずつよごれがとれてきた長いぎざぎざした傷口が、また血を流しはじめた。シルバーがヘイズルと交替《こうたい》した。ホリーは、一生けんめいにがまんしながらも、うめいてあばれた。シルバーは、ホリーの気をまぎらすにはどうしたらよいか思案した。

「おい、ヘイズルよ、」と、彼は声をかけた。「君の例の思いつき、あれはなんだい？　ほら、あのネズミのことさ。後で説明するといってたろ。今、聞かせてくれるというのはどうだい？」

「うん」と、ヘイズルはいった。「思いつきといっても、ぼくらの立場を考えると、役に立ちそうなものは、なんでもむだにできないというだけのことでね。ここは、初めてでよく知らない土地だから、友人が必要だろ。エリルが、ぼくらの役に立つことはないけれど、エリルではない生きもの――鳥、ネズミ、ハリネズミなんてのがたくさんいるだろ。ウサギは、ふつう、彼らとあまりつきあいはないけれど、彼らの敵の大部分は、ぼくらの敵でもある、こういう生きものと仲よくするため、できることはなんでもした方がいいと、ぼくは考えている。後になって、それだけのお返しがあるかもしれないだろ」

「その考えには、あまり賛成できないな」シルバーは、鼻にくっついたホリーの血をふきとりながらいった。「そういう小さな動物たちは、たよりにできないつまらない生きものだよ。役に立つものか。穴を掘ってはくれない。食べものを集めてはくれない、ぼくらのために戦ってもくれない。

そりゃ、ぼくらが助けてやっているかぎり、友だちだと、口ではいうに決まってる。しかし、それだけの話だ。『用があれば、ネズミ来る』って、あのネズミはいってたな。食べものとあたたかい場所があれば、たしかに来る。村中にネズミとか――クワガタムシなんかが、あふれかえるなんてのはごめんだよ」

「うん、そんなつもりは、はじめからない」と、ヘイズルはいった。「野ネズミをさがしまわって、いっしょに暮らそうなんて誘うつもりはない。そんなことしてもだれも喜ばないよ。しかし、今夜のあのネズミは、ぼくらが命を救ったんだ」

「命を救ったのは君だよ」と、ブラックベリがいった。

「とにかく、命を救ったわけだ。彼はそれを忘れないだろうよ」

「しかし、あれが、どんなふうに、我々を助けてくれるのかねぇ」と、ブルーベルがいった。

「まず、この土地についての知識を伝えてくれる」

「ネズミの知識だな。ウサギが持つべき知識じゃない」

「うむ、ネズミが役に立つかどうかわからないことは、ぼくにもわかる」と、ヘイズルはいった。

「しかし、鳥は役に立つと思う。こっちがちゃんとお返しすればね。ぼくらは空を飛べないけれど、ある鳥たちは、この付近一帯をずいぶん遠くまで知っている。それに、天候についてもくわしい。これだけはいっておく。だれでも、エリルでないけものや鳥が困っているのを見つけたら、絶対にその機会をのがすなってことだ。畑のニンジンは、ほっておいて腐《くさ》らすなってことだよ」

「君は、どう思う?」シルバーが、ブラックベリにきいた。

「いい考えだと思う。しかし、ヘイズルが思っているような機会が実際におこることは、あまりないだろうね」

「まあ、そんなところだろうな」ホリーが、またシルバーに耳をなめられて顔をしかめながらいった。

「あくまで、思いつきとしてはいいのだよ。現実には、あまり効果はないだろうな」

「ぼくは、いつでも試してみたいね」と、シルバーはいった。「ビグウィグがモグラの子どもに、お休み前のお話を聞かせている姿が見られるだけでも、試してみる価値はある」

「エル-アライラーが、一度それをやっている」と、ブルーベルがいった。「そして、それがほんとうに役に立った。覚えているかい?」

「いや、」と、ヘイズルがいった。「その話は聞いたことがない。聞きたいね」

「まず、シルフレイに出よう」と、ホリーがいった。「私の耳も、これでしばらくは大丈夫だ」

「とにかく、よごれはとれた」と、ヘイズルがいった。「しかし、もとのようにはならないんじゃないかな。こっちの耳はギザ耳になるね」

「かまわんさ。これでも、私は運がよかったんだ」

晴れ上がった東の空に、満月が高くのぼって、人里はなれた丘陵をその光ですっぽりつつんでいた。

私たち人間は、ふだんは昼間の光を、夜の闇《やみ》とくらべて考えたりしない。太陽が雲からすっかり抜《ぬ》け出《だ》したときも、日の光がさすのは天と地の間の自然現象としか思わない。ウサギといえば、毛皮につつまれた姿しか思い浮《う》かべないように、丘陵地帯《ダウンズ》といえば、昼間のそこしか想像しない。画家スタッブズなら、ウマを見てその頭蓋骨《ずがいこつ》を思い描くことはできただろうが、私たちは、ほとんどだれも、そんなことはできない。皮はウマの一部だけれど、光は丘陵地帯の一部ではないのだ。それにもかかわらず、私たちはふだん、昼間の丘陵地帯しか思い描かない。日の光は当然そこにあるものと思っている。

しかし、月の光となると、話は別である。月の光は変わりやすい。満月は欠けて、またもどる。雲は、日光の場合とはちがって、段ちがいに月の光を暗くする。水は人間にとってなくてはならないものだが、滝《たき》はちがう。滝が見られるところでは、滝は特別なもの、美しい飾《かざ》りだ。

私たちにとって、日光はなくてはならないものであって、その点では実利的なものである。しかし、月光はなくてもなんとかなる。月が照っても、生活の必要を満たしてはくれない。

ただ月光はものの姿を変える。土手や草の上に降《ふ》りそそぎ、長い草の葉を一筋一筋くっきりと見せる。霜《しも》のおりた茶色い吹きだまりの落ち葉を、無数の小さなきらめきに変える。長くのびた月の光そのもののように、ぬれた小枝を端《はし》から端までほの白く光らせる。月の長い光は、白くくっきりと木々の間にさしこむが、ブナ林の奥《おく》では、澄《す》んだ明るさが、細かい無数の粉《こな》を散らしたかすみのようにおぼろになってしまう。

ありふれたコヌカグサは、くるぶしあたりまで不ぞろいにのびて、ウマのたてがみのようにもじゃもじゃ密生する。その野原を月の光は、大小の暗い波間がいっぱいの入り江に変える。その野原は、密生して風にもびくともしないのだが、その静けさを感じさせるのは月の光である。

月の光は、まことに油断《ゆだん》がならない。それは雪に似ている。七月の朝の露《つゆ》にも似ている。月の光は、照らすものを見せるのではなく、変えてしまう。

月の光は、日の光よりはるかに弱い。しかし、それは、丘陵地帯に何かを与えてくれる。消えないうちに心から愛《め》でいつくしまなくてはならない、一瞬の美しくふしぎなものを与えてくれる思いがする。


ウサギたちがブナ林の穴から出てきたとき、強い風がひと吹き、葉の間を抜けて、林の地面に光と影をおどらせ、格子模様《こうしもよう》やまだら模様を描いてみせた。ウサギたちは聞き耳をたてた。木の葉のそよぐ林の外の、開けた丘陵《ダウン》からは、ふるえを帯びたキリギリスの単調な歌が、遠くから聞こえるばかりだった。

「すばらしい月だなぁ！」と、シルバーがいった。「沈《しず》まないうちに楽しもう」

土手を越えると、スピードウェルとホークビットがもどってきた。

「あ、ヘイズル」と、ホークビットがいった。「ぼくらは、さっきのとはちがうネズミに出会って話していたんだ。彼は、夕方のチョウゲンボウのことをもう聞いていてね、とても親切だった。そして、森のすぐ向こうで、草が短く刈《か》ってある場所のことを教えてくれた。あそこは、ウマと関係のあるところだね。あのネズミは、こういってたよ。『おいしい草、すきかい？　あそこ、とてもいい草』。そこで、行ってみた。とびきりだよ」

　調馬場は、たっぷり四十メートル四方はあるとわかった。草は二十センチ以下に刈《か》ってあった。ヘイズルはいろいろなことから、自分の判断の正しさが証拠立《しょうこだ》てられてうれしく思いながら、クローバーを食べにかかった。しばらくの間、みんな、だまってもぐもぐ食べつづけた。

「ヘイズル、君は頭のいいやつだな」しばらくしてから、ホリーがいった。「君も、あのネズミもな。いいかい、この草地も、早晩《そうばん》見つかっただろうよ。しかし、こんなにはやくはむりさ、我々だけではな」

　ヘイズルは、得意になって、あごの腺《せん》から縄張《なわば》り主張の汗《あせ》を出すこともできただろう。しかし、彼は「これで、あまり麓《ふもと》までくだらずにすみそうだよ」とだけいって、つけ加えた。「しかし、ホリー、君は血の匂《にお》いをさせている。ここだって、危険がないとはかぎらない。森へもどろう。すてきな夜だから、穴のそばでかみかえしをしながら、ブルーベルの話を聞こう」

　土手の上にストロベリとバックソーンが、迎《むか》えに出ていた。やがて、みんなが、耳を伏《ふ》せて、居心地よくかみかえしをはじめると。ブルーベルが語りはじめた。

＊　＊　＊

「きのうの晩《ばん》、ダンディライアンがカウスリップの村のことと、彼が、そこで語った『王様のレタス』のことを話してくれた。これから話す物語を思い出したのは、ダンディライアンの話からで、ヘイズルからあの思いつきを聞くよりちょっと前だった。

これは、ぼくのじいさんから、よく聞かされた話でね、じいさんは、必ず、これはエル-アライラーが一族をケルファジンの沼地から連れ出した後の出来事だといっていた。

エル-アライラーは、一族を連れてフェンロウーの野原へ行き、そこに巣穴《すあな》をつくった。しかし、虹《にじ》の王子は、エル-アライラーから目を離《はな》さず、彼がこれ以上の策略《さくりゃく》を弄《ろう》さないように監視《かんし》をつづけることにした。

さて、ある日の夕方のこと、エル-アライラーとラブスカトルが、日当たりのいい土手の上にすわっていると、虹《にじ》の王子が野原を渡《わた》ってやって来た。王子はエル-アライラーが見たこともないウサギを一匹連れている。

『こんばんは、エル-アライラー』と、虹の王子がいった。『ここは、ケルファジンの沼地にくらべれば、はるかによいところだな。牝《めす》という牝がせっせと土手に穴《あな》を掘《ほ》っている。君の穴はもう掘ってあるのかね?』

『はい』と、エル-アライラーはいった。『ここの穴は私とラブスカトルのものなのです。私たちは、ひと目見たとたん、この土手のたたずまいが気に入ったのです』

『うむ、まことによい土手だな』と、虹の王子はいった。『しかし、エル－アライラーよ、残念ながら、伝えねばらない。フリス様じきじきに私は命令を受けた。お前はラブスカトルとおなじ穴に住んではならない』

『ラブスカトルとおなじ穴に住んではならない？』と、エル－アライラーは、きき返した。『それは、また、なぜ？』

『エル－アライラーよ、』と、虹の王子はいった。『我々は、おまえのこと、そしておまえの策略のことは、よく知っている。ラブスカトルもおまえに劣《おと》らずずるがしこい。この二匹がいっしょでは鬼《おに》に金棒《かなぼう》。ひと月もすれば、空に雲一つなくなるだろう。いっしょはだめだ。——ラブスカトルは村のはずれの穴に移れ。さて、紹介《しょうかい》しよう。これがハフサだ。友となって面倒を見てもらいたい』

『どこで生まれたウサギですか？』と、エル－アライラーはたずねた。『一度も会ったことはありませんが』

『よその国の生まれだ』と、虹の王子はいった。『しかし、ほかのウサギと変わったところは少しもない。ハフサがここに落ち着けるよう、おまえに手を貸してもらいたい。もちろん、ここに慣れるまで、親身になっておなじ穴で暮らしてくれるだろうな』

エル－アライラーとラブスカトルは、一つ穴に暮らしてはならないという命令に、猛烈《もうれつ》に腹を立てた。しかし、どんなに腹を立てても、それを見せないのがエル-アライラーの心がまえの一つだった。それに、彼は、生まれ故郷《こきょう》を遠く離れてやって来たハフサは、さびしく不便な思いをしているだろうと、気の毒に思った。だからハフサをあたたかく迎《むか》え、落ち着けるように力を貸すと約束した。ハフサは、ほんとうにつきあいがよく、みんなに気に入ってもらおうと、一生けんめいのように見えた。

そして、ラブスカトルは村はずれへと引《ひ》っ越《こ》した。

ところが、しばらくすると、エル-アライラーは、自分が段取りしたことが、いつも必ず失敗に終わることに気づきはじめた。ある春の夜のこと、何匹かの仲間を連れて、新芽を食べに麦畑へ行ってみると、一人の男が鉄砲《てっぽう》を持って見張っているのが月の光で見えた。そのときは、運よく、難を免《まぬか》れた。

また、あるときは、エル-アライラーが、キャベツ畑までの道を前もって調べて、柵《さく》の下に穴を作っておき、翌朝《よくあさ》行ってみると、穴が針金《はりがね》でふさいであった。エル-アライラーは、自分の段取りが、知れるはずのない人間にもれているのではと、思いはじめた。

そこで、ある日、エル-アライラーは、問題の背後にハフサがいるかどうか見極めるためにもハフサに罠《わな》をかけることにした。

エル-アライラーは、野原を走っている小道をさして、この道を行くとカブがたくさん入っている納屋があるので、明日の朝ラブスカトルといっしょに行くつもりだと、ハフサにいった。しかし、そんな段取りなどつけていなかったから、よく気をつけて、ほかのウサギには、小道のことも納屋のこともいわなかった。そして、翌日、用心しながら小道を行ってみると、草にかくして罠がしかけられていた。

罠を見て、エル‐アライラーは本心から怒《おこ》った。仲間のだれかが罠にかかって殺されるかもしれないからだった。もちろん、ハフサ自身が罠をしかけるはずはないし、罠がしかけられていることも知らないだろうと考えた。しかし、ハフサが、平然と罠をしかけるだれかとつながっていることは明らかだった。

エル‐アライラーは、虹の王子が、結果など気にもかけずに、ハフサからの情報を農民か森番に流しているのだろうと判断した。ハフサのおかげで、レタスやキャベツが食べられないばかりか、ウサギたちの命が危険にさらされる。エル‐アライラーはハフサには何も教えないことにした。

しかし、だれもが知っているとおり、ウサギはほかの動物に対して秘密を守ることは上手なのだが、仲間うちの秘密は守れない。ハフサがいろいろ聞きかじることは防ぎようがなかった。ウサギ社会は秘密主義には向いていないのだ。エル‐アライラーは、ハフサを殺すことも考えた。しかし、そんなことをしたら、虹の王子がやってきて、ウサギたちはもっと苦しい目にあわされるに決まっていた。それどころか、ハフサにかくしごとをすることにまで、はっきりと不安を感じていた。

ハフサは、自分の正体がばれたとわかれば、虹の王子に知らせるに決まっている。虹の王子は、おそらくハフサを連れ去って、もっとたちの悪い手段を考え出すに決まっている。エル-アライラーは考えに考えた。次の日の夕方になってもまだ考えていると、いつもの巡回のために、虹の王子がやって来た。

『エル-アライラーよ、おまえは近ごろ、すっかりよいウサギになったではないか』と、虹の王子はいった。『うっかりしていると、みんなに信用されるようになるぞ。ここを通りかかったので、おまえがやさしくハフサの面倒を見てくれることに礼をいおうと思ってな。ハフサは、おまえのところで居心地よく暮らしているようだな』

『はい、そのとおりと思います。実にうまくやっています。楽しくいっしょに暮らしております。ですが、私はいつも仲間にいっておるのです。王子というものを信用してはならない、そして……』

『いや、いや、エル-アライラーよ』と、虹の王子は話をさえぎっていった。『おまえなら絶対に信用できる。その証拠に、私は丘の後ろの畑で、おいしいニンジンを作ることにした。あそこは土地がよく肥《こ》えているから、ニンジンもよく育つにちがいない。盗《ぬす》もうなどという者などいるはずがないから、なおさらよく育つだろう。むろん、よかったら、私が植えつけをするのを見においで』

『参りますとも』と、エル-アライラーはいった。『それは楽しみです』

エル-アライラーとラブスカトルとハフサと、ほかに何匹かのウサギたちが、虹の王子のおともをして、丘の後ろの畑まで行った。ウサギたちは王子を手伝って長い畝《うね》にニンジンの種をまいた。土はさらさらしていて、かわいていて、ニンジンにはおあつらえ向きだった。

事の成り行きに、エル‐アライラーは怒《いか》り狂《くる》わんばかりだった。王子のこんなまねは、ようやくエル‐アライラーを無力にしてやったと確信して、からかっているにちがいないからだった。『ようし、これでよかろう』虹の王子は、種まきが終わるといった。『もちろん、私のニンジンを盗む者などいないことはわかっている。しかし、盗んだら——よいか、エル‐アライラー、かりにも盗みなどしたら、私は、ほんとうに怒る。たとえば、ダージン王が盗んだら、フリス様は彼の領土をおとりあげになって、ほかのだれかにお与えになるにちがいない』

エル‐アライラーには、わかっていた。王子の本心は彼がニンジンを盗んでいる現場をおさえて、彼を殺すか追放するかして、新しいウサギを長《おさ》にすることだった。新しい長はおそらくハフサだと考えて、彼は歯ぎしりした。それでも、王子にむかっては、『もちろん、もちろん、当然です』。

それを聞いて、虹の王子は帰って行った。

ニンジンの種まきから二度目の満月の夜、エル‐アライラーはラブスカトルを連れて、ニンジンを見にいった。だれも間引いたりしていないので、葉はびっしりと緑に生《お》い茂《しげ》っていた。それを見て、エル‐アライラーは、ニンジンがもう少しでウサギの前足くらいに育つと判断した。そして、月の光を浴びながらニンジンを見ているうちに、一つの計画が頭にうかんだ。

エル‐アライラーは、ハフサをとても用心するようになっていた。まったくの話、ハフサがどこにあらわれるか、さっぱりわからなかった。だから、彼とラブスカトルは、ひっそりした土手の穴に入りこんで、そこでひそかに話し合った。そのとき、エル‐アライラーは虹の王子のニンジンを盗んでやるとラブスカトルに約束し、さらに、二匹でハフサを追い出すことに決めた。

穴から出たラブスカトルは、種モロコシを盗みに農場へ出かけた。エル‐アライラーは、朝までせっせとナメクジを集めた。これが、また、実にいやな仕事だった。

翌日《よくじつ》の夕方早く、エル‐アライラーは村を出た。しばらくすると、ハリネズミのヨーナがいけがきをぶらついているのに出会った。

『やあ、ヨーナ、』と、エル‐アライラーはいった。『君、ナメクジの、それも太ったやつをたくさんほしくないか?』

『ああ、そりゃ、ほしいよ、エル‐アライラー』とヨーナがいった。『しかし、そうたやすくは見つからないよ。あんたがハリネズミなら、それがわかるよ』

『ところが、ここに、いいのを少し持ってきている』と、エル‐アライラーはいった。『ぜんぶ君にあげるよ。しかし、もし君が何もきかずに、私のいうとおりにしてくれたら、もっとどっさりあげる。君、歌がうたえるかい?』

『歌をうたうだって、エル‐アライラー? ハリネズミに歌はうたえないよ』

『けっこうだ』と、エル‐アライラーはいった。『たいへん、けっこう。しかし、ナメクジがほしかったら、ためしにうたってもらわなくちゃならないね。やあ、溝《みぞ》の中に、農場の男が捨てていった空き箱がある。ますますけっこうだぞ。いいかい、よく聞いておくれ』

一方、森の中では、ラブスカトルがキジのハウォックと話していた。

『ハウォック、君、泳げるか？』

『いや、ラブスカトル、私はできるだけ水には近づかないようにしているよ』と、ハウォックはいった。『水は大きらいだ。しかし、いざとなれば、しばらくの間なら、なんとか浮《う》いていることはできる』

『すごい』と、ラブスカトルはいった。『あのな、ぼくはトウモロコシをたくさん持ってる。この季節にはめったに手に入らないのは、君も知ってるだろ。それを、ぜんぶ君にあげてもいいぜ。森のはずれの池でちょっと泳いでくれるだけでいいんだ。池まで行く途中《とちゅう》、くわしく話すよ』

ウサギとキジは、池をめざして森の中を歩いていった。

フ-インレに、エル-アライラーがぶらぶら穴にもどってみると、ハフサはかみかえしをしていた。

『おや、ハフサ、ここにいたのか。よかった、よかった。君しか、あてにできなくてね。いっしょに来てくれないか？　私たち二匹だけの話でね。ほかのだれにも教えられない』

『へーえ、いったい何をすればいい、エル-アライラー？』と、ハフサはきいた。

『今までずっと、虹の王子のあのニンジンを見てきたんだが、』と、エル-アライラーはこたえた。

『もう、がまんできない。あれほどのニンジンは見たことがない。あれを盗むことにした。とにかく、あらかたはいただくことにした。もちろん、こういう作戦に大勢のウサギを連れていったら、すぐに面倒がおきる。計画がもれて、必ず虹の王子の耳にとどいてしまう。しかし、君と私だけなら、だれのしわざか、けっしてわからないからね』

『ぼくも行く』と、ハフサはいった。『明日の晩にしよう』それなら、虹の王子に知らせる時間があるわけだ。

『だめだ』と、エル-アライラーはいった。『今行く。今すぐに』

エル-アライラーは、ハフサが思い直せというかと思った。しかし、彼の顔を見て、何を考えているかがわかった。ハフサは、これでエル-アライラーもおしまいだからぼくがウサギ族の王様になれると考えていたのだ。

二匹のウサギは、月の光を浴びながら作戦に出かけた。いけがきに沿ってかなり進むと、溝の中に古ぼけた空き箱がころがっていた。空き箱の上にはハリネズミのヨーナがすわっていた。ヨーナは、体中の針にノイバラの花びらを突《つ》き刺《さ》して、キーキー、ウーウーと奇妙《きみょう》な声をあげながら、二本の黒い足をふっていた。二匹は、立ちどまってヨーナをながめた。

『いったいなんのまね、ヨーナ?』ハフサが、びっくりしてたずねた。

『月に向かって歌をうたっているんだ』と、ヨーナはこたえた。『ほら、ハリネズミって、みんな、ナメクジが来てくれるように、月にお願いするのさ』

　月のナメクジ、おたのみします！
　この忠実なるハリネズミの、
　切なる願いをききたまえ

『いや、ひどい声だ！』と、エル－アライラーがいったが、ほんとうに、ひどい声だった。『あの声でエリルというエリルが集まってこないうちに、先を急ごう』。二匹は先を急いだ。

しばらく行くと、森のはずれに池があった。二匹が近づくと、ギャアギャア、バシャバシャという音が聞こえ、キジのハウォックが長い尾羽をひきずりながら、池の中を動き回っている。

『いったい何のまね、ハウォック？』と、ハフサがきいた。『鉄砲《てっぽう》で撃《う》たれた？』

『ちがう、ちがう』と、ハウォックはこたえた。『ぼくは、満月の夜には、いつも泳ぐんだ。こうすると尾羽《おばね》が長くなるし、頭の赤、白、緑の色がさめないいんだよ。しかし、ハフサ、そんなこと知っているはずだろ？　みんな知っていることなんだから』

『実をいえば、やっこさん、泳いでいるところを、だれにも見られたくないんだ』と、エル－アライラーが、小声でいった。『さ、急ごう』

また、少し進むと、一本のオークの大木のそばに、古井戸があった。とっくの昔に、農家の男が埋《う》めてしまっていたが、月夜なので、井戸の中は真っ暗で深いように見えた。

『ここで休もう』と、エル‐アライラーはいった。『少しの間な』

彼が、そういったとき、世にも奇妙な生きものが、草の中から姿をあらわした。姿かたちはウサギに見えたが、尻尾《しっぽ》が赤く、長い耳が緑色で、しかも、人間が燃やす白い棒を口にくわえていた。それは、ラブスカトルだったのだが、さすがのハフサも正体が見やぶれなかった。彼は、農家で、ヒツジの洗い粉を見つけて、それを尻尾につけて赤く見せ、耳にはつる草のブリオニアを巻きつけていた。口の白い棒のため、ちょっと気分が悪かった。

『ああ、フリス様！』と、エル‐アライラーはいった。『いったい、あれは何者だ？　千の敵の仲間でなければいいが』彼は、逃げられるように立ち上がって、たずねた。『おまえはだれだ？』

ラブスカトルは、白い棒を吹き飛ばした。

『ほほー！』ラブスカトルは、えらそうにいった。『エル‐アライラー、おまえには私が見えるのか？　長生きをするウサギも多いが、私の姿を見た者はほとんどいない。ほとんど、どころか一匹もないかもしれぬ。私はフリス様の使者の一人である。昼間ひそかに地上を歩きまわり、夜ごとにフリス様の宮殿にもどる。フリス様はこの世界の裏側で、こうしている今も、私をお待ちになっておられる。だから、私は地球の中心を通って、はやくもどらねばならんのだ。さらば、エル‐アライラー！』

ふしぎなウサギは、縁《ふち》をとびこえて井戸の中に姿を消した。

『見てはならないものを見てしまった！』エル‐アライラーは、こわそうにいった。『恐ろしいところだなぁ、ここは！　はやく行こう！』

二匹は道を急ぎ、ほどなく虹の王子のニンジン畑に着いた。ニンジンをどのくらい盗んだのか、ぼくにはわからない。しかし、もちろん、エル‐アライラーは偉大《いだい》なウサギの王様だから、ぼくらの知らない強い力をふるったにちがいない。ぼくのじいさんは、夜が明ける前に、畑はすっかり空になっていたと、いつも話してくれたよ。

ニンジンを、森のそばの土手に開けてある深い穴にかくすと、エル‐アライラーとハフサは村へもどった。エル‐アライラーは、二、三匹の部下を呼び集めると、その日は一日彼らといっしょに穴にこもった。ハフサは、午後、行き先を告げずに出かけていった。

さて、その日の夕方、エル‐アライラーと一族のウサギたちが、よく晴れた夕焼け空の下でシルフレイをはじめたとき、虹の王子が、野原を渡ってきた。王子は、二匹の大きなイヌを連れていた。

『エル‐アライラー、お前を逮捕《たいほ》する』と、虹の王子はいった。

『理由は？』と、エル‐アライラーはきき返した。

『お前にはよくわかっているはずだ』と、虹の王子はいった。『これ以上、私をだましたり、失礼な態度をとったりしてはならん。ニンジンはどこにある？』

『逮捕されるなら、』と、エル-アライラーはいった。『当然、理由は教えてもらえますね？　逮捕するといっただけで、尋問《じんもん》するのは理屈《りくつ》に合いませんな』

『これ、これ、エル-アライラーよ、』と、虹の王子はいった。『時間のむだだ。ニンジンのかくし場所を白状すれば、お前を極北に追放するだけで、命は助けよう』

『虹の王子よ、三度くり返しますが、逮捕の理由をお聞かせください』

『よろしい』と、虹の王子はいった。『死んでも我《が》を張り通すというなら、規則どおりに裁判《さいばん》をしよう。おまえは、私のニンジンを盗んだかどで逮捕する。本式の裁判を求めるのだな？　私には現場を見た者の証言《しょうげん》があるので、おまえには不利だと警告しておくぞ』

　そのころにはもう、エル-アライラーの一族のウサギたちが、イヌを恐れて遠巻きながらも、まわりを囲んでいた。ラブスカトルだけはいなかったが、ニンジンを秘密の穴に移した後も、尻尾の色がもとにもどらないのでかくれているからだった。

『はい、本式の裁判を願います』と、エル-アライラーはいった。『そして、動物の陪審員《ばいしんいん》に裁《さば》いていただきたいのです。虹の王子、あなたが原告と裁判官の二役をなさるのは、正しくありません』

『よろしい。動物の陪審員をつけよう、エル-アライラーよ。ただし、おまえのエリルばかりの陪審員だ。ウサギでは、おまえの有罪を、証拠《しょうこ》があっても拒否するからだ』

エル‐アライラーは、それで結構とこたえたので、みんなはびっくりしてしまった。虹の王子は、今夜陪審員を連れてくるといった。エル‐アライラーは、自分の巣穴に閉じこめられ、二匹のイヌが入り口をかためた。一族のウサギたちの多くは、エル‐アライラーに面会を求めたが許されなかった。

エル‐アライラーを、命のかかった裁判にかけるため、虹の王子が、エリルの陪審員の前に彼を引き出すというニュースが、いけがきや森や林にくまなく伝わると、動物たちがどっと押《お》し寄《よ》せた。

フ‐インレに、虹の王子が、エリルの陪審員たちを引き連れてきた。アナグマが二匹、キツネが二匹、テンが二匹、ネコが一匹に、フクロウが一羽だった。エル‐アライラーは引き出され、二匹のイヌにはさまれて被告席《ひこくせき》についた。エル‐アライラーを見るエリルたちの目は、月の光を受けてぎらぎらしていた。舌なめずりをしているエリルもいた。二匹のイヌは、刑の執行《しっこう》は俺《おれ》たちにまかされているんだとつぶやいていた。ウサギのほかにも、たくさんの動物たちが集まっていたが、だれもがみな、今度こそエル‐アライラーもおしまいだと思っていた。

『では、はじめよう。すぐに終わる。ハフサはおるか?』と、虹の王子がいった。

ハフサが登場すると、まずお辞儀《じぎ》をしてから、あちこちにうなずいて見せながら、エリルたちに向かって話しはじめた。昨夜のこと、彼が静かにかみかえしをしていると、エル‐アライラーがやって来て、虹の王子のニンジンを盗みに行こうといって彼をおどした。彼は、ことわりたかったが恐ろしくてできなかった。ニンジンは穴にかくしてあるから、後で教える。強制された盗みのことは、夜が明けるとすぐに、虹の王子に御注進した。私は王子の忠実なしもべなのだ、と彼は語った。

『ニンジンは後で回収しよう』と、虹の王子はいった。『さて、エル-アライラー、おまえには証言者がいるか？　それとも、弁明することがあるか？　急げよ』

『原告側証言者にいくつか質問させてください』と、エル-アライラーがいうと、エリルたちも、それはもっともだと許可した。

『では、ハフサ、君と私の旅といわれていることについて、もう少し、話してくれないかな？　私にはそんな記憶がなくてね。君、私たちは夜、穴から出て出かけたといったね？　それから、どうしたのかね？』

『そんなばかな、エル-アライラー、忘れるはずがないですよ。ぼくたちは溝《みぞ》を歩いていった。そしたら、ハリネズミが一匹、箱の上にすわって、月に向かって歌をうたっていたことは、覚えているでしょうが？』

『ハリネズミが、何をしていたって？』と、アナグマの一匹がきいた。

『月に向かって歌をうたっていたんです』ハフサは、勢いこんでいった。『ほら、ハリネズミって、そうしてナメクジを呼び寄せるじゃありませんか。ノイバラの花びらを体中にくっつけて、前足をふりながら……』

『まあまあ、落ち着いて、落ち着いて』エル-アライラーはやさしくいった。それから、『君に心にもないことをいわせたくないよ』といって、陪審員に向かい、『かわいそうなやつでね。今いったことをほんとうに信じているんだ。悪気はないんだが……』

『うそじゃない、絶対に』と、ハフサはさけんだ。『彼はうたってた。「月のナメクジ、おたのみします！」って』

『ハリネズミがうたっていたことなど、証拠にはならない』と、エル-アライラーはいった。『実際、だれでも、いったいなんのことだと思うだろう。だが、まあ、いい。私たちは、ノイバラの花びらを体中にくっつけたハリネズミが、箱の上で歌をうたっているのを見た。それから？』

『そうとも、それから、また進んでいくと池があって、一羽のキジがいた』

『キジだと？』キツネの片方がいった。『そりゃ。見たかったな。そのキジは何をしてた？』

『池をくるくる泳ぎまわって……』と、ハフサがいった。

『そいつは、けがをしていたのか？』と、キツネがいった。

『ちがう、ちがう。キジというものは、尾羽を長くするために、みんな泳ぐ。驚いたな、そんなことも知らないのか』と、ハフサがいった。

『もう一度、なんのため、だって？』と、キツネがいった。

『尾羽を長くするため』ハフサが、むっとしていった。『キジが、そういったんです』

『君たちがうらやましい。こんなたわごとを聞くのも、今だけですむからね』エル-アライラーがエリルたちにいった。『辛抱《しんぼう》にはちょっと時間がかかる。私がいい例さ。この二か月間、明けても暮れてもこのたわごとを聞かされつづけてきた。できるだけ、やさしく、わかろうとつとめてきた。しかし、どうやら、それが仇《あだ》となったようだ』

あたりは、静まり返った。エル‐アライラーは、辛抱強い父親役を演じて、ハフサにいった。『物覚えが悪くてねえ、話をつづけてくれ』

『いいとも、エル‐アライラー、』と、ハフサはいった。『あなたは、実に、上手にうそをついている。しかし、次におこったことは、いくらあなたでも、忘れたとはいえまい。尻尾が赤くて耳が緑の大きな恐ろしいウサギが、草の中から出てきたじゃないか。彼は、口に白い棒をくわえていて、大きな穴から地面の中へとびこんだ。地球の裏側にいるフリス様に会うために、地球の真ん中を通っていくのだといっていたじゃないか』

エリルたちは、もう何もいわなかった。呆然《ぼうぜん》とハフサを見て、首を横にふるばかりだった。『な、やつらは、みんな頭がおかしいんだ』と、テンの一匹が小声でいった。『いやらしいちびどもさ。追い詰められれば、めちゃくちゃいうんだが、こいつほどひどいのは、生まれて初めてだな。いつまでここにいなくちゃならないんだ？　俺ははらぺこだよ』

さて、エル‐アライラーは、エリルたちがウサギをひどくきらっていること、中でも、とびきり頭が悪そうなウサギが大のきらいであることを、前からちゃんと知っていた。だから、エリルの陪審を受け入れたのだった。ウサギの陪審員なら、ハフサの話の真相を突き止めようとしたかもしれない。ところが、エリルの陪審員たちは、ハフサを心からきらってばかにしていたので、一刻《いっこく》もはやく狩《かり》に出たがっていた。

『つまり、こういうことだね』と、エル‐アライラーはいった。『私たちは、ノイバラの花びらを体中につけて歌をうたっているハリネズミを見た。つぎに、けがなどしていないキジが池を泳ぎまわっているのを見た。そのつぎに、しっぽが赤くて、耳が緑で、白い棒をくわえたウサギを見た。そのウサギは、深い穴にとびこんでまっすぐ落ちていった。まちがいないね？』

『そのとおり』と、ハフサはいった。

『それから、私たちはニンジンを盗んだ？』

『そう』

『それは、地《じ》が紫《むらさき》で緑のまだらがあるニンジンだった？』

『いや、ちがう。君も知っているよ、エル‐アライラー。ふつうの色のニンジンだった。穴にかくしてある！』ハフサは、せいいっぱい大きな声でさけんだ。『穴の中だ！　行けばわかる！』

裁判は、ハフサが虹の王子を穴まで連れて行ってもどるまで、待つことになった。ニンジンは見つからなかった。

『私は一日中自分の穴にいた』と、エル‐アライラーはいった。『ちゃんと証拠もある。眠る時間だったのだが、このかしこい友人が……いや、それはいい。私がいいたいのは、ニンジンでもなんでも、ほかへ移すことなど、できっこなかったってことだ。そこに、ニンジンがほんとうにあったとしてもだ。これ以上いうことはない』

『虹の王子、』と、ネコがいった。『私は、ウサギが大きらいです。しかし、そのウサギがあなたのニンジンを盗んだことが立証できたなどと、どうしていえるのか、私にはわかりませんね。その証人の頭がおかしいことははっきりわかります。完全に狂っています――被告は釈放《しゃくほう》しなくてはなりません』

陪審員全員がそれに賛成した。

『すぐに立ち去れ』と、虹の王子はエル‐アライラーにいった。『穴にひっこんでおれ。私が、この手でおまえに危害を加えないうちに』

『はい、王子』と、エル‐アライラーはいった。『ですが、王子がおつかわしになったそのウサギはお引き取りいただきたい。おろかで、迷惑《めいわく》なのです』

こうして、ハフサは、虹の王子とともに去り、エル‐アライラーの一族には、ふたたびおだやかな暮らしがもどった。もっとも、ニンジンの食べすぎでみんな消化不良になったし、ラブスカトルの尻尾は、なかなか白くならなかったと、いつも、じいさんはいっていたけれどね」

23　キハール

翼は、敗軍の旗のようにたれさがり、
もう、永久に空にはばたくことなく、残る数日、飢え、苦しみつつ生きなくてはならない。
彼は強い。強者の苦痛は一段とひどく、無力は一段とつらいものだ。
救い主である死のほかに、彼に頭を下げさせ、
不適な身構えと恐ろしい目を屈服させるものはない。

ロビンソン・ジェファーズ『傷ついたタカ』

人間は「降《ふ》れば、必ずどしゃぶり」というけれど、これはあまり正しくない。降ってもどしゃぶりにならないことがよくあるからだ。ウサギのことわざの方が上手にあてはまる。ウサギは、「一つの雲は雨のもと」という。じっさい、一つだけ雲が出ると、まもなく空がすっかりくもることが、ほんとうによくある。

ことわざはともかく、ヘイズルの二つ目の思いつきを実行にうつす劇的な機会が、なんと、つぎの

日にもう訪れた。
その日の朝早く、ウサギたちは、晴れてはいるが、まだ夜明けの灰色に包まれた静かな野原に出て、シルフレイをはじめていた。しっとりと露《つゆ》がおりて風がなく、大気はまだひんやりしていた。五、六羽のガンが、かぎの手になって、どこか遠い目的地をめざして、頭上をぐんぐん飛んでいくのが見えた。はっきりと聞こえた羽ばたきの音も、かぎの手が南に遠ざかるにつれて、次第にかすかになり、また、静けさがもどった。

うす闇《やみ》が解けて消えていくにつれ、屋根の雪がいつ落ちるかと緊張《きんちょう》して待つような気配が丘陵《ダウン》と麓《ふもと》一帯にただようちに、朝日がさしのぼる。牡《お》ウシが、柵《さく》ごしに角をそっとにぎっていた男の手を、抗《あらが》いがたい力を感じさせる首の動きで軽くはらって頭をぐいともたげるように、太陽は、はかり知れぬ力をこめて静かにこの世にあらわれる。おさえるものもかくすものもなく、太陽はのぼる。音もなく、何キロにも広がる山腹の木の葉が光り、草の葉がきらめく。

ビグウィグとシルバーは、ブナ林を出て、耳の毛を整え、大気の匂《にお》いをかいでから、草を食べるため、自分たちの長い影を追って、調馬場へ急いだ。草をかんだり、すわり立ちしてまわりをながめたりしながら、短い芝草の上を移動しているうちに、直径がせいぜい一メートルくらいの小さいくぼみに気がついた。

先になってくぼみの縁《ふち》に近づいたビグウィグが、ふいにとまってうずくまり、じっと何かを見た。くぼみの中は見えなかったけれど、何か――かなり大きい生きものがいることはわかった。目の前の草の葉越《ご》しにのぞくと、山なりになった白い背中が見えた。何かはわからないけれど、大きさは、ビグウィグ自身とおなじくらいのようだった。しばらく、じっと動かずに待ってみた。相手も動かない。

「背中が白い生きものはなんだ、シルバー？」ビグウィグは小声できいた。

シルバーは考えた。「ネコ、かな？」

「ここにはネコはいない」

「どうしてわかる？」

そのとき、くぼみから、弱々しく息を吐《は》くようなかすかな音が聞こえてきた。それは、ちょっと聞こえて、すぐにやんだ。

ビグウィグもシルバーも、自分に自信を持っていた。ホリーを別にすれば、彼らだけが、サンドルフォード村の幹部階級の生き残りだった。そして、二匹とも、仲間に尊敬されていることを知っていた。納屋でのネズミとの戦いは、なまやさしいものではなかったが、二匹とも、仲間の尊敬を受けるだけのことはしてみせた。

ビグウィグは、心のひろやかな正直な性格だったので、自分が迷信からの恐怖心に負けた夜、ヘイズルが見せた勇気を少しも不快に思ったりしなかった。といって、このままハチの巣にもどり、草の中に正体のわからない生きものがいたと報告してそのままにしてしまうことなど、自尊心が許さなかった。

ふり返って、シルバーがびくともしていないのがわかると、ビグウィグは、もう一度見たこともない白い背中をたしかめて、くぼみの縁まで進んだ。シルバーもついてきた。

それは、ネコではなかった。くぼみの中にいたのは鳥――三十センチほどもある大きな鳥だった。二匹とも、見たことのない種類だった。

ちらりと見えた白い背中は、肩《かた》と首の部分にすぎなかった。背中の下半分はうすい灰色、先が細く、尾羽《おばね》の上で重なっている二枚の翼《つばさ》も、先っぽが黒いだけで、全体はうす灰色だった。頭は濃《こ》いこげ茶でほとんど黒に見えた。首が白いので、なんだかフードでもかぶっているようだった。一本だけ見える足は、黒味がかった赤。力強そうな三本の指には爪《つめ》があり、指の間に水かきがあった。

くちばしは、先端がちょっと曲がっていて、鋭くて力がありそうだった。じっと見ていると、鳥がくちばしを開いて、真っ赤な口とのどを見せた。そして、はげしくシュッと威嚇《いかく》して攻撃《こうげき》するかまえを見せたが、動かなかった。

「けがをしている」と、ビグウィグがいった。

「うん、それはわかる」と、シルバーはこたえた。「しかし、けがの場所がわからない。正面から――」

「気をつけろ！　つつかれるぞ！」

シルバーが、くぼみの縁をまわっていって、鳥の頭に近くなると、鳥はさっとくちばしで突きかかってきた。シルバーはあやうくとびさがった。

「足を折られるところだったぞ」と、ビグウィグがいった。

二匹は、直感で、鳥が立ち上がれないと判断して、うずくまって鳥を観察した。と、突然、鳥は大きなしわがれ声で鳴きたてた。

「ギャー！　ギャー！　ギャー！」耳のすぐそばで鳴きたてる猛烈《もうれつ》な声は、朝の大気をつんざいて、丘陵のはるか遠くまでひびきわたった。ビグウィグとシルバーは、一目散に逃げかえった。

二匹とも、ブナ林の手前でようやく恐怖心をおさえて立ちどまり、どうやら威厳《いげん》をとりつくろって土手に近づいた。ヘイズルが、草地で出迎《でむか》えたが、目ざとく、彼らの見開いた目と膨《ふく》らんだ鼻の穴《あな》に気づいた。

「エリルか？」

「いや、正直いって、それがさっぱりわからないんだ」と、ビグウィグはこたえた。「あそこに、大きな鳥がいる。今まで見たことがない鳥だ」

「どのくらいだ？　キジくらいか？」

「それほどじゃない」と、ビグウィグはいった。「しかし、モリバトよりは大きいし、ずっと猛々《たけだけ》しい」

「ギャー！　ギャー！　っていうのが聞こえたけれど、そいつの鳴き声かい？」

「驚いたのなんの！　ほんとにすぐそばにいたんでね。しかし、何かあったんだな、動けないでいる」

「死にかけている？」

「とは思わない」

「行ってみよう」

「獰猛《どうもう》だぜ。くれぐれも気をつけてくれよ」

ビグウィグとシルバーは、ヘイズルを連れてくぼみへもどった。三匹が、くちばしのとどかないところにうずくまると、鳥は、死を覚悟したきびしい目で、三匹を順に見た。ヘイズルが、いけがき共通語《リングアフランカ》で話しかけた。

「きみ、けがしたか、とべないのか？」

返事は、ガーガーとしか聞こえない早口のおしゃべりで、三匹にはすぐに外国なまりとわかった。どこだかわからないけれど、遠いところから来たのだった。のどにかかる聞きなれないアクセントで、話の筋も乱れていた。

「来た、殺し——カー！　カー！——おまえ——殺し、来た——ギャー！——私——おわり——おもてる——私、おわりない——やつける——たぷり——」

こげ茶色の頭がひとことごとに左右に動いた。それから、思いがけなく、鳥は、くちばしで地面をつつきはじめた。ヘイズルたちは、そのとき初めて、鳥の前の草がひきちぎられたり細切りにされたりしていることに気づいた。鳥は、しばらくの間、地面のあっちこっちをつつきまわしていたが、あきらめて顔を上げ、ウサギたちを見た。

「飢《う》えているにちがいない」と、ヘイズルはいった。「餌《えさ》を与えた方がいい。ビグウィグ、たのむ。ミミズか何かとってきてくれ」

「うっ——なんていった、今、ヘイズル？」

「ミミズ」

「俺《おれ》に、ミミズを、掘《ほ》らせるのか？」

「幹部階級じゃ、教えられなかったか。わかった、ぼくが行く」と、ヘイズルはいった。「君とシルバーは、ここで待っていてくれ」

しかし、すぐに、ビグウィグはヘイズルに従《したが》って溝《みぞ》にもどり、いっしょにかわいた地面をひっかきはじめた。

丘陵地帯《ダウンズ》では、ミミズの数はもともと少ないし、ここ何日も雨が降っていなかった。しばらくしてから、ビグウィグが頭を上げていった。

「コガネムシなんかどうかな？　ワラジムシなんてのもいる。そういうのじゃだめかな？」

二匹は、腐《くさ》った枝を何本か見つけて運んだ。ヘイズルが、その一本を押《お》しやっていった。

「ムシ」

鳥は、あっという間に、枝を三つに折ると、たちまち数匹のムシをのみこんだ。ウサギたちは、餌が入っていそうなものをいろいろ運びこんだので、ほどなく、くぼみの中にごみの山ができた。ビグウィグは、小道で馬糞《ばふん》を見つけ、ミミズを掘り出すと、一生けんめいがまんして運んできた。

ヘイズルがほめると、ビグウィグは「ウサギがこんなまねしたのは初めてだから、クロウタドリには知らせるなよ」とかなんとか、ぶつぶついった。ウサギたちは、鳥の餌集めにうんざりしてしまったが、それでも、ようやく、鳥は食べるのをやめると、ヘイズルを見て、「たべる、おわり」といって、ひと息いれてから、また「なんで、これ、した？」

「きみ、けが？」と、ヘイズルがきいた。

鳥は、たちまち、しゃきっとなった。「けがない。たくさん、たたかう。ここ、少し、いるだけ。そして、いく」

「ここにいる。しぬ」と、ヘイズルはいった。「わるい、ばしょ。ホンバ、くる。チョウゲンボウ、くる」

「やつら、へいき。たくさん、たたかう」

「だろうな、たしかに」ビグウィグは、六センチはありそうなくちばしと太い首を、すごいといった目で見ながらいった。

「われわれ、きみ、しぬこと、のぞまない」と、ヘイズルがいった。「ここにいる。きみ、しぬ。われわれ、きみ、たすける」

「うるさい！」

「じゃ、行くよ」ヘイズルは、そくざに、仲間をうながした。「放っておこう」といって、ゆっくりブナ林に向かってもどりはじめた。「しばらく、自分だけの力でチョウゲンボウと戦わせてみよう」

「何を考えているんだ、ヘイズル？」と、シルバーがいった。「あれは、獰猛な鳥だよ。味方にはできない」

「そうかもしれない」と、ヘイズルはいった。「しかし、シジュウカラやコマドリが、ぼくらの役に立つかい？　彼らは遠くまでは飛んでいかない。ぼくらに必要なのは大きな鳥だよ」

「しかし、なぜ君はそんなに鳥をほしがるんだ？」

「後で説明する」と、ヘイズルはいった。「ブラックベリとファイバーにも聞いてもらいたいんだ。しかし、今は穴にもどろう。のんびりかみかえしがしたいよ」

　ヘイズルは、午後中ずっと、村づくりの仕事を進めた。ウサギはきちんとしていないので、ものごとのけじめが実は少しもはっきりしないのだが、それでも、広間であるハチの巣はもうほとんど完成していて、まわりの巣穴と通路もできかけていた。

日がかげりはじめるとすぐ、ヘイズルはまたくぼみまで行ってみた。鳥は、まだいた。さっきより弱っていて、機敏《きびん》な動きができなくなっていたが、それでも、ヘイズルが近づくと、弱りながらかみつこうとした。

「まだ、ここに?」と、ヘイズルは話しかけた。「きみ、たたかった、タカと?」

「たたかい、ない」と、鳥は返事をした。「たたかい、ない。しかし、みはり、みはり、みはり。ずっと、みはり。あれ、わるい」

「はら、へった?」

鳥は、返事をしなかった。

「きみ、よく、きく。ウサギ、鳥、たべない。ウサギ、くさ、たべる。われわれ、きみ、たすける」

「たすける、なぜか?」

「しんぱい、ない。われわれ、きみ、まもる。おおきい、あな。たべもの、ある」

鳥は、考えた。「あし、だいじょうぶ。つばさ、だめ。わるい」

「では、あるく」

「きみ、わたし、けがさせる。わたし、きみ、けがさせる」

ヘイズルがそっぽを向くと、鳥の方から、話しかけてきた。

「それ、とおいか？」

「いや、とおく、ない」

「では、いく」

鳥は、血のついた強い足でよろよろとけんめいにがんばって立ち上がった。そして、翼を高々と広げた。ヘイズルは、アーチを描く大きな翼のその長さに仰天《ぎょうてん》して、あわててとびさがった。しかし、鳥は、痛みに表情をゆがめて、すぐに翼をたたんだ。

「つばさ、だめ。わたし、いく」

鳥は、すっかりおとなしくなって、ヘイズルの後から、野原を歩いてついてきたが、ヘイズルは用心して、後ろからとびかかれないだけ距離《きょり》をあけて歩いた。ブナ林のはずれまで行くと、ウサギたちの間でちょっとしたさわぎがおこったが、ヘイズルは、いつもとちがって、うむをいわせぬすばやさで、みんなをせきたて、まず、

「さ、てきぱきはたらいてくれ」といって、ダンディライアンとバックソーンに仕事をいいつけた。

「この鳥はけがをしているので、それが治るまで保護する。食べものについては、ビグウィグにきいてくれ。ミミズやムシを食べる。キリギリス、クモ――なんでも捕《つか》まえてきてくれ。お、ホークビット！　エイコン！　そう、そう、それから、君もだ、ファイバー。そこでぼんやり、うっとりしているのかなんだか知らないけれど、しゃんとしろよ。深くなくていいから、幅《はば》の広い穴が必要になった。

床は平らで、入り口より少し低く作ってくれ。夜までにたのむ」

「しかし、ヘイズル、ぼくらは、午後いっぱい穴掘りを……」

「知ってる。ぼくも手を貸すから。すぐに来る。とにかく、はじめてくれ。すぐ夜になる」

不意打ちにびっくりしたウサギたちは、ぶつくさいいながらも、命令に従《したが》った。ヘイズルの権威が、試されるようなことになったのだが、ビグウィグの後《うし》ろ盾《だて》のおかげで、それはびくともしなかった。

ビグウィグには、ヘイズルのもくろみが全然わからなかった。しかし、彼は鳥の強さと勇気にすっかり惹《ひ》きつけられ、なんにもいわずに鳥を迎《むか》え入《い》れようという気持ちになっていた。

ビグウィグが穴掘りを指揮《しき》している間に、ヘイズルは鳥に向かって、ウサギの暮らしと敵からの身の守り方、ウサギが提供できる隠《かく》れ家《が》などについて、できるだけわかりやすく説明した。ウサギが集めた鳥の餌《えさ》は、あまり多くなかった。しかし、ブナ林に入ったとたん、鳥ははっきりと安心したらしく、よたよたしてはいたが、少しは自力で餌をあさることができるようになった。

フクロウの狩の時間までに、ビグウィグと手伝いのウサギたちの力で、森へ出る通路をちょっと入ったところに、ロビーのような部屋ができあがった。床にはブナの小枝と葉が敷《し》かれた。そして、暗くなりはじめたとき、鳥はそこへ案内されて入った。鳥は、まだ、すっかり気を許してはいなかったが、傷《きず》の痛みがひどいようだった。彼が、ほかによい考えも頭に浮《う》かばないから、生きのびるにはウサギ穴も仕方ないか、と思っていることははっきりわかった。

外からのぞくと、鳥は、うす暗い中で油断《ゆだん》なく目を光らせていた。ウサギたちがシルフレイをすませて穴にもどったときにも、まだ眠っていなかった。

ユリカモメは群生している。コロニーをつくって一日中餌をあさり、おしゃべりし、けんかをしている。だから、彼らにとって、孤独や無口は不自然な状態《じょうたい》なのだ。ユリカモメは、繁殖期《はんしょくき》には南に移動する。けがをしたカモメは取り残される。ヘイズルが見つけたのはけがをして取り残されたユリカモメだった。彼の荒々《あらあら》しさと強い警戒心は、苦痛のためだけではなく、飛べなくて一羽だけになったためでもあった。

翌朝《よくあさ》になると、カモメには、群れの中ではおしゃべりするという本能がよみがえった。ビグウィグが、努めて相手をした。彼は、カモメに餌とりをさせなかった。ウサギたちは、ニーフリスまでに、カモメが暑い日中、満腹して休んでいられるだけの餌を集めた。ビグウィグは、ずっとカモメのそばにいて、カモメに対する尊敬の気持ちを包まずに語り、数時間、話のやりとりをしていた。

夕方の食事時、ヘイズルとホリーは、きのうブルーベルが話を聞かせてくれた土手のそばにいた。そこへ、ビグウィグがようやく姿を見せた。

「鳥のぐあいはどう?」と、ヘイズルがきいた。

「ずっとよくなってると思う」と、ビグウィグはいった。「タフだからな。いやはや、すごい暮らしをしてるよ! 俺たちには想像もつかないなぁ! 一日中、彼の話を聞いてわかったんだけれどね」

「なんでけがをしたか聞いた？」

「ネコにとびかかられたそうだ。ふいにやられたらしい。それで、片方の翼の筋をやられたといってたけど、逃げる前に、死ぬまで忘れないほど仕返しをしたようだ。それから、なんとかここまであがってきて倒《たお》れた。ネコに立ち向かうとはなぁ！　俺なんか、まだ何も手をつけていないことが、よくわかったよ。ウサギがネコに立ち向かったっていいじゃないか。まあ、ちょっと考えてみろよ……」

「しかし、あの鳥の種類がわかったかい？」ホリーが口をはさんだ。

「うむ、それがさっぱりわからないんだ」と、ビグウィグはこたえた。「しかし、俺の聞きまちがいでなければ、といっても自信はないんだけどね、彼が生まれたところには、仲間の鳥が何千といる。俺たちには想像もつかないほど、たくさんいるって話だよ。彼らの群れのために、空全体が真っ白になり、繁殖期には、森の木の葉の数ほど巣ができる――そういってたな」

「しかし、どこなんだ、それは？　ぼくは、ああいう鳥を今まで、一羽も見たことがない」

「これは彼の話さ」ビグウィグは、ホリーの顔をまっすぐに見ていった。「彼は、ここから遠く離れたところで、大地が終わってしまうといっている」

「うむ、それは、たしかにどこかで終わるだろうな。その向こうには、何があるって？」

「水」

「川、のこと？」

「ちがう」と、ビグウィグはいった。「川じゃない。彼は、どこまで行っても水ばかりが広がっているところがある、といってる。向こう岸が見えない。向こう岸がない、というのさ。そりゃ、あるにはあるんだろうな。彼は、その向こう岸まで行っているそうだから。いや、俺にはわからない。正直、すっかりはのみこめないんだ」

「彼は、世界の外にとびだして、もどってきたと、君にいったのか？　それは、ほんとうではないだろうな」

「俺には、わからない」と、ビグウィグはいった。「しかし、彼がうそをいっていないこともたしかだよ。その水は、いつも動いていて、たえず大地にぶつかっているらしいんだ。その音が聞こえないと、彼はさびしくなる。その音が彼の名前だそうだ――キハール。水が立てる音そのまま……」

みんな、いつしか、強い印象を受けていた。

「なるほどねぇ。そんな彼が、どうしてここに？」と、ヘイズルが質問した。

「いるはずじゃなかったんだよ。とっくの昔に、その大きな水のところへ行っているはずなんだ。繁殖期なんだよ。あの鳥の一族は、天候が荒れて寒い冬には、大群でこっちへ来るらしい。そして夏になるともどっていく。しかし、彼は、この春にも一度けがをしてる。たいしたことはなかったけれど、それで足どめをくって、しばらく生息地のあたりをぶらぶらしていた。すっかりよくなって、そこを飛び立ち、ここまで来たところで農場に立ち寄って、ネコにでっくわしたというわけさ」

「じゃ、治れば、また旅をつづけるわけだな？」ヘイズルがいった。

「うん」

「すると、我々は、時間のむだをしているわけだな」

「おいおい、ヘイズル、君は何を考えているんだ？」

「ブラックベリとファイバーを連れてきてくれ。シルバーもいた方がいいな。みんな集まったところで説明する」

西日が丘陵の尾根を水平に照らすと、草むらは丈《たけ》の二倍ほどの影を引き、さわやかな大気にはタチジャコウソウとノイバラの香りがただよう。

丘陵での夕方のシルフレイを、ウサギたちは、サンドルフォードの牧草地でのシルフレイ以上に楽しむようになっていた。ウサギたちが知るよしもなかったが、ここ何百年かの間で、ここの丘陵は今がいちばんひっそりしていた。ヒツジは一頭もいなかった。キングスクレアやシドモントンの村人たちが仕事や遊びでここを歩くことも今はなくなっていた。サンドルフォードの牧草地にいたとき、ウサギたちは、ほとんど毎日人間の姿を見た。ここへ来てからは、ただひとり、ウマに乗った人間を見ただけだった。

ヘイズルは、草の上に集まった小さな群れを見て、どのウサギも——ホリーまでが——この丘陵にやって来たはじめのころよりも、たくましくすらりとしたよい体つきになっていることに気づいた。

これから何がおこるかはわからないが、とにかく、今日まではみんなの期待を裏切らなかった。ヘイズルは、心からそう思うことができた。

「ぼくらは、ここへ来てりっぱに暮らしている」と、ヘイズルは話しはじめた。「とにかく、ぼくはそう思っている。たしかに、ぼくらは、もう、宿なしの群れではない。しかし、それでも、まだ気にかかることがある。この問題を最初に考えはじめたのが、ぼくだということに、実は驚いている。これが解決できなかったら、今まで苦労していろいろやったけれど、この村はおしまいといってもいい」

「なんだと、ヘイズル、どういうことだ?」と、ビグウィグがいった。

「ニルドロ－ハインのことを覚えているかい?」

「彼女は、走ることをやめている。ストロベリは気の毒にな」

「ほんとうにな。そして、この村には牝《めす》がいない。ただの一匹も。牝がいなければ、子どもはできない。数年すれば、村はなくなる」

死活にかかわるこんな大問題を忘れていたなど、ほんとうらしくないが、人間も、おなじことをたびたびやっている。はじめから無視したり、運にまかせたり、戦争で解決したりしてきた。

ウサギは死ととなり合わせの生活をしている。その死がいつもよりもっと身近に迫《せま》ってくれば、どうしたら生きのびられるかだけを考える。しかし、今はすぐ後ろにりっぱな巣穴があり、ウサギのほかは何もいないおだやかな丘陵で、腹いっぱい草を食べて夕日を浴びている。ヘイズルがつれあいがいないさびしさを感じたのも当然だった。ほかのウサギたちがだまっているのは、みんながおなじ思いを持っているからだ、と彼は思った。

ウサギたちは、草を食べたり、横になって日を浴びたりしていた。一羽のヒバリが、さえずりながら、まだ明るい上空の日の光の中へと舞い上がり、にぎやかにうたってから、ゆっくりと舞いおりてくると、翼を広げて横にスーッと飛び、尾をふりながら、草の中を走って姿を消した。太陽が低くなった。そのとき、ようやく、ブラックベリが沈黙《ちんもく》を破《やぶ》った。

「どうすればいい？　また、旅に出るか？」

「それは、したくない」と、ヘイズルはいった。「時と場合によるけれどね。ぼくは、牝を手に入れて、ここへ連れてきたいんだ」

「どこから？」

「別の村からさ」

「しかし、このあたりの山に、村があるかな？　風には全然ウサギの匂《にお》いがないぜ」

「見つけ方があるのさ」と、ヘイズルがいった。「あの鳥だよ。あの鳥に、ぼくらに代わってさがしてもらうのさ」

「ヘイズル－ラー！」と、ブラックベリは思わずさけんでしまった。「いや、まったくすばらしい思いつきだ！　あの鳥なら、ぼくらが一年かけても見つからないものを、一日で見つけてくれる！　しかし、君、ほんとうに彼がやってくれると思うかい？　傷が治ったとたん、そのまま飛んでってしまうのじゃないかと思うけど、どう？」

「それは、わからない」と、ヘイズルはこたえた。「うまくいくよう願って、養いつづけるだけだな。しかし、なあ、ビグウィグ、君は、彼とうまくいっているようだから、君ならうまく説明してくれると思うんだ。丘陵地帯《ダウンズ》を飛んで、様子を知らせてくれるだけでいいんだ」

「彼のことは、俺にまかせてくれ」と、ビグウィグはいった。「どうしたらいいか、わきまえているつもりだ」

ヘイズルの心配とその理由は、まもなく全部のウサギに知れわたり、自分たちが直面している問題を知った。みんな、ヘイズルは長《おさ》ウサギだから、村中に潜在《せんざい》している問題をはっきりさせるのは当然の役割だと思っていて、彼が問題解決の音頭とりをしてもなんとも思わなかったが、鳥を使うアイディアには、あっと驚いてしまった。それは、ブラックベリだって思いつけないすばらしい思いつきだった。

偵察《ていさつ》は、ウサギにとっては慣れた行動――ほんとうに、第二の天性だった。しかし、鳥を、それも、見たこともないめずらしい、そして荒々しい鳥を利用するなんてことが、ほんとうにできるなら、ヘイズルはエル－アライラーとおなじくらいかしこいにちがいない――ウサギたちは、そう思った。

それから四、五日間、ウサギたちは、キハールを養うために、一生けんめいはたらいた。エイコンとピプキンは、ぼくらは村いちばんのムシ取りだと自慢《じまん》しながら、甲虫類やキリギリスをどっさり運んできた。最初、カモメのキハールがいちばん苦しんだのは、水不足だった。水不足に苦しんで、長い草の茎《くき》を切《き》り裂《さ》いてしめり気を求めるまでになった。

ところが、村で暮らして三日目の夜、三、四時間雨が降って、道に水たまりができた。干草づくりの季節が近づいて、ハンプシャーでよくあることなのだが、荒天つづきになったのである。強い南風が終日吹きつづけ、地面にへばりついた草が濃紫《こむらさき》にさびた銀のような色になった。

ブナの大枝はこゆるぎもしなかったが、一日中葉はざわざわとゆれ、風にのって、時々雨が吹きつけてきた。この天候のため、キハールは落ち着きをなくした。さかんにうろうろ歩きまわり、飛ぶ雲をながめ、ウサギたちが持ってくる餌をがつがつ食べた。その餌さがしは、今までより難しくなっていた。雨の日には、虫が草の奥深《おくふか》くもぐってしまうので、かき出さなくてはならないからだ。

ある日の午後、以前のように、ファイバーとおなじ穴で眠っていたヘイズルは、ビグウィグにおこされて、キハールが何か話したがっているといわれた。ヘイズルは、地上に出ることなく、キハールのロビーへ行った。

ひと目見たとたん、カモメの頭の羽毛が生えかわって白くなってきたことがわかった。それでも、両目の後ろには、こげ茶の部分が小さく残っていた。ヘイズルがあいさつすると、相手が、つかえつかえながら下手なウサギ語で返事をしたのにはびっくりしてしまった。キハールは、ちょっとまとまった話をするつもりでいるのだった。

「エズルさん、ウサギ、よくしてくれる」と、キハールはいった。「わたし、もう、おわりない。すぐ、なおる」

「それは、いい知らせだ」と、ヘイズルはいった。「よかった」

キハールは、また、いけがき共通語にもどった。

「ピグウィグさん、たくさん、いい、ウサギ」

「そう、そのとおり」

「かれ、あなたたち、かあさん、ない、いってる。かあさん、おわり。たくさん、こまったこと」

「そう、そのとおりなんだよ。どうしてよいか、わからない。おかあさんが、どこにもいないんだ」

「はなし、きく。わたし、おきな、りぱな、けいかくもつ。わたし、いま、なおる。つばさ、よくなる。かぜ、おわる。そして、わたし、とぶ。あなたの　かわり　とぶ。みつける　たくさん　かあさん。あなたに　いう、どこ　かれら　いる」

「すごい、すばらしい考えだよ、キハール！　そんなことを思いつくなんて、ほんとうに頭がいい！　君は、すばらしい鳥だよ！」

「ことし、わたし、かあさん、おしまい。おそい、とても。かあさん　みんな　すに　ついた　もう。

たまご　くる」

「残念だけれど、ね」

「べつの　とき、わたし、かあさん　みつける。いま、あなたのため　とぶ」

「そのときには、どんなことでもして、手伝うよ」

翌日、風がやんだので、キハールは二、三度、短い飛行をした。しかし、探索《たんさく》に出発する自信がついたのは、それから三日後だった。

それは、申し分のない六月の朝だった。キハールは、朝露にぬれた草の中で、殻《から》の白い平地カタツムリをつまんで、大きなくちばしでバリバリくだいて食べていたが、ふいに、ビグウィグの顔を見ていった。

「いま、あなたのために、とぶ」

キハールが、翼を広げた。ビグウィグの頭上に、全長約六十センチの翼のドームができた。ビグウィグが身じろぎもせずにすわっていると、別れのあいさつなのか白い翼が彼の頭のまわりで風をおこした。翼がおこす風の中で、ビグウィグが耳を後ろに寝《ね》かしたまま、じっと見上げていると、カモメは、やや重たげに舞い上がった。

地上ではひじょうに長くて優雅だったカモメの胴が、空中に上がった今は、太くてずんぐりした円筒になり、先端の丸い目の間に、赤いくちばしが突き出て見えた。キハールは、ほんのしばらく、胴体が上下しているように見える翼の動かし方をしながら旋回《せんかい》した。

つづいて、高く上がりはじめたかと思うと、草原の上を横ざまに北に流れ、崖《がけ》の下に姿を消した。

ビグウィグは、キハールが出発したという知らせを持ってブナ林にもどった。

カモメは、数日間もどってこなかった。それは、ウサギたちの予想より長かった。ヘイズルは、ひょっとしたらもどってこないかもと、つい考えてしまうのだった。ウサギ同様に、キハールも妻がほしいと思っていた。だから、ビグウィグに思いをこめて語ったという大きな水と仲間が無数にいるにぎやかなカモメのコロニーに飛んでいってもふしぎはなかった。彼は、じっとこらえて、そんな心配はだれにももらさなかった。しかし、ある日、二匹だけになったとき、キハールはもどると思うかと、ファイバーにきいてしまった。

「もどるよ」ファイバーは、すぐにはっきり返事をした。

「何を持って帰ってくると思う?」

「ぼくにわかるはずないだろう?」と、ファイバーはいい返した。しかし、後になって、巣穴に入り、おしゃべりをやめてうとうとしているとき、ふいに、「エル-アライラーの贈りものを持ってくる。策略《さくりゃく》、大きな危険、村への恵み」といった。そこで、ヘイズルがきき返すと、ファイバーは自分がしゃべったことすら自覚していないらしく、それ以上は何もいわなかった。

ビグウィグは、日中はほとんど、キハールの帰りを見張ってすごした。彼は、不機嫌《ふきげん》で怒《おこ》りっぽくなりがちで、一度ブルーベルがピグウィグさんの毛の帽子は、まだ帰らない友に対する気づかいで毛が抜《ぬ》けはじめたとからかったときには、元幹部の気性を丸出しにして、ブルーベルをなぐりつけ、ののしり声を浴びせながら、ハチの巣広間を二めぐり追いまわした。結局、ホリーが、自分に忠実な道化師がそれ以上痛い目にあわないように割って入った。

キハールがもどってきたのは、弱い北風が、シドモントンの野原から干草の匂いを吹き上げている、ある日の午後、それも、おそくなってからだった。ビグウィグが、勢いこんでハチの巣まで、知らせにかけこんできた。

ヘイズルは、はやる胸《むね》をおさえて、自分だけで会いに行くから、その間だれもじゃまをしないようにといい足した。しかし、すぐに思い直して、ファイバーとビグウィグを連れていった。

キハールは、ロビーにいた。ロビーは糞《ふん》だらけで、散らかっていて、臭《くさ》かった。ウサギは、地下では糞をしないので、自分の巣を平気でよごすキハールの癖《くせ》には閉口していた。しかし、今は知らせが聞きたくてたまらないので、鳥の糞の臭《にお》いまでうれしかった。

「やあ、よくもどってきたね、キハール」と、ヘイズルはいった。「疲《つか》れたかい?」

「つばさ、まだ、つかれる。少し　とぶ。少し　とまる。みんな、うまく　いく」

「おなかが　すいたかな。少し、ムシをとってこようか?」

「いいね　いいね、いい　うさぎ、たくさん　コガネムシ」(キハールには、昆虫はみなコガネムシだった。)

キハールは、ヘイズルたちがなぜ気をつかってくれるか、その意味がわからず、もどっていい気分になっていた。もうロビーまで、食べものを運んでもらう必要などないのに、それを当然と思っていることもはっきりわかった。カモメは、ビグウィグとその仲間たちを、日が暮れるまでこきつかった。それから、ようやく、この抜け目ない鳥は、ヘイズルを見ていった。

「えーと、ちさな　おかしらさん、わたし、もてきたもの、わかるか?」

「わからない」ヘイズルは、ちょっとそっけない返事をした。

「では、いう。この　おきな　やま　ぜんぶ　とんだ。こっち、あっち、たいよう　のぼるところ。たいよう、しずむところ。ウサギ、いない。なにも　いない」

キハールは、そこで口をつぐんだ。ヘイズルが、不安そうにファイバーを見た。

「そこで、わたし　くだった。そこまで　おりた。おきな　きに　かこまれた　のうか　ある。ちさな　おかの　うえ。しってるか?」

「いや、知らない。話をつづけてくれ」

「わたし、おしえる。とおくない。じぶんで　みられる。そこに　ウサギいる。はこに　すんでいる。にんげんと　いしょ。しってる?」

「人間といっしょ?『人間といっしょ』といったのだね?」

「ヤー、ヤー。にんげんと　いっしょ。こやの　なか、ウサギたち。ウサギは、こやの　なかの　はこの　なか。にんげん、たべもの、はこぶ。しってる？」

「そういうことがあるのは知っている。聞いたことがあるんだ。いいぞ、キハール。徹底的に調べてくれたんだね。しかし、ぼくらには、役に立たないだろ？」

「おきな　はこの　なか、あれ、かあさん　と　わたし　おもうね。ほかに　ウサギ　いない。のはら　いない。もり　いない。ウサギ　ひとつも　いない。とにかく、わたし　ぜんぜん　みなかった」

「だめ、みたいだね」

「まて、はなし、もっとある。では、きく。わたし、べつの　ほう　とんでいく。たいようが、おひるにいる　ほう。いいか、そっち、おきな　みず　ある」

「すると、君は、大きな水まで行ったのか？」と、ビグウィグがたずねた。

「ナ、ナ、そんな　とおくまで　いかない。しかし、そちに　おきな　かわある。しってる？」

「知らない。そんな遠くまで行ったことないから」

「おきな　かわ　ある」と、キハールがくり返した。「そして　そこに　ウサギの　まち　ある」

「川の向こう岸に？」

「ナ、ナ、そっちのほう　ずっと　おきな　のはら。ずっと　いくと　おきな　ウサギの　まち。と

ても　おきい　まち。その　むこう、てつの　みち　と　かわ　ね」

「鉄の道？」と、ファイバーがたずねた。

「ヤー、ヤー、てつの　みち。あなた　みたこと　ない？　てつのみちは　にんげんが　つくる」

キハールの話は、発音が外国風な上に、表現もかわっているので、ウサギたちには彼がいっていることの正しい意味が、ほとんどの場合はっきりわからなかった。今、彼が使った「鉄」と「道」を意味する共通語も、カモメには使い慣れた言葉なのだが、ウサギの方は、ほとんど耳にしたことがなかった。キハールは、気短かでくわしい説明などしないから、ウサギたちは（今までもよく感じさせられたことだが）キハールが自分たちよりも広い世界を知っていることを思い知らされるだけでがまんするしかなかった。

ヘイズルは、すばやく頭をはたらかせた。二つのことは、はっきりわかった。キハールは、たしかに、かなり南へ行ったところに、大きなウサギの村を見つけた。鉄の道とは何かはさておいて、そのウサギ村は、鉄の道と川のこちら側にある。そう考えてまちがいなければ、鉄の道も川も、我々の目的を果たす上で、無視できる。

「キハール、」と、ヘイズルはいった。「たしかめておきたい。そのウサギの町へは、鉄の道と川を越えなくていいんだね？」

「ヤー、ヤー、てつの　みちへ　いかない。おきな、さびしい　のはらの　へりの　やぶの　なか。

かあさん　たくさん」

「どのくらいかかるな？　ここから、ええと、その町まで」

「二日、とおもうね。とおい」

「ありがとう、キハール。ぼくらの知りたいことを、すっかり調べてくれたよ。ゆっくり休んでくれたまえ。君が望むだけ、食べさせてあげるよ」

「もう、ねる。あした、たくさん、コガネムシ、ヤー、ヤー」

ウサギたちは、ハチの巣へもどった。ヘイズルが、キハールの知らせを伝えると、無秩序な議論が、だらだらとはじまり、ときどき中断された。ウサギは、そのようにして結論にたどりつく。

銅貨を深い水に落とすと、左右にゆれ動いて見えがくれしながら、まちがいなく水底に向かって沈《しず》んでいく。ちょうどそんなふうに、二、三日南へ旅をすれば、ウサギの村があるという事実が、ちらちらと明滅《めいめつ》しながら、ウサギたちの頭に入っていった。ヘイズルは話しあいがつづくにまかせた。やがて、ウサギたちは巣穴に散って眠った。

翌朝《よくあさ》、ウサギたちは、いつもどおりの生活をはじめた。キハールに食べものを与え、自分たちも食べ、遊んだり穴掘りをしたりした。しかし、その間ずっと、ちょうど枝の水滴がゆっくりふくれて重くなってぽたりと落ちるように、ウサギたちの頭の中で、これから何をするかという考えが徐々《じょじょ》にかたまり、統一されたものに育っていた。

つぎの日になると、ヘイズルにも、それがはっきり感じ取れた。そして、ファイバーほか、三、四匹の仲間と日の出をながめながら土手にすわっているうちに、それを口にする機会が生まれた。総会を招集《しょうしゅう》する必要はなかった。ことはそこで決められた。ウサギたちは、決める場にいてヘイズルの話を直接聞かなくても、決まったことは、そのまま受け入れる。

「キハールの見つけたこの村だが、」と、ヘイズルはいった。「彼は、大きいといっていた」

「だから、力づくでうばうことはできない」と、ビグウィグはいった。

「しかし、仲間にしてもらいたいとは思わないね、ぼくは」と、ヘイズルはいった。「君たちは？」

「ここを離《はな》れてかい？」と、ダンディライアンがいった。「これだけのことをしたのに？　行ったって、いやな目にあうだけだよ。だれも、そんなことをしたいとは思わないよ」

「我々の望みは、牝を何匹かここへ連れてくることだ」と、ヘイズルはいった。「これは、難しい問題だと思うかい？」

「私は、難しいとは思っていない」と、ホリーがいった。「大きな村では、数が多すぎて十分食べられないウサギが出ることがよくある。若い牝はいらいらして神経質になるから、そのため子どもを生まなくなる。少なくとも、腹の中で育ちはじめても、また、溶けて吸収されてしまうのだ、知っているかね？」

「私は知らなかったな」と、ストロベリがいった。

「それは、君の村のウサギは数が多すぎたことがないからだ。しかし、我々の村、つまり、スリアラーの村では、一、二年前に数が増《ふ》えすぎたことがあった。そのとき、たくさんの牝が、子どもを生まないで、体内で吸収してしまったよ。昔、スリアラーが教えてくれたことがある。フリス様とエル-アライラーの取り決めでそうなるのだと。フリス様は、エル-アライラーに約束したのだ、ウサギは、死んで生まれることはないし、いらない場合は生まれないとね。子どもがちゃんとした暮らしができそうもないとき、体内で吸収してしまう特権が母ウサギにはあるのだよ」

「うん、その取り決めの話は聞いたことがある」と、ヘイズルはいった。「つまり、その村には、不満のある牝ウサギがいるだろうということだね？　それなら有望だね。では、このウサギ村に使節団を派遣《はけん》すべきだということと、戦わなくてもうまくいくのではないかと考える点で、意見の一致をみたわけだ。全員で行く必要はあるかな？」

「ないと思う」と、ブラックベリはいった。「二、三日の旅だ。往復とも全員が危険にさらされる。大勢よりも、三、四匹の方が危険が少ない。三、四匹なら、急ぎの旅ができて、目立たない。それに、村の長《おさ》ウサギも、少人数で行っておだやかにたのめば、あまり反感は持たないだろう」

「そのとおりだよ」と、ヘイズルはいった。「四匹派遣しよう。そして、我々がこの難問にぶつかったわけを話して、何匹かの牝の移住を要請《ようせい》する。どんな長ウサギだって、反対するはずがない。だれがいちばんいい？」

「ヘイズル－ラー、君は行っちゃいけない」と、ダンディライアンがいった。「君はこの村に欠かせないウサギだ。君を危険なことに賭《か》けるわけにはいかないんだ。これはみんなの意見だよ」

ヘイズルも、この使節団の指揮は取らせてもらえないとわかっていた。がっかりしたけれど、みんなのいうとおりと思った。相手の村では、みずから使いにやってくる村の長ウサギなど、ばかにするにちがいない。それに、ヘイズルは外見が特にりっぱではなく、話も上手ではなかった。これは、だれかほかのウサギの仕事だった。

「わかった」と、ヘイズルはこたえた。「行かせてくれないだろうとは、思っていたよ。それに、ぼくは適任じゃない――ホリーがいい。ホリーなら、開けた土地の旅のしかたをすっかり心得ているし、向こうへ行っても、うまく話ができる」

これには、だれも反対しなかった。ホリーの優秀さはみんな知っていた。やっかいなのは、連れ選びだった。だれもが行きたいと思っていた。しかし、大事な使いなので、だれが長旅に強いか、元気で目的地につけるのはだれか、よその村でうまくやれそうか――一匹ずつ、順に議論した。ビグウィグは、よそのウサギとけんかしそうだという理由ではずされ、最初はむくれ気味だったが、キハールの世話がつづけられることを思い出して、気をとり直した。

ホリー自身は、ブルーベルを連れて行きたいとかんがえていたが、ブラックベリの言葉どおり、おかしな冗談《じょうだん》一つで相手の長ウサギの気分をそこねて、万事がだめになる恐れがあった。

ようやく、シルバーとバックソーンとストロベリが選ばれた。ストロベリは、ほとんど何もいわなかったが、とても喜んでいることがよくわかった。今まで、臆病者《おくびょうもの》でないことを見せるために、ずいぶん苦労してきたから、新しい仲間のために役立つ存在になっていることがわかって、満足だったのだ。

彼らは、早朝の灰色の光の中を出発して行った。キハールは、午前と午後、彼らを追って行き、彼らが正しい方向に進んでいるかどうかをたしかめたり、進みぐあいを知らせることを引き受けてくれた。

ヘイズルとビグウィグは、ブナ林の南のはずれまでついていき、彼らが遠くに見える農場の西をめざして、静かに進んでいくのを見送った。ホリーは自信たっぷりだった。ほかの三匹も元気はつらつだった。彼らは、まもなく、草の中に姿を消し、ヘイズルとビグウィグは、ブナ林の中にもどった。

「まあ、ぼくらにできるのは、ここまでだ」と、ヘイズルはいった。「後のことは、彼らとエル-アライラーにまかせよう。ほんとうに、うまくいくだろうな?」

「絶対にうまくいくよ」と、ビグウィグはいった。「はやく、もどってきてくれるといいがなぁ。すてきな母ウサギや子どもたちといっしょに暮らすのが楽しみだよ。おい、ヘイズルよ、小さなビグウィグの大群だぞ! おまえ、こわさにふるえるがいいぞ!」

24 ナットハンガー農場

ロビンは、まったく変装せずに、
ノッティンガムにやってきて、
神とおやさしいマリア様に祈った。
どうかぶじに町から出られますようにと。

ロビンのかたわらに、頭の大きな僧がいた。
おお、神様、お助けを！
ひと目見たとたん、この僧は、
たちまち、ロビンを見破った。

チャイルド、一一九番「ロビン・フッドと修道僧」

夏至《げし》の前夜、ヘイズルは土手に出ていた。今は、暗いといってもせいぜい五時間、それも青白いうす闇《やみ》だったので、目ざめがちで落ち着かなかった。

何もかも、順調に運んでいた。キハールは、きのうの午後、ホリーを見つけて、彼らの進路をやや西に直してくれた。キハールは、大きなウサギ村までの道を確認すると、密集した木々がつくるいけがきの隠《かく》れ家《が》にホリーたちを残してもどってきた。遠くまでの旅は、二日で充分そうだった。

ビグウィグをはじめ、何匹かのウサギたちは、ホリーの帰還《きかん》に備えて、それぞれ巣穴《すあな》を広げはじめていた。キハールは、コーンウォールの港をぎょっとさせるほどの大声で口汚《くちぎたな》くののしりながら、チョウゲンボウと大げんかをした。けんかは勝敗なしに終わったが、チョウゲンボウも、今後は、ブナ林界隈《かいわい》を敬遠するにちがいなかった。

ウサギたちは、サンドルフォード村を出て以来、今がいちばん万事順調であるように思っていた。楽しいいたずら心が、ヘイズルの胸《むね》に湧《わ》いてきた。ヘイズルは、エンボン川を渡《わた》って、一匹だけで出かけていって、ソラマメ畑を見つけたあの日の朝とおなじような気分――自信に満ちて、いつでも冒険にとびこめる気分になっていた。

しかし、冒険て、どんな？　ホリーやシルバーがもどってきたとき、話して聞かせてやれるような冒険だ。何か、といっても、彼らの試みの価値を下げるようなことをしてはならない。そんなことは、もちろんだめ。しかし、彼らが取り組んでいることぐらいなら、長《おさ》ウサギもやれることをちょっと見せるくらいのことがいい。

ヘイズルは、あれこれ考えながら土手をおりた。すると、ワレモコウが一株見つかった。そうだ、こういう不愉快《ふゆかい》でないちょっとした驚きを与えられるものとしたら、何かな？

彼は、ふと思いついた。

「彼らがもどってきたとき、すでに、一、二匹牝《めす》がいたら？」

そのとたん、ヘイズルは、キハールのいっていた農場の、箱の中にいっぱいいたというウサギのことを思い出した。いったいどんなウサギなのかな？　箱から出ることはあるのかな？　自然の中で生きるウサギを見たことがあるのだろうか？　キハールは、その農場が、丘陵《ダウン》の麓《ふもと》からあまり遠くない小さな丘の上にあるといっていた。だとしたら、まだ人間がうろつかない朝はやくならたやすく行ってこられる。

イヌはつないであるだろうけれど、ネコは放し飼いのはずだ。ウサギは、開けたところを走るかぎり、そして、こっちが先に気づきさえすれば、ネコに追われてもつかまることはない。だいじなのは、うっかりしていて忍《しの》び寄《よ》られないことだ。その農場までなら、よほど運が悪くなければ、エリルに見つからずに、いけがき沿いに進めると思う。

でも、ぼくは、ほんとうに何をするつもりなんだ？　何をするために農場へなんか行くんだ？　ヘイズルは、残ったワレモコウを食べてしまうと、星明りの中で、自分の疑問にみずから答えをだした。

「ちょっと調べに行くだけ。そして、箱の中のウサギが見つかったら、話しかけてみる。ただそれだけで、危険なことはしない。ほんとうにそれはしない。賭《か》けてみるだけのことはあるとわかるまでは」

自分だけで行こうか？　いや、連れがいた方が安全だし、楽しい。しかし、せいぜい一匹だ。目立たない方がいい。だれがいいかな？　ビグウィグ？　ダンディライアン？　いや、だめ。いわれたとおりに動いてくれて、あれこれ思いついて口を出したりしないウサギがいい。すると、すぐにピプキンのことが頭に浮《う》かんだ。ピプキンなら、何もきかずについてきてくれて、たのめばなんでもしてくれる。この時間なら、ハチの巣からちょっと入った巣穴で、ブルーベルやエイコンといっしょに眠っているだろう。

ヘイズルは運がよかった。ピプキンは、巣穴の入り口のすぐそばにいて、もう目をさましていた。ヘイズルは、残る二匹の眠りをさまたげないようにしてピプキンを連れ出し、先に立って土手に出る通路を上がった。ピプキンはまごついた様子で、何か危険なことがあるのではないかと、不安そうにあたりを見まわした。

「大丈夫だよ、フラオルー」と、ヘイズルはいった。「こわがることなんか、何もない。いっしょに丘陵をくだって、話に聞いた農場を見つける手伝いをしてほしいんだ。ちょっと調べに行くだけだよ」

「農場を？　なんのために？　危険じゃないかなぁ、イヌやネコや……」

「いや、ぼくといっしょなら、絶対に危ないことはない。君とぼくだけ。ほかにはだれも連れていかない。これは秘密の計画でね。だれにも話しちゃいけない。とにかく、しばらくはね。そして、君に来てほしいんだ。ほかのウサギじゃだめなんだ」

この言葉には、ヘイズルが思ったとおりの効果があった。ピプキンは、それ以上何もきかずについてきた。

二匹は、草の茂《しげ》る小道を横切って芝地《しばち》を越《こ》え、それから丘陵の斜面《しゃめん》をくだった。細い帯状の林を抜《ぬ》けると、ホリーが暗闇の中でビグウィグの名を呼んだあの野原だった。ヘイズルは、そこで足をとめると、匂《にお》いをかぎ、聞き耳を立てた。

夜明け前、フクロウが狩《かり》をつづけながら巣にもどる時刻だった。おとなのウサギは、フクロウに襲《おそ》われる危険はないのだが、フクロウを恐れないウサギはめったにいなかった。テンやキツネもうろついているかもしれなかった。しかし、夜の闇は、あたたかく静まり返っていた。ヘイズルは陽気で自信たっぷりで、四本足のどんな狩人がいても、ちゃんと匂いをかぎつけ、足音も聞き取れると落ち着いていた。

農場は、野原の向《む》こう端《はし》に沿ってのびている道路を越えたところにちがいなかった。ヘイズルは、ピプキンを従《したが》えてのんびり進んだ。二匹は、ホリーとブルーベルがあらわれたいけがきを縫《ぬ》うようにして音を立てずに進み、途中《とちゅう》暗闇の頭上でかすかにうなっている高圧線の下を通って、わずか数分で道路にたどりついた。

万事がうまくいっているとはっきりわかるときがある。すばらしい攻撃《こうげき》をした打者が、後になって、球をはずすなど、考えられなかったと語ることがある。演説者や俳優は、幸運な日には、ふしぎに体が浮《う》く水を泳いでいるように、聴衆《ちょうしゅう》や観客が自分を動かしてくれるのを感じる。

ヘイズルは、今、そんな感じを持っていた。星の光でほんのりと明るい、静かな夏の闇が、あたりをつつんでいた。そして、空の片側がほの白く、夜明けが近づいていた。こわいものなど、何もなく、農場など、次々に、かぎりなくとび越えていけそうな気がした。

タールの臭《にお》いがする道路を見おろす土手にピプキンとならんですわっていると、一匹の若いネズミが向こう側のいけがきから、道路をちょろちょろと横切ってきて、二匹の足下のしおれたハコベの草むらにかくれるのが見えた。ヘイズルは、ネズミと出会ったことを幸運などと思いもしなかった。案内者か何かがあらわれるはずと予感していたからだ。急いで土手をおりると、ネズミは溝《みぞ》の中で何かをかぎまわっていた。

「農場、」と、ヘイズルはいった。「農場はどこ——この近くの丘の上にある農場は?」

ネズミは、ひげをひくつかせながら、目を丸くしてヘイズルを見た。彼には、ウサギに親切にしなければならない、なんのいわれもなかった。しかし、ヘイズルの様子には、自然に丁寧《ていねい》な返事をさせてしまう何かがあった。

「道路の向こう。小道をのぼったところ」

　空はぐんぐんと明るくなってきた。ヘイズルは、ピプキンを待たないで道路を横切った。ピプキンは、道路を横切って、いけがきから小道に入るところで追いついた。二匹は、そこでもう一度耳をすまして物音をたしかめ、丘の斜面を北に向かってあがっていった。

　ナットハンガー農場は、昔話に登場する農家に似ていた。北のエキンズウェル村から八百メートル、南のウォーターシップ・ダウンの麓からも八百メートルのところに丸い丘がある。丘は北側の傾斜が急で、南側は、ウォーターシップ・ダウンの尾根のようにゆるやかに傾斜している。両側とも一本ずつ細い道が斜面をのぼっていて、その二本がいっしょになる頂上は平らで、まわりをニレの木がかこんでいる。この大きな木の輪の中に、農場の母屋と納屋と付属の建物がある。レンガ造りの母屋は二百年以上経《た》つ古いもので、石造りの正面は南の丘陵に面している。母屋の東横には、土台石で床を高くした納屋があり、その真向かいにウシ小屋がある。

　ヘイズルとピプキンが、丘をのぼりきったとき、最初の朝の光が建物と庭をくっきりと照らし出した。鳥たちは、ヘイズルとピプキンが聞き慣れていた声でさえずり交わしていた。一羽のコマドリは、低い木の枝でひとしきりさえずると、母屋の向こうでさえずり返す声にじっと聴き入っていた。一羽のアトリが尻下《しりさ》がりの歌をちょっと聞かせると、やや離《はな》れた高いニレの木の枝のこずえで、ムシクイが大きな声で鳴きはじめた。

ヘイズルは立ちどまって、すぐにすわり立ちの姿勢をとった。空気の匂《にお》いをかぐには、この姿勢の方がぐあいがよいのだ。わらと糞《ふん》のきつい臭《にお》いに、ニレの葉、ニワトコ、ウシの餌《えさ》などのにおいが混じっている。鍛《きた》えられた耳には、さまざまな鐘の音色のちがいがわかるように、ヘイズルは、かすかなにおいまでかぎ分けられた。タバコの臭いは当然入っていた。ネコの臭いはかなり強く、イヌはやや弱かった。それから、ふいに、しかし、まちがいなく、ウサギの匂いも流れてきた。ピプキンを見ると、彼もウサギの匂いをかぎとったことがわかった。

匂いをかぎとると同時に、彼らは耳をも、はたらかせていた。しかし、小鳥たちの軽快な動きと、まっさきにまとわりつきはじめたハエの羽音のほかには、たえまない葉のそよぎが聞こえてくるばかりだった。

ウォーターシップ・ダウンの北の崖下《がけした》は、大気はひっそりと静かだが、ここは、南からのそよ風が、ひらひら動く無数の小さな葉をつけたニレの木にあたって、音が大きくなるのだった。庭に当たる日の光の印象が、露《つゆ》によってさらに引き立つのに似ていた。

こずえのざわめきが、ヘイズルを不安にした。それは、何か巨大なものが近づいてくるような音だった。今にも何かが来そうで、いつまでたっても何も来ないのだった。ヘイズルとピプキンは、しばらくの間じっと動かないで、この大きいばかりで意味のない、はるか頭上のざわめきを、緊張《きんちょう》して聴《き》いていた。

ネコの姿は、まだ見えなかったが、母屋のそばに、屋根の平らなイヌ小屋があった。小屋の中で、つややかな黒い毛の大きなイヌが頭を前足にのせて眠っているのが、ほんの少し見えた。鎖《くさり》が見えなかった。しかし、すぐに、細い綱《つな》が入り口からのびていて、屋根のくさびのようなものにくくりつけてあることがわかった。

「なぜ綱を使っているのだろう？」と、ヘイズルは頭をひねったが、やがてわかった。

「落ち着きのないイヌが、夜、ガチャガチャ音をたてると困るからだ」

ヘイズルとピプキンは、付属の建物の間をうろうろしはじめた。はじめのうちは、二匹とも、ものかげにかくれるように心がけ、ネコにはずっと目をくばっていた。しかし、ネコの姿がまったく見えないので大胆《だいたん》になって、どこからでも見えてしまうところを歩いたり、草むらやのび放題の芝の中に生《は》えているタンポポを、立ちどまって食べたりした。ヘイズルは匂いに導かれて、屋根の低い小屋まで行ってみた。

ドアが半開きになっていたので、レンガ敷《じ》きの入り口でもほとんどとまらずに中に入った。入ってすぐ目の前に、幅《はば》の広い板の棚《たな》があった。それは、台の役目をしていて、前に金網《かなあみ》が張ってある箱がのっていた。箱の中には、茶色の鉢と青物が少し入れてあり、二、三匹のウサギの耳が見えた。

ヘイズルがじっと見ていると、一匹のウサギが金網越しに外を見て、ヘイズルに気づいた。ヘイズルに近い方の台の脇《わき》に、わら束《たば》が逆《さか》さに立てかけてあった。ヘイズルは軽々とわら束を上がって、厚い木の板にとび移った。板は古いもので、足に触《ふ》れる感じがやさしかった。ほこりがたまって、もみがらが散らばっていた。ヘイズルは、小屋の入り口で待っているピプキンをふり返った。

「フラオルー、ここは出入り口が一つしかない。君は、そこでネコを見張っててくれ。逃げられなくなるといけない。庭のネコの姿が見えたら、すぐに知らせてくれ」

「はい、ヘイズル-ラー、今のところ見えません」

ヘイズルは、ウサギ箱に近づいた。正面の金網が、台の縁《ふち》より前に突き出ているので、網の前には行けなかったし、箱の中ものぞけなかった。しかし、箱の板にふし穴が一つあって、その穴から、中でひくひく動いている鼻が見えた。

「私は、ヘイズル-ラー」と、ヘイズルは話しかけた。「君に話があってきた。私の言葉がわかるかい?」

返事は、ちょっと発音にちがいがあるけれど、意味ははっきりわかるウサギ語《ラパィン》だった。

「ええ、君のいうことはよくわかります。私の名前はボックスウッド。どこに住んでいますか?」

「丘陵地帯《ダウンズ》なんだ。私たちは、人間のいない自由な暮らしをしている。私たちは、草を食べ、日なたに寝《ね》ころび、地下の巣穴で眠っている。ここには、ウサギは何匹いるの?」

「四匹。牡《おす》と牝《めす》あわせて」

「君は、外に出たことがある？」

「ええ、時々、子どもが連れ出して、草地の囲いの中に放してくれます」

「今日は、私たちの村のことを話しに来たんだ。村にもっとウサギがほしくてね。だから、この農場から逃げて、村へ来てくれないかと思ってね」

「この箱の後ろに、金網のドアがあります」と、ボックスウッドがいった。「そこへまわってください。そっちの方が話しやすいから」

ドアは、木の枠《わく》に金網を張ったもので、皮のちょうつがいで横木にとりつけてあった。掛《か》け金《がね》は、針金《はりがね》でとめてある。四匹のウサギが、金網に寄ってきて、網の目に鼻を押《お》しつけている。ローレルとクローバーの二匹は、毛の短い黒のアンゴラだった。後の二匹は、ボックスウッドと彼の妻ヘイスタック。この夫婦は白黒まだらのヒマラヤ種だった。

ヘイズルは、丘陵地帯での暮らしぶりや、野生のウサギならでは味わえない興奮や自由から話しはじめた。そして、いつもの率直《そっちょく》な態度で、村に牝がいないという大問題を打ち明けて、実は牝さがしに来たのだと語った。

「しかし、君たちの牝をうばうつもりはない。君たち四匹が来てくれるなら、牝も牡もなく、喜んで迎《むか》えるよ。丘陵には、なんでもたっぷりあって、みんなに行きわたる」

ヘイズルは、話をつづけて、夕日の中での食事のことや、よくのびた草の中での早朝の食事なども語った。

飼《か》いウサギたちは、びっくりしたり、夢中《むちゅう》になったり。アンゴラの牝のクローバーは、丈夫で生きのよいウサギなので、ヘイズルの話に強い刺激《しげき》を受け、村や丘陵について、いくつか質問した。

飼いウサギたちが、箱の中の暮らしを、つまらないけれど安全だと考えていることがよくわかった。彼らには、何か手立てがあるらしく、エリルのことをよく知っていて、野生ウサギで長生きするものは少ないと信じているようだった。ヘイズルが来てくれて、話ができたことをとても喜んでいることは、よくわかった。話に興奮して、単調な暮らしの気晴らしになったからだった。しかし、飼いウサギたちには、決意を行動に移す力はまったくなかった。自分で心を決めることを知らないのだった。

ヘイズルと彼の仲間たちにとって、感知することと、行動することは第二の天性だった。しかし、飼いウサギたちは、生きのびるために、決めたことを実行するどころか、食べものを見つけることもしたことがなかった。このウサギたちを、丘陵まで連れて行くには、追いたてなくてはならないだろう。ヘイズルは、しばらく、じっとしたまま、ウサギ小屋の外にこぼれているふすまをだまって食べていたが、やがて、また話しかけた。

「もう、丘陵の仲間たちのところへもどる時間なんだ。でも、また来るよ。今度来るのは、夜だな。そのときには、ここの人間がするみたいに、かんたんにこのドアを開けるから、自由になって私たちのところへ来られるよ」

ボックスウッドが返事をしようとしたが、そのとき、小屋の床にいたピプキンが、ふいに声をかけてきた。「ヘイズル！　庭にネコ！」

「我々は、ネコなど恐れない」と、ヘイズルはボックスウッドにいった。「開けたところにいるかぎり大丈夫なんだ」ヘイズルは、あわてたそぶりを見せないようにして、わら束から床に下り、出入り口までもどった。ピプキンがちょうつがいのすき間から、外をのぞいていた。

「匂いをかぎつけたらしい」と、ピプキンがいった。「ぼくらのいるところを、知っているんじゃないかな」

「それじゃ、立《た》ち退《の》くことにしよう」と、ヘイズルはいった。「後ろにぴったりついてこいよ。そして、ぼくが走ったら走るんだぜ、いいね」

ヘイズルは、ちょうつがいのすき間からのぞいたりせず、半開きのドアをまわって、ドアの外に出た。

小さな庭の向こう端に、胸と足が白いブチネコがいて、材木の山の前を用心深くゆっくり歩いていた。そして、ヘイズルが出入り口にあらわれると、すぐに気づいてぴたりととまり、尻尾《しっぽ》を左右にふりながら、じっとにらんだ。ヘイズルは敷居《しきい》をとびこえて、また立ちどまった。もう、朝日が斜めにさしこんできていた。二、三メートル離れた糞の山にハエがぶんぶんたかっているほか、あたりは静まり返っていて、わらとほこりとサンザシの花の匂いがただよっていた。

「君、腹がへっているようだね」へイズルは、ネコに話しかけた。「ネズミがすばしっこくなってるからねえ」

ネコは返事をしなかった。へイズルはすわりこみ、朝日に目をしばたたいた。ネコは、地面にへばりつくようにして、頭をぐっと突きだした。へイズルのすぐ後ろで、ピプキンがもぞもぞ動いた。へイズルは、ネコから目を離さなかったが、ピプキンがふるえているのは感じ取れた。

「こわがるなよ、フラオルー」と、へイズルはささやいた。「逃げられるから。あいつが、襲ってくるまで、じっと待つんだ」

ネコが尻尾をはげしく動かしはじめた。ぐっと持ち上げた尻が、はげしい気の高ぶりでぶるぶるふるえだした。

「君、走れるかい?」と、へイズルはいった。「だめだろうなあ。そうさ、出目で、台所の皿なめの……」

ネコが、庭を突進してきた。二匹のウサギは、後ろ足で力いっぱい蹴《け》って、大きくとんで逃げだした。ネコの走りは実にはやかった。ウサギたちは、そくざの動きの準備はできていたのだが、それでも、よく庭から逃げられたと思うタイミングだった。

二匹のウサギは、長い納屋の脇《わき》を全力で走って逃げながら、ラブラドル犬が綱をいっぱいに引っ張って、狂ったように吠《ほ》える声を聞いた。人間がイヌに向かってどなる声も聞こえた。へイズルとピプキンは、小道脇のいけがきに逃げこんで、ようやく、農場をふり返って見た。ネコは、ぴたっと走るのをやめ、そ知らぬふりをよそおって、前足をなめていた。

「ネコは、ばかだと思われるのが大きらいなんだ」と、ヘイズルがいった。「これで、あのネコは、二度とぼくたちに手を出さない。あんなふうに突進してこなかったら、もっと長くぼくらを追いまわしただろうし、仲間のネコも来たと思うよ。それに、ネコの方からしかけてこないと、こっちも命がけで逃げられなくてね。あいつが来るのを君に気づいてもらってよかったよ、フラオルー」

「力になれてよかったよ。でも、ぼくらは、何をするつもりで、こんなことしたのかな？ それに、なぜ君は、箱の中のウサギと話をしていたの？」

「それは、後できちんと話す。さ、野原で草を食べよう。ここで腹ごしらえしておけば、ゆっくり帰れるから」

25 侵入

彼は同意した。そうしなければ、王とはいえない……彼に対し、「ささげ物をするときです」と、だれひとりいってはならないところだった。

メアリ・ルノー『王は死なねばならぬ』

ヘイズルとピプキンがハチの巣《す》にもどったのは、結局、日が暮れてからだった。

二匹が野原で草を食べている間に、冷たい風が雨を運んできたので、二匹はまず手近の溝《みぞ》に避難《ひなん》したが、そこは斜面《しゃめん》だったので、十分ほどでかなりたくさんの雨水が流れこんできた。そこで、小道をなかばくだったところの物置小屋に逃げこんだ。

二匹は、こんもり積みあげたわらの中にもぐりこみ、しばらくネズミの気配に気をくばっていた。しかし、なんの物音もしなかったので、うとうとしはじめ、やがてぐっすりと眠りこんでしまった。外では午前中雨が降《ふ》りつづいた。二匹が目をさましたのは、午後もかなりおそくなってからだったが、まだ、細い雨はつづいていた。

ヘイズルは、急いでもどる用事も特にないと思った。それに、ちゃんとしたウサギなら、物置小屋を荒《あ》らさないでひきあげるなんてことはしない。二匹は、ひと山の砂糖大根とカブを夢中で食べ、昼の光がうすれはじめたころになってようやく、帰ることにした。ゆっくりもどったので、ブナ林にたどりついたときには、もう暗くなりはじめていたが、びしょぬれで気持ちが悪いこと以外には、何もおこらなかった。

雨が降っているので、外に出ているウサギもわずか二、三匹で、ひっそりと草を食べていた。ヘイズルとピプキンの留守に気づいたウサギはいなかった。ヘイズルは、ピプキンに、この冒険はしばらくだれにも話さないよう口止めして、すぐに穴《あな》におりた。彼の巣穴にはだれもいなかったので、すぐに眠った。

目をさましてみると、いつものようにファイバーがそばにいた。まだ夜明けには間があった。土の床は気持ちよくかわいていてあたたかだった。そこで、また眠ろうとすると、ファイバーが話しかけてきた。

「びしょぬれだったね、ヘイズル」

「うん、それが？　草がぬれていただろ」

「シルフレイだけじゃ、あんなにはぬれない。君は、びしょぬれだった。きのうは、一日中、村にいなかった」

「丘陵《ダウン》の麓《ふもと》へ餌《えさ》さがしに行った」

「カブを食べたね。足は農場の匂《にお》いがする。メンドリの糞《ふん》の臭《にお》いとふすまの匂いだ。ほかにも、何か変な臭いがする。ぼくにはかぎわけられない。何があった？」

「ああ、ネコと小競《こぜ》り合《あ》いがあったけど、なぜ気にする？」

「そりゃ、君が何かをかくしているからさ。危険なことを、な」

「危険なのは、ホリーだろ。ぼくじゃない。ぼくのことを、なぜ気にする？」

「ホリー？」ファイバーは、びっくりして、きき返した。「ホリーたちは、きのうの夕方はやく、大きな村に着いたじゃないか。キハールが知らせてくれただろ。ひょっとして、君、知らなかったのか？」

ヘイズルは、かくし事がすっかり見破られていると思った。「今、知ったからいいだろ。そりゃ、よかった」

「つまり、こういうことなんだね」と、ファイバーはいった。「君は、きのう農場へ行って、ネコから逃げた。何をしに行ったかはわからないけれど、そのことで頭がいっぱいで、ホリーの消息をきくのを忘れた」

「わかった、わかった、ファイバー。君にはすっかり話す。ぼくは、ピプキンを連れて、箱に入っているウサギがいるとキハールが知らせてくれた農場へ行ってみた。ウサギは見つかったし、話もした。

そこで、ぼくは、いつかの夜に、もう一度出かけて彼らをここに連れてきて仲間にしようと考えた」

「なんのために？」

「それは、二匹牝《めす》がいるからだ。だから、さ」

「しかし、ホリーがうまくやってくれれば、まもなく牝はたくさん来るだろ。それに、ぼくが聞いた話では、飼いウサギはかんたんには野生の生活になじめないってことだ。ほんとうの理由は、君がただのばかな見栄坊《みえぼう》だからってことだよ」

「ばかな見栄坊？　ふん、それなら、ビグウィグやブラックベリがなんというか、きいてみようじゃないか」

「君は、ほとんど、というよりまったくなんの役にも立たないことのために、自分ばかりか、ほかのウサギたちの命を賭《か》けているんだ」と、ファイバーはいった。「そうさ、もちろん、ほかのウサギたちは、協力する。君は長《おさ》うさぎだから、みんなは、君が正しいと思うことにはだまって従《したが》う」

「うるさいな」と、ヘイズルはいい返した。「眠りのじゃまをしないでくれ」

翌朝《よくあさ》のシルフレイのとき、ヘイズルは、ピプキンの控《ひか》えめなあいづちをまじえて、農場を訪ねたことを、みんなに打ち明けた。予想どおり、飼いウサギを解放するために農場へ侵入《しんにゅう》するという計画にビグウィグがとびついた。

「必ず成功するよ、ヘイズル、すばらしい計画だ！　箱のドアの開け方だけれど、それはブラックべリがなんとかしてくれる。ただ、君がそのネコから逃げたってことが気に入らないな。りっぱなウサギなら、いつだってネコとは互角《ごかく》にやりあえるんだ。俺《おれ》のおふくろが一度戦ったことがあってね、したたかに思い知らせてやったといっていた。ネコの毛皮を秋のヤナギランのようにしてやったそうだ。農場のネコは俺にまかせてくれ。ほかの敵も、一、二匹なら大丈夫だ」

ブラックベリは、それほどたやすくは納得しなかった。しかし、彼も、ビグウィグやヘイズル自身とおなじで、ホリーといっしょに遠征《えんせい》できなかったことをひそかに残念に思っていた。そのため、ヘイズルとビグウィグにウサギが入っている箱を開けるのはまかせるといわれて、結局いっしょに行くことにした。

「全員で行くほうがいいかい?」と、ブラックベリが質問した。「イヌはつないであるということだし、ネコもせいぜい三匹だと思う。暗闇《くらやみ》で数が多いのは、面倒なだけじゃないかな。迷子《まいご》が出たら、見つけるのに手間取るよ」

「それなら、ダンディライアン、スピードウェル、ホークビットを連れて行こう」と、ビグウィグがいった。「後の仲間たちは残ってもらおう。今夜にするつもりかい、ヘイズル-ラー?」

「うむ、そりゃ、はやい方がいい」と、ヘイズルはいった。「その三匹に伝えておいてくれないか。暗くなってからというのが残念だな。キハールを連れて行けない。彼も楽しめただろうに」

しかし、その夜にかけた望みは失望に終わった。日暮れ少し前から、また雨が降りだし、北西の風とともに本降りになってしまったからだ。丘陵下の農家のいけがきに咲《さ》く、イボタの花の香りが、風にのって上がってきた。ヘイズルは、光がすっかり消えるまで、土手にすわっていたが、雨はひと晩中つづきそうだと見きわめがつくと、ようやく、仲間がいるハチの巣へおりた。

ウサギたちは、キハールを説《と》き伏《ふ》せて、雨と風が吹きこむロビーからハチの巣まで連れこんでいた。ダンディライアンが、エル-アライラーの話を一つすませてから、もう一つふしぎな話をはじめた。

それは、フリス様が旅に出かけてしまい、世界中が毎日雨になってしまう話だった。そのとき、一人の人間が水に浮《う》かぶ大きな箱を作り、フリス様がもどるまで、あらゆる動物や鳥たちをその箱に乗せてくれたのだという。ウサギたちは不可思議な思いでうっとりと聞きいった。

「今夜は、そんなことにはなりませんよね、ヘイズル-ラー?」ピプキンが、ブナの葉をたたく雨の音を聞きながらいった。「ここには、箱なんかありませんよ」

「大丈夫だよ、フラオルー、キハールが月まで連れてってくれるよ」と、ブルーベルがいった。

「そうしたら、ビグウィグの頭の上に落ちるといい。雪がつもったカバの木の枝の上に落ちるみたいに安全だ。しかし、何よりも、もう寝《ね》る時間だ」

ところが、ファイバーは、寝る前にまた、農家へ侵入する問題をむし返した。

「行くなとたのんでも、むだだろうな」

「おい、おい、」と、ヘイズルはいった。「あの農場のことで、何かまた悪い予感がしたのかい? だったら、はっきりいえよ。そうすれば、何が問題なのか、みんなわかるじゃないか」

「農場については、なんの予感もない」と、ファイバーはいった。「ないからといって、大丈夫とはいえないんだ。予感は気まぐれでね、必ずあるとはかぎらない。レンドリのときも、カラスのときも、全然なかった。それをいうなら、ホリーと使節団が今どうなのか、ぼくにはまったくわからない。吉なのか、凶《きょう》なのか、どちらかだよ。ぼくは、今、君だけのことで不安におびえているんだ。ほかのウサギたちには感じない。感じるのは君だけ。君だけが、冬空を背景にした枯《か》れ枝《えだ》のように、くっきり突き出て見える」

「ふーん、災難《さいなん》が降りかかるのはぼくだけだというのなら、みんなにそれを知らせてくれよ。そしたら、ぼくがはずれたほうがいいかどうかを、みんなに決めてもらう。しかしな、ファイバー、ぼくの信用はがた落ちになるよ。いくら君がわけを話してくれても、実はぼくがこわがっているのだと考えるウサギが必ず出る」

「それでも、命を賭《か》けるほどのことじゃないね。ホリーがもどるまで待てばいいだけのことだよ」

「ホリーの帰りを待ってはいられないんだ。彼が帰ってきたとき、すでに農場の牝がここにいる――そうしたい、ぼくの気持ちがわからないかなぁ。しかし、ファイバー、いいかい。ぼくは、君のいうことは絶対信用している。だから、できるだけの用心はする。ぼくは農場へ入らないで、小道のてっぺんに残る。君の心配に、ここまで折れてもだめなら、もう、どうしてよいかわからない」

ファイバーが、それ以上何もいわなかったので、ヘイズルは、農場のことに頭を切りかえ、侵入した後、飼いウサギたちを遠いここまで連れてくる難題を、今から考えはじめた。

翌日は、さわやかな風が残りの雨雲を吹きはらって、からりと晴れ上がった。ヘイズルが初めてこの丘陵にのぼったあの五月の夕方のように、南から雲がつぎつぎと尾根を越《こ》えてあらわれ、追われるように流れていくのが見えた。しかし、今日の雲は五月の雲よりも高くて小さく、やがてまとまって、引き潮のなぎさのようなサバ雲になり、空高くに浮かんだ。

ヘイズルは、ビグウィグとブラックベリを、崖《がけ》の縁《ふち》まで連れていった。そこからは、ずっと遠くに、小さな丸い丘の上に建っているナットハンガー農場が見えた。ヘイズルは、近づくための道をくわしく説明し、ウサギ箱のあるところも教えた。

ビグウィグは、上機嫌《じょうきげん》だった。さわやかな風と、戦いへの期待で気分がうきうきしていた。自分がネコの役を引き受け、ダンディライアン、スピードウェル、ホークビットの三匹に、本気になってかかってこいとけしかけ、しばらくその遊びをつづけた。

ヘイズルは、ファイバーとのやりとりで、ちょっと浮かない気分だったが、仲間が草の上で取っ組み合っているのを見ているうちに、気分が晴れてきた。おしまいには仲間に入って、はじめは攻撃《こうげき》するウサギになり、次はネコ役を引き受けて、ナットハンガー農場のぶちネコそっくりに、じっとにらんで体をふって見せた。

「こんなに訓練したのに、ネコにぶつからなかったらがっかりだね」と、ダンディライアンがいった。彼は、ブナの枯れ枝にとびかかって二度ひっかき、さっと逃げる練習の順番を待っていた。「ほんとうに猛獣《もうじゅう》になったような気がするよ」

「ネコ、よく、みはることね、ダンドウさん」キハールが、近くの草の中にいるカタツムリをさがしながらいった。「ピグウィグさん、ネコのことを、大きな遊びのように思わせようとしてる。あなた、勇気もたせるようにしてる。でも、ネコ、なまやさしくない。すがた見えない。足音きこえない。それが、パッ、とびかかてくる」

「しかし、俺たちは、ただ餌《えさ》を食べに行くわけじゃないからね、キハール」と、ビグウィグはいった。「油断《ゆだん》なんかしないさ。ネコの見張りはずっとつづけるよ」

「ネコを餌にしてもいいじゃないか」と、ブルーベルがいった。「一匹つかまえてきて、繁殖《はんしょく》させれば、村の貯《たくわ》えが非常に改善される」

ヘイズルとビグウィグは、暗くなって農場が静かになり次第、すぐに侵入すると決めていた。そのためには、日没までに、五、六百メートル旅をして、あの小道ぎわの物置小屋まで進出していなくてはならなかった。ヘイズルしか知らない道を、暗くなってから進んだら、混乱がおこる恐れがあった。

物置小屋のカブの中にかくれて食べていれば、暗くなるまで、食事をしながら休んでいられるわけだ。小屋から農場まではほんのわずかな距離《きょり》だ。そして、ネコをうまく処理できれば、ウサギ箱をこじあける時間が充分とれる。反対に、農場につくのが明け方になれば、すぐに人間があらわれるから、時間との戦いになり、結局、箱の中のウサギは、つぎの日の朝まで連れてこられなくなってしまう。

「それから、これも忘れないようにたのむ」と、ヘイズルはいった。「あのウサギたちが村まで来るのには、時間がかかるってことだ。彼らに対しては、辛抱《しんぼう》強くなくてはならない。だから、エリルが出る出ないにかかわらず、連れてくるのは、夜の方がいいと思う。真っ昼間に、もたもたしたくないんだ」

「最悪の場合は」と、ビグウィグがいった。「飼いウサギは残して逃げる。エリルは、逃げおくれた獲物《えもの》を襲《おそ》うだろ? ひどい話なのはわかっているけど、いざとなったら、まず仲間の命を救わなくちゃならない。ま、そうならないことを望むがね」

出発のときになって、ファイバーの姿が見えなかった。ヘイズルは、彼が仲間の士気を落とすようなことをいうのではと心配していたので、ほっとした。もっとも、残されるピプキンの失望をなぐさめるのに手を焼き、彼はすでに役割を果たしているからだときっぱりいって、やっと納得させた。

ブルーベルと、エイコンと、ピプキンが麓《ふもと》まで見送りに来た。

一行は、たそがれに物置小屋についた。夏の夕暮れはフクロウに乱されることもなく、ひっそりと静かで、遠くの森からナイチンゲールの「チャ、チャ、チャ」という単調な鳴き声が、時折に聞こえてきた。カブの中からネズミが二匹、歯をむいてあらわれたが、思い直したらしくひっこんだ。ヘイズルたちは、カブをごちそうになると、西空の明るさがすっかり消えてしまうまで、わらの中でのんびり休んだ。

ウサギは、星に名前をつけることはしないが、ヘイズルは、御者座のα《アルファ》星カペラが、夜空にのぼる姿をいつも見ていた。今も、彼は、暗い北東の地平線の上、農家の右手に輝《かがや》きはじめたカペラをじっとながめていた。そして、あらかじめ決めておいた一本の枝のそばの一点にカペラがのぼると、仲間をうながして、ニレの木めざして斜面をのぼり、てっぺんに近づくと、いけがきを抜《ぬ》けて小道に出た。

ヘイズルは、危険なことはしないとファイバーに約束したことを、前もってビグウィグに知らせておいた。ビグウィグも、すっかりものわかりがよくなっていて、別にとがめたりしなかった。「ファイバーがそういうのなら、そのとおりにした方がいい」と、彼はいった。「とにかく、その方がつごうがいいよ。君は、農家の外の安全なところにいてくれ。俺たちがそこまで飼いウサギを連れ出す。そこで、君が責任を引き継《つ》いで、俺たちぜんぶをぶじに引き上げさせてくれ」

小道に残るという思いつきは、ヘイズルがファイバーに申し出たことだった。ファイバーは、農場侵入《しんにゅう》という計画をやめさせられないので、それを黙認《もくにん》した。ヘイズルは、その事実は伏《ふ》せたまま、小道の縁に落ちている枯《か》れ枝《えだ》の下にうずくまって、ビグウィグと仲間たちが農家に向かうのを見送った。彼らはゆっくり進んでいた。ウサギがゆっくり進むとき、彼らはホップ、ステップ、ストップをくり返す。闇夜《やみよ》なので、彼らの姿はすぐに見えなくなった。しかし、細長い納屋に沿って進んでいることは、足音でわかった。

戦いたいというビグウィグの希望は、ほとんどすぐにかなえられた。納屋の端《はし》まで進んだとたん、ネコにぶつかったのだ。そのネコは、ヘイズルがぶつかったブチネコではなく、赤みがかった黄色と白と黒の三毛で、当然牝《めす》だった。雨の日には、農家の窓台にすわっていて、晴れた日の午後には粉袋《ぶくろ》の上で見張りをしているようなネコだった。体つきはほっそりしていて、尻尾《しっぽ》を左右によく動かし、小走りに走る、すばしっこいネコだ。三毛は、勢いよく納屋の角を曲がったとたん、ウサギに気づいて、ぴたっととまった。

ビグウィグは、ブナの枝にでもとびつくように、一瞬のためらいも見せずにネコに向かった。ところが、もっとすばやかったのがダンディライアンで、ネコに向かって突進すると、さっとひっかいてとびぬけた。

ネコが向きを変えると、その横腹にビグウィグが大きな体でぶつかった。ネコは、ビグウィグに組みついて、かんだりひっかいたりした。ビグウィグは、取っ組んだまま地面をごろごろころげた。そして、ネコそっくりに歯をむきだしてうなりながら、必死にあばれて、相手をおさえつけようとした。そして、うまく後ろ足の一本で相手の横腹を押《お》さえると、つづけざまに横腹を蹴《け》りつけた。

ネコにくわしい人なら、ネコが、やる気の敵をきらうことを知っている。ネコにあいそをふりまこうとするイヌは、そのかいもなく、たいていひっかかれる。しかし、おなじイヌがとびかかってくれば、たいていのネコは受けてたたない。三毛は、ビグウィグの攻撃のスピードとはげしさにうろたえた。彼女は臆病《おくびょう》ではなくネズミ捕《と》りの名手だったけれど、戦い好きな根っからの戦士にぶつかったのが不運だった。三毛はなんとかビグウィグをふりはらったが、そのとたんスピードウェルに顔をなぐられた。これがとどめの一撃となり、けがをした三毛は、庭を横切って逃げだし、ウシ小屋の柵《さく》の下にかくれた。

ビグウィグは、後ろ足の内側に、三筋の深い傷をうけて血を流していた。仲間がかけよって、口々にほめ言葉を浴びせたが、彼はそれをさえぎって、現在位置をたしかめようと、暗い庭を見まわしていった。

「行くぞ。急げよ。イヌが静かにしている間だぞ。ウサギ小屋は、物置小屋——どこだったかな？」

小さな裏庭を見つけたのは、ホークビットだった。ヘイズルは、物置小屋のドアがしまっている場合を心配していたが、ほんの少し開いていたので、五匹は順にすべりこんだ。真っ暗なので、ウサギ小屋は見えなかったが、匂《にお》いはかぎ取れたし、動く音も聞こえた。

「おい、ブラックベリ、」ビグウィグはすばやくいった。「君は、俺といっしょに、箱のドアを開ける方にまわってくれ。残りは見張りをたのむ。またネコが来たら、君たちだけで片づけてくれよ」

「いいとも」と、ダンディライアンがいった。「まあ、まかせてくれ」

ビグウィグとブラックベリは、わら束を見つけてそれを使って板の上にのぼった。そうするとすぐに、ボックスウッドが声をかけてきた。

「だれ？　ヘイズルーラー？　もどってきてくれたのですか？」

「ぼくらは、ヘイズルーラーの命令で来た」と、ブラックベリがいった。「君たちを箱から出すようにいわれてね。ぼくらといっしょに来るだろ？」

返事が、ちょっとおくれて、干草がかさこそ音をたてたが、すぐにクローバーの返事があった。

「ええ、私たちを出してください」

ブラックベリは、匂いをたよりに、後ろの金網《かなあみ》のドアへまわり、枠《わく》と留め金、受け金を歯でたしかめた。しばらくして、ようやく、皮のちょうつがいが、柔《やわ》らかくてかみ切れそうであることがわかった。ところが、表面がつるつるで、しかも枠にぴったり張りついていて、歯がたたない。何とかくわえようと数回試みたが、とうとう、手も足も出ずに、すわりこんでしまった。

「このドアはどうにもならないと思うよ。ほかに方法がないかな？」

そのとき、偶然《ぐうぜん》に、ボックスウッドが後ろ足で立って、前足を金網の上の方にかけた。すると、彼の重みでドアのてっぺんが少し押し出《おだ》されて、上のちょうつがいの、箱にうちつけてある外側の釘《くぎ》のところが、ちょっとゆるんだ。ボックスウッドが前足をおろすと、ちょうつがいがゆがんで、ほんの少し箱の板から浮いたことに、ブラックベリが気づいた。

「やってみてくれ」と、ブラックベリがビグウィグにいった。

ビグウィグが、ちょうつがいを歯でくわえてひっぱった。ほんの少し、引きちぎれた。

「しめた。うまくいくぞ」ブラックベリは、スペインのサラマンカでフランス軍を破ったウェリントン将軍そっくりのことをいった。「必要なのは時間だけだ」

そのちょうつがいは、とてもしっかりできていたので、ウサギたちが散々ひっぱったりかみついたりをくり返さなくてはならなかった。見張りのダンディライアンは不安になって、まちがった警報を二度も出した。ビグウィグは、じっと見張っているだけのウサギたちが神経過敏《しんけいかびん》になっていることに気づいて、自分はダンディライアンと交替《こうたい》し、ブラックベリをスピードウェルと交替させた。

交替して、ようやく皮がはずれると、ビグウィグも、また箱のところへもどった。しかし、金網はまだはずれそうには見えなかった。箱の中のウサギが立ち上がって金網の上に前足をかけると、ドアは、留め金と下のちょうつがいを軸《じく》にちょっと動く。しかし、下のちょうつがいはびくともしない。

ビグウィグはいらいらして、フンと鼻を鳴らすと、戸口からブラックベリを呼び寄せた。

「どうしたらいいかな？　ちょっとした魔法が必要だぜ。君が、川に浮かべたあの板きれみたいなのがさ」

ブラックベリが、ドアを調べていると、ボックスウッドがまた中から押した。ドアの横木が下のちょうつがいの皮をぐいぐいひっぱった。ところが、皮は板についたままで、どうしても歯でくわえることができない。

「反対に押してみてくれないか——箱を外から押すんだ」と、ブラックベリがいった。「ビグウィグ、君、やってみてくれ。中のあのウサギには、しゃがんでいろといってくれよ」

ビグウィグが立ち上がって、ドアの上を押すと、ドア枠はたちまち前にのめった。箱の外側には、ドアの下のところに横木がなかったからだ。ビグウィグはあやうく前のめりに倒《たお》れそうになった。留め金が回転をくい止めなかったら、箱の真ん中にころげこんだかもしれない。ビグウィグは、あわてとびさがって、うーむといった。

「魔法が必要といったのは、君だぜ」ブラックベリが満足そうにいった。「もう一度やってみてくれ」両端を頭の大きな釘でとめただけの一枚の皮が、くり返しねじられたら、そう長くもつものではない。まもなく、片方の釘の頭がほぐれた皮にかくれそうになった。

「もう、よく気をつけてくれよ」と、ブラックベリがいった。「ふいにはずれたら、君、とばされるぞ。歯でだんだんにひきはがしてくれ」

それから二分ばかりで、ドアは留め金だけに支えられてだらりとかしいだ。クローバーが、ちょうつがいのついていた方を押して出てくると、ボックスウッドが、それにつづいた。

数匹の動物、あるいは数人の人間が、抵抗するものを克服《こくふく》しようとして力をあわせ、ついにそれに成功すると、しばらくじっとしていることがよくある。みごとに戦った敵に対して敬意をはらうのがあたりまえという気持ちが、そうさせるのかもしれない。巨木が、メリメリ、バリバリ、ザザーと音を立てながら、最後に大地をふるわせて倒れる。すると、きこりたちは、すぐに腰《こし》をおろさず、だまって立っている。何時間もかけて、深い雪を片づけおわると、寒い現場から家まで送ってくれる車がすぐ出るというのに、男たちは、感謝の手をふりながら通過するドライバーたちには、にこりともせずにうなずくだけで、しばらく、シャベルによりかかってじっとしている。

実に上手に作ってあったウサギ小屋の出入り口のドアは、長さがおなじ四本の木を組み立てた枠に金網を張っただけのものになっていた。ウサギたちは、板の上にすわったまま、だまってドアの匂いをかいだり鼻でなでまわしたりしていた。ほんのしばらくすると、ウサギ箱に残っていたローレルとヘイスタックも、おずおずと外に出てきて、あたりを見まわした。

「ヘイズルｰラー、どこにいます?」と、ローレルがたずねた。

「すぐ近くにいるよ」と、ブラックベリがこたえた。「小道で待っている」

「小道ってなんです?」

「小道?」ブラックベリは、びっくりした。「そりゃ……」

ブラックベリは、飼いウサギたちは小道も農家の庭も知らないことを思い出して、話をやめてしまった。自分のすぐそばにあるものすら、ほとんど何も知らないなんて、これはどういうことなんだ？

するると、彼のかわりにビグウィグがいった。

「今は、ぐずぐずしていられないんだ。俺についてきてくれ」

「でも、どこへ？」と、ボックスウッドはたずねた。

「そりゃ、もちろん、外へだよ」ビグウィグは、いらだたしげにいった。

ボックスウッドは、まわりを見まわした。「わかりませんねえ……」

「おれが知ってる」と、ビグウィグがいった。「いっしょに来ればいいんだ。何も考えるな」

飼いウサギたちは、うろたえて顔を見合わせた。彼らが、頭に見慣れない髪束があって、血の匂いをさせているこの大きくて怒りっぽい牡《おす》ウサギをこわがっていることは、ひと目でわかった。飼いウサギたちには、自分たちが何をしたらよいのか、相手のウサギたちは何を望んでいるのか、さっぱりわからないのだった。

彼らは、ヘイズルのことは覚えていた。そして、出入り口のドアをこじ開ける作業には胸をおどらせて待ち、ドアが開くと外に出たくてたまらずに出た。出るということ以外、彼らには全然なんの目的もなかったし、目的を持つ意味がわからなかった。登山する人たちに向かっていっしょに行きたいという子どもとおなじで、小屋の外に出ることがどういうことなのか、まったく知らないのだった。

ブラックベリは気落ちしてしまった。この連中をいったいどうすればいいのだ？　ほうっておけば、小屋の中をのんびりはねて回ってから庭に出て、ネコにやられてしまうだろう。この連中が自分から丘陵まで行くなんてことは、月まではね上がれないのとおなじことだ。この連中を、ぜんぶでなくてもいいから、前へ進ませるかんたん明瞭《めいりょう》な方法が何かないだろうか？

彼はクローバーに向かっていった。

「君、夜、草を食べたことはないだろ。昼間よりずっとおいしいよ。みんなで食べに行こうじゃないか」

「ええ、ぜひ」と、クローバーはいった。「食べに行きたい。でも、大丈夫かしら？　私たち、ネコがとてもこわいんです。時々やってきて、金網越しにじっとにらまれると、ぶるぶる、ふるえてしまいます」

とにかく、分別の目ざめだよなぁ、こういうのって、とブラックベリは思った。

「あの大きなウサギは、どんなネコと戦っても負けないんだ」と、ブラックベリはこたえていった。

「今夜も、ここへくる途中でネコを一匹、半殺しにしている」

「そして、その大きなウサギは、ネコとの戦いは、もうたくさんだと思ってる」ビグウィグが、きびきびいった。「だから、君たちが月の光を浴びながら草を食べたいと思ったら、さあ、ヘイズルーラーが待っているところへ行こうじゃないか」

先頭に立って小さな庭へ出たビグウィグは、材木の山のところに、ネコがいることに気づいた。輪《りん》郭《かく》からして、さっきやっつけたネコとわかった。ネコであるかぎり、ウサギがいればひきつけられてしまうのは当然だが、彼女は、もう一度戦う気はなく、ビグウィグたちが庭を通っても、じっと動かなかった。

進みぐあいは、恐ろしくのろかった。ボックスウッドとクローバーは、何か危険が迫《せま》っていることを感じ取り、おくれまいと一生けんめいがんばっていた。ところが、あとの二匹は、小さな庭にとびだしたとたん、どうしてよいのかわからなくなって、立ったまままきょとんとあたりを見まわした。それで、すっかり進みがおくれているうちにネコがこっそり材木の山から物置小屋の脇《わき》へ移動していた。

ブラックベリは、やっとのことでおくれている二匹を農家の庭まで連れ出した。ところが、今までよりもっと広いところに出た二匹は、未熟な登山者が切り立った岸壁《がんぺき》を見上げたときのように、恐ろしくてぼんやりしてしまった。彼らは、ブラックベリのやさしい説得にも、ビグウィグの命令にも、まったく従《したが》う様子はなく、暗闇《くらやみ》にすわったきり、目をしばたたきながら、ただあたりを見まわしていた。

そこへ、二匹目のネコ——ヘイズルのブチが、母屋の向う端からあらわれてウサギたちの方へやって来た。そのブチがイヌ小屋の前を通ると、ラブラドル犬が目をさましておき上がり、小屋の中から肩《かた》まで出して左右を見た。そして、ウサギに気がつくと、つながれた綱《つな》いっぱいに飛び出して吠《ほ》えはじめた。

「行くぞ！」と、ビグウィグがいった。「ここは危ない！　小道をかけのぼるんだ！　急げ！」

ブラックベリとスピードウェルとホークビットが、すぐに、ボックスウッドとクローバーを連れて納屋の下の暗闇にかけこんだ。ダンディライアンは、いつ背中にネコの爪《つめ》がくいこむかとはらはらしながらも、ヘイスタックから離れないで、動くように説得しつづけていた。ビグウィグが、とびはねてきて、耳もとでいった。

「おい、ダンディライアン、殺されたくなかったら、ここから出るんだ！」

「でも……」と、ダンディライアンがいいかけると、

「いわれたとおりにしろ！」と、ビグウィグがいった。イヌの吠える声は恐ろしく、さすがの彼が、パニック寸前だった。ダンディライアンは、それでもまだちょっとためらったが、動かない飼いウサギを残して、小道をかけあがった。

仲間は、ヘイズルをかこんで、土手下に集まっていた。ボックスウッドとクローバーは、力を使いきったようにふるえていた。ヘイズルが話しかけてはげましていたが、暗闇からビグウィグが姿をあらわすと、話をやめた。イヌが吠えるのをやめたので、あたりは静かになった。

「これで全員だ」と、ビグウィグがいった。「行こうか、ヘイズル」

「しかし、飼いウサギは四匹いただろ」と、ヘイズルはいった。「あと二匹はどこにいる？」

「農家の庭」と、ブラックベリがいった。「何をしても動いてくれなかった。そこで、イヌが吠えだ

したものだから」

「うん、知っている。じゃ、彼らも自由になっていたんだね？」

「すぐに、もっと自由になる」と、ビグウィグが怒《おこ》ったようにいった。「ネコたちがいたからな」

「だったら、なぜ置き去りにした？」

「動こうとしなかったからだ。イヌが吠える前だって、ひどいものだったんだぞ」

「イヌは、つないであるのか？」

「つないである。しかし、怒って吠えているイヌから二、三メートルくらいのところにいるウサギが、それに耐《た》えられると思うか？」

「もちろん、思わない」と、ヘイズルはいった。「ビグウィグ、君はすごいことをやってくれた。君がもどってくる前に話を聞いたんだが、二度とかかってこられないほど、ネコをやっつけたんだってね。また、たのみだけれど、ブラックベリとスピードウェルとホークビットといっしょに、この二匹を村まで連れて行ってくれないか？　ひと晩まるまるかかると思うけれど。彼らは、足があまり速くないから、辛抱《しんぼう》強くたのむ。ダンディライアンは、ぼくについてきてくれないか？」

「どこへ、ヘイズル‐ラー？」

「残りの二匹を連れ出しに行く」と、ヘイズルはいった。「君は、だれよりも足がはやい。君ならそう危険でもないだろ？　おい、ビグウィグ、たのむよ、急いでくれ」

ビグウィグが返事をする間もなく、ヘイズルは、ニレの木の下に姿を消した。ダンディライアンは、その場を動かず、不安な目でビグウィグを見ていた。

「彼のいうとおりにするつもりか？」と、ビグウィグがいった。

「君は？」

ビグウィグには、ここで「ことわる」といえば破滅《はめつ》しかないことが、すぐにわかった。みんなを連れてまた農場へ侵入することはできない。といって、ここへ置き去りにもできない。ビグウィグは、ヘイズルのやつ、まったくいまいましいほど利口だからというようなことをぶつぶつつぶやいて、ホークビットが食べていたノゲシをはらい落とし、五匹を連れて土手から野原へとくだっていった。ひとり残されたダンディライアンは、ヘイズルを追って農家の庭へもどった。

納屋の脇を進んでいくと、ヘイズルが、開けた庭に残っている牝のヘイスタックのそばで、彼女に話しかけていることがわかった。ヘイスタックは、さっきのところから全然動いていなかった。イヌはイヌ小屋にひっこんでいた。しかし、姿は見せなくとも、目をさまして油断なく気をくばっていることは、気配でわかった。

ダンディライアンは、用心しながら、ものかげから出て、ヘイズルに近づいた。

「今、ヘイスタックと話をしているところなんだよ」と、ヘイズルがいった。「村までちょっとあることを説明したところでね。君、ローレルのところへ行って、ここまで連れてきてくれないか？」

その声は、楽しげに聞こえた。しかし、ダンディライアンは、彼が目を大きく見開いて、前足をかすかにふるわせていることに気づいた。それに、大気が、いつもとちがってなんだか明るい感じだった。遠くで何かがブルブルこきざみにふるえている音も聞こえていた。

ダンディライアンは、ネコのことが気になるので、あたりを見まわすと、少し離れた母屋の前に、二匹うずくまっていた。あまり近づきたがらないのは、ビグウィグのおかげだけれど、しかし、立ち去る気配もなかった。

庭から母屋の前のネコを見て、ダンディライアンは突然ぞっとして、ふるえながらささやいた。

「ヘイズル！　ネコがいる！　ほら、あの目！　緑色に光ってる。ほら、ほら！」

ヘイズルが、ぐっと背をのばした。ダンディライアンは心底ぞっとしてとびさがった。闇の中で、ヘイズルの目が赤黒く燃えるように光ったのだ。そして、そのとき、低くうなるように聞こえていた振動音《しんどうおん》が、ふいに大きくなって、ニレの葉をそよがせる夜風の音をかき消した。

と、突然、目もくらむような光が、豪雨《ごうう》のようにふりそそぎ、ウサギたちは、その場から動けなくなった。この恐ろしくぎらつく光のため、動物本能そのものが麻痺《まひ》してしまったのだ。イヌははじめ吠えたが、すぐにまた静かになった。ダンディライアンは動こうとしたが、体がいうことをきかなかった。強烈《きょうれつ》なまぶしさが、頭に突《つ》き刺《さ》さってしまった感じだった。

自動車が一台、小道をあがってニレの木の下から数メートル進んでとまった。

「あっ、ルーシイのウサギが出ちゃってる！」

「ほんとだ！　すぐつかまえた方がいい。ライト、消さないで！」

ものすごい光の後ろの方から聞こえた人声で、ヘイズルは自分をとりもどした。目は見えなかったけれど、音は聞こえ、匂いもわかった。そこで、目をつぶると、何もかもはっきりわかった。

「ダンディライアン、ヘイスタック！　目をつぶって走れ！」

ヘイズルは、すぐに、コケむしてしめっている土台石の匂いをかぎとった。納屋の下に入ったのだ。ダンディライアンはすぐそばに、ヘイスタックは少し離れたところにいた。外で、敷石《しきいし》をふむ人間の靴の音がした。

「それだ！　後ろへまわれ！」

「遠くへは行かないよ！」

「だったら、つかまえろ！」

ヘイズルは、ヘイスタックに近づいていった。「ローレルは、置いていかなくちゃならないようだよ。君は、ぼくについてくればいいからね」

ウサギたちは、ニレの木立をめざして、納屋の高床の下を走った。ウサギが出たところは、車の後ろで、あたりには排《はい》ガスの臭いがたちこめていた。息がつまりそうな、その猛烈《もうれつ》な臭いは、ウサギたちの頭をまたまた混乱させた。ヘイスタックは、またすわりこんでしまい、もう、何をいっても動こうとしなくなった。

「置いていかなくちゃだめじゃないかな、ヘイズル‐ラー？」と、ダンディライアンがいった。「人間だって、べつに彼女を殺したりしないよ――ローレルをつかまえて箱にもどしていたもの」

「牡《おす》なら、君のいうとおりにするよ」と、ヘイズルはいった。「しかし、ぼくらにはこの牝が必要なんだ。そのために、ここまで来たんだろ」

ちょうどそのとき、人間が口にくわえる白い棒《ぼう》が燃える臭いがして、人間たちが庭にもどってくる足音が聞こえた。人間たちは、車の中の何かをさがすらしく、金具がぶつかり合う音がした。その音で、ヘイスタックはいつもの自分にかえったらしく、ダンディライアンに顔を向けていった。

「私、箱の中にもどりたくありません」

「ほんとうだね？」と、ダンディライアンがきき返した。

「ええ、いっしょに行きます」

ダンディライアンは、すぐにいけがきに向かった。いけがきを抜けて溝《みぞ》におりたときになって初めて、彼は小道を反対側に横切ったことに気づいた。来たときに入ったのとはちがう溝だった。しかし、別にさしつかえはなさそうだった。左右どっちの溝も、道に沿っておなじ方向にくだっていた。ヘイズルが追いつくのを待って、ゆっくり進めばよかった。

ヘイズルは、二匹よりほんの少しおくれて小道を横切った。後ろで、人間たちがフルドドから離れる音がした。いけがきの土手に上がったとき、小道を懐中電灯《かいちゅうでんとう》の光が流れ、いけがきの中に消えようとしていたヘイズルの赤い目と白い尻尾《しっぽ》をとらえた。

「あっ、野ウサギ！　あそこ！」

「そうか！　うちのウサギも、このあたりにいるんだ、きっと。あそこに、いっしょかな？　調べた方がいいな」

溝に入ったヘイズルは、イバラのやぶの下で、前の二匹に追いついた。そして、「たのむ、急いでくれ」とヘイスタックにいった。「人間が追ってくる」

「それが、できないんだ、ヘイズル」と、ダンディライアンがいった。「溝が行きどまりなんだ。ここから出なくちゃならない」

ヘイズルは、前の方のにおいをかいでみた。イバラのすぐ前が、土と草とごみでふさがっていた。外に出るより、逃げ場がない。人間は、もう土手の上まで来ていた。懐中電灯の光が、いけがきのあちこちや、三匹の真上のイバラをちらちらと照らしている。溝の縁《ふち》をゆさぶるように、足音がドカドカと二、三メートルまで近づいてきた。

「いいか、」ヘイズルはダンディライアンにいった。「ぼくは、彼らの目につくように、この溝を出て草地の縁を反対側の溝まで走る。あの光はまちがいなくぼくに向けられる。その間に、君とヘイスタックは土手をのぼって小道に出て、カブのある物置小屋まで走ってくれ。あそこにかくれていれば、ぼくもすぐに追いつく」

　議論をしているひまはなかった。つぎの瞬間、ヘイズルは、人間の足元すれすれにとびだして、草地を走った。

「あそこ！」

「光で追え！　はずすなよ！」

　ダンディライアンとヘイスタックは、土手を越えて小道に出た。ヘイズルは、懐中電灯の光に追われながら、向かいの溝にとびこもうとしたが、その直前、後ろ足の一本を何かが鋭くたたいて、熱く刺すような痛みが横腹を走り、同時に銃声《じゅうせい》が響きわたった。ヘイズルは、もんどり打って、溝の底のイラクサの中にころげこみながら、あの日暮れ時のソラマメ畑の花の香りをあざやかに思い出した。

「しまった。人間たちは鉄砲《てっぽう》を持っていたんだ」

　ヘイズルは、撃《う》たれた足をひきずりながら、イラクサをはって抜け出した。もう、すぐにも、懐中電灯で照らされてつかまるにちがいない。足を血が伝って流れるのを感じながら、彼は溝の壁沿いをよろよろとはった。ふいに、鼻の片側に風があたった。腐《くさ》ってじめじめした臭いのする風がうつろな音をたてていた。配水管の出口だった。配水管は、内壁が冷たくてなめらかなトンネルで、ウサギ穴より狭《せま》かったが、もぐりこむことはできた。彼は、耳をぴったり背中につけて、しめった床に腹を押《お》しつけ、鼻先の柔《やわ》らかい土を押しあげて管の中にかくれた。足音が、どしどし土を踏みならして近づいてきた。

「おい、ジョン、ほんとうにあたったのかね?」

「ああ、ちゃーんとあてたよ。ほれ、あそこ。ありゃ、血だろ?」

「うん、そうだな。しかし、血だけじゃ、なんにもならんぜ。もう、遠くへ逃げちまったかもしれないな」

「そのイラクサン中にいるんじゃないかね」

「じゃ、のぞいてみろよ」

「いないな」

「まあ、こんな晩《ばん》に、このあたりをさがしまわるわけにゃいかない。箱から逃げたウサギをつかまえなくちゃならないからな。やっぱり鉄砲なんか撃っちゃまずかったよ、ジョン。うちのウサギをおどろかして逃がしちまう。ほんとにしとめたのなら、明日になってさがせばいい」

あたりは、また、静かになったが、それでも、ヘイズルは、冷たい風がかすかに音をたてて吹き抜けるトンネルの中で、じっと動かなかった。体が冷たく、だるくなり、絶えず痛みが走り痙攣《けいれん》におそわれながら、ぼーっとした夢《ゆめ》うつつの状態《じょうたい》におちいっていった。

しばらくすると、配水管から、足跡ばかりが残っている溝に、一すじの血がポタポタとしたたり落ちはじめた。

＊　＊　＊

ビグウィグは、ウシ小屋のわらにくるまって、ブラックベリのすぐそばにうずくまっていた。そして、小道を二百メートルほど上がったあたりで、銃声《じゅうせい》が響きわたったとたん、あわてて逃げだしそうになった。しかし、はっと気づいて、自分をおさえると、すばやく仲間たちをおさえた。

「逃げるな！　逃げこむ穴《あな》なんかない」

「ちがう！　鉄砲《てっぽう》からもっと離《はな》れるんだ」と、ブラックベリが白目をむいていい返した。

「しっ！」ビグウィグが、聞き耳を立てた。「小道を走ってくる。あれが聞こえないか？」

「ウサギが二匹。聞こえるのはそれだけ」ブラックベリが、少し間を置いていった。「二匹は、へとへとになってるみたいだな」

二匹は顔を見合わせて、そのまま待った。そして、ビグウィグがまた立ち上がっていった。「みんな、ここにいてくれ。俺《おれ》が迎《むか》えに行ってくる」

道端《みちばた》に出たところで、片足をいためて疲《つか》れきっているヘイスタックを、ダンディライアンがせきたてていた。

「急げよ、さ、ここへはやく！」と、ビグウィグはいった。「あれっ？　あれっ？　ヘイズルは？」

「鉄砲で撃《う》たれた」と、ダンディライアンがこたえた。

二匹は、物置小屋のわらの中で、待っていた五匹に合流した。そして、ダンディライアンは、きかれるより早く自分から話はじめた。

「人間たちがヘイズルを鉄砲で撃った。あのローレルはつかまって箱にもどされた。それから、ぼくらを追いかけてきた。ぼくらは行きどまりの溝《みぞ》に追いこまれた。すると、ヘイズルが、自分から飛び出した。ぼくらが逃げられるように、人間の注意を自分にひきつけようとしたんだ。しかし、鉄砲があるとは思わなかったな」

「ヘイズルが殺されたのは、たしかかい？」と、スピードウェルがきいた。

「弾《たま》にあたった現場は見ていない。しかし、すぐそばまで来ていたから」

「待ってみよう」と、ビグウィグはいった。

ウサギたちは、長い間待った。おしまいには、ダンディライアンとビグウィグが、用心しながら小道をひき返した。彼らは、溝の底がブーツでふみ荒《あ》らされ、血の流れたあとがあるのを見て、もどって報告した。

足弱な飼《か》いウサギ三匹を連れての帰りの旅は、二時間以上もかかる疲れる旅だった。惨《みじ》めな気分でしょんぼりしていた。ようやく、丘陵《ダウン》の麓《ふもと》にたどり着くと、ビグウィグは、ブラックベリ、スピードウェル、ホークビットの三匹に、このまま先に村へ行くようにといった。三匹が、さしそめた朝の光の中をブナ林に近づくと、露《つゆ》にぬれた草の中から、彼らを出迎えに一匹のウサギがあらわれた。ファイバーだった。

スピードウェルとホークビットは、立ちどまらずにそのまま村に向かい、ブラックベリだけが足をとめた。

「ファイバー、悪い知らせだ。ヘイズルが……」

「知っている」と、ファイバーはいった。「今、わかった」

「どうして?」ブラックベリは、びっくりしてきき返した。

「たった今、君たちが草の中から姿をあらわしたとき、」と、ファイバーはおさえた低い声でいった。「君たちの後ろから血まみれで足をひきずった四匹目のウサギが見えた。ぼくは、それがだれかをたしかめようとして走ってきた。すると、君たちが肩《かた》をならべてやって来るだけだった」

ファイバーは、話をやめて、丘陵を見わたした。うす明かりの中に消えうせた血まみれのウサギを、なおもさがしているように見えた。それから、ブラックベリがいいかけたきり、口をつぐんでいるので、彼の方から話をうながした。「何があったか、知っているかい?」

ブラックベリが、知っているかぎりを伝えると、ファイバーは村にもどり、さびしい巣穴《すあな》にひきこもってしまった。

少しして、ビグウィグが飼いウサギたちを連れてやってくると、すぐに全員をハチの巣に集めた。

ファイバーは姿を見せなかった。

それは、珍客《ちんきゃく》を迎えるにしては、陰気《いんき》な集まりだった。あのブルーベルですら、陽気な話一つできなかった。ダンディライアンは、ヘイズルが溝《みぞ》から飛び出すのを、とめられたかもしれないのにと思って沈《しず》みこんでいた。みんな、暗い気分で押しだまったまま解散して、お義理のようにシルフレイした。

午前もおそく、ホリーが足をひきずるようにして、遠征《えんせい》からもどった。連れの三匹でけがもなく元気なのは、シルバーだけだった。バックソーンは、顔に傷を受け、ストロベリは極度の疲労のため、ブルブルふるえていた。明らかに病気だった。牝《めす》は、一匹も連れてこなかった。

26　ファイバーの霊感

恐ろしい旅をつづけるシャーマンは、暗い森を抜け、大山脈を越えてさまよい……大地にあいた穴にたどりつく。もっとも困難な冒険がはじまるのである。シャーマンの前には、底深い黄泉《よみ》の国が待ちうけている。

ユノ・ハルバ〈ジョセフ・キャンベル作『千の顔を持つ英雄』中の引用より〉

ファイバーは、巣穴《すあな》の土の床に寝《ね》ていた。外の、丘陵《ダウン》は、今、まばゆい真昼の強烈《きょうれつ》な暑さに包まれていた。草の上のクモの糸をきらめかせていた朝の露《つゆ》は、午前半ばにはすっかり消え、小鳥たちも鳴きやんでひっそりしていた。針《はり》のような芝がひっそりと広がるあたりには、かげろうがもえていた。

ウサギの村の脇《わき》を通っている小道を、ごく短い草がなめらかにおおっていたが、そこは今、水滴のきらめきに似た無数の細かい光の粒《つぶ》がこぼれておどっていた。まばゆい光を受けた目で、遠くブナ林を望むと、ブナ林の木々は、真っ黒な大きな影を落とし、森の中はうかがえなかった。聞こえるのは、キリギリスの「ギイーッ、ギイーッ」と鳴く声ばかり。あたりにただようのは、あたためられたタチジャコウソウの香りばかり。

巣穴にこもったファイバーは、昼の間、頭上の土にかすかに残っていた最後のしめり気までがかわいて消える、うだる暑さにもぞもぞ動いたり、体のあちこちをひっかいたり、落ち着かない浅い眠りをつづけていた。

一度、天井から、かわいてさらさらになった土がこぼれ落ちたとき、彼は、はっとして眠りからさめ、通路の出入り口までとびだしたが、そこで、すぐに我にかえり、巣穴へ引き返した。ファイバーは、目をさますたびに、ヘイズルがもういないことを思い出した。心に刻まれて消えない、あの足をひきずった影のようなウサギ——丘陵の曙《あけぼの》の光の中に消えたあのウサギの姿を思い出した。

今、あのウサギはどこにいるのだろう？　どこへ消えていったのだろう？　ファイバーは、あのウサギが、もつれた自分の頭の中を抜《ぬ》けて、露《つゆ》にぬれた冷たい尾根をこえ、夜明けの霧《きり》の中に沈《しず》んでいる下界の野原にくだるのを追った。アザミとイラクサの中をはい進むファイバーのまわりで、朝霧がうずまいた。そして、もう、前方に、足をひきずるウサギの姿は見えなかった。

ファイバーは、自分だけになって、恐ろしくなった。それでも、昔なじんだ音と匂《にお》いはわかった。それは、生まれたところの音と匂いだった。

生《お》い茂《しげ》る夏の草は消えうせていた。時は三月。彼は、葉の落ちたトネリコと花盛りのリンボクの下にいた。ファイバーは、小川を渡《わた》り、小道に向かう斜面《しゃめん》をのぼり、ヘイズルといっしょに立て札にぶつかったあの場所に向かった。あの立て札は、まだあるだろうか?

　彼は、おずおずと斜面を見上げた。霧のため見通しはきかなかった。しかし、てっぺんに近づくと、ひとりの男が山と積んだ道具を使って何かしていた。シャベルやロープや何か、ファイバーが使い方を知らない小さな道具類もあった。立て札は、まだ、地面に寝かせてあった。それは、ファイバーが覚えている立て札より小さかった。

　柱もたったの一本だけだった。四角で長くて、地面に突き立てるため、先がとがらしてあった。立て札の表は、前に見たのとそっくりで白く、棒《ぼう》のように鋭い黒い線がいっぱいあった。ファイバーは、おずおず斜面をのぼり、男のすぐそばで立ちどまった。男は、足下の地面にあいている小さくて深い穴を見おろしていた。

　男が、やさしい顔で、ファイバーを見た。それは、とらえた生きものを食べたくなればいつでも殺して食べられる人食い鬼が、自分の運命を知っている犠牲者《ぎせいしゃ》に見せるようなやさしい顔だった。

「やあ!　俺《おれ》が何をしてると思うかね?」と、男はたずねた。

「何をしているんですか?」ファイバーは、恐怖のため、目をいっぱいに見開き、引きつれた顔できいた。

「この立て札をここに立てるのさ」と、男はいった。「なんで立てるのか、知りたいんだろうな、え?」

「ええ」ファイバーは蚊《か》の鳴くような声でいった。

「それは、あそこにいる、あのエズルのためなんだ」と、男はいった。「あいつがいるところだからっていう、それだけの話さ。あいつのために、ちょっとした立て札を立てなきゃならねえんだ。どう思う、あんた？」

「わかりません」と、ファイバーはいった。「あの——あのう、板が何かいえるんでしょうか？」

「ああ、いえるとも」と、男はこたえた。「そこなんだよ、おまえたちより人間の方がえらいのは、そこがちがうから、俺たちはいつでも好きなときに、おまえたちを殺せるのさ。さあ、あの立て札をよーく見てみな。そうすれば、今よりもっと物知りになれるぞ」

青白くぼんやりした淡い光をたよりに、ファイバーは立て札を見上げた。じっと見ていると、白い表面についている黒い棒がちらちらしはじめた。黒い棒たちが、とがったくさびのような小さい頭を持ち上げて、巣の中のイタチの子どもたちのように、わいわいしゃべりたてた。そのあざけりをこめたむごい言葉が、砂ぼこりや袋の中から聞こえてくるようにくぐもって、かすかにファイバーの耳にとどいた。

「ヘイズルーラーを偲《しの》んで！　ヘイズルーラーを偲んで！　ヘイズルーラーを偲んで！　ハ、ハ、ハ、ハ、ハ！」

「どうだい、わかっただろ？」と、男はいった。「だから、俺はあいつをこの立て札の上にぶら下げなくちゃならねえのさ。つまり、これをきちんと立てたらすぐにな。カササギとかイタチをつるすのとおなじよ。ああ、やつをつるすんだ」

「だめ！」と、ファイバーはさけんだ。「だめ、だめ！　やめろ、やめろ！」

「まだ、あいつは、つかまえていないぜ、うん？」と、男は話をつづけた。「だから、仕事が終わらねえのさ。あいつをここにぶら下げられねえんだ。やっけえな穴にもぐっちまやがって、そこにいるもんだからな。ちゃんと追いつめたのに、穴に入りやがって、逃がしちまった」

ファイバーは、男の靴《くつ》のところまではい進んで、穴をのぞいた。穴は丸かった。土管が地面にはめこんであるのだ。ファイバーは、「ヘイズル！　ヘイズル！」と呼んでみた。すると、穴のずっと下で何かが動くので、もう一度、声をかけようとした。すると、男がかがみこんで、ファイバーの眉間《みけん》をなぐった。

ファイバーは、もうもうと舞い立つ砂ぼこりの中で、じたばたしていた。

「落ち着けよ、ファイバー！　落ち着くんだ！」と、だれかの声がした。

ファイバーは、体をおこした。目にも耳にも鼻の穴にも、土が入りこんでいて、匂いがわからなかった。ファイバーは体をゆさぶって、土ぼこりを落としてから、

「だれ？」ときいてみた。

「ブラックベリだよ。君の様子を見に来たんだ。大丈夫だ。天井の土が少し落ちただけさ。村中の穴

の天井が落ちてる。この暑さのためだ。おかげで、君は悪夢《あくむ》からさめたんだよ。のたうちまわって、ヘイズルの名前をさけんでいたぜ。つらいだろうなあ、君は！　ほんとうに不幸なことになったなぁ。なんとか耐《た》えていかなくちゃならないけれどねぇ。だれもみな、いつかは走ることをやめる定めだもの な。フリス様のお心のままだよ、それは」

「もう、夕方？」と、ファイバーがたずねた。

「いや、まだだよ。ニ - フリスをまわってだいぶになる。ホリーたちが帰ってきたのは知ってるだろ。ストロベリがひどい病気になっていて、牝《めす》は連れてこなかった――一匹も。村は今、最悪の状態《じょうたい》になっているよ。ホリーは、まだ眠っている。疲《つか》れきってしまったんだ。今夜、何があったか、くわしく話してくれるそうだ。彼にヘイズルの悲劇について話したら、彼はいったよ……あれ、ファイバー、君、聞いていないな、だまっていろということか？」

「ねえ、ブラックベリ、」と、ファイバーがいった。「君は、ヘイズルが鉄砲《てっぽう》で撃《う》たれた場所を知っているかい？」

「うん。ビグウィグといっしょに、引き上げる前に、彼が逃げこんだ溝《みぞ》を見に行ったからね。しかし、だめだよ、君が――」

「そこへ連れて行ってくれないか？」

「また、あそこへ？　いや、だめだよ。遠いんだよ、ファイバー。それに、無意味だ。危険だし、この暑さだ。悲しみが増すばっかりだよ」

「ヘイズルは死んでいない」と、ファイバーがいった。

「死んでいるよ。人間がつかまえていったんだよ、ファイバー。ぼくは、彼の血を見てる」

「そうだろ。しかし、死んだヘイズルは見ていない。死んでいないからだ。ブラックベリ、君は、ぼくのたのみをきかなくちゃいけない」

「むりなたのみだ」

「それじゃ、ぼくだけで行かなくちゃならない。しかし、ぼくは、ヘイズルの命を救う手伝いをしてくれと、たのんでいるんだよ」

最後に、ブラックベリがしぶしぶ譲歩《じょうほ》して、二匹は丘陵をくだりはじめたが、ファイバーの足は、まるで隠《かく》れ家《が》に逃げこむときのようなはやさだった。そして、何度も、急いでくれとブラックベリをせきたてた。畑や野原は、焼けつく日ざしの下で、生きものの姿はなかった。アオバエ以上に大きな生きものは、みんな、炎暑《えんしょ》を避《さ》けてかくれていた。

小道脇《わき》のあの物置小屋にたどりつくと、ブラックベリは、ビグウィグといっしょに、さがしにもどったときのことを話しはじめた。ところが、ファイバーは、それをさえぎっていった。

「斜面を上がることは、わかってる。だから、問題の溝を教えてくれないか」

ニレの林は静まりかえっていた。葉ずれの音一つ聞こえてこなかった。溝は、ノラニンジン、ドクニンジン、長い蔓《つる》に緑の花を咲《さ》かせるブリオニアなどがびっしり茂《しげ》っていた。ブラックベリが先になってふみ荒《あ》らされたイラクサの茂みに案内すると、ファイバーはそこにすわりこんで、だまって匂いをかいだり、まわりを見たりしはじめた。ブラックベリは悲しい気持ちで、ファイバーのすることを、ただじっと見ていた。

かすかな風が、しのびよるように野原を渡《わた》ってくると、ニレの木立のどこかで、一羽のクロウタドリが鳴きはじめた。ようやく、ファイバーが、溝の底を歩きはじめた。ファイバーの耳のあたりをブンブン飛びまわっていたハエの一群が、突き出た石にぶつかりそうになって、わっと舞い上がった。それは、石——ではなかった。土管の口だった。排水口の下縁にかわいて黒くなった血——細い筋になったウサギの血がこびりついていた。

「血のついた穴!」ファイバーは小声でいった。「血のついた穴だ!」

ファイバーは、土管の中の闇《やみ》をのぞいた。管はふさがっていた。一匹のウサギがふさいでいた。それは、匂いでわかった。そのウサギの弱々しい心臓の鼓動《こどう》も、土管の中なので、音がこもって増幅《ぞうふく》されるので、かすかだけれど聞き取れた。

「ヘイズルだね?」と、ファイバーがいった。

ブラックベリが、さっと寄ってきた。「どうした、ファイバー?」

「この中にヘイズルがいる」と、ファイバーはいった。「そして、生きている」

27　「その場にいなければ想像もつかない」話

これは驚いた。こんな人たちは見たことがない。
〈セシリア・スラールが引用したセニョール・ピオッツィの言葉〉

ハチの巣《す》では、ビグウィグとホリーが、ヘイズルを失ってから二度目の集会をひらこうとしていた。涼《すず》しくなるにつれて、ウサギたちは目をさまし、つぎつぎに、それぞれの巣穴《すあな》からハチの巣へ集まってきた。ウサギたちは、みんなひっそりしていて、内心の不安をかかえていた。

ひどい傷《きず》の痛みのように、深刻なショックの影響は、それを感じるのに少し時間がかかる。子どもは、生まれて初めて、知っている人が死んだことを聞かされると、それを信じないわけではないけれど、その意味がのみこめないから、後になって、たぶん何度か、その人はどこにいるか、いつ帰ってくるかとたずねる。

ピプキンも、ヘイズルはもうもどってこないという知らせを、地味な木を植えつけるように頭の中にしっかり植えつけたのだが、まだ、悲しみよりとまどいの方が強かった。彼は、集まってきた仲間みんなの顔におなじとまどいが浮《う》かんでいることに気づいた。ウサギたちは、戦《いくさ》という危機に直面しているわけではなかったし、この村で暮らせることに変わりはなかった。しかし、彼らは幸運に見放されたと思いこんで、うちのめされていた。ヘイズルは死んでしまった。ホリーの遠征《えんせい》は完全な失敗だった。いったいこれからどうなるのだ？

ホリーは、すっかりやつれて、そそけ立ったような体にヤエムグラとゴボウの葉の切《き》れ端《はし》を、いっぱいくっつけていたが、三匹の飼《か》いウサギに話しかけて、一生けんめい元気づけようとしていた。今となっては、ヘイズルの冒険は無謀《むぼう》で、彼はむだに命を落としたとはだれもいえなかった。とにかく、飼いウサギだけれど、牝《めす》が二匹村にいるのだ。村にだいじな資産ができたのだ。

その二匹の牝は、しかし、新しい環境の中で極度の不安におちいっていることは、はっきりわかった。ホリーは、このままでは二匹とも子どもなど生めないと考えて、そうならないように一生けんめい努力していた。

牝は、気持ちを乱されてキレそうになると、子どもを生まなくなってしまう。二匹の飼いウサギの牝も、みんなが悲しみにくれているところへやってきて、くつろげるはずがなかった。このままでは、二匹とも、死んでしまうか、どこかへさまよい出てしまう。そこで、ホリーは気をひきしめて、二匹の牝に向かい、これからはよい暮らしができると話してはげます努力をしていた。しかし、彼は、話しながら、自分でその話を少しも信じていないことを感じていた。

ビグウィグは、まだ集まっていないウサギがいるかどうか、エイコンに調べさせた。エイコンは、もどってくると、ストロベリのぐあいが悪そうであることと、ブラックベリとファイバーの姿が見えないことを報告した。

「ファイバーはほっておこう」と、ビグウィグはいった。「かわいそうだけれど、しばらくすれば、自分で元気をとりもどすだろう」

「しかし、巣穴にいないんだよ」

「気にするなよ」と、ビグウィグはこたえたが、そこで、はてなと考えた。「ファイバーとブラックベリ？　彼らがだれにもいわずに、村を離《はな》れるかな？　それが、みんなに知れたら？」

まだ明るいうちに、キハールにたのんでさがしてもらった方がいいのでは？　しかし、キハールが彼らを見つけても、どうなるのだ？　むりやり連れもどすわけにはいかない。それに、出て行きたい者を連れもどしても無意味ではないか？　すると、そのときホリーが話しはじめて、みんなが静かになった。

「みんなも知ってのとおり、私たちは、今、困ったことになっている」と、ホリーはいった。「だから、近いうちに、どうしたらよいか、話し合わなくてはならないと思う。しかし、何よりもまず、私たち四匹、つまりシルバー、バックソーン、ストロベリと私が、牝を一匹も連れずにもどった話をしなくてはならないと思う。いわれるまでもなく、出発したとき、だれもが、ことはかんたんに運ぶと考えていた。ところが、私たちは、一匹が病気になり、一匹がけがをして、収穫《しゅうかく》なしでもどってきた。君たちは、それはなぜだ、と思っているだろう」
「だれも非難なんかしていないよ、ホリー」と、ビグウィグはいった。
「非難されるべきかどうかは、私にはわからない」と、ホリーはこたえた。「しかし、まず話を聞いてくれ。

出発した朝は、旅《フレッシル》ウサギにはちょうどよい天気だったから、私たちはみな、ゆっくり行こうと思った。涼しい朝で、雲一つないかんかん照りになるまでには、まだずいぶん間がありそうだった。この森の向こう端からあまり遠くないところに農家が一軒《けん》あった。朝がとても早かったから、人間の姿はなかったが、そっちへは行きたくなかった。

そこで、私たちは、西側の、土地が高いところを進んだ。丘陵《ダウン》の端《はし》にぶつかるだろうと思っていたが、ここの北側にあるような崖《がけ》など、まったくなかった。開けていて、かわいていて、ひっそりした台地がどこまでもつづいていた。ムギ畑、いけがき、土手――ウサギがかくれられるところはたくさんあった。ただほんとうの森は全然なかった。大きな白い火打ち石がころがっている、土の柔《やわ》らかい広々した台地が、どこまでもつづいていた。

私は、ウサギがよく知っているような土地、つまり牧草地と森がある土地に出るだろうと予想していたのだが、それはまちがいだった。

とにかく、片側は、木ややぶが密集したみごとないけがきがずっとつづく道だったので、その道に沿って進むことにした。私たちは、のんびりかまえて、休み休み進んでいった。あわててエリルにぶつかるようなことは避《さ》けようと用心したのだ。キツネやオコジョなんかには住みにくい土地だという確信があったので、彼らに出くわしたらどうしようなど、あまり考えてもいなかった。

「どうやら、イタチのすぐそばを通ったらしいんだ」と、シルバーがいった。「臭《にお》いがしたからね。しかし、エリルのやり口は知っているだろ。狩《かり》をしていないときには、こっちに目もくれないことがよくあるよね。もっとも、ぼくらは、ほとんど匂《にお》いを残さなかったし、フラカはネコのまねをして埋《う》めていたしね」

「さて、ニーフリス前、」と、ホリーは話をつづけた。「行く手を横切っている細長い森にぶつかった。こういう平地の森ってのは、おかしなものだねぇ。その森は、ここの森ほど深くはないんだが、左右に直線にのびて、終わりがないんだよ。私は直線てのがきらいでね。人間が作ったものだから。たしかに、この森にも、平行する道路がちゃんとあった。とてもさびしい道路で、何も通らない。でもやはり、そんなところでぐずぐずしていたくはなかったから、まっすぐに突っ切って反対側に出た。

そこの野原にいるのを、キハールが見つけて、方向を変えるように教えてくれた。キハールに進みぐあいをきくと、半分くらい来たといったので、私は、そろそろひと晩《ばん》眠る場所をさがした方がいいと思った。開けたところはいやだったから、結局、ちょっとしたくぼみを見つけて底を掘《ほ》って、それからたっぷり食べて、気持ちよく眠った。

まあ、旅についてはくわしく話すこともないだろう。翌朝《よくあさ》は、餌《えさ》を食べ終わるとすぐに、雨が降《ふ》り出して冷たい風が吹いてきたので、ニーフリスすぎまでくぼみにいた。出発したのは晴れ上がってからだった。雨でぬれたので、旅はあまり楽ではなかったが、日暮れころ、もう目的地は近いはずだと思って、あたりを見まわしていると、一匹の野《へ》ウサギ《ア》が草の中をやってきたので、このあたりに大きなウサギ村はないかときいてみた。

『エフラファのことかい?』と、彼はいった。『エフラファへ行くつもりなのか?』

『それが、その村の名前ならね』と、私はこたえた。

『あそこのことを知っているのかね?』

『いや』と、私はいった。『知らないんだ。それで、どこにあるのか知りたいんだ』

『そうなのか』と、彼はいった。『だったら、忠告する。逃げろ。今すぐ』

その言葉をどう考えていいのか、思《おも》い迷《まよ》っているところへ、突然三匹の大きなウサギが、土手を越《こ》えておりてきた。ビグウィグよ、私が君を逮捕《たいほ》しに行った夜とそっくりだった。そして、一匹がいうのさ。『マークを見せてくれないか?』

『マーク?』と、私はいった。『なんのマークだね? 私にはわからないが』

『エフラファの者ではないのか?』

『ちがう』と、私はいった。『そこへ行くところだ。旅の者でね』すると、『我々といっしょに来てもらおう』といわれた。『遠くから来たのかね?』でもなければ、『ずぶぬれになったかい?』でもなかった。

そんなわけで、この三匹が、私たちを引き連れて、土手をおり、エフラファといわれる村へもどった。この村について少し話しておく方がいいだろうな。それを聞けば、ここに住む我々なんか、いけがきをひっかいてなんとか暮らしているあわれで、うす汚《ぎたな》いひとにぎりのウサギにすぎないことがよくわかる。

エフラファは大きな村だ。我々の生まれ故郷《こきょう》、つまりスリアラーの村よりはるかに大きい。村のウサギすべてが恐れているのはただ一つ、人間に見つかって白い煙《けむり》を送りこまれることだ。そのため、村全体が、人間に見つからないように作られている。穴《あな》はぜんぶ人間の目につかないようにかくされている。幹部階級《アウスラ》が、ウサギ全部を支配していて、命も自分のものではないから、生きているといえるかどうかはわからないが、とにかく、命は安全だ。

あそこには、幹部階級だけではなく、長老会《カンスル》とよばれる組織があって、長老ウサギは、それぞれ、責任のある仕事を持っている。ある長老は餌に気をくばり、別の長老はウサギたちがかくれ住む方法について責任を持つ。交配の責任者もいるというぐあいでね。

平《ひら》のウサギについていえば、地上に出られるのは一度に何匹と限られている。すべてのウサギは、子ウサギのときにマークをつけられる。子ウサギの、あごの下とか、尻《しり》とか、前足とかに深く歯をたてて傷をつける。そうすれば、一生その傷で見分けがつくわけだ。自分のマークの組が出てもよい時間以外は、地上に出てはならないことになっている」

「だれが、出ようとするウサギをとめる?」と、ビグウィグがうめくような声できいた。

「そこが、ほんとうに恐ろしいところなんだ。幹部階級——うーん、あそこにいた者でなければ、想像もつかないよ、あれは。支配者《チーフ》はウンドワートという名のウサギでウンドワート将軍と呼ばれている。彼については、後でくわしく話すが、このウサギの下に、群長《キャプテン》がいて、これはおなじマーク群をまとめている。群長は、それぞれの士官《オフィサー》と番人《セントリ》を従《したが》えている。

キャプテンは、いつも部下をつれて、夜も昼もどこかで見張りをしている。あまり多くはないことだが、近くに人間があらわれると、まだ何も見られていない間に、見張りが警報を出す。エリルの場合もそれはおなじ。糞《ふん》は、定められた溝《みぞ》以外ではしてはならないし、出した糞はすぐに埋《う》めてしまう。外に出られる時間でないウサギが地上で見つかると、マークを見せることを要求される。そして、釈《しゃく》明《めい》できない場合どうなるかについてはわからないのだが、およそ想像はつく。

エフラファのウサギはしばしば、何日もつづけてフリス様を見ないですごすことがある。自分のマークの群が夜のシルフレイになっている場合、降《ふ》ろうが晴れていようが、寒かろうが暑かろうが、夜に餌を食べる。彼らは、地下の穴の中でおしゃべりしたり、遊んだり、求婚したりして暮らすことに慣れてしまっている。あるマーク群が何かの理由——例えば、近くで人間がはたらいていて、決められた時間にシルフレイできない場合は、運が悪いとしかいいようがない。翌日まで順番が来ないからだ」

「しかし、そんな暮らしをしていたら、きっとずいぶん変わってしまわないかな?」と、ダンディライアンがたずねた。

「まったく、そのとおり」と、ホリーはこたえた。「ほとんどのウサギは、命令されたこと以外は、何もできない。エフラファの外に出たことがないから、エリルの臭《にお》いをかいだことがない。エフラファのウサギのただ一つの目標は、幹部階級になることだ。特権があるからね。そして、アウスラ連中のねらいもただ一つ、長老会の列にくわわること。カンスルは、なんでも、最高のものを楽しめる。

　アウスラは、常にたくましく、不屈でなくてはならない。アウスラは、順番に大哨戒《ワイド・パトロール》といわれる仕事をする。領土内をくまなくまわる仕事だね。数日間つづけて野外で暮らす。どんなことも見逃《みのが》さないのが目的だが、たくましく、目端《めはし》が利《き》くウサギに鍛《きた》えるという目的もある。放浪《フレッシル》ウサギが見つかれば、エフラファへ連れ帰る。拒否すれば殺してしまう。彼らは、フレッシルは、人間の注意をひきつけるから危険な存在とみている。大哨戒のウサギたちは、帰るとウンドワート将軍に報告する。何か新しいことがあって、それが危険かもしれないとみなされると、処置はカンスルが決める」

「では、ホリー隊の接近は見落とした?」と、ブルーベルがきいた。

「とんでもない！　後になって、我々をあそこへ連れこんだウサギ、キャンピオン群長というのだが、彼から聞かされた。大哨戒から伝令が到着して、エフラファへ向かっている三、四匹のウサギの足跡《あしあと》を発見したが、何か命令は、と連絡があったそうだ。伝令は、我々がぶじに確保されたという知らせを持ってもどっていった。

とにかく、キャンピオン群長が、私たちを溝の中にある穴まで連れて行った。穴の入り口は古い土管の一部でね、それを人間が引《ひ》き抜《ぬ》くと入り口の土が崩《くず》れて中の通路は見つからない。キャンピオンは、当番時間がまだ残っていて、地上にもどらなくてはならないので、私たちを別の群長にひきわたした。私たちは、大きな巣穴に連れていかれて、くつろぐようにといわれた。

その巣穴には、ほかのウサギたちもいた。彼らの話を聞いたり、質問したりして、今話していることをだいたい知ることができたのさ。私たちは、何匹かの牝と話をするようになった。私は、ハイゼンスレイ*という名の牝《めす》と親しくなった。私は、彼女に、我々の村の難問を打ち明けて、それを解決するためにここへ来たのだと告げた。そして、彼女はエフラファのことを教えてくれた。

彼女の話を聞いて、私は彼女にいったよ。

『ひどい話です。ずっと昔からこうだったのですか？』

するとと、彼女はちがうとこたえた。彼女の母親の話によれば、村は、以前には別のところにあって、ずっと小さかったそうだ。しかし、ウンドワート将軍がやって来て、ウサギたちをエフラファに移し、村を完全にかくす組織を編み出してそれを完成したおかげで、ついに、エフラファのウサギたちは、空の星ほどに安全になった。

『ここのウサギのほとんどは、アウスラに殺されないかぎり老衰《ろうすい》で死にます』と、彼女はいった。『でも、問題は、現在、ウサギの数が収容しきれないほど多くなったことです。新しい穴を掘ることは、アウスラの監督《かんとく》なしではいっさい許されません。そして、それがまた、実にゆっくり、注意深く進められるのです。まったく人目につかないようにするわけですから。数が多すぎるので、たくさんのウサギが、必要な時間だけ、外へ出られなくなっています。

そして、なぜか、牡《おす》の数が少なくて、牝が多すぎます。つい四、五日前、私たち、数匹の牝がカンスルに出向いて、どこかに新しい村を作るため探検隊《たんけんたい》を出すことを求めました。私たちは、遠くまで行く、カンスルが認める距離《きょり》だけ離《はな》れたところまで行くといいました。しかし、カンスルは耳を貸そうとはしませんでした。こんな状態がつづくはずがありません。組織がこわれかけているのです。でも、こんな話、聞かれてはまずいのです』

『そうか』と、私は思った。これはうまくいきそうだぞ。これなら、こっちの申し出に反対しないだろう。私たちが求めるのは何匹かの牝であって、牡じゃない。ここには、収容しきれないほど牝がいる。そして、私たちは、彼らのだれもが行ったことがない遠くへ牝を連れて行くからだ。

しばらくすると、さっきの群長がやってきて、カンスルの会議に出頭しろといった。

カンスルは、一種の大広間で開かれる。私たちのハチの巣《す》のように広くはない。天井を支えられる木の根がないからだ。細長くて幅《はば》が狭《せま》い。カンスルのメンバーがいろいろな問題を話しあっている間、私たちは外で待たされた。私たちのことなど、彼らにはありふれた仕事の一つにすぎなかったのだ。つまり、逮捕したよそ者の件にすぎなかったのさ。

もう一匹待たされていたウサギがいたが、彼は特別な監視下に置かれていた。見張りは、アウスラファとよばれるカンスル・ポリス。私は、彼のようにおびえたウサギを見たことがなかった。恐怖で、今にも気が狂わんばかりだった。私が、アウスラファの一匹に彼が何をしたのかときくと、そのブラッカバーというウサギは、村から逃亡《とうぼう》を試みたのだという話だった。

このあわれなウサギは、中に連れこまれると、何よりまず弁明をはじめたが、やがて泣きさけんで慈悲《じひ》を願った。出てきたとき、ブラッカバーの耳は、この私の耳よりもっとぼろぼろに引《ひ》き裂《さ》かれていた。私たちは、すくみあがって彼のまわりでしゅんとしていると、アウスラファの一匹がいった。

『そんなにさわぎ立てるほどのことじゃない。こいつは、生きていられるだけ運がいいんだ』

それを聞いて、私たちはだまってしまったが、すぐに一匹のウサギが出てきて、カンスルが待っているとうながした。入るとすぐに、私たちはウンドワート将軍の前に立たされた。あいつは、ほんとうに冷酷なやつだ。ビグウィグよ、私は、君ですら、あいつの敵ではないように思うよ。体は耳長の野《へ》ウサギ《ア》ほどもあり、その姿を見ると、戦いと流血と殺しは、日常のことといった感じがしてぞっとしてしまう。

　私は、彼が、私たちの名前と旅の目的から質問をはじめるものと思っていた。ところが、彼はそんなことは全然きかずにいったね。『この村の規則と、お前たちのここでの身分について説明する。よく聴《き》くのだ。規則を守らねば罰を受ける』そこで、私はすぐに、誤解《ごかい》があるようだといった。そして、我々は、ある村からエフラファの好意と援助《えんじょ》をお願いに来た親善使節であって、数匹の牝の同意を得て連れ帰ることをお許しいただきたいのだと説明した。ところが、ウンドワートは論外だ、話し合うまでもないといった。そこで、私は一日か二日滞在して、あなた方の気持ちが変わるように説得したいといった。

『そうだ』と、ウンドワートはいったよ。『おまえたちは滞在するのだ。だが、おまえたちのために、カンスルを開くことなどはもうない――ともかく、これから数日間はな』

　私は、それはひどすぎるといった。筋の通った願いをしていると信じていたからだ。そこで、私は、我々側の立場に立って考えてもらいたいことを、一つ二つ持ち出そうとした。すると、そのとき、非常に年をとったカンスルがいったもんだ。

『おまえたちは、我々と議論し、取り引きするためにやって来たと思っているらしい。だが、おまえたちは、我々の命令に従っていればよいのだ』

　そこで、私はいったよ。我々は、ここより小さいが、とにかく一つの村の代表である。それを忘れてもらっては困るとね。私たちは、賓客《ひんきゃく》だと考えていたから当然さ。ところが、そういったとたん、彼らは、私たちをとりことしか思っていないことに気づいて、身の毛のよだつほどのショックを受けた。なんと呼ばれようと、とりこにちがいなかった。

その会議については、これ以上話したくない気持ちだ。ストロベリが、実によく助けてくれた。彼は、動物に生まれつきそなわっている礼儀正しさと友情について、実にみごとな話をしてくれた。『動物は人間のようなふるまいはしない。戦わねばならないときには戦う。殺さなくてはならないときには殺さなくてはならない。自分は何もしないで、ほかの生きものの命をうばったり傷つけたりする方法を考え出すようなことはしない。動物には動物としての気高さがある』と主張してくれた。

しかし、何をいってもむだだった。おしまいには、何もいうことがなくなってしまった。するとウンドワートがいった。『カンスルは、これ以上おまえたちにかかわってはいられない。規則を教えるのはマーク群の群長にまかす。おまえたちは、バグロス群長支配の右翼マーク群に加える。また会うこともあるが、ここでの暮らし方をわきまえたウサギに対しては、我々がいかに親切でたのみになるかがよくわかるだろう』

そして、我々は、右翼マーク群まで、アウスラに連れていってもらった。バグロス群長はいそがしくて、私たちに会えないようだった。私たちは、群長がすぐに会おうといわないように気をくばった。とにかく、マークだけはつけておこうという気になられては困るからだった。しかし、まもなく、組織はもう正常に機能していないとハイゼンスレイがいっていた意味がわかりはじめた。村は、少なくとも、私たちの常識的な規模で考えると、ウサギの数が多すぎた。

一つのマーク群の中ですら、おたがいを知らないウサギがいた。私たちは、眠る場所を見つけて、少し眠ろうとした。ところが、夜になるとすぐ、シルフレイといっておこされた。月夜なので、逃げだすチャンスがあるかもしれないと思ったのだが、どこにでも見張りがいた。さらに群長はセントリに加えて、伝令《ランナー》ウサギを二匹連れていた。ランナーは、警報が出ればすぐにどこへでも走っていく。

餌《えさ》を食べ終えると、私たちはまた地下へもぐった。ほとんどのウサギが静かでおとなしかった。私たちは、彼らを避《さ》けるようにした。できれば逃げるつもりだったから、顔を知られたくなかったのだ。しかし、いくら考えても、計画が立たなかった。

翌日、私たちはニ-フリスの少し前に、もう一度餌を食べた。時の経つのが耐《た》え切《き》れないほどにおそかった。とうとう、あれは、夕方近くだったにちがいない、私は小さなグループに加わって物語を聴《き》いた。なんの話だったと思う? 『王様のレタス』だった。語《かた》り部《べ》は、ダンディライアンには、及びもつかないへたくそだったが、することがないので、じっと聴いていたよ。そして、エル-アライラーが医者に化けてダージン王の宮廷にのりこんだところまで聴いたとき、ふいにある考えが頭に浮《う》かんだ。非常に危険な思いつきだけれど、成功の可能性はあると思った。

エフラファのウサギたちは、いわれたことにはきき返さずに従う。私は、バグロス群長を観察して、なかなかりっぱなウサギだと思った。良心的で、ちょっと頭が悪くて、能力以上のことを片づけなくてはならないため、いささか困っていた。

その夜、シルフレイのために呼び出されてみると、外は真っ暗で雨が降っていた。しかし、エフラファでは、そんな小さなことなど苦にしない。みんな、外に出て餌が食べられることを大喜びするだけだ。ウサギたちは全員がぞろぞろ通路を上がった。私たちは最後になるまで待ってから上がった。バグロス群長は、セントリ二匹といっしょに土手の上にいた。シルバーたちが私より前に外に出ると、最後に私が走ってきたふりをして息を弾ませながら群長に近づいた。

『バグロス群長？』

『そうだ』と、彼はこたえた。『それがどうした？』

『カンスルがすぐ来いといっています』

『なんだと、どういうことだ？　なんの用だ？』

『それは、行けばわかるでしょう』と、私はいった。『待たせちゃまずいのではないですか？』

『おまえはだれだ？』と、彼は私にたずねた。『カンスルのメンバーではない。彼らの顔は、ぜんぶ覚えている。どのマークに属している？』

『私は、あなたの質問にこたえるためにここに来たのではない』と、私はいった。『もどって、バグロス群長は来ないと伝えましょうか？』

それを聞くと、群長は不安そうな表情を見せたので、私はもどるそぶりをした。すると、だしぬけに、彼は大きな声で『よし、わかった』といった。気の毒におびえていたよ。『しかし、私がいない間、だれがここの監督をするのだ？』

『私です。ウンドワート将軍の命令です。しかし、はやくもどってきてください。私はあなたの仕事を引き受けて、半夜もぐずぐずしていたくはない』

群長は急いで引き返して行った。私は、セントリ二匹に向かっていった。『ここにいてくれ。油断《ゆだん》するなよ。私は、見張りの様子を見てくる』

さて、そこで、私たち四匹は、暗闇《くらやみ》の中に走りこんだのだが、少し進んだところで、思ったとおり二匹のセントリがとびだしてきた。私たちはかまわずぶつかっていった。彼らが逃げるだろうと思ったのだが、逃げなかった。必死になって戦い、一匹がバックソーンの鼻を切り裂いた。しかし、もちろんこっちは四匹だ。結局は彼らの妨害《ぼうがい》を突破《とっぱ》して、ただまっすぐに野原を逃げた。

雨が降っている上に夜だったので、どこへ向かって逃げているのかまるで見当もつかなかった。私たちはひたすら走った。敵の追跡《ついせき》がおくれたのは、気の毒なバグロスのやつが、その場にいて命令をくだすことができなかったためだろうな。とにかく、私たちは、はじめは敵にかなり水をあけていた。しかし、ほどなく、追われていることが音でわかった。しかも、まずいことに、敵は間をつめてきていた。

エフラファの幹部階級は、ほんとうにあなどりがたい。体格と体力で選ばれているし、雨や暗闇の中での行動の仕方もちゃんと身につけている。そして、カンスルを非常に恐れているから、それ以外のものはなにもこわくない。ほどなく、私たちは苦境におちいったことを知った。私たちを追ってくる哨戒《パトロール》メンバーは、雨と暗闇の中を私たちよりはやく走れるので、まもなく、追いつかれそうになった。

私は、迎《むか》え撃《う》つ以外逃げようはないといおうとしたが、目の前は傾斜《けいしゃ》の急な土手だった。それは、ほとんど垂直に切り立っているように思えた。この丘の斜面《しゃめん》より急で、しかも、人間が作ったように勾配《こうばい》が一様なんだ。

しかし、そんなことを考えているひまなんかない。私たちは、とにかくのぼった。斜面を埋《う》めて草とやぶが茂《しげ》っていた。てっぺんまでの高さは、正確にはわからないが、育ちきったナナカマドの木くらいかな。いや、もっと高かったか。てっぺんにあがると、足下は白い小石が敷《し》いてあって、ふむと動くので、私たちの位置がすっかり敵にばれてしまった。それから、大きな木の板が組み立ててあって、そこから金属の棒《ぼう》が二本、しっかり立っていた。金属の棒は、暗闇の中で低くブーンというような音をたてていた。

『思ったとおり、こいつは、やっぱり、人間が作ったものだったな』とわかったのは、土手の反対側にころげ落ちたときだった。土手のてっぺんがあんなに狭くて、反対側の勾配があんなに急だなんて、思いもしなかったね。私は、暗闇の土手をまっさかさまに落ちて、ニワトコのやぶに突っこんだ。

それからのことは、上手に話せないと思う。我々四匹はみんなそこにいたのに、やはりさっぱりわからない。しかし、これから話すことは、まったくの事実なのだ。フリス様が、追ってくる者たちから我々を救うために、大きな使者たちをおつかわしになったのだ。

私たち四匹は、それぞれちがったところにころげ落ちた。流れる血が目に入ってほとんど何も見えないバックソーンは、地面まで落っこちた。私は、体をおこして土手の上を見返った。敵があらわれれば見えるくらい夜空が明るかった。そして、そのとき……そのとき、途方もなく大きなものが……なんともいいようがないんだが……フルドドを一千台集めたような……いや、もっとでかいものが、闇の中を突進してきた。

それは、火と煙《けむり》と光がいっぱいで、咆《ほ》えて、金属の線をがんがんたたくので、その下の地面がふるえた。そして、我々とエフラファ・ウサギの間に突っこんできた。まるで一千個の雷《かみなり》がまとまって落ちたような感じだった。ほんとうに、恐ろしいなんてものじゃなかったね。私たちは動けなかった。目もくらむようなまばゆい光と、耳がつんざけるような音――あれが、夜を切れ切れに引き裂いたよ。エフラファのウサギたちがどうなったかは、わからない。逃げたか、あるいは、あれに引き裂かれたか。そして、突然、あれは行ってしまった。がたごと、がたごと、音をたてながら、どんどん遠ざかっていき、気がついてみたら、私たちだけになっていた。

長い間、私は動けなかった。それでも、ようやく立ち上がると、暗闇の中で、つぎつぎ仲間を見つけた。私たちは、何もいえなかった。やがて、斜面の下に土手を突き抜けるトンネルがあることがわかり、それをくぐると元の側に出た。

それからは、エフラファからすっかり離れたと思えるところまで、長い間野原を進みつづけた。夜は、溝にもぐりこんで朝まで眠った。何かに襲《おそ》われて殺される恐れは、もちろんあった。しかし、私たちは安全だと確信していた。フリス様のお力で救われるなんて、ほんとうにすばらしいことだ。いったい、何匹のウサギが、そんな恵みを受けることができただろう？

しかし、正直にいって、あれはエフラファのウサギたちに追われるよりははるかに恐ろしかったね。あの火を吐《は》く怪物《かいぶつ》が頭上を通って行く間、雨に打たれながらあの土手にうずくまっていたときのことを、私たちは決して忘れないだろう。あれが、なぜ私たちのために来てくれたのか？　私たちには、計り知れないことだ。

翌朝、私は、ちょっとあたりを調べてまわり、すぐに正しい方向をつかんだ。つかみ方は、いわなくてもわかるね、みんな。雨がやんでいたので、私たちは出発した。しかし、帰り旅はきつかった。帰り着くずっと前から、シルバーのほかは、みんな疲《つか》れ果《は》てていた。シルバーがいてくれなかったら、どうなっていたかわからない。私たちは、一昼夜、休みなしに旅をした。四匹とも、望みはただ一つ、一刻《いっこく》も早くここへ帰りつくことだと思っていた。今朝、ここの森にたどり着いたとき、私は、悪夢《あくむ》の中で、足をひきずって歩いているような気がしていたよ。

実をいえば、私も、気の毒なストロベリとたいして変わらないくらいまいっている。ストロベリは、一度もぐちをいわなかった。しかし、長い休養が必要だろう。私もおなじだよ。そして、バックソーンは、これで二度重傷《じゅうしょう》を負ったわけだ。しかし、もう、少しはよくなっているだろ？

私たちは、ヘイズルを失った。これほどの打撃は考えられない。何匹かのウサギが、今朝早くに、私に長《おさ》にならないかといってくれた。そこまで、信用してもらえるのはうれしい。しかし、私はまったく疲れきってしまったので、まだその地位につくことはできない。なんだか、秋のタンポポの綿毛のように、カサカサでからっぽになった感じがする。風が吹いたら体中の毛が飛んでいってしまうような気がするよ」

＊　光る＝露の＝毛、つまり、露のように光る毛の意味。

28

丘陵の麓で

ひとりなのに、孤独でないことは
ふしぎなほどにしあわせだ。
恐怖と闇をのがれ、わが家を見たときの
すばらしいしあわせよ。

ウォルター・デ・ラ・メア『巡礼』

「いくら疲《つか》れていても、シルフレイくらいはできるだろう?」と、ダンディライアンがいった。「今が、一日でいちばんいい時間だから、気晴らしになる。ぼくのこの鼻にまちがいがなければ、外はすばらしい夕暮れだね。できるだけ落ちこまないように努力しようよ」

「シルフレイの前にちょっとだけ」と、ビグウィグがいった。「あのな、ホリー、あんなところから、四匹ともぶじに逃げられたのは、君だからできたのだと思うよ」

「フリス様のお心だろうよ」と、ホリーはこたえた。「だから、こうして、ここにいられるのさ」

ホリーは、スピードウェルの後から、森に出る通路をのぼろうとして、かたわらにクローバーがいるのに気づいた。

「君とお仲間には、外へ出て草を食べるなんて、奇妙《きみょう》に思えるのだろうなぁ」と、ホリーはいった。「そのうちに慣れる。ヘイズルｰラーは、箱の中よりここの方がよい暮らしだと君たちにいったけれど、それはほんとうだと、私も保証するよ。いっしょにおいで。短くておいしい草があるところを教えてあげよう。私の留守中に、ビグウィグがすっかり平らげてしまったかもしれないが」

ホリーは、クローバーにひかれた。彼女は、ボックスウッドとヘイスタックよりたくましく、彼らほど臆病《おくびょう》ではなかった。そして、村の生活に合わせていこうと一生けんめいなことがよくわかった。何種のウサギなのかはわからなかったが、健康そうだった。

「地下の暮らしは大丈夫なのです」クローバーは、新鮮な外気の中に出ながらいった。「狭《せま》いところって、ほんとうに箱に似ています。巣穴《すあな》の方が暗いですけれど。難しいのは、広いところで餌《えさ》を食べることです。私たちは、好きなところへ自由に行くことに慣れていませんから、どうしたらよいかがわからないのです。みなさんは、とてもすばやく動きますが、みなさんの動きの意味がわからないことが、しばしばあります。私、よろしかったら、穴《あな》からあまり遠くないところで食べたいのです」

ホリーとクローバーは、ゆっくりと草をかみながら、夕日に染まる野原をあちこち動きまわった。クローバーは、すぐに、食べることに夢中になった。しかし、ホリーは、何度となく、体をおこしてすわり立ちすると、ひっそりとおだやかな丘陵《ダウン》の匂《にお》いをかいでいた。そして、少し離《はな》れたところで、ビグウィグがじっと北の方を見つづけているのに気づいて、すぐにおなじ方に目をこらした。

「どうした？」

「ブラックベリだよ、あれは」と、ビグウィグはこたえた。ほっとした声だった。

地平線上に姿を見せたブラックベリは、少しもたもた走りながら、野原をおりてきた。

そして、仲間のウサギたちの姿に気づくと、少し足がはやくなって、ビグウィグをめざしておりてきた。

「どこへ行っていたんだ？」と、ビグウィグがたずねた。「ファイバーは？　いっしょじゃなかったのか？」

「ファイバーは、ヘイズルといっしょだよ」と、ブラックベリはいった。「ヘイズルは生きている。けがをしていて……けがの程度はわからないけれど、しかし、死ぬことはないよ」

三匹は、何もいえず、ただもうブラックベリを見つめるばかりだった。ブラックベリは、ニュースの効果を楽しみながら、何もいわずにただ待った。

「ヘイズルが、い、き、て、い、る」と、ビグウィグがいった。「ほんとうか？」

「ほんとう、だとも」と、ブラックベリがいった。「今、この瞬間、丘陵の麓《ふもと》の、ほら、ホリーとブルーベルがやってきた夜、君が入っていた、あの溝《みぞ》の中にいるよ」

「とても信じられない」と、ホリーがいった。「それがほんとうなら、こんなすばらしいニュースは、生まれて初めてだ。おい、ブラックベリ、ほんとうにほんとうなんだろうな？　何があった？　聞かせてくれ」

「ファイバーが見つけたんだ」と、ブラックベリはいった。「ファイバーは、ぼくを、あの農場のすぐそばまで、連れて行った。それから、溝の中を歩いて野原からの排水管《はいすいかん》にヘイズルがかくれているところを見つけた。ヘイズルは、血を流して、弱っていて、自力じゃ土管から出てこられないので、けがをしていない方の足をくわえてひっぱり出さなくちゃならなかった。土管の中じゃ向きを変えられないからね」

「しかし、ファイバーには、どうしてわかったのだ？」

「彼が、どうしてヘイズルのかくれているところを知ったかってことだね。それは、彼にきいた方がいいよ。土管からひっぱり出したところで、ファイバーが傷《きず》をたしかめた。後ろの片足にひどい傷を負っているけれど、骨は折れていない。横腹にも長い傷がある。ぼくらは、傷をできるだけきれいにしてから、運びにかかった。夕方までかかってしまったよ。想像できるかい、君たち？　真昼間、あたりは静まり返っている、そして、片足をけがして血が止まらないウサギ、という状態を？

　この夏いちばんの暑さが救いだったのさ。ネズミ一匹動いていなかったからね。ぼくらは、何度となく、ノラニンジンの中に入って休まなくちゃならなかった。ぼくは、はらはらのしどおしだったのに、ファイバーときたら、石にとまったチョウみたいだった。草の中にすわりこんで、耳の毛づくろいをしながら、『あたふたするな』といいつづけていた。『まったく心配ない。ゆっくり行こう』。

何しろ、ヘイズルを見つけるところを見たばかりだったから、キツネ狩《がり》をしようといわれても信じたと思うね。しかし、丘陵の麓《ふもと》にたどりついたときには、ヘイズルが完全にまいってしまって、それ以上動けなくなった。そこで、ヘイズルとファイバーは草におおわれた溝にかくれ、ぼくが、こうして知らせにかけつけたわけだ」

ビグウィグとホリーは、知らせの内容を実感するまで、ほんのしばらく、何もいわなかった、それから、ビグウィグがいった。「するとし、今夜は麓泊《ふもとどま》りか?」

「そうなると思う」と、ブラックベリはこたえた。「ヘイズルは、体がしっかりするまでは、とてもここはのぼれないよ」

「俺《おれ》はおりていってみる」と、ビグウィグはいった。「あの溝を少しは寝心地《ねごこち》よくする手伝いができるし、ファイバーも、ヘイズルの世話の手伝いが必要だろう」

「だったら、急いだ方がいいな。まもなく日が沈《しず》む」と、ブラックベリがいった。

「ふん!」と、ビグウィグは強気だった。「オコジョにでもぶつかったら、用心するのは向こうだぜ。明日、一匹土産に持ってこようか?」

ビグウィグは、あっという間に、丘陵の縁《ふち》を越《こ》えて姿を消した。

「それじゃ、私たちはみんなを集めよう」と、ホリーがいった。「来てくれ、ブラックベリ。君が、今の話をはじめからくわしくみんなに聞かせてやってくれ」

ヘイズルにとって、ナットハンガー農場から丘陵の麓まで、炎天《えんてん》の中での四百メートルくらい、苦しくてつらかったことは、生まれて初めてだった。ファイバーが見つけてくれなかったら、排水管の中で死んでいたにちがいなかった。うすれて闇《やみ》に呑《の》みこまれそうになる意識をつらぬいて、ファイバーのはげましの声が聞こえたとき、はじめヘイズルは、こたえたくなかった。ひどい苦痛も終わった今のままでいる方がずっと楽だったのだ。後になって、気がつくと、緑のうす闇につつまれた溝に寝《ね》ていた。ファイバーが傷を調べて、立って歩けるようになると力づけてくれていたが、そのときも、まだ、村に帰らなくてはという気持ちになれなかった。

道を進んでも、土手はあがれないので、道ばたをのろのろ歩いて、ようやく木戸にたどりついてその下をくぐり抜《ぬ》けた。その後、高圧線の下を通ったとき、ヘイズルは、丘陵の麓に、草に埋《う》まった溝があったのを思い出して、その溝におりると、すぐに横になって、精魂《せいこん》尽《つ》きたように寝てしまった。暗くなるちょっと前ビグウィグが溝に着いてみると、ファイバーが、長い草の中で急ぎの食事をしていた。ヘイズルの眠りをさまたげるおそれがあるので、穴を掘《ほ》ることはできなかった。彼らは、狭《せま》い溝の中で、ヘイズルに寄《よ》り添《そ》って一夜を明かした。

夜明け前に外に出たビグウィグは、灰色のうす明かりで最初にキハールを見た。キハールはニワトコのやぶで餌をあさっていた。ビグウィグが後足で地面をたたくと、キハールは、一度だけはばたいて空中をすべってきた。

「ピグウィグさん、エズルさんみつけた?」

「うん、ここの溝の中にいるよ」

「しななかった?」

「うん、しかし、けがをしてすっかり弱っている。農場の人間が鉄砲《てっぽう》で撃《う》ったのだよ」

「くろいいし、外に、出した?」

「何をいっているのだい?」

「いつも、鉄砲、小さいくろいいし、とばす。あなた、みたことない?」

「ない。俺は、鉄砲のこと、知らないから」

「くろいいし、外に出す。彼、よくなる。彼、来るか、ヤー?」

「見てくる」ビグウィグはそういって、溝におりると、ヘイズルは目をさまして、ファイバーと話をしていた。キハールが外にいると聞いたヘイズルは、体をひきずるようにして野原に出た。

「鉄砲のやつ、小さないいし入れて、あなた、いたい目にあわせる。私、みる、ヤー?」

「見てもらいたい。足がまだとても悪いようで心配なんだ」と、ヘイズルはいった。

ヘイズルが横になると、ヘイズルの茶色い毛の中にカタツムリがひそんでいるかのように、頭を左右にせわしく動かした。横腹の長い傷はていねいにしらべた。

「ここに、いしない」と、キハールはいった。「入って……出た。とまらなかった。今度は足見る。いたむね。でも長くない」

キハールは、臭《にお》いで尻《しり》の筋肉に散弾《さんだん》が二発入っていることに気づくと、割れ目にかくれたクモをくわえて取り出す要領で、散弾をさっと抜き出してしまった。ヘイズルがビクッと身を引いたときにはもう、散弾は草の中にころがり出て、ビグウィグが臭いをかいでいた。

「また、血、出るね」と、キハールはいった。「あなた、ここにいる。一日、二日まつ。それで、よくなる、前のように。上にいるウサギたち、まっている。エズルさん、まってる。私、エズルさん、来ると知らせに、とんでいく」

彼は、だれが返事をする間もなく、飛び去った。


結局、ヘイズルは丘陵の麓に三日間とどまった。暑い日がつづいたので、ヘイズルは、孤独なはなれウサギ《フレッシ》よろしく、日中はほとんどニワトコの下でうつらうつらしていた。体力が、少しずつもどるのがわかった。ファイバーは、ずっといっしょにいて、傷をなめては治りぐあいを見守っていた。二匹は、何時間もだまったまま、のび放題のあたたかい草の中にすわりこんでいた。少しずつ影が移動し、やがて日暮れが近づくと、このあたりを縄張《なわば》りにしているクロウタドリが、尻尾《しっぽ》をふりながら、ピーピー鳴いて巣にもどっていった。

二匹とも、ナットハンガー農場については、何もいわなかった。しかし、将来ファイバーが忠告すれば、ヘイズルはすぐにそれを受け入れる――それは、彼の態度ではっきりわかった。

「フレアルー、」と、ある晩《ばん》、ヘイズルはいった。「君がいなかったら、ぼくらはどうなっていたかな？　一匹もここにいなかっただろうな」

「じゃ、君は、たしかに、ここにいるんだね？」と、ファイバーがたずねた。

「なぞなぞみたいで、さっぱりわからないな」と、ヘイズルがいった。「はっきりいって、どういう意味なんだ？」

「うむ、もう一つの場所――もう一つの国、があるだろ？　眠っているときに行くところだ。ほかのときにいくこともあるし、死ねばそこへ行くよね。エル‐アライラーはこの二つの間を自由に行き来しているのだと、ぼくは思う。しかし、話で聞いているだけでは、ぼくにはよくわからない。おきているときの危険にくらべれば、もう一つの国の方がずっと気楽だというウサギもいる。しかしぼくは、そういう話こそ、実はよく知らないウサギの話だと思う。もう一つの国は、荒々《あらあら》しくて、非常に危険なんだ。しかし、ぼくらは、ほんとうは、どっちにいるのか？　ここなのか、もう一つの国なのか？」

「体は、ここにある――ぼくにはそれで充分だ。君、あのシルバーウィードってウサギと話した方がいい。彼なら、もっとよく知っているかもしれない」

「へーえ、君は彼を覚えているんだ。彼の詩を聞いていて、ぼくもそう思った。彼にはたまげたけれど、あそこにいたウサギの中で、いちばん彼を理解したのはぼくだと思ったな。彼は自分が、どっちの国のものか、知っていた。この国のものではなかったんだ。かわいそうに、もう、きっと死んでいる。あの国にちゃんと受け入れてもらったよ。彼らは、無意味にあの国の秘密を漏《も》らすことはない。あっ、ホリーとブラックベリだ。ま、とにかく、今のところは、まちがいなくこの国にいるわけだ」

ホリーは、エフラファからの脱出を伝えるため、すでにきのう丘陵をくだってきていた。ファイバーは、ホリーたちが暗闇《くらやみ》で巨大な何かに救われた話を注意深くきいて、一つだけ質問した。「それは、音をたてたか?」という質問だった。そして、ホリーが帰っていくと、ファイバーはヘイズルに向かい、巨大な何かについては、筋の通った説明ができるにちがいないといった。

しかし、ヘイズルは、それについては、あまり関心がなさそうだった。彼がいちばん関心を持っていたのは、仲間たちの失望とその原因だった。ホリーは、何もできずにもどってきた。その原因はエフラファ・ウサギの思いがけない非友好的態度だった。というわけで、今日は、シルフレイをはじめるとすぐ、ヘイズルはその問題をむし返した。

「ホリー、ぼくらの村の問題は、まだ何も片づいていない。君は、すばらしいことをしてくれたけれど、努力が実らなかった。そして、ナットハンガー侵入《しんにゅう》はただのばかさわぎだったと思う。ぼくには、すごく高くついた。問題の解決は、これからだ」

「しかしな、ヘイズル、君はばかさわぎというが、とにかく、牝《めす》が二匹得られたじゃないか。牝はあの二匹しかいないんだぞ」

「役に立つかな？」

男性が女性のことを想うとき、ふつう考えるのは、相手を守ること、相手に対する誠実、ロマンチックな愛などだが、こういうものは、もちろん、ウサギにはない。もっとも、ウサギの牝と牡《おす》の愛情は、たいていの人間が考えているよりはるかに一夫一婦的であることが多い。しかし、ロマンチックではないから、ヘイズルもホリーも、ナットハンガー農場の牝ウサギを村のために子どもを生んでくれるウサギとしか思わないのも当然である。子育てのために、彼らは命を賭《か》けたのだ。

「そうさな、まだ、なんともいえないな」と、ホリーはこたえた。「ここの暮らしにとけこもうと、一生けんめいだ。特に、クローバーが。彼女は、とても分別があるようだ。しかし、あの連中は、まったくたよりないね。あんなのは見たことない。きびしい気候には耐《た》えられまいと心配しているんだ。この冬がうまく越せるかどうか問題だな。しかし、君だって農場から連れ出したとき、そこまでわかるはずもなかったからな」

「運がよければ、それぞれが、ひと腹ずつ、子どもを生んでくれるかもしれない」と、ヘイズルはいった。「子育ての時期がすぎているのはわかってるんだが、しかし、今、この村は何もかもめちゃくちゃだから、ないとはいえない」

「うむ、私もそれは考えていた」と、ホリーはいった。「私たちにはあの二匹しかないということになれば、貴重極まりないものだし、今までの努力の成果なんだが、とにかくわずか二匹だ。しばらくは子どもを生まない方がよいと思う。その季節でもないし、ここの暮らしが彼らには異質すぎる。生まれる子どもはあの人工的な飼《か》いウサギ気質をたっぷり受《う》け継《つ》いでしまう。かといって、あの二匹以外に望みがあるのかねえ。手に入れたもので、なんとかやっていくよりしかたないだろうな」

「もう、だれか、求婚しているかい？」

「いや、二匹とも、まだ受けられる状態《じょうたい》じゃない。しかし、その時が来たら、例のものすごい戦いがはじまるのだろうな」

「それが、もうひとつの頭痛の種さ。あの二匹だけじゃ、やっていけない」

「しかし、ほかに何ができる？」

「何をしなくちゃならないかは、わかってるんだ」と、ヘイズルはいった。「しかし、それをどのようにやったらいいか、それがわからない。もう一度エフラファまで行って、牝を連れてこなくちゃいけないんだが」

「ヘイズル-ラー、それは、インレから牝を連れ出そうというようなものだ。私の話では、エフラファの様子があまりはっきりとわからなかったのかな」

「とんでもない。はっきりわかった。すっかり聞いて、恐ろしさにかたまった。それでも、これは、やりとげなくてはならない」

「できっこない」

「戦《いくさ》でもだめ、いいくるめもできない。とすれば、計略《けいりゃく》を使う以外にない」

「いや、あの連中を打ち負かす計略なんか、ありっこない。ウサギの数は、我々よりはるかに多い。みごとに組織化されている。そして、これは事実だけをいうんだが、彼らは戦える。走れる。どんな足跡《あしあと》も追跡《ついせき》できる。我々とおなじくらいに。そして、かなり多くのウサギが、我々よりすぐれている」

「計略は、」ヘイズルは、今までだまって草を食べながら話を聞いていたブラックベリに顔を向けていった。「三つの条件を満たすものでなくてはならない。第一条件は、エフラファから牝を連れ出すこと、第二条件は、追跡を迎《むか》え撃《う》つこと。追跡は必ずある。そして、二度と奇跡《きせき》は望めない。しかし、それだけではない。第三条件がある。それは、エフラファを離《はな》れたら、絶対に見つからないようにするということだ。大哨戒《ワイド・パトロール》につかまらないようにしなくてはいけない」

「そうだね」と、ブラックベリは不安そうにいった。「うん、そのとおりだよ。成功のためには、それだけのことはしなくちゃだめだね」

「そうさ。そして、この計略は、いいかい、ブラックベリ、君が作るんだ」

ミズキのとろりとした匂《にお》いがあたりに立ちこめていた。草の上にたれさがっている白い花房のまわりを、夕日に光りながら虫がブンブンと飛びかっていた。茶がかったミカン色の虫が二匹、餌《えさ》を食べるウサギたちにじゃまされて、もつれあったまま飛んでいった。

「虫は連《つ》れ添《そ》っている。ぼくらには、それができない」ヘイズルは、飛び去る虫たちを見ながらいった。「計略をたのむ、ブラックベリ。今度かぎりで、落ち着いた暮らしができる計略をたのむ」

「第一条件をどう満たしたらいいかは、わかる」と、ブラックベリはいった。「少なくとも、それはできると思う。危険だけれど。第二、第三については、まだ全然わからない。ファイバーと相談したいと思う」

「ファイバーとぼくが、村へもどるのがはやいほどいいわけだ」と、ヘイズルはいった。「もう足もすっかりよくなった。でも、やはり今晩はやめておく。ホリー、明日の朝早くファイバーといっしょにもどると、みんなにいっておいてくれないかな。ビグウィグとシルバーが、クローバーのことで、今にもけんかしそうで心配なんだ」

「ヘイズルよ、」と、ホリーはいった。「よく聞いてくれ。私は、君の計画にはどうしても賛成できない。エフラファへ行ったのは私なんだ。君じゃない。君は、たいへんなまちがいをおかそうとしている。我々ぜんぶを殺すことになるかもしれないぞ」

それに返事をしたのはファイバーだった。「そう思うのは当然だよ、よくわかる。でも、なぜだか、ぼくには、そう思えないんだ。ぼくは、それができると信じている。とにかく、それ以外に牝を手に入れる方法はないという、ヘイズルの意見は正しいと思う。少し話し合いをつづけたらどうかな？」

「後にしよう」と、ヘイズルはいった。「ここでは、もう穴にもぐる時間だよ。でも、君たちはかけあがれば、てっぺんでもう少し日の光が楽しめるんじゃないか」

29　生還と出発

この戦に加わる勇気のない者は、
通行証を与え、旅費も与えて立ち去らせよ。
われわれと共に戦って死ぬことを恐れる者と、
いっしょに死にたくはない。

シェイクスピア『ヘンリー五世』

翌朝《よくあさ》、夜明け、村のウサギぜんぶが、シルフレイに出ていて、わくわくしながらヘイズルを待ちうけていた。この何日かの間、ブラックベリは、ファイバーといっしょにナットハンガー農場まで旅して、排水管《はいすいかん》の中にいたヘイズルを見つけた話を、五、六回はくり返し語らされていた。一、二匹のウサギが、ヘイズルを見つけたのは、実はキハールで、彼がそっとファイバーに教えたにちがいないといいだした。キハールはそれを否定《ひてい》したが、うるさく問いつめられて、ファイバーは自分よりもっとずっと遠くまで旅をしているのだと、謎《なぞ》のようなことをいった。そして、ヘイズルは、といえば、だれもが、彼を、魔力を持つ者と思いはじめた。

ダンディライアンは、おもしろい話を上手に語ることにかけては村いちばんだった。彼は、ヘイズルが、農場の男たちから仲間を救うために溝《みぞ》からとび出した英雄的行動を、実に上手に語って聞かせた。農場へ行ったヘイズルの行動は、むこうみずだったのでは、などというウサギは一匹もいなかった。彼は、多くの敵と戦って、二匹の牝《めす》を連れてきてくれた。そして、また、村に幸運を呼びもどすためにもどってくる。

日の出の直前に、ピプキンとスピードウェルは、丘のてっぺん近くの、朝露《あさつゆ》にぬれた草を押《お》し分《わ》けてファイバーがあらわれたのに気づいた。彼らはかけよってファイバーを迎《むか》え、三匹いっしょにヘイズルを待った。ヘイズルは、片足をひきずっていた。のぼりがきつかったにちがいない。しかし、しばらく休んで草を食べると、彼は、みんなと変わらないくらいはやく走って村にもどった。

待っていたウサギたちが、どっととり囲んだ。みんな、ヘイズルにさわりたがった。みんなが、ヘイズルの匂《にお》いをかぎ、だきつき、草の上をごろごろころがした。ヘイズルはなんだか、攻撃《こうげき》を受けているような気分になった。

こういうとき、人間は相手を質問攻《ぜ》めにする。ウサギは、さわったり匂いをかいだり、感覚でたしかめて、ヘイズル－ラーがほんとうにもどってきたのだと、喜びをあらわす。だから、ヘイズルも、この荒《あら》っぽい歓迎《かんげい》を受けて立つよりしょうがなかった。

「ぼくがこれに負けたら、たぶん、ぼくを蹴《け》りだしてしまうだろうな。足の悪いウサギを長《おさ》にはしないからな。みんな歓迎してくれる。しかし、歓迎する本人も気づいちゃいないだろうけれど、これは歓迎だけじゃなく、テストでもある。ようし、まいってしまわないうちに、こっちからテストしてやる」

そう腹を決めると、ヘイズルはバックソーンとスピードウェルを背中からふり落とし、森のはずれまで走った。すると、土手の上に、ストロベリとボックスウッドがいたので、いっしょになり、朝日を浴びながら顔を洗い、毛づくろいをした。

「君のように行儀のいい仲間がいてくれると助かる」と、ヘイズルはボックスウッドにいった。「あそこの乱暴なやつらを見たまえ。あやうく、殺されるところさ、まったく！　ぼくらみたいなのをどう思う？　うまく落ち着けそうかい？」

「それは、もちろん、ずいぶんちがうとは思う」と、ボックスウッドはいった。「しかし、慣れてきているよ。このストロベリがずいぶん力になってくれるから。ちょうど今、この風に、何種類のにおいがかぎとれるか、たしかめているところだった。しかし、それがわかるには、かなり時間がかかるね。農場はかなりにおいが強い。しかし、金網《かなあみ》の中で暮らしていては、においのかぎ分けなんかあまり意味がないからね。今までにわかったことは、君たちがみんな匂いをたよりに生きているということだ」

「はじめは、あまり危険なことをしちゃいけない」と、ヘイズルはいった。「いつも穴《あな》のそばにいるとか、一匹だけで外に出ないとか、そういうことだなあ。それで、君はどうなの、ストロベリ？　元気になった？」

「まああだね」と、ストロベリはこたえた。「たっぷり眠って、日なたにいる間はね、ヘイズル－ラー。今でもおびえて気が変になりそうになるよ。病気の原因はそれさ。エフラファにもどったと思いこんで、何日も恐怖でふるえつづけていたんだ」

「エフラファは、どんなところだった？」

「エフラファへもどるくらいなら、死んだ方がましだね」と、ストロベリはいった。「あそこの近くへ行くのだってまっぴらだ。退屈《たいくつ》と恐怖――どっちが悪いか、私にはわからない。それでも、」ストロベリはちょっと間を置いてからつづけた。「あそこにだって、私たちとおなじように、自然なままに暮らすことができれば、私たちと変わりないウサギになれる仲間がいる。何匹かは、できるなら逃げだしたいウサギがいるんだよ」

ヘイズルは、シルフレイが終わるまでに、だいたい全員と話ができた。予想どおり、みんな、エフラファ行きがうまくいかなかったことには、がっかりしていたが、ホリーと三匹の仲間がひどい扱いを受けたことには憤慨《ふんがい》していた。ホリーとおなじように、牝二匹では騒動《そうどう》がおこると思っている者も何匹かいた。

「数が少なすぎるんだ、ヘイズル」と、ビグウィグがいった。「これだと、殺し合いになる。食い止め方がわからない」

その日の午後おそく、ヘイズルは全員をハチの巣に集めていった。

「ぼくは、いろいろなことをよく考えてみた。この間はナットハンガー農場で、ぼくをおはらい箱にできなくて、みんな、ほんとうにがっかりしているにちがいない。そこで、今度は、もう少し遠くまで行くことに決めた」

「どこへ?」と、ブルーベルがたずねた。

「エフラファ」と、ヘイズルはこたえた。「いっしょに行ってくれる仲間がいると思う。そして、この村に必要なだけ、牝を連れてくる」

びっくりしたささやき声がおこる中、スピードウェルが質問した。

「方法は?」

「ブラックベリとぼくで計略《けいりゃく》を練った」と、ヘイズルはいった。「しかし、それを今、くわしく話すことはしない。これは危険なくわだてだ。だれかがつかまってエフラファへ連れて行かれたら、白状しろといわれる。しかし、知らなければ白状できない。話していい時がきたら、ちゃんと話す」

「ヘイズル-ラー、その計画にはたくさんのウサギが必要なのかい?」と、ダンディライアンがいった。「話に聞くと、ぜんぶでかかっても、エフラファ・ウサギと戦うには足りなそうだけれど」

「戦いは全くなしですませようと思っている」と、ヘイズルはこたえた。「しかし、いつ戦いになるか、わからない。とにかく、牝を連れての帰り道は遠い。途中《とちゅう》で大哨戒《ワイド・パトロール》にでもぶつかろうものなら、そいつらを片づけるだけの数は、そろえておかないと」

「エフラファに入らなくてはならないのですか?」と、ピプキンがこわそうにいった。

「いや、」と、ヘイズルはいった。「我々は――」

「思ってもみなかったよ、ヘイズル、」と、ホリーが話に割りこんだ。「思ってもみなかった、君に反対するときが来ようなんてことは。しかし、くり返しになるが、この計画はたいへんな失敗に終わるよ。君の考えはわかる。君は、ウンドワート将軍にはブラックベリやシルバーほど才気にあふれた部下はいないと考えている。そのとおりさ。彼にはいないよ。それでも、あそこから牝を連れ出すことはだれにもできないという事実は変わらない。

私が今までずっと開けた野原の哨戒や追跡《ついせき》をしてきたことは、みんな知っているだろう。しかし、エフラファのアウスラには、そういうことが私より巧みな連中がいるのだ。これは、認めざるをえない。アウスラが、君たちを牝もろとも狩り立てて殺してしまう。

そりゃ、我々は、時には手ごわい敵にぶつからなくてはならない! 君が、私たちみんなを救いたいと思っている気持ちはわかる。しかし、たのむ、聞き分けてくれ。この計画は捨ててくれ。エフラファのような村は、できるかぎり近づかないにこしたことはないんだ」

ハチの巣中のウサギがいっせいにしゃべりだした。「これが正しい意見だよ！」「だれだって、八《や》つ裂《ざ》きにされたくはない！」「耳を切られた例のウサギの……」「しかし、ヘイズル－ラーなら、すべてちゃんとわかっているにちがいないぞ！」「遠すぎるよ」「ぼくは行きたくない」

ヘイズルはがまん強く、静かになるのを待った。そして、おしゃべりがやむと、また話しはじめた。

「つまり、こういうことだよ。ここにいて、今の暮らしを変えずに、できるだけのことをしていくのが一つ。あるいは、まともな姿にするため、一度だけ賭《か》けてみるのが一つ。無論、賭けには危険がある。ホリーの隊のウサギたちがどんな目にあったか、話を聞いたものはみんな知っている。しかし、我々は、もとの村を出て以来ずっと、つぎつぎに危険にぶつかってきたのじゃなかったか？　君たちは、どうする？　君たちが行くのを恐れているエフラファには、喜んでここへ来て仲間になりたい牝がたくさんいるというのに、君たちは二匹の牝をめぐって目玉のえぐりっこをしていたいのか？」

だれかが、大きな声をあげていった。

「ファイバーは、どう思っているのだ？」

「ぼくは、必ず行く」と、ファイバーは落ち着いた声でいった。「ヘイズルのいっていることは、まちがっていない。彼の計画にも問題はない。しかし、ここでみんなに約束しておく。後になって、悪い予感などを感じたら、みんなに話す」

「そして、そんなことがおこったら、ぼくは、それを無視しない」と、ヘイズルがいった。

広間が静まり返った。すると、ビグウィグがいった。「俺《おれ》が行くことは、みんな知っているだろうな。そして、キハールも来てくれる。力になってくれると思うよ」

みんな、驚いてざわざわした。

「もちろん、村に残ってもらわなくてはならない仲間もいる」と、ヘイズルはいった。「農場から来た組に来てもらうわけにはいかない。それに、最初にあそこへ行ってくれた四匹に、また行ってくれとはたのめない」

「ところが、行くんだな、ぼくは」と、シルバーはいった。「ぼくは、腹の底からウンドワート将軍と彼のカンスルが憎《にく》い。ほんとうに、やつらをこけにする場に立ち会いたいんだ。もっとも、あの村の中へは入らない。あれは見ちゃいられない。しかし、やっぱり必要なんだろ、道を知っているだれかが?」

「ぼくは行く」と、ピプキンがいった。「ヘイズル - ラーは救ってくれた、ぼくの……つまり、ぼくは信じているんだ、彼が……」彼は、すっかりまごついてしまって、「とにかく、ぼくは行く」そわそわとおなじ言葉をくり返して結んだ。

森からの通路から、あわただしい足音が聞こえてきた。

ヘイズルが大きな声でいった。

「だれだ?」

「ぼくだよ、ヘイズル－ラー。ブラックベリだよ」

「ブラックベリ！」と、ヘイズルはいった。「なんだ、君は、はじめからずっとここにいたと思っていたよ。どこにいたんだ？」

「先に、ここに来なくてもうしわけなかった」と、ブラックベリはいった。「キハールと話し合っていたんだ。もちろん、計略《けいりゃく》作りのために。彼が、ずいぶん直してくれた。この計略が成《な》し遂《と》げられたら、ウンドワート将軍の鼻をあかしてやれるよ、まちがいなく。はじめのうち、うまくいかないのではと思っていたけれど、今は、自信がある」

「こっちの草がおいしいぞ」と、ブルーベルがいった。

「レタスもずらりとならんだぞ。
　気ままにふるまうウサギが一匹、
　鼻の深傷《ふかで》ですぐわかる

ぼくは、自分の好奇心を満足させたいから行くと思う。その計略とやらが知りたくて、小鳥のひなよろしく、口を開けたり閉めたりしていたんだけれど、だれもなんにも入れてくれないんだ。ぼくは、ビグウィグがフルドドに変装して、牝をぜんぶ乗せて、野原をすっとばして来るのだと思うな」

ヘイズルが、きびしい目を向けた。ブルーベルは、ちんちんする姿勢でいった。「ウンドワート将軍様、私はちっぽけなフルドドでございますが、ガソリンを草の上に置いてきてしまいました。あなたさまがここで草を食べていてくだされば、私が、このご婦人をお乗せして……」

「ブルーベル、だまれ！」と、ヘイズルがいった。

「すみません、ヘイズル－ラー」と、ブルーベルがびっくりしてあやまった。「悪気はなかったんです。みんなをちょっと元気づけてやろうと思っただけで。でも、例のところへ行くのだと思っただけで、ほとんどみんな、こわがっていましたけれど、まあ、あたりまえです。ぞっとするほど危険な感じがします」

「さて、それでは、」と、ヘイズルはいった。「これで、集まりは終わりにしよう。どう決まるか、ゆっくりやろう、ウサギ流に。行きたくないウサギは、エフラファへ行かなくていい。これは決まりだ。けれど、何匹かは行くつもりということも、また決まっている。それじゃ、ぼくは、ぼくで、キハールと話し合ってくる」

キハールは、ブナ林に入ったすぐのところで、いやな臭《にお》いのするうすい茶色の肉片を、大きなくちばしでかみきったり裂いたりして食べていた。肉は、網《あみ》の目《め》状の骨にくっついているらしかった。ヘイズルは、臭いに閉口して鼻にしわを寄せた。いやな臭いは森の中にただよい、アリとアオバエが、もうかぎつけて寄ってきていた。

「いったいそれはなんだい、キハール?」と、ヘイズルはいった。「ものすごい臭いだなあ!」

「あなた、知らない? これ、さかな、さかな。大きい水にいる。これ、おいしー」

「大きな水のもの? (うわっ!) じゃ、君がそこまで行って、見つけたの?」

「ナ、ナ、にんげん、もってた。のうじょう、大きな ごみすてば、なんでも、ある。わたし、たべもの とりに いく。これ 大きい水のにおいする。わたし、ひろてかえる。大きい水のこと、かんがえる」

キハールは食べ残したニシンを、また引《ひ》き裂《さ》きはじめた。ニシンを持ち上げてブナの根でたたいたので、魚肉があたりにちらばった。ヘイズルはむかつきと吐《は》き気《け》で息がつまったが、気を引きしめてじっとがまんした。

「キハール、」と、ヘイズルは声をかけた。「ピグウィグの話では、君、大きな村からかあさんウサギを連れ出す手伝いをしてくれるそうだね」

「ヤ、ヤ。わたし、あなたたちのために、いく。ピグウィグさん、わたしのたすけ、ひつよう。ここにいるとき、わたしと、はなしてくれた。わたしは、ウサギちがうのに。よいかな、ヤー?」

「それは、もう。君の助けだけがたよりだよ。キハール、君はよい友だちだよ」

「ヤ、ヤ、かあさん、手に入れるの てつだう。でも、じつはね、エズルさん、わたし、もう、大きい水 いきたい。いつも、いつも。大きい水 きこえる。大きい水へ、とんで いきたい。もうすぐ、あなたたち、かあさん、つれにいく。わたし、なんでも、てつだう。そして、あなたたち、かあさんウサギ、つれてきたら、わたし、とんでいって、もどってこない。でも、また、いつかくる、ヤー？あき、ふゆ、きて、ここでいっしょに　くらす、ヤー？」

「さびしくなるなぁ、キハール。しかし、君がもどってきたときには、ここは、かあさんウサギがたくさんいる、すてきな村になっているよ。そのときは、君も、ぼくらに力を貸したことを誇《ほこ》りに思えるよ」

「ヤー、そうなるね。でも、エズルさん、あなた、いつ、行く？　わたし、あなた、たすけたい。でも、大きな水へいくこと、のばしたくない。もう、ここにいること、つらい。あなたのすること、いそいでする、ヤー？」

ビグウィグが、通路をあがってきて、出入り口の穴《あな》から、頭を出したが、ぞっとしてひっこめた。

「うひゃー！　すごい悪臭《あくしゅう》！　これ、君が殺したのか？　それとも、石に当たって死んだのかい？」

「あなた、すき？　おいしいの　もってくるか、ヤー？」

「ビグウィグ、」と、ヘイズルはいった。「明日の夜明けに、出発することを、みんなに伝えてくれないか。留守の間、長はホリーにたのむ。バックソーン、ストロベリ、それから農場のウサギが残って協力する。ほかにも、残りたいウサギはだれでも好きにしていい」

「心配ない」ビグウィグが、穴から出ないでいった。「俺がみんなをキハールとのシルフレイに連れ出す。みんな、君にくっついて、どこへだってすんなり行くよ」

＊本書は一九七五年に評論社より刊行された『ウォーターシップ・ダウンのうさぎたち 上』の改訳新版です。

著者：リチャード・アダムズ　Richard Adams

1920～2016年。イギリスのバークシャー生まれ。オックスフォード大学で歴史を学び、第二次世界大戦従軍後、政府機関で働く。1972年に、『ウォーターシップ・ダウンのウサギたち』を発表。この作品で同年度のカーネギー賞、ガーディアン賞をダブル受賞し、1974年からは、作家活動に専念。ほかの作品に『シャーディック』『ブランコの少女』『四季の自然』『昼と夜の自然』『疫病犬と呼ばれて』（いずれも評論社）などがある。

訳者：神宮輝夫（じんぐう　てるお）

1932～2021年。早稲田大学大学院英文学専攻修了。児童文学研究者。児童文学評論、英語圏の児童文学研究、翻訳、創作など幅広い分野で活躍。日本児童文学協会賞（1964年）、サンケイ児童出版文化賞（1966年）、児童福祉文学賞（1968年）を受賞。青山学院大学名誉教授。著書に『現代日本の児童文学』『現代イギリスの児童文学』（いずれも理論社）、訳書に『アーサー・ランサム全集』（岩波書店）、『プリデイン物語』（評論社）など多数。

ウォーターシップ・ダウンのウサギたち　上

2006年９月20日　初版発行　　2023年４月20日　６刷発行

- 著　者　リチャード・アダムズ
- 訳　者　神宮輝夫
- 装　幀　緒方修一
- 装　画　野田あい
- 発行者　竹下晴信
- 発行所　株式会社評論社
  〒162-0815　東京都新宿区筑土八幡町２-21
  電話　営業03(3260)9409　編集03(3260)9403
- 印刷所　凸版印刷株式会社
- 製本所　東京美術紙工協業組合

ISBN978-4-566-01500-5　NDC933　188㎜×123㎜
http://www.hyoronsha.co.jp

乱丁・落丁本は、本社にておとりかえいたします。購入書店名を明記の上、お送りください。ただし新古書店等で購入された ものは除きます。本書のコピー、スキャン、デジタル化等の無断複製は著作権法上での例外を除き禁じられています。本書を代行業者等の第三者に依頼してスキャンやデジタル化することは、たとえ個人や家庭内の利用であっても著作権法上認められていません。

ウォーターシップ・ダウンのウサギたち 上
ウォーターシップ・ダウンのウサギたち 下

リチャード・アダムズ 作
神宮輝夫 訳

予知能力のあるファイバーの言葉を信じ、旅に出た11匹のウサギたち。理想の地はどこに？世界中で愛されるベストセラーが、改訳新版で登場です。

「闇の戦い」シリーズ

スーザン・クーパー 作
浅羽莢子 訳

1. 光の六つのしるし
2. みどりの妖婆
3. 灰色の王
4. 樹上の銀

11歳の誕生日に〝古老〟としてめざめたウィル。いにしえより続く〈光〉と〈闇〉の戦いのただなかへ。スーザン・クーパーの代表作が、改訳新版になりました。